ERIN LITTEKEN
Denk ich an Kiew

Über die Autorin:

Erin Litteken hat einen Abschluss in Geschichte und liebt es zu recherchieren. Schon als Kind fesselten sie die Geschichten über die erschütternden Erfahrungen ihrer Familie in der Ukraine vor, während und nach dem Zweiten Weltkrieg. Die Idee zu ihrem Debütroman DENK ICH AN KIEW reifte über die Jahre in ihr. Dass seine Fertigstellung sich mit den aktuellen Ereignissen überschneidet, macht sie zutiefst betroffen. Sie lebt mit ihrem Mann und ihren Kindern in Illinois, USA.

Denk ich an Kiew

Erin Litteken

Roman

Übersetzung aus dem amerikanischen Englisch von
Dietmar Schmidt und Rainer Schumacher

lübbe

Die Bastei Lübbe AG verfolgt eine nachhaltige Buchproduktion. Wir verwenden Papiere aus nachhaltiger Forstwirtschaft und verzichten darauf, Bücher einzeln in Folie zu verpacken. Wir stellen unsere Bücher in Deutschland und Europa (EU) her und arbeiten mit den Druckereien kontinuierlich an einer positiven Ökobilanz.

Vollständige Taschenbuchausgabe
der bei Bastei Lübbe erschienenen Hardcoverausgabe

Titel der amerikanischen Originalausgabe:
»The Memory Keeper of Kyiv«
Originalverlag: Boldwood Books

Umschlaggestaltung: Sandra Taufer, München
Einband-/Umschlagmotiv: © David Keochkerian / Trevillion Images
Satz: hanseatenSatz-bremen, Bremen
Gesetzt aus der Adobe Garamond Pro
Druck und Verarbeitung: GGP Media GmbH, Pößneck

Printed in Germany
ISBN 978-3-404-18989-2

2 4 5 3 1

Sie finden uns im Internet unter:
luebbe.de
Bitte beachten Sie auch: lesejury.de

Dem ukrainischen Volk.
Eure Kraft und Unverwüstlichkeit sind eine Inspiration,
damals wie heute.

»Der Tod eines einzelnen Mannes ist eine Tragödie,
der Tod von Millionen nur eine Statistik.«

Josef Stalin

Liebe Leserinnen und Leser,

die Saat dieser Geschichte schlug in meinem Kopf schon Wurzeln, lange bevor Russland 2014 in die Krim einfiel. Während ich dieses Vorwort schreibe, laufen im Hintergrund die Fernsehberichte über den brutalen russischen Überfall auf die Ukraine – ihre Städte, ihre Zivilisten und ihre Zukunft. Ich hätte niemals gedacht, dass die Veröffentlichung meines Romans über ein vergangenes Verbrechen am ukrainischen Volk mit einer Tragödie zusammenfallen könnte, die so viele Parallelen aufweist.

Heute kämpfen die Ukrainer mit einer Stärke und Zähigkeit für ihr Land, die die ganze Welt in Bann schlagen, aber es ist unmöglich abzustreiten, dass die Geschichte sich wiederholt. Es ist entsetzlich, und wir müssen diesmal mehr unternehmen.

Als Urenkelin einer Ukrainerin, die vor dem Zweiten Weltkrieg geflüchtet ist, wirft mich die Schmerzlichkeit dieses Krieges nieder. Die Geschichte können wir nicht ändern, aber wir können daraus lernen und dem ukrainischen Volk heute zur Seite stehen. Ich bin froh, dass meine Verlage, Boldwood Books und Bastei Lübbe, einen Teil des Verkaufserlöses zugunsten der Ukraine spenden.

Im Herzen bin ich bei den tapferen Ukrainerinnen und Ukrainern, die ihr Land, ihre Kultur und ihr Leben verteidigen, damals wie heute. Slawa Ukrajini!

Erin Litteken

1

CASSIE

Wisconsin, Mai 2004

Die Muskeln in Cassies Gesicht zuckten widerwillig, aber als ihre Tochter in die Küche kam, zwang sie ihren Mund zu einem breiten, falschen Lächeln. Sie hoffte, dass Birdie reagieren würde, wenn sie nur lange und ausdauernd genug lächelte, doch ihre kleine Tochter starrte sie nur ausdruckslos an.

Cassie kämpfte gegen den Drang an, den Kopf vor die Wand zu schlagen.

Birdies große blaue Augen standen im scharfen Kontrast zu ihren wirren dunklen Haaren. Der rosa Prinzessinnenschlafanzug, den sie sich zum vierten Geburtstag so unbedingt gewünscht hatte, reichte nur noch bis zur Mitte der Waden und Unterarme. Er war eingelaufen. Oder sie war gewachsen. Beides vielleicht. Cassie hatte in letzter Zeit keinen Blick für solche Dinge.

Harvey warf sich auf Birdies Füße und klopfte mit dem Schweif auf den Boden, während sein zotteliges braunes Fell ihr die bloßen Knöchel wärmte.

»Der Hund achtet mehr auf Birdie als ich.« Cassie rieb sich das Gesicht und nahm ihre typische Routine wieder auf, leere Phrasen vor sich hinzufaseln. Sie ertrug die Stille nicht. Stille gab ihr zu viel Zeit für Erinnerungen.

»Guten Morgen! Hast du gut geschlafen? Was möchtest du

zum Frühstück? Ich habe eingeweichte Haferflocken und Eier, aber ich kann dir auch Quinoa, Obst und Honig machen, wenn du magst.«

Cassie versagte in vielen Disziplinen des Mutterseins, aber niemand konnte ihr nachsagen, dass Birdie nicht genug zu essen bekam. Die Speisekammer quoll über vor Bio-Schnellmahlzeiten, die sie in Großpackungen kaufte, und die Obstschale auf der Küchentheke bot immer eine breite Auswahl an. Cassie war es egal, ob ihre Tochter das Mittagessen ausließ oder Salzcracker zum Frühstück aß, aber sie achtete darauf, dass Birdie alle Nährstoffe erhielt, die sie brauchte. Auch wenn ihre Kleider ihr nicht mehr passten und sie kein Wort sprach.

Birdie zeigte auf den Karton Eier, den Cassie aus dem Kühlschrank geholt hatte, und die Bratpfanne auf dem Abtropfgestell der Spüle. Cassie brachte beides zum Herd, während Birdie einen Pfannenwender und die Butter holte.

»Ein Ei oder zwei heute?«, fragte Cassie. Ständig sprach sie Birdie an, um sie zu verleiten, einmal zu antworten, ohne nachzudenken. Es funktionierte nie. Birdie hatte seit vierzehn Monaten, einer Woche und drei Tagen nicht mehr gesprochen. Es gab keinen Grund dafür, dass es heute anders sein sollte.

Birdie öffnete den Karton, nahm in jede Hand ein Ei und hielt sie Cassie hin.

»Na gut. Zwei Eier also. Machst du schon mal den Toast?«

Birdie tappte zum Toaster und schob eine Scheibe Vollkornbrot hinein.

Während die beiden Spiegeleier in der Pfanne brutzelten und zischten, sah sich Cassie in dem unordentlichen Haus um. Die Post stapelte sich so hoch, dass der Stoß umzukippen drohte. In den Ecken sammelten sich Hundehaarknäuel in beunruhigendem Ausmaß, und ein Mülleimer, der dringend geleert werden musste, zeichnete nicht gerade das Bild einer glücklichen Familie. Vor anderthalb Jahren wäre Cassie lieber gestorben, als in einem derart zugemüllten Haus zu wohnen.

Ihr Laptop lugte unter einem Berg von Zeitungen hervor. Cassie tat es in der Seele weh, ihn so einsam herumstehen zu sehen, aber seit jenem Abend hatte sie sich nicht überwinden können, etwas zu schreiben. Sie warf ein Geschirrtuch darüber, damit sie nicht noch ein weiteres Beispiel für ihr Versagen vor Augen hatte, ließ die Spiegeleier auf einen rosa Plastikteller gleiten und stellte ihn vor Birdie auf den Tisch. Während sich ihr kleines Mädchen darauf stürzte, sah Cassie zu, wie die dunkelgelben Dotter in das Brot einzogen, das Birdie getoastet hatte, und seufzte. Ein neuer Tag, genau wie gestern und vorgestern. Kein Stück vorwärts, nie heilte die Wunde, nie ging es mit dem Leben weiter. Sie musste es in Ordnung bringen, allein für Birdie, aber sie wusste einfach nicht, wo sie anfangen sollte.

Es schellte, und Cassie erstarrte. Selbst jetzt, nach all der Zeit, befiel sie noch immer Angst, sobald sie die Klingel hörte. Im Flur band sie den schäbigen Morgenmantel fester zu. Ihre Psychiaterin hätte gesagt, sie benutze ihn als Abwehrschild, um von sich fernzuhalten, wer immer vor ihrer Tür stand und hereinwollte. Cassie hätte geantwortet, sie wolle nicht, dass ihr Besuch ihren fadenscheinigen alten Pyjama sah. Vielleicht lag es an solchen Wortwechseln, dass sie keine neuen Termine bei der Seelenklempnerin mehr ausgemacht hatte.

Sie zog die Tür auf, und ihre Mutter, zerzaust und bleich, rang sich ein mattes Lächeln ab, bevor sie ein Schluchzen verschluckte, stürzte herein und schloss Cassie in die Arme.

»Ach, Cass. Ich musste herkommen und es dir persönlich sagen. Ich wollte nicht, dass du dich ans Steuer setzt, nachdem du es gehört hast.«

Cassie erstarrte und löste sich aus der Umarmung. »Mir was sagen?«

»Niemand ist gestorben. So schlimm ist es nicht.«

»Mom, wovon redest du?«

»Es geht um Bobby.«

»Bobby?« Cassie trat ihre runzlige, zweiundneunzig Jahre alte Großmutter vor Augen, die vor langer Zeit Bobby getauft worden war. Die kleine Cassie hatte das ukrainische Wort für Großmutter, *babusya*, verstümmelt und sich geweigert, den traditionellen Kosenamen *baba* zu benutzen.

»Es gab einen Unfall.«

Cassies Herz setzte einen Schlag aus. Vielleicht auch zwei. Sie zog rasselnd den Atem ein und versuchte, sich nicht von Panik übermannen zu lassen, aber genau diese Worte hatte sie vergangenes Jahr gehört, und gleich darauf war ihre Welt in Trümmer zerfallen.

Cassie ließ sich von ihrer Mutter, die sie in Gedanken Anna nannte, zu einem Stuhl am Küchentisch führen. Anna beugte sich vor und küsste Birdie auf den Scheitel. »Hallo, mein Schatz.«

Birdie lächelte ihre Großmutter stumm an, während sie den Dotter auf ihrem Teller mit dem Brot auftupfte.

»Passiert ist es am Freitag, aber ich wollte nicht, dass du dir Sorgen machst, bevor ich mehr weiß.« Anna setzte sich neben Birdie.

Cassie zählte im Kopf zurück. »Aber Mom, das war vor zwei Tagen! Bobby hatte vor zwei Tagen einen Unfall, und du konntest mich nicht anrufen?«

»Wie gesagt, ich musste mit dir persönlich sprechen. Als feststand, dass sie nicht in Lebensgefahr schwebt, habe ich beschlossen, dass es das Beste wäre, wenn ich herkomme und es dir selbst sage. Ich konnte sie erst heute allein lassen.«

»Jetzt erzähl mir schon alles«, befahl Cassie mit bebender Stimme.

Anna sah Birdie an und legte ihr eine Hand auf die Schulter. »Birdie, Grammy und Mommy müssen miteinander reden. Möchtest du vielleicht ein bisschen fernsehen?«

Birdie nahm ihren Teller, stellte ihn in die Spüle und ging an den Stapeln aus Post und Zeitungen vorbei zum Wohnzimmer. Als die Musik einer Zeichentrickserie erklang, wandte sich Cassie erwartungsvoll ihrer Mutter zu.

»Vergangene Woche hat sie wie üblich ein Spaziergang gemacht«, begann Anna. »Sie ist weiter weg gegangen als normal, und ich weiß nicht, ob sie sich verlaufen hat oder was war, aber sie wurde angefahren, als sie eine verkehrsreiche Straße überquerte.«

Cassie setzte sich kerzengerade auf. »Sie wurde angefahren? Das ist doch nicht dein Ernst?«

Anna hob die Hand. »Ihr geht es gut. Sie hat eine leichte Prellung und musste genäht werden. Keine Knochenbrüche. Es ist erstaunlich, dass sie so glimpflich davongekommen ist.«

»Wo ist sie jetzt? Ist sie schon wieder zu Hause?«

»Nein, und deshalb bin ich hier. Heute Nachmittag wird sie aus dem Krankenhaus entlassen, aber sie braucht Gesellschaft. Jemanden, der bei ihr ist und ihr ein bisschen zur Hand geht.«

Cassie nickte. »Du willst, dass sie hierherkommt? Bei mir wohnt?«

Anna blickte sich mit skeptischer Miene in der Küche um. »Ich glaube nicht, dass sie bei dir am besten aufgehoben wäre. Ihre Ärzte wären weit weg, und sie kennt sich hier nicht aus. Was ich mir überlegt habe: Es wäre doch eine Gelegenheit für dich zu einer Veränderung. Lass diese Stadt, dieses Haus und die Erinnerungen hinter dir, und komm zurück nach Hause.«

Cassie lachte, und die Bitterkeit, die durch den Raum hallte, überraschte sogar sie selbst. »Glaubst du etwa, ich könnte meine Erinnerungen einfach zurücklassen? Ich mache die Tür hinter mir zu, und es wäre, als hätte Henry nie existiert?«

»Nein, Schatz, das habe ich natürlich nicht gemeint.« Anna

legte Cassie die Hand auf die Wange. »Vergessen wirst du ihn niemals. Aber ich dachte, vielleicht wird es Zeit für einen Neuanfang, an einem Ort, wo dich die Erinnerungen nicht so sehr überwältigen. Bobby sollte nicht mehr allein wohnen, und es kam mir wie eine ideale Lösung vor, wenn du eine Weile bei ihr einziehen würdest. Schließ hier ab, und geh fort.«

»Einfach fortgehen? Mein Leben hinter mir lassen? Mein Zuhause?« Cassie schüttelte die Berührung ihrer Mutter ab. In ihrer Kehle pochte der dumpfe Schmerz, der einen Weinkrampf ankündigte.

»Cassie, seien wir doch realistisch.« Anna ergriff ihre Hand und starrte sie nieder. Offenbar war es mit den Nettigkeiten vorbei. »Ich möchte, dass du mir ganz ehrlich sagst, dass du hier glücklich bist, und zwar sofort. Sag mir, dass du aus diesem Haus ein freundliches, sicheres Zuhause für Birdie machen wirst. Sag mir, dass du nicht dein ganzes Leben in so einem Saustall zubringen wirst!«

Cassie sank vor Erstaunen die Kinnlade herunter. Gewöhnlich versteckte ihre Mom ihre biestige Seite unter einer Schicht aus nicht allzu subtilen Andeutungen und passiv-aggressiven Sticheleien. Ein solcher Frontalangriff entsprach in keiner Weise ihrer üblichen Taktik.

»Ich bin bei euch beiden mit meinem Latein am Ende, wenn du die Wahrheit wissen willst«, fuhr Anna fort. »Bobby ist starrsinnig. Sie weigert sich, auch nur in Betracht zu ziehen, eine Einrichtung für betreutes Wohnen zu besichtigen. Und du? Also, ich habe so viele schlaflose Nächte damit verbracht, mir Gedanken zu machen, wie du hier unten mit allem klarkommst. Wenn eine Frau ihren Mann verliert, ganz gleich, unter welchen Umständen, braucht sie Familie um sich, damit sie wieder zu sich kommt. Ich möchte dir so gern helfen, aber du lässt es nicht zu. Jetzt ist die perfekte Gelegenheit dafür. Bobby und du, ihr helft euch gegenseitig, und ich möchte, dass es funktioniert.«

»Du willst nur deine beiden größten Probleme zusammenpacken, damit du dir nicht ganz so viele Sorgen zu machen brauchst. Das ist der eigentliche Grund, weshalb du hier bist, richtig?« Cassie stand so schnell auf, dass ihr Stuhl umkippte und klappernd auf den Boden fiel. Sie war unfair zu ihrer Mutter, aber sie konnte nicht anders. Ihre Gefühle schwankten immer zwischen Apathie und Wut und ließen keinen Raum für irgendetwas anderes. »Ich brauche frische Luft, und Harvey muss raus. Birdie würde sich bestimmt freuen, wenn du dich mit ihr beschäftigst, solange ich weg bin.«

Sie stapfte zur Hintertür, und obwohl das Frühlingswetter mild war, streifte sie den langen Wintermantel über, der verbarg, dass sie noch immer Morgenmantel und Schlafanzug trug. Sie schob die Füße in ihre Schuhe, nahm Harveys Leine und knallte die Tür hinter sich zu.

Harvey spürte Cassies Wut nicht. Er sprang und bellte aufgeregt, als sie die Leine an seinem Halsband befestigte und den Garten verließ. Sie versuchte, den Kopf freizubekommen, während er an den Bäumen vor dem Haus schnüffelte.

Ihre Mutter lag nicht falsch. Hier war Cassie von lauter Erinnerungen umgeben. Zu Anfang, nach dem Unfall, hatte das Haus sie umschlossen, ihr Sicherheit und Trost geboten. Aber in letzter Zeit wurde die Geborgenheit durch das erstickende Gefühl überschattet, in der Falle zu sitzen. Immerhin war es nicht ihr wirkliches Zuhause – vor dem Unfall hatten sie hier nur ein halbes Jahr gewohnt. Henry war von seiner Firma vorübergehend nach Madison, Wisconsin, versetzt worden, und es sollte nur für ein Jahr sein. Daher hatten sie das Haus mit dem umzäunten Garten gemietet. Die Versetzung hatte Henry einen hohen Bonus eingebracht, und sie hatten geplant, zu Beginn des neuen Jahres zurück nach Illinois zu ziehen und ein eigenes Haus zu kaufen.

Sie hatten Stunden damit verbracht, von diesem Zuhause zu

träumen. Cassie wollte ein altes Farmhaus auf Ackerland mit einer Scheune und Obstbäumen. Henry wollte ein Blockhaus mit einem hölzernen Schuppen und Wald. Aber der Unfall hatte alles verändert. Zum Glück ließ der mitfühlende Vermieter Cassie Monat für Monat weiter hier wohnen, obwohl der ursprüngliche Einjahresvertrag ausgelaufen war.

Sie bog um die Ecke vor ihrem Haus und musterte den Ziegelbungalow. Das unauffällige Gebäude stand zu dicht an der Straße, und ihm fehlte der Charme der benachbarten Häuser. Cassie blieb nicht, weil sie das Haus mochte oder sich darin Henry näher fühlte. Sie blieb, weil es leichter war, alles zu lassen, wie es war, und das Leben aufs absolute Mindestmaß zu beschränken. Aufwachen, essen, Birdie versorgen, schlafen und alles wieder von vorn.

Harvey zerrte an der Leine, er wollte zurück ins Haus. Cassie entdeckte Birdie, die sie durchs Fenster ihres Zimmers beobachtete. Sie winkte aufgeregt und wirbelte davon. So viel Ausdruck hatte Cassie seit Monaten nicht mehr bei ihr gesehen.

Wie sehr hatte sie an Birdie gedacht, während sie sich von Tag zu Tag schleppte? Wie viele ihrer Entscheidungen beruhten auf dem, was Birdie brauchte, um zu gedeihen, wie viele auf dem, was Cassie brauchte, um zu überleben? Die Antworten auf diese Fragen gefielen ihr nicht, deshalb wich sie ihnen gewöhnlich aus. Ihre Mom hatte ihr diese Möglichkeit nun genommen.

Sie schlurfte ins Haus. Anna saß noch immer am selben Platz am Küchentisch. Sie wandte sich Cassie zu, als sie hereinkam, und hob die Hände. »Ich schwöre es, Schatz, ich habe kein Wort zu Birdie gesagt, aber kaum warst du zur Tür hinaus, ist sie in ihr Zimmer gerannt.«

Cassie machte Harvey los und hängte ihren Mantel auf. »Ist schon gut. Sie spielt gern da.«

»Sie spielt nicht, Cass. Sie packt. Sie muss uns belauscht haben.«

»Hat sie …« Cassie verstummte. Sie wollte die Frage nicht stellen.

Anna sah sie mitleidig an. »Nein, gesagt hat sie nichts.«

Natürlich nicht. Birdies Schweigen war nur ein weiteres leuchtendes Beispiel für Cassies Versagen als Mutter, die ihrem Kind eigentlich hätte helfen sollen, mit dem Unfall und dem Verlust ihres Vaters zurechtzukommen. Sie ließ sich auf den Stuhl Anna gegenüber sinken. »Was hast du vor?«

Anna ergriff Cassies Hände. »Ich möchte dir beim Packen und beim Umzug helfen. Mach einen sauberen Schnitt. Dir bleibt keine Zeit, nachzudenken oder dich wieder anders zu entscheiden. Ich helfe dir bei allem. Ich schwöre dir, ich würde es nicht tun, wenn ich nicht glauben würde, dass es für dich das Beste ist. Du weißt, dass ich dich seit Monaten beknie, zurück nach Illinois zu kommen.«

»Und jetzt hast du den perfekten Vorwand«, führte Cassie den Gedankengang für sie zu Ende.

»Jetzt braucht dich deine Bobby«, entgegnete Anna. »Und ich glaube, du brauchst sie auch. Warum packen wir nicht das Wichtigste ein? Deine Kleider, Toilettenartikel und alle Lebensmittel, die verderben würden. Ich komme mit dir zurück, wenn du so weit bist, dich um Henrys Sachen zu kümmern.«

»Das habe ich schon. Letzten Monat ist Henrys Mutter gekommen und hat mir geholfen, seine Sachen auszusortieren.«

»Oh, gut, dann ist das ja schon erledigt.« Annas Stimme hatte sich eine Oktave gehoben.

Das allzu vertraute Schuldgefühl legte sich über Cassie. »Tut mir leid, Mom. Ich weiß, du hast schon vorher deine Hilfe angeboten. Nur war ich da noch nicht so weit. Ich war an einem Punkt, wo ich nicht mehr atmen konnte, weil alles über mir hing. Ich musste die Sachen loswerden, und Dottie war zufällig zu Besuch, als es passierte.«

Anna presste die Lippen zusammen und schloss Cassie in die Arme. »Ach, mein armes Mädchen.«

Cassie erwiderte die Umarmung ihrer Mutter und schmolz in sie hinein, fast wie damals, als sie noch ein Kind gewesen war. Unerwartete Nadelstiche der Erleichterung traktierten ihre Kopfhaut, und sie seufzte. »Okay, Mom. Ich komme nach Hause.«

Anna löste sich von ihr und lächelte sie sanft an. »Das ist für alle das Beste. Du wirst schon sehen.« Sie zögerte und fuhr dann fort: »Ehrlich, ich sorge mich um Bobby. Schon vor dem Unfall war sie … verändert. Du weißt, wie sie ist. Immer in Bewegung, immer was zu arbeiten. Aber jetzt erwische ich sie, wie sie am Tisch sitzt, benommen vor sich hinstarrt, als wäre sie gar nicht da, und Selbstgespräche auf Ukrainisch führt.«

»Was sagt sie?«

»Ich weiß es nicht. Gewöhnlich redet sie nicht mit mir, wenn sie in diesem Zustand ist. Fast scheint es, als wäre sie so tief in ihre Erinnerungen versunken, dass sie nicht weiß, was um sie herum vorgeht. Neulich habe ich sie gefragt, woran sie denkt, und als sie endlich antwortete, sagte sie nur: ›Sonnenblumen‹, mehr nicht.«

»Vielleicht überlegt sie, wie sie ihre Beete bepflanzen will.«

»Nein.« Anna trommelte mit den Fingern auf die Tischplatte. »Sie hat noch nie Sonnenblumen gepflanzt. Sie hat mir immer gesagt, dass die sie zu traurig machen.«

2

Katja

Ukraine, September 1929

»Wollt ihr Mädchen auch mal?«, fragte Onkel Marko.

Er hielt seinen ganzen Stolz in die Höhe, die einzige Kamera in ihrem kleinen Dorf Sonyaschnyky. Das Sonnenlicht funkelte auf der Linse, und Onkel Marko zog ein Taschentuch aus der Jacke, um sie zum zwanzigsten Mal an diesem Tag zu putzen. Er nickte in Richtung Haus, das alle anderen als Hintergrund benutzt hatten, doch Katjas Blick wanderte zu den goldenen Sonnenblumen hinter ihm, die sich im Wind wiegten. Der wolkenlose, strahlend blaue Himmel passte so perfekt zu den wunderschönen goldenen Sonnenblumen, dass es Katja das Herz zusammenzog.

»Und?« Onkel Marko steckte das Taschentuch wieder weg.

»Ja! Aber da drüben, bitte.« Katja schnappte sich die Hand ihrer Schwester. »Komm, Alina. Mama will, dass wir heute ein Foto zusammen machen.«

Alina strich die dunklen Haarsträhnen glatt, die aus Katjas Zopf entkommen waren. »Lass mich nur schnell dein Haar richten.«

»Ach, das ist schon gut so.« Katja zog Alina über den Hof. Sie wollte das Foto so schnell wie möglich hinter sich bringen, damit sie es nicht wieder vergaß und so den Zorn ihrer Mutter auf sich zog. Und einen besseren Hintergrund als das Sonnenblumenfeld gab es nicht.

»Nun gut«, sagte Alina. »Aber du musst lächeln. Ich will keine mürrische Miene sehen.«

Katja verzog das Gesicht und ließ die Hand ihrer Schwester wieder los. »Ich bin nie mürrisch.«

Ein Grinsen schlich sich auf Alinas Züge, als sie Katja das Hemd glatt strich. »Natürlich nicht.«

»Näher zusammen«, wies Onkel Marko sie an und drehte sich mit der Kamera zu ihnen um.

Alina hakte sich bei Katja unter. »Komm her.« Sie neigte den Kopf zu ihr. »Egal, wie sehr du dich auch über mich ärgerst, du wirst mich nicht mehr los. Schwestern für immer.«

Als sie das hörte, verflog Katjas Ärger sofort. Mit diesen Worten hatte ihre Mutter sie immer ermahnt, wenn sie sich als Kinder gestritten hatten. *Ihr solltet euch besser vertragen. Ihr werdet für immer Schwestern sein.* Irgendwann war das dann zu einem stets wiederkehrenden Scherz zwischen ihnen geworden. Wann immer eine von ihnen die andere ärgerte, kam der Spruch zum Vorschein, und stets löste sich die Spannung dann wieder.

Die Kamera klickte, und Onkel Marko grinste. »Perfekt!«

Die ersten leisen Töne von Fideln und einem Akkordeon tröpfelten die Straße hinunter und verrieten, dass der Bräutigam und sein Gefolge sich langsam näherten. Hektik brach aus. Katja löste sich von ihrer Schwester, als die Frauen zu kreischen begannen, Schleifen flogen und plötzlich auf jeder flachen Oberfläche Teller voller Speisen erschienen. Katja schnappte sich einen Korb mit Sonnenblumen und duckte sich unter den umherflatternden Armen ihrer Tante hindurch. Schließlich entkam Katja dem Chaos und setzte sich mit Alina und ihrer Cousine Sascha an den vielversprechend duftenden, mit Blumen geschmückten Tisch vor der Tür von Saschas Haus. Katja stellte ihren Korb neben die anderen und verschränkte die Hände, damit sie nicht mehr zitterten. Mit zusammengekniffenen Augen versuchte sie, die Männer zu erkennen, die über den Feldweg auf sie zukamen.

»Hör auf damit.« Alina stieß sie mit dem Ellbogen an. »Du rümpfst die Nase, und das steht dir gar nicht.«

»Ich versuche doch nur, etwas zu sehen.« Katja erwiderte den Stoß und zupfte nervös an einer der bunten Blumen, die in ihre dicken dunklen Zöpfe geflochten waren. Als ihr Blick auf Pawlo fiel, den großen breitschultrigen Mann, der neben dem Bräutigam ging, schlug ihr Herz schneller. Vorsichtig strich sie sich mit dem Finger über die Wange, die Pawlo eine Woche zuvor in einer impulsiven Anwandlung geküsst hatte. Das hatte alles zwischen ihnen verändert. Katja musste mit ihm reden, obwohl sie nicht wusste, was sie sagen sollte. Tatsächlich war sie ihm vorhin in der Kirche sogar aus dem Weg gegangen.

»Ich kann Kolja sehen«, sagte Alina und riss Katja aus ihren Gedanken.

Schon solange Katja denken konnte, war Alina in Mykola – oder Kolja, wie ihn alle nannten – verliebt, Pawlos älteren Bruder. Und zu ihrem Glück beruhte dieses Gefühl auf Gegenseitigkeit.

Tanten, Onkel, Cousins und Freunde strömten aus dem Haus und versammelten sich um den Tisch, während die fröhliche Musik immer lauter wurde. Saschas Schwester Olha, die Braut, blieb jedoch drinnen und wartete darauf, dass der Bräutigam ihrer Familie das Brautgeld zahlte.

Nach ein paar Minuten stolzierte Borislaw mit stolzgeschwellter Brust auf den Hof. Er hatte einen Korb und eine Flasche Wodka dabei. Umgeben von seinen engsten Freunden und seiner Familie, die ähnliche Dinge bei sich trugen, kam er näher, und Sascha rief: »Warum seid ihr hier?«

Borislaw grinste über das ganze Gesicht. »Ich bin gekommen, um meine wunderbare Braut zu holen! Olha!«

»Und was bringst du, um deine Wertschätzung für Olha zu bekunden?«, fragte Alina.

Borislaw stellte den Korb voller Süßigkeiten und Geld auf den Tisch, und beim Anblick der Schokolade lief Katja das Wasser im Mund zusammen. Niemand in ihrem Dorf stellte so was her. Borislaw musste weit gefahren sein, um die zu besorgen.

»Ist dir unsere liebreizende Olha nur so wenig wert?«, stellte Katja die Frage, die sie stellen sollte. Dabei tat sie ihr Bestes, Pawlo nicht in die Augen zu schauen.

»Natürlich nicht!« Borislaw winkte, und zwei seiner Begleiter traten vor. Sie trugen Körbe voller Brot. »Olha ist unbezahlbar, aber diese Geschenke sollen meine Wertschätzung zeigen.«

Pawlo, der Rechte der beiden, stellte Borislaws Geschenk auf den Tisch. Dabei grinste er und zwinkerte Katja zu, woraufhin sie fast über ihre nächste Frage gestolpert wäre.

»E… Erzähl uns von Olhas Schönheit, Borislaw.«

»Aaah. Das ist leicht. Ihre Augen funkeln wie der strahlend blaue Himmel an einem Sommertag. Ihr langes goldenes Haar glänzt wie der Weizen in der Sonne, und ihr Lächeln lässt jeden Raum erstrahlen und zwingt die Männer auf die Knie.«

Katja hätte bei der Vorstellung, dass Pawlo ihr derartige Liebesbekundungen zuflüsterte, beinahe laut aufgelacht, doch das Brennen seines Blicks auf ihrem Gesicht hielt sie davon ab, und sie senkte den Kopf.

Nun übernahm Sascha das Fragen. Dann sang Borislaws Gruppe ein Loblied, um die Verhandlungen auszugleichen und sicherzustellen, dass Borislaw nicht zu viel für Olhas Hand »bezahlte«. Natürlich war alles nur ein Spiel. Olha konnte genauso wenig gekauft werden wie Borislaw einfach in ihr Haus marschieren und sie für sich beanspruchen konnte. Die alte Tradition war einfach ein amüsanter Teil der Hochzeitsfeierlichkeiten, und die Zuschauer lachten und jubelten.

Als Borislaw endlich die Erlaubnis erhielt, das Haus zu betreten, konnte die Feier beginnen. Die Tische waren mit den köstlichsten Speisen gefüllt: Fleisch, Kartoffeln, *wareniki,* Teigtaschen mit Sauerkirschen, Kohlrouladen, Schinken, Brot, Käse, Obst und natürlich das aufwendig verzierte Hochzeitsbrot, das sogenannte *korowaj.* Die Menschen setzten sich auf die Bänke und plauderten fröhlich miteinander, während der Alkohol aus den Flaschen floss, die Borislaw mitgebracht hatte. Gleichzeitig begannen die Musiker an der Tanzfläche zu spielen.

Katja stand auf und ging zu Mama und Tato, die mit Mamas Cousine Lena und ihrem Mann Ruslan sprachen. Auf ihren Gesichtern stand Sorge, und sie sprachen leise.

»Als sie letzten Monat ins Dorf meines Bruders gekommen sind, hat es sofort angefangen. Sie haben Brigaden gebildet, ein Hauptquartier eingerichtet und einige Dorfbewohner verhaftet und deportiert.« Ruslan beugte sich näher an die anderen heran. »Die mit den schönsten Häusern wurden natürlich als Erste geholt.«

Fragen lagen Katja auf der Zunge, aber sie wagte es nicht, sie auszusprechen. Sobald sie den Mund öffnete, würden ihre Eltern ohnehin das Thema wechseln und über etwas reden, was sie für ihre Ohren als angemessen erachteten.

»Deportiert? Wohin?« Katjas Vater öffnete eine Weinflasche.

»Ich habe gehört, sie schicken sie nach Sibirien.« Josyp, Pawlos Vater, gesellte sich zu der Gruppe, als Tato die Gläser füllte.

Fedir, Pawlos älterer Cousin, senkte die Stimme. »Ich habe das Gleiche gehört. Mein Onkel hat mir erzählt, dass sie das ganze Dorf gezwungen hätten, sich der Kolchose anzuschließen.«

»Das klingt mir recht übertrieben.« Mama winkte ab. »Sie können uns doch nicht ohne Erlaubnis Land und Tiere wegnehmen.«

Ruslan hielt sein Glas hin, um es wieder füllen zu lassen. »Das Dorf meines Bruders liegt näher an der Stadt, und es ist viel größer als unseres. Vielleicht sind wir ja zu weit weg für sie.«

»Wir sind noch nahe genug«, gab Onkel Marko zu bedenken. »Und glaubst du wirklich, dass die Bolschewiki zwischen den einzelnen Dörfern unterscheiden? Wir gehören alle zum Okrug Kiew.«

Katja dachte an all die Stunden, die ihr Onkel Marko zu Fuß und mit dem Zug in die wunderbare Stadt am Dnjepr gereist war, um seine Kamera zu kaufen. Obwohl sie offiziell zum Verwaltungsbezirk Kiew gehörten, war die eigentliche Stadt fast hundertfünfzig Kilometer entfernt.

»Das ist sowieso egal«, sagte Tato. »Sie werden tun, was auch immer sie tun wollen. Die Ukraine ist fruchtbar und reich, und Stalin will uns zum Brotkorb der Sowjetunion machen.« Er schwenkte die Flüssigkeit, trank aber nicht. »Und um das zu erreichen, will er, dass wir unser Land aufgeben und seinen Kolchosen beitreten. Das geschieht schon seit Monaten in Dörfern überall in der Ukraine. Sie könnten jeden Moment hier sein.«

»Aber Stalin hat doch erklärt, die Kollektivierung müsse freiwillig sein, wenn sie funktionieren soll«, erwiderte Onkel Marko.

»Ich habe gehört, dass er seine Meinung geändert hat. Das macht mich nervös.« Tato nippte an seinem Wein.

Onkel Marko stellte das Glas auf den Tisch. »Ich sage immer noch, dass sie uns nicht zwingen werden. Wir werden die Wahl haben.«

Tato verzog angewidert das Gesicht. »Marko, seit wann haben wir denn eine Wahl, wenn es um Moskau geht?«

Ein leises Zischen entkam Katjas Lippen, und Tato drehte sich zu ihr um. »Genug davon«, sagte er. »Heute feiern wir erst einmal Olha und Borislaw.«

Katjas Vater nahm sie am Arm und zog sie weg.

»Tato, worüber habt ihr da geredet?«

»Nichts, worüber du dir Sorgen machen müsstest.« Seine Stimme zitterte so leicht, dass Katja nicht sicher war, es tatsächlich gehört zu haben. »Das sind nur Gerüchte.«

»Was machst du da?« Alina packte Katja an den Schultern und riss sie herum. Ihre Freude war ansteckend. »Hör auf, dir Geschichten alter Männer anzuhören. Jetzt wird getanzt!«

Nichts konnte Alina umstimmen, wenn sie sich erst einmal etwas in den Kopf gesetzt hatte. Also schluckte Katja ihre Sorgen herunter und ließ sich zur Tanzfläche ziehen. Kurz schaute sie noch einmal zu ihrem Vater zurück. Tato runzelte die Stirn und leerte sein Glas in einem Zug.

»Du hast ja Falten auf der Stirn.« Alina drückte den Finger zwischen Katjas Augenbrauen. »Entspann dich, Katja. Morgen können wir uns immer noch Sorgen machen. Heute haben wir erst mal Spaß!« Sie schnappte sich ein Glas *kwass*, ein Getränk aus fermentiertem Roggenbrot, trank einen Schluck und reichte das Glas dann an ihre Schwester weiter.

Trotz oder vielleicht wegen der Sorgen, die sie plagten, folgte Katja dem Beispiel ihrer Schwester. Sie hob das Glas und spülte die Sorgen mit dem Kwass herunter. Musik erfüllte die Luft. Stampfende Füße und Lachen akzentuierten das Trällern der Fideln, das sich mit den Tönen des Akkordeons, der Bandura und einer *sopilka* mischte, einer traditionellen Doppelflöte. Ihr gemeinsamer Takt führte die Menschen durch die Nacht.

Katjas Blick wanderte zu der Stelle, wo die Männer zu tanzen begonnen hatten, und landete auf Pawlo. Die lebhaften Bewegungen betonten seine Muskeln, und ein überraschendes Verlangen keimte in ihr auf, während sie ihn beobachtete. Pawlo bemerkte, dass sie ihn anschaute. Er grinste, und Katja riss sofort den Kopf herum. Ihre Gefühle überschlugen sich. Was, wenn der Kuss und diese Gefühle die Freundschaft zerstörten, die sie die ganzen sechzehn Jahre ihres Lebens verbunden hatten? Pawlo war ihr bester Freund.

Alina stupste sie an und kicherte. »Du scheinst ja ein furchtbar schlechtes Gewissen zu haben. Ist was passiert? Hat er dir endlich gesagt, was er für dich empfindet?«

Katja seufzte zitternd. Alina wusste nicht, dass Pawlo sie geküsst hatte. Dann wurde ihr plötzlich klar, was ihre Schwester da gerade gesagt hatte, und sie wirbelte zu ihr herum. »Moment! Was meinst du damit, was er für mich empfindet?«

»Ach, bitte! Jeder weiß doch von euch zwei.« Alina lief zu Kolja und lachte über die Schulter hinweg.

»Was weiß jeder?« Katjas Frage verhallte. Spekulierte Alina nur, oder hatte Pawlo mit ihr gesprochen? Katja schaute sich schuldbewusst um und floh aus der erstickenden Menge. Abseits der dicht gedrängten Menschen sog sie erst einmal die süße Nachtluft ein.

Wie war es nur so weit gekommen? Vor einem Jahr wäre sie bei dem Gedanken noch vor Lachen zusammengebrochen, dass sie und Pawlo auf diese Art zusammen sein könnten. Dennoch stand sie jetzt hier und dachte wieder an diesen Moment vor einer Woche, der alles verändert hatte.

Sie war über das Feld zu Pawlos Hof gelaufen, um ein paar Extraeier für Mama zu holen. Mama wollte einen Nachtisch für die Hochzeit backen. Pawlos Eltern waren ins Dorf gegangen, und Kolja war mit Alina in Katjas Haus. Deshalb öffnete Pawlo die Tür, ohne Hemd und mit nassem Haar.

Katja verdrehte die Augen, als sie ihn sah. »Ziehst du dich nicht an, bevor du die Tür aufmachst?«

Er bewegte sich so fließend wie ein selbstbewusster Kater, und das passte perfekt zu seiner entspannten Art. Er grinste. »Ich habe mich gerade gewaschen. Es gab da ein kleines Missgeschick mit einem entflohenen Ferkel. Das Vieh hat mich in eine Schlammgrube geworfen, und ich habe mir das Hemd zerrissen.«

Katja prustete. »Oh, ich wünschte, ich hätte das gesehen.«

Pawlo kniff die Augen zusammen und warf das Handtuch weg. »Darauf möchte ich wetten. Nun … Was führt dich her?«

Katja unterdrückte ihr Lächeln. »Ach, jetzt sei doch nicht so empfindlich, Pawlo. Mama braucht zwei Eier, und wir haben keine mehr.«

»Dann müssen wir im Hühnerstall nachsehen. Ich habe heute Morgen alle Eier aufgegessen.«

»Gut. Ich werde auf dem Heimweg nachschauen.«

»Ich komme mit.« Er trat auf sie zu.

Katja wich einen Schritt zurück. »Willst du dir kein Hemd anziehen?«

»Später«, antwortete Pawlo und zuckte mit den Schultern.

Katja hob die Augenbrauen. Dann machte sie auf dem Absatz kehrt und marschierte zum Hühnerstall. Pawlo verkürzte seine Schrittlänge, um sie nicht zu überholen, aber er blieb stumm.

Als sie den Stall betraten, schaute sie kurz zu ihm. »Stimmt etwas nicht?«, fragte sie. Sie griff unter eine Henne, die auf dem Nest saß. Die Henne gackerte erschrocken, und Katja beruhigte sie.

»Nein«, antwortete Pawlo in angespanntem Ton.

Schon als kleiner Junge hatte er vor Katja nichts verbergen können, und jetzt weckte seine seltsame Stimmung ihre Neugier, und sie beobachtete ihn aus dem Augenwinkel, während sie sich zwei Eier in die Tasche steckte. Dann gab sie ihm zwei weitere, die er auf den Nistkasten legte, bevor er sich wieder zu ihr umdrehte und sie anstarrte.

»Was ist? Hab ich Heu im Haar?« Katja strich ihren widerspenstigen Zopf glatt. »Ich habe Tato heute Morgen geholfen, die Scheune zu füllen.«

»Dein Haar ist perfekt.« Pawlos Stimme war tief und heiser.

Katjas Herz machte einen unerwarteten Satz. Ihre Zunge verweigerte plötzlich den Dienst. Sie wollte einfach nicht mehr funktionieren. »D… Danke für die Eier«, brachte sie schließlich hervor und ging an Pawlo vorbei, um sich auf den Heimweg zu machen.

Katjas großartiger Abgang scheiterte allerdings, als sie in ein

Loch trat und stolperte. Pawlo sprang sofort vor, fing sie auf und drückte sie an seine nackte Brust. Katja hob den Blick. Ihr Gesicht war nur wenige Zentimeter von seinem entfernt, und er hielt sie einfach fest. Sie sah jedes dicke honigfarbene Wimpernhaar an seinen strahlenden haselnussbraunen Augen und die Sommersprossen auf seiner Nase. Alles um sie herum verschwamm, als sie Pawlo zum ersten Mal richtig wahrnahm, und ihr wurde schwindelig. Die Hitze, die von seinem Körper ausging, verbrannte Katjas Hände, und jetzt, da sie sich ihrer Nähe so bewusst war, versuchte sie, von ihm wegzukommen. Kurz, ganz kurz, verstärkte er jedoch den Griff um ihre Hüfte, als wollte er sie nicht loslassen. Er beugte sich vor, legte die Lippen an ihr Ohr, und bei der sanften Berührung sträubten sich Katja die Nackenhaare.

»Du wirst mehr Eier brauchen«, flüsterte Pawlo.

Katja schnappte nach Luft. Sie hatte gar nicht gemerkt, dass sie den Atem angehalten hatte. Wovon redete er da? Und was hatte sie eigentlich erwartet, was er ihr ins Ohr flüstern würde? Dann, als sie spürte, wie der Dotter der zerbrochenen Eier in ihrer Tasche durch den Stoff drang, bewegte er die Lippen zu ihrer Wange, und dann küsste er sie.

Hätte Pawlo sie nicht noch immer festgehalten, wäre Katja wieder gestürzt, aber das hätte sie niemals zugegeben, nicht ihm gegenüber.

Pawlo zog sich mit einem selbstbewussten Lächeln zurück, und Katja tat das Einzige, was ihr einfiel: Sie gab ihm eine Ohrfeige.

»Was soll das, Pawlo?« Verwirrung vernebelte ihren Geist, doch nach außen hin war sie wütend. Für wen hielt er sich eigentlich, dass er sie ohne Erlaubnis küsste?

Noch immer lächelnd berührte Pawlo den roten Handabdruck auf seiner Wange. »Ich habe nichts anderes von dir erwartet, Katja. Denk darüber nach. Werd dir über deine Gefühle klar. Ich weiß, was ich will. Sag mir Bescheid, wenn du es auch weißt.« Er beugte sich vor, holte zwei weitere Eier aus einem Nistkasten und legte sie Katja in die zitternden Hände.

Katja nahm sie. Ihr ganzer Körper kribbelte von Pawlos Berührung, und sie rannte heim.

Seit diesem Tag hatte sie die Szene immer und immer wieder im Geiste durchlebt. Hatte Pawlo das geplant? Was meinte er damit, er wisse, was er wolle? Und was wollte sie nun wirklich, nachdem er ihre Freundschaft ruiniert hatte?

Was auch immer von nun an passierte, diesen Kuss konnte man nicht vergessen.

»Katja! Ich hab dich gesucht.«

Beim Klang von Pawlos tiefer Stimme bekam sie eine Gänsehaut. Rasch überbrückte er die Distanz zwischen ihnen, und sein Lächeln leuchtete im Zwielicht.

»Ich wusste gar nicht, dass du mich suchst.« Katja hörte ihren eigenen Puls, während sie darum kämpfte, nicht körperlich auf Pawlo zu reagieren. »Ich brauchte nur ein bisschen frische Luft. Zum Nachdenken.«

»Und? Denkst du immer noch nach?« Er streckte die Hand aus und zwirbelte eine ihrer Locken.

Katja war wie erstarrt. Sie wusste nicht, was sie tun sollte. Ihre Gedanken überschlugen sich, und eine Flut bedeutungsloser Wörter brach aus ihr heraus.

»Oh … Nicht darüber … Über die Ernte … Wirklich … Ich habe gedacht, wir sollten …«

Pawlo nahm ihr Gesicht in seine großen schwieligen Hände und drückte ihr die Daumen auf die Lippen, um sie zum Schweigen zu bringen. »Ich kann nur noch an dich denken.«

Die Welt verschwamm, als Pawlo seine Lippen auf Katjas legte, und sie verschmolz mit ihm, stellte sich auf die Zehenspitzen und ergab sich seiner Umarmung.

Als Pawlo sich wieder von ihr löste, um ihr in die Augen zu schauen, war sie wie erstarrt. Der Kuss auf die Wange letzte Woche hatte sie verwirrt, aber nach diesem Kuss war die Entscheidung klar. Sie konnte die Gefühle zwischen ihnen nicht länger leugnen.

»Mehr braucht es nicht, Katja? Ein Kuss, und dir, dem lautesten Mädchen, das ich kenne, hat es die Sprache verschlagen?« Pawlo lachte, und der Wind zerzauste sein sandbraunes Haar. »Vielleicht hätte ich das schon längst einmal versuchen sollen. Dann hätte ich mehr Frieden in meinem Leben gehabt.«

Sein Necken brachte ihm einen kräftigen Schlag auf den Arm ein, und er lachte und rieb sich die schmerzende Stelle. »Manche Dinge ändern sich, andere offenbar nicht. Willst du mich jedes Mal schlagen, wenn ich dich küsse?«

»Vielleicht.« Katja zuckte mit den Schultern und grinste. »Ich habe mich noch nicht entschieden. Und auch wenn ich mich von dir habe küssen lassen, solltest du nicht vergessen, dass ich dir noch immer in vielem überlegen bin.«

»Wie könnte ich das vergessen? Das ist Teil deines Charmes.«

Lachen hallte von einer Gruppe Männer zu ihnen herüber, die ein wenig abseits der Feier standen, und Katja ärgerte sich darüber, derart rüde unterbrochen worden zu sein. »Lass uns ein wenig spazieren gehen, weg von all den Leuten«, schlug sie vor.

»Mit einem hübschen Mädchen unter dem Sternenhimmel spazieren gehen? Ich kann mir nichts Besseres vorstellen.« Mit einer Verbeugung bot Pawlo Katja den Arm an, und sie hakte sich bei ihm unter. Gemeinsam schlenderten sie durch die friedliche Nacht, und in diesem Augenblick war Katja das glücklichste Mädchen der Welt.

3

Cassie

Wisconsin, Mai 2004

Zwei Tage später war der kleine Bungalow, den Cassie für die vergangenen anderthalb Jahre ihr Zuhause genannt hatte, geräumt und geputzt. Dabei kam es ihnen zupass, dass Henry und sie alles, was sie nicht unbedingt brauchten – Golfschläger, teures Porzellan und Hochzeitsgeschenke, die sie nie benutzten – vor dem Umzug eingelagert hatten.

»Ich habe mit deinem Vermieter telefoniert, Cass«, rief Anna, während sie das letzte Küchenzeug zum Auto trug. »Ich habe ihm gesagt, wir lassen die Schlüssel auf der Küchentheke liegen und ziehen die Haustür ins Schloss.«

»Wirklich? Und er ist einverstanden, dass ich einfach so verschwinde?«

»Oh ja, er klingt wie ein sehr netter Mann. Er sagt, er hat volles Verständnis. Er kann dir die Miete für den Rest des Monats nicht erstatten, aber er schickt dir die Kaution, sobald er alles überprüft hat.«

»Danke.« Cassie stopfte einen Karton in den SUV und schloss die Heckklappe.

»Hier, gib mir die Schlüssel. Ich schließe alles ab. Du sorgst dafür, dass Birdie angeschnallt und abfahrbereit ist.« Anna streckte die Hand aus.

Cassie holte tief Luft, lächelte gezwungen und gehorchte, denn man gehorchte, wenn Anna das Ruder an sich riss. Sie wollte ohnehin nicht noch einmal durch das Haus gehen. Nichts war darin übrig außer Traurigkeit.

Sie steckte den Kopf zur Hintertür des Wagens hinein. »Na, Vögelchen, bist du so weit?«

Birdie nickte einmal. Ihr Augen waren groß und glänzten vor Aufregung.

»Bist du froh, dass wir wieder nach Hause ziehen?«, fragte Cassie.

Birdie nickte erneut.

»Ich glaube, ich auch. Das wird ein Neuanfang für uns.« Cassie schnallte Birdie in ihrem Kindersitz an. »Sag Grandma nichts, okay? Ich will nicht, dass sie sich darauf etwas einbildet.«

Birdie lächelte mit rosigen weichen Pausbacken, und Cassie schmolz dahin. Wie lange war es her, dass sie dieses süße Lächeln zuletzt gesehen hatte? Wie viel von Birdie war in diesem vergangenen Jahr verloren gegangen, während Cassie sich in ihrer Trauer gesuhlt hatte?

»Gehen wir!« Anna eilte die Verandastufen herunter. »Ich fahre voraus, und du kannst mir folgen.«

»Klingt wie immer.« Cassie nahm am Lenkrad Platz.

Seit Henrys Verkehrsunfall war Autofahren für Cassie nicht mehr dasselbe. Obwohl er alles richtig gemacht und alle Verkehrsregeln befolgt hatte, war ein anderer nicht so vernünftig gewesen, und dieser Fehler hatte Henry das Leben gekostet. Wie sollte ein Hinterbliebener nach so etwas über seine Angst vor der Straße hinwegkommen? Ihre Psychiaterin hatte darauf eine Menge Antworten, aber Cassie stimmte keiner einzigen davon zu. Während der Fahrt war ihre Bewältigungsstrategie Lautstärke: fröhliche Musik gepaart mit einem Umklammern des Lenkrads, so fest, dass ihre Knöchel weiß hervortraten, und überzogene Wachsamkeit. Ihr Rücken entspannte sich nie. Sie hockte förmlich auf der Sitzkante und hielt nach jeder möglichen Gefahr Ausschau.

Diese Art zu fahren strengte an, deshalb mied sie das Auto, wann immer sie konnte. Sie ging mit Birdie zu Fuß zur Bibliothek und zum Lebensmittelgeschäft, und sie hatte sowieso kein Bedürfnis, daneben viele andere Ziele anzusteuern. Als sie drei Stunden später vor Bobbys gemauertem Ranchhaus hielten, tat Cassie der Rücken weh, ihr Schädel pochte, und ihre Arme rutschten vom Lenkrad wie zu lange gekochte Spaghetti.

»Wir sind da!«, rief sie Birdie zu, fröhlich trotz ihrer steifen Muskeln und der Beklommenheit über den unvermittelten Umzug. Birdie sah sie mit erhobenen Augenbrauen an, und Cassie verzog das Gesicht. Selbst ihre Fünfjährige merkte, wenn sie sich verstellte.

Sie öffnete die Autotür und ließ die kühle Luft über ihr Gesicht strömen. Das Hämmern in ihrem Kopf ließ nach, und sie stieg aus, streckte die Arme hinter sich, beugte sich vor und versuchte, sich zu entspannen.

Birdie schnallte sich selbst los, schoss aus dem Auto und flitzte zur Haustür. Ein warmes Gefühl breitete sich in Cassies Brust aus. Das Haus sah noch genauso aus wie damals, als sie selbst ein Kind gewesen war. Lange Blumenbeete zogen sich an der Vorderfront entlang. Im Sommer quollen sie über vor Pfingstrosen, Malven, Zinnien und Kosmeen. Im Augenblick waren die kurzen mehrjährigen Schösslinge kaum voneinander zu unterscheiden, und die kahlen Stellen schrien danach, mit einjährigen Blumen bepflanzt zu werden. Die leeren Beete riefen nach Cassie, und zum ersten Mal seit langer Zeit empfand sie das Bedürfnis, etwas zu tun, das über das bloße Existieren hinausging.

»Ich dachte, ihr bezieht euer Zimmer und dann holen wir Bobby ab.« Anna trat zu Cassie und legte einen Arm um sie.

»Klingt gut«, sagte Cassie. »Also, schaffen wir die erste Ladung hinein.«

Nicht lange danach hatten sie die persönlichen Dinge, die sie brauchen würden, in einem der Gästezimmer aufgestapelt und die zusätzlichen Haushaltsgegenstände in den Keller geräumt. Auf dem Weg hinaus blieb Cassie vor dem heiligen Winkel an der westlichen Wohnzimmerwand stehen. *Die Ikonen müssen nach Osten sehen,* hatte Bobby ihr einmal erklärt. Zwei kunstvolle alte Heiligenbilder – eins von Jesus Christus, das andere von Maria mit dem Jesuskind – hingen an der Wand, und über ihnen war ein wunderschön bestickter *ruschnyk* drapiert. Die Enden des Tuches hingen zu beiden Seiten der Rahmen herunter und zeigten spiegelbildlich angeordnete rote Bäume, die mit Blumen, Ranken und Vögeln geschmückt waren. Auf dem Bücherregal darunter komplettierten ein paar Drucke von Heiligen, ein Gebetbuch, gesegnete Kerzen, Weihrauch und ein Napf mit Weihwasser den Ort, an dem Bobby täglich betete.

Cassie betrachtete sich nicht als fromm, aber die Bedeutung, die dieser heilige Winkel für Bobby besaß, machte ihn für Cassie zu etwas Besonderem. Ihr Unbehagen wegen des plötzlichen Umzugs schmolz dahin, als ihr schöne Erinnerungen an Bobby in den Sinn kamen. Sie wollte hier sein, um ihrer Grandma zu helfen und Birdie Gelegenheit zu geben, ihre Urgroßmutter richtig kennenzulernen.

»Bringst du das für mich in Bobbys Zimmer?« Anna kam zur Vordertür herein und reichte ihr einen Wäschekorb mit gefalteten Kleidungsstücken. »Ich wollte ihn schon früher vorbeibringen, aber ich hab's vergessen.«

»Sicher.« Cassie nahm den Korb und brachte ihn ins Schlafzimmer am Ende des Korridors. Der Raum roch nach Bobbys Parfüm, und eine weitere Welle der Nostalgie überfiel Cassie. Sie stellte den Korb auf das ordentlich gemachte Bett und hielt inne, weil sie ein Buch entdeckte, das aufgeschlagen auf dem Nachttisch lag, als hätte es jemand dort hingelegt, um es gleich weiterzulesen. In einem angelaufenen Kerzenständer ragte ein abgebrannter Kerzenstummel aus einem Hügelchen aus geschmolzenem Wachs, ein scharfer Kontrast zu der großen modernen Leselampe, welche die Szenerie überragte.

Cassie beugte sich näher. Winzige handschriftliche Wörter auf Ukrainisch füllten jeden Quadratzentimeter der vergilbten Seite. Das war kein Roman, sondern ein Tagebuch.

Vorsichtig hob sie den abgegriffenen Band und schloss ihn, fuhr mit den Fingerspitzen über den Buchdeckel aus abgewetztem Leder. Riefen und Kratzer überzogen die Oberfläche und sprachen von einem langen Leben, in dem es oft benutzt worden war.

Auf dem College waren Geschichte und Journalismus Cassies Hauptfächer gewesen, und jahrelang hatte sie Bobby für verschiedene Forschungsarbeiten interviewen wollen. Bobby hatte es jedes Mal abgelehnt. *Die Vergangenheit ist vorbei, Cassie. Wir müssen in die Zukunft blicken.*

Für eine angehende Historikerin war das kein sehr nützlicher Ratschlag, und Bobbys Ausweichen hatte Cassies Wunsch, mehr über das Leben ihrer Großmutter herauszufinden, noch geschürt. Wann immer sich eine Gelegenheit bot, hatte sie es wieder versucht. Irgendwann aber hatte sie aufgegeben. Nicht ohne Grund galt Bobbys Sturheit bei der ganzen Familie als legendär. Doch wenn sie nun in die Vergangenheit entglitt, wie ihre Mom sagte, musste Cassie mehr darüber wissen, um ihr helfen zu können.

Cassie schloss die Augen und legte die Hand auf den Buchdeckel. Wärme durchströmte sie, als könnte sie spüren, wie die Wörter zum Leben erwachten und ein Bild der Geschichten darin zeichneten. Die Härchen auf ihren Armen richteten sich auf, und sie schauderte.

»Cassie? Bist du so weit?« Annas Stimme brach den Bann.

Sie öffnete die Augen. »Ja, ich komme sofort.«

Cassie drückte sich das Buch an die Brust und seufzte bedauernd. Wenn es nur so einfach wäre. Sie überlegte, das Tagebuch in ihr Zimmer zu schmuggeln, damit sie es näher untersuchen konnte, aber sich etwas derart Persönliches anzueignen war vermutlich nicht die beste Art, das Zusammenleben mit Bobby zu beginnen, schon gar nicht, wenn sie das Buch dann suchte. Außerdem hatte Cassie nie Ukrainisch gelernt, konnte es nicht einmal lesen. Sie legte das Journal auf den Nachttisch, sah es ein letztes Mal sehnsüchtig an und fragte sich, welche Antworten es enthielt, dann ging sie hinaus zum Wagen.

4

KATJA

Ukraine, Januar 1930

»Wer ist das?« Mama blieb vor Katja stehen, als sie an einem kalten Winterabend aus der Kirche kamen.

Katja trat um sie herum, um den Dorfplatz besser sehen zu können. Läden, Häuser und die Kirche standen hier, und auf dem Platz in der Mitte stellten Händler am Markttag ihre Stände auf. Heute war der Platz jedoch leer, als eine Gruppe von Leuten und zwei Wagen sich von Osten her näherten. Die dunklen Farben und die scharfen Kanten der Karawane hoben sich stark vom sanften Grau und Weiß der Winterlandschaft ab.

»Tato?« Katja schaute zu ihrem Vater. Er legte ihr die Hand auf die Schulter, während immer mehr Leute aus der Kirche kamen.

»Ich hab es dir doch gesagt, Wiktor«, sagte Ruslan, bevor Tato seiner Tochter antworten konnte. »Das sind Stalins Männer.«

Ein leises Raunen ging durch die Menge. Katja zählte gut zwei Dutzend Leute, die vor den Wagen gingen. Die Luft knisterte vor Spannung, und Katja zog den Mantel enger, als könnte sie sich so vor der unbekannten Bedrohung schützen, die da auf sie zukam.

Pawlo, Fedir und Kolja stellten sich zu ihnen, als die Neuankömmlinge ihre Wagen parkten. Pawlo drückte beruhigend Katjas Arm. Ein Mann, der sich als Genosse Iwanow vorstellte, ihr Parteiführer, stieg auf einen der Wagen, um sich mit seiner dünnen Stimme an alle zu wenden.

»Genossen! Offenbar haben wir euch genau zum richtigen Zeitpunkt erwischt. Alle müssen hierbleiben. Diese Versammlung ist Pflicht, damit wir euch von den wunderbaren Plänen des Genossen Stalin erzählen können.«

Genosse Iwanow stellte die kleine Gruppe von »Fünfundzwanzigtausendern« vor, eine Abordnung der schätzungsweise 25.000 russischsprachigen Freiwilligen, die sich den Bolschewiken in der ganzen Ukraine als Aktivisten zur Verfügung gestellt hatten und die nun ihr Dorf kollektivieren würden.

»Zerreißt die Fesseln des Kapitalismus, und wählt ein besseres Leben! Unsere Höfe werden gedeihen, wenn wir unsere Ressourcen und unsere Arbeit zusammenlegen!«

Wegen seiner polierten Schuhe, der Stadtkleidung und dem blassen Gesicht zweifelte Katja daran, dass Genosse Iwanow sonderlich viel Ahnung von Landwirtschaft hatte, doch das hielt ihn nicht davon ab fortzufahren.

Während Iwanow erklärte, wie die Bauern Vieh und Land an die neue Kolchose überschreiben sollten, beobachtete Katja, wie einer der Aktivisten ein buntes Plakat an die Kirchentür nagelte. Darauf waren ein lächelnder Mann und eine Frau zu sehen, und darunter stand:

Arbeitet glücklich, und die Ernte wird gut sein,
in Frühling, Sommer, Herbst und Winter.

Prokyp Gura stieß gegen Katja. Er stank nach Alkohol und drängte sich durch die Menge, um sich dem Genossen Iwanow vorzustellen.

»Einige Leute scheinen das ja ganz toll zu finden«, sagte Katja, als Prokyp auf das Plakat deutete und sich stolz auf die Brust klopfte.

»Einige Leute sind einfach nur dumm«, erwiderte Pawlo.

Fedir beugte sich dicht zu Katja, und Pawlo nickte in Richtung einer Gruppe von Aktivisten. »Schaut mal, wie sie sich Notizen machen.«

Die Stifte der Aktivisten flogen wild über das Papier, während sie die Straßen hinuntergingen, die vom Dorfplatz wegführten, und die nächstgelegenen Häuser inspizierten. Ein Mann klopfte an die Wand des Hauses der Krewtschuks. Dann sprach er mit einem anderen und schrieb schließlich etwas auf.

»Notizen? Was notieren die denn?«

»Vermutlich, wem das größte Haus gehört.« Fedir schüttelte angewidert den Kopf. »Sie müssen ja irgendwo wohnen, oder?«

Katja riss die Augen auf. Am liebsten hätte sie sich an Pawlos starke Hand geklammert, doch er hatte die Fäuste geballt.

Abends auf dem Heimweg konnte Katja ihre Fragen nicht länger unterdrücken. »Das ergibt einfach keinen Sinn. Warum sollte irgendjemand seine Unabhängigkeit aufgeben?«

»Stalin drängt auf die Kollektivierung im ganzen Land«, sagte Tato. »Es war nur eine Frage der Zeit, dass die Bolschewiken in unser Dorf kommen. Stalin glaubt, wenn Land und Arbeit organisiert sind, dann wird auch die Ernte höher ausfallen, und seine Sowjetunion wird ernten, was wir säen.« Angewidert schüttelte er den Kopf. »Es ist jedes Mal dasselbe. Seit Jahrhunderten. Jeder will die fruchtbare Erde der Ukraine für sich, und niemand will sie den Ukrainern lassen.«

»Du hast doch gesagt, das seien nur Gerüchte!« Katja fühlte sich von ihrem Vater verraten. »Und jetzt sagst du, das sei nur eine Frage der Zeit gewesen?«

»Ich wollte nicht, dass du dir Sorgen machst.« Tato verlangsamte seinen Schritt, sodass er neben ihr gehen konnte. »Und ich hatte gehofft, dass sie nicht hierherkommen würden. Ich habe darum gebetet.«

»Und was hat uns das genutzt?« Katja trat gegen einen Stein auf der Straße und wünschte, sie könnte ihn dem Genossen Iwanow an den Kopf werfen.

»Katerina Wiktoriwna Schewtschenko!«, fuhr Mama sie barsch an. »Spotte nicht über das Gebet und auch nicht über deinen Vater!«

Katja hörte ihren vollen Namen aus dem Mund ihrer Mutter nur, wenn die wütend auf sie war. Sie lief rot an und murmelte eine Entschuldigung.

»Die ganze Idee ist einfach nur lächerlich!« Fedir schüttelte den Kopf.

»Vielleicht, aber diese Aktivisten glauben fest daran.« Die Sorge in Tatos Stimme jagte Katja einen Schauder über den Rücken.

»Glauben heißt nicht recht haben«, erklärte Pawlo. Unauffällig strich er über Katjas Hand. Erneut schauderte sie, aber diesmal nicht aus Angst oder Sorge.

»Stimmt«, seufzte Tato. »Sie haben nie eigenes Land besessen oder ihren eigenen Hof bewirtschaftet. Sie kennen die Befriedigung nicht, die es bedeutet zu ernten, was man selbst gesät hat. Sie wissen nicht, was es heißt, die eigene Familie ernähren zu können und genug Saatgut übrig zu haben, um im nächsten Frühjahr wieder von vorne zu beginnen.« Er breitete die Arme aus und deutete auf die umliegenden Felder. »Das macht uns zu Bauern.«

»Genau.« Mama nickte und legte ihrem Mann die Hand auf die Schulter. »Warum sollten wir das aufgeben?«

»Das werden wir nicht!«, erklärte Katja entschlossen.

***

Am nächsten Morgen, als Katja sich an die warme Flanke der Kuh lehnte, durchbrach das Heulen eines Kindes den hypnotischen Rhythmus der Milch, die in den Eimer spritzte. Katja schnappte sich rasch den Eimer, damit die Kuh ihn nicht umwerfen konnte, und schaute hinaus. Ihr Vater sprach auf der Straße mit Polina Krawtschuk. Hinter ihr stand ein Handkarren mit ein paar Kleidern und ihren beiden kleinen Kindern.

Katja ging hinüber und hörte Polina sagen: »Sie sind mitten in der Nacht gekommen und haben meinen Mann verhaftet. Sie haben gesagt, er sei ein *kulak*, und sie haben das Haus zu ihrer Parteizentrale gemacht.« Sie biss die Zähne zusammen und kämpfte mit den Tränen.

Katja blinzelte und erinnerte sich an Fedirs Bemerkung, dass die Aktivisten nach den größten Häusern suchten, und dann hatten sie sich das Heim der Krawtschuks ganz genau angeschaut. Die Krawtschuks waren tatsächlich eine der wohlhabenderen Familien im Dorf, und das Haus spiegelte das wider.

»Wo sollt ihr denn jetzt hin?«, fragte Tato.

»Sie haben gesagt, wir müssten sofort raus aus dem Dorf, wenn wir nicht auch verhaftet werden wollen. Vielleicht nimmt mein Bruder uns ja auf.«

»Was ist mit den Tieren? Was mit eurem Besitz? Konntet ihr denn gar nichts mitnehmen?«

Polina schniefte. »Nur ein paar Kleider.«

»Wie lange wollen sie deinen Mann denn festhalten?«, hakte Katja nach.

Polina unterdrückte ein Schluchzen. »Ich ... Ich weiß es nicht.«

Katja suchte nach den richtigen Worten, und schließlich umarmte sie Polina einfach, die ihr in die Schulter weinte.

Dann kam Mama mit einem kleinen in ein Tuch gewickelten Laib Brot. »Hier, Polina. Es ist nicht viel, aber es wird euch auf dem Weg die Bäuche füllen.«

»Danke.« Polina straffte die Schultern und wischte sich die Nase ab. »Wir müssen jetzt weiter. Ich muss die Kinder vor Sonnenuntergang in Sicherheit bringen.«

Als sie weggingen, begann das kleinste Kind wieder zu weinen. »Wo ist mein Tato? Ich will meinen Tato!«

Katja ballte die Fäuste. »Das ist falsch. Wie können diese Aktivisten sie einfach aus ihrem Haus werfen?«

»Keine Fragen, Katja. Nicht jetzt.« Müdigkeit zeigte sich in den Augen ihres Vaters. »Komm. Wir haben noch viel zu tun.«

An diesem Abend, auf der nächsten Pflichtversammlung, erfuhr Katja, dass in der Nacht zuvor noch vier weitere Männer verhaftet und ihre Frauen und Kinder aus ihrem Heim geworfen worden waren. Alle waren wie die Krawtschuks wohlhabendere Familien, die allgemein respektiert waren und großen Einfluss im Dorf hatten.

Katja beobachtete die Versammlung in der Kirche genau. Während die Aktivisten weiter ihre Sprüche klopften, lachten die Leute und plauderten miteinander. Nur ein paar wenige gingen zu dem langen Tisch und trugen sich in die Liste ein.

»Da treten einige tatsächlich in die Partei ein«, sagte Katja ungläubig.

Pawlo winkte ab. »Nur die Schwachen. Diese Leute sind allein gescheitert und glauben jetzt, dass das Kollektiv sich um sie kümmern wird.«

Fedir schnaubte verächtlich. »Unwahrscheinlich.« Er nickte in Richtung der Sprecher. »Ich bezweifele, dass diese Narren bis jetzt je die Stadt verlassen haben. Von der Arbeit auf einem Hof ganz zu schweigen. Erst gestern habe ich gesehen, wie einer von ihnen eine Ziege mit einem Schaf verwechselt hat.«

»Hast du auch gehört, dass Prokyp sich den Aktivisten angeschlossen hat?«, fragte Pawlo. »Der Dorfsäufer, der uns immer sagen will, wie wir unser Land bestellen sollen. Unglaublich!«

Eine Aktivistin ging an ihnen vorbei und drückte Katja einen Zettel in die Hand. »Komm zum Komsomol. Lass das Alte hinter dir, und arbeite mit uns an einer neuen Zeit!«

Pawlo schaute über Katjas Schulter auf das Bild von zwei überschwänglichen Jugendlichen, die vor Josef Stalin salutierten.

»*Die Kommunistische Jugendorganisation braucht dich! Stalin braucht dich!*«, las Katja laut. Dann schaute sie Pawlo in die Augen. »Das machen wir doch nicht, oder?«

»Natürlich nicht.« Er nahm ihr den Zettel aus der Hand und zerknüllte ihn.

Überall wurden Anti-Kulaken-Plakate und Banner der Jungen Pioniere entrollt.

Junger Pionier! Lerne, für die Arbeiterklasse zu kämpfen!
Lasst uns die Kulaken vernichten!
Fegt die Kulaken beiseite, die Erzfeinde der Kollektivierung!

Katja war die überflüssigen Reden leid, und so starrte sie während der Versammlungen meist auf die Plakate, doch die ergaben für sie keinen Sinn. Was stimmte denn mit diesem Leben nicht? Katja liebte es, mit ihrem Vater auf dem Feld zu arbeiten und sich um die Tiere zu kümmern. Sie genoss die Tage mit ihrer Mutter im Familiengarten und auch die Ernte, durch die sie im Winter gutes Essen hatten. Warum sollte sich irgendetwas davon ändern?

Nach mehreren Tagen und Versammlungen hatte sich die Kirche, die die Partei requiriert hatte, so weit verändert, dass sie kaum noch zu erkennen war. Sämtliche Ikonen waren entfernt und durch roten Stoff und Banner ersetzt worden, die die Wohltaten der Kollektivierung und des Kommunismus priesen. Insgeheim spotteten viele Dörfler über die Kolchosen, aber die Ränge der Bolschewiken füllten sich immer mehr mit ärmeren, desillusionierten Bauern, die die Anti-Kulaken-Propaganda glaubten.

Sich gegen die Kulaken zu erheben wurde zum Schlachtruf der Aktivisten, und Genosse Iwanow schürte das Feuer noch. »Jahrelang habt ihr wie die Sklaven für die Kulaken geschuftet, während sie den Profit eingestrichen haben! Sie sitzen in ihren schönen Häusern und lachen über euch! Aber jetzt ist Schluss damit! Das ist eure Gelegenheit! Nehmt euch, was euch rechtmäßig gehört!«

»Ein Kulak ist jetzt also schon jeder, der nicht versagt?«, murmelte Fedir vor sich hin. »Jeder, der genug Geld hat, um Erntehelfer anzuheuern und sich eine zweite Kuh zu leisten? Mehr braucht es nicht, um von Stalin als ›reich‹ bezeichnet zu werden?«

Allerdings war auch Fedir zurückhaltender, seit Beamte der OGPU, Stalins Geheimdienst, sich mitten in der Nacht ins Dorf geschlichen hatten. Mit ihren olivfarbenen Hemden und stählernen Blicken suchten sie nach jedem noch so kleinen Zeichen von mangelndem Respekt oder gar Widerstand, und diese Form der Einschüchterung funktionierte. Niemand wollte die Aufmerksamkeit dieser Männer erregen oder gar riskieren, von ihnen verhaftet zu werden.

»Stalin hat beschlossen, dass es keine Klassen mehr in der Ukraine geben darf, wenn die Kolchosen funktionieren sollen«, sagte Tato leise.

»Aber wie will er das erreichen?« Katja kaute auf ihren Fingernägeln, als der eisige Blick eines OGPU-Beamten über sie hinwegwanderte.

Niemand antwortete ihr, und die Stimme des Genossen Iwanow hallte durch den Raum: »Nieder mit den Kulaken! Nieder mit den Kulaken!«

»Wir müssen uns ihnen widersetzen. Jetzt!«, sagte Fedir. Er wippte auf den Fußballen und bebte förmlich vor Energie.

Katja fühlte, wie Pawlo sich neben ihr verspannte, als er Fedir die Hand auf die Schulter legte. »Sei nicht dumm. Jetzt ist nicht die Zeit dafür, Fedir. Die OGPU sieht alles.«

Fedir schüttelte Pawlo ab. »Es wird nie der richtige Zeitpunkt dafür sein! Ich kann mir das nicht länger anhören. Und du solltest das auch nicht tun.« Er legte die Hände trichterförmig um den Mund. »Nehmt euren Kommunismus, und haut ab! Wir wollen euch hier nicht!«

Ein paar Leute schnappten hörbar nach Luft. Genosse Iwanow verstummte mitten im Satz und klappte den Mund auf. Langsam drehte er sich zu Fedir um und schaute ihn drohend an. Dann trat er einen Schritt zurück und sprach mit der Frau neben sich. Die Leute warteten darauf, dass Fedir weiterredete, doch Kolja und Pawlo zerrten ihn hinaus, bevor er noch mehr sagen konnte.

Tato seufzte besorgt. »Das war dumm.«

***

Obwohl Katja und Pawlo beide für ihre Mütter einkaufen waren und dementsprechend viel zu schleppen hatten, genossen sie es, gemeinsam nach Hause zu gehen. Nur noch eine Handvoll hartnäckiger Blätter klammerte sich an die kahlen Äste der Bäume neben der Straße. Sie raschelten im Winterwind. Katja zitterte und drehte ihr Gesicht in die Sonne. Sie wünschte, die Wärme würde zu ihr durchdringen.

»Waren das alles diese schönen Kulakenhäuser, von denen die Aktivisten immer reden?«, fragte sie. »Ich kenne nur wenige Leute, die wirklich solche Häuser haben.«

Pawlo schürzte die Lippen. »In ihren Augen zeugt ein Blechdach schon von Reichtum oder ein zusätzlicher Raum im Haus. Wenn du nicht wirklich bettelarm bist, bist du ein Kulak für sie.« Als sie eine Weggabelung erreichten, nahm Pawlo Katjas Hand. »Komm. Lass uns nicht von solchen Dingen reden. Ich möchte diesen Morgen mit dir genießen. Habe ich eigentlich schon erwähnt, wie hübsch du heute bist?«

»Nein, hast du nicht«, antwortete Katja und zwirbelte das lose Haar an ihrem Zopf. »Aber sprich ruhig weiter.«

Pawlos tiefes, volles Lachen hüllte sie ein. »Ich könnte immer weiter und weiter reden, aber zuerst muss ich bei meinem Cousin vorbei.« Pawlo nickte zu Fedirs Haus weiter die Straße hinunter. »Er hat mich gebeten, mir einen Halfter anzusehen, den er repariert hat. Dann zähle ich dir alle Beweise für deine Schönheit auf.«

Katja lachte. »Na schön. Aber wir dürfen uns nicht zu viel Zeit lassen. Meine Eltern fragen sich sicher schon, wo ich bleibe.«

Pawlo grinste, als sie in die schmale Straße einbogen, die zu Fedirs Haus führte. »Natürlich. Wir wollen doch nicht, dass sie eine falsche Vorstellung von mir bekommen.«

»Du hast Glück, dass mein Vater so viel von dir hält. Sonst wäre er viel strenger mit mir.«

»Das könnte sich ändern, wenn ich ihm von meinen Absichten erzähle«, sagte Pawlo.

»Ach ja? Und was sind das für Absichten?«

»Wenn ich dir das sagen würde, dann wäre es keine Überraschung mehr.« Pawlo nahm ihre Hand, hob sie an seine Lippen, und Katja schauderte.

Trotz allem konnte sie sich an keinen perfekteren Moment erinnern als diesen. Pawlo hielt sie nicht nur für schön, er hatte auch »Absichten«, was sie betraf. Dieses Wissen machte es ihr schwer, an etwas anderes zu denken.

Gemeinsam gingen sie noch ein paar Minuten glücklich nebeneinanderher. Dann ließ Pawlo ihre Hand los, und Katja wurde aus ihren Träumen gerissen.

»Fedirs Tür steht auf.« Die Verspieltheit in Pawlos Stimme war verschwunden, und Katja überkam Angst, so als hätte ihr jemand einen Eimer kaltes Wasser über den Rücken gegossen.

Pawlo rannte durch den Hof, und Glassplitter knirschten unter seinen Stiefeln, als er das Haus betrat. An der Haustür berührte Katja einen dunklen, nassen Fleck, und der metallische Geruch von Blut stieg ihr in die Nase. Wie erstarrt schaute sie auf die rote Flüssigkeit an ihren Fingern.

»Pawlo.« Katja trat durch die Tür und hob zitternd die Hand.

Ihr bot sich ein Bild des Chaos, alles in einem winzigen Raum: Stühle waren umgeworfen, der Tisch lag auf der Seite, und überall sah sie zerbrochenes Geschirr und Kleidung.

»Er … Er ist weg!« Pawlos Stimme drohte zu brechen.

Furcht keimte in Katja auf. »Glaubst du, das war die OGPU?«

Pawlo knirschte mit den Zähnen. »Wer sollte das sonst gewesen sein?«

Katja schaute sich in dem kleinen Haus um. »Aber Fedir ist doch kein Kulak!«

»Er hat sich auf der Versammlung gestern über die Sowjets lustig gemacht. Weißt du noch?« Pawlos Stimme zitterte vor Wut. »Und jetzt ist offenbar auch jeder ein Kulak, der die Stimme gegen die Bolschewiken erhebt.«

5

CASSIE

Illinois, Mai 2004

Als sie das Krankenhaus betraten, hallte Bobbys Stimme, unverkennbar durch ihren Akzent, durch den Flur. Cassie lachte kurz auf und sah Anna an. »Allzu schlecht kann es ihr nicht gehen. Sie klingt wie immer.«

Sie folgten ihrer Stimme und fanden sie in dem Moment, als sie mit vor Zorn rotem Gesicht eine junge Schwester anfuhr: »Mir reicht es! Die haben gesagt, ich kann nach Hause! Ich brauche keine Untersuchungen mehr.«

»Was ist hier los?« Anna rauschte in den Raum, Cassie blieb mit Birdie im Flur stehen und beobachtete, was sich da abspielte.

»Es tut mir leid, Ma'am«, sagte die Schwester. »Vor der Entlassung musste ich Ihre Verbände noch einmal kontrollieren. Ich wollte Sie nicht aufregen, und alles sieht gut aus. Ich hole jetzt den Arzt, damit er Ihre Papiere unterschreibt, dann können Sie mit Ihren Leuten nach Hause fahren.«

»Vielen Dank.« Anna wandte sich Bobby zu. »Ich habe dir Besucher mitgebracht.«

Cassie nahm die Hand ihrer Tochter und trat ins Zimmer.

Bobbys runzliges, eingefallenes Gesicht hatte bei ihrem Unfall am meisten abbekommen. Purpurne Prellungen umgaben das linke Auge, und die papierdünne Haut auf ihren Wangen war an mehreren Stellen aufgeplatzt. Die platt gelegenen bräunlichgrauen Locken sahen unter dem Verband an ihrer Schläfe hervor, und leichte Abschürfungen überzogen die Arme. In ihren Augen loderte allerdings noch das Feuer, ganz wie bei der Bobby, an die sich Cassie erinnerte: die ihren Haushalt mit eiserner Hand führte und deren Verstand so schnell zuschnappte wie eine stählerne Falle.

Bobby lächelte, als sie auf ihr Bett zugingen, und Cassie umarmte sie. Cassie war überrascht, wie mager ihre Großmutter geworden war. Ihre Knochen zeichneten sich durch das Krankenhaushemd ab. »Cassie! Du bist zu Hause! Das ist ja wunderbar.«

Als sie Birdie erblickte, wurde ihr Gesicht ganz weich.

»Ach, und mein kleines Vögelchen kommt auch.« Sie breitete die Arme aus, und Birdie kletterte aufs Bett und sank in ihre Umarmung.

Bobby streichelte dem Mädchen mit einer knochigen Hand über die Haare. »Alles gut, hier bist du sicher.«

Cassie sah ihre Mutter an. Anna strahlte vor Freude über das Wiedersehen und hauchte: »Siehst du?«

Cassie verdrehte die Augen und setzte sich neben Bobby. »Wie würde es dir gefallen, für eine Weile Gäste zu haben?«

»Ich brauche keinen Babysitter! Hat deine Mutter dir das eingeredet?« Sie sah Anna drohend an. »Ich komme zu Hause sehr gut allein zurecht!«

»Das weiß ich ja«, sagte Cassie. »Ich dachte, du könntest …«

Bobby kniff die Augen zusammen, und Anna trat Cassie gegen das Bein.

Cassie verzog das Gesicht und versuchte es anders. »Ich dachte, vielleicht wäre es dir recht, wenn Birdie und ich eine Weile bei dir wohnen. Ich will wieder nach Hause, aber Mom hat nicht genügend Platz für uns. Deshalb hatte ich gehofft, du hättest nichts dagegen, wenn wir bei dir einziehen. Bis wir etwas Eigenes gefunden haben, meine ich.«

»Oh, natürlich.« Bobby lächelte strahlend. »Ich würde mich ja so freuen, wenn ihr bei mir bleibt. Ich könnte Birdie zeigen, wie man Pflanzen setzt. Sie kann meine Helferin sein, genau wie du, als du ein kleines Mädchen warst, Cassie.« Sie drückte Birdie die Hand, und die nickte begeistert.

»Toll!« Cassie stand auf. »Also, bringen wir dich hier heraus.«

»Nick!« Bobby sah an Cassie vorbei, und ihr Gesicht kräuselte sich zu einem Lächeln, das von tausend fedrigen Runzeln umgeben war.

In der Tür stand ein großer breitschultriger Mann in einer dunkelblauen Hose und einem Hemd mit dem Emblem der Feuerwehr. Seine gebräunte Haut passte zu seinen sandbraunen Haaren, und aus der farblichen Eintönigkeit hoben sich seine klaren blauen Augen umso deutlicher ab.

»Tut mir leid, dass ich störe. Wir hatten hier einen Einsatz, und ich habe gehört, dass Sie nach Hause dürfen, deshalb komme ich vorbei. Es geht Ihnen besser?« Seine tiefe, melodische Stimme erfüllte das Zimmer. Bobby lächelte noch breiter, während Birdie das Gesicht an der Schulter ihrer Urgroßmutter vergrub.

»Mir geht es viel besser. Nick, das sind meine Tochter Anna, meine Enkelin Cassie und meine Urenkelin Birdie.« Bobby leuchtete geradezu vor Stolz, als sie ihre Nachkommenschaft vorstellte.

Nick trat vor und reichte Anna die Hand. »Freut mich, Sie alle kennenzulernen.«

Birdie sah kurz aus dem Schutz von Bobbys Armen zu ihm hoch und duckte sich wieder in Deckung.

Das kleine Krankenzimmer wirkte überfüllt mit so vielen Leuten, die sich um Bobby drängten. Cassie ging um ihre Mutter herum und schüttelte Nick die Hand, ohne auf die Wärme und die

Kraft zu achten, die von ihm ausgingen. Sie musterte den Fremden. Ja, er sieht gut aus, sagte sie sich, und er scheint mit Bobby auf vertrautem Fuß zu stehen. Zu vertraut.

»Woher kennen Sie sich?«, fragte sie scharf.

Er hielt ihre Hand etwas länger fest als bei einem Händedruck üblich und ließ sie los, um zu antworten. »Ich war einer der Sanitäter, die sie eingeliefert haben.«

»Und machen Sie das immer?« Cassie gab sich keine Mühe, ihr Misstrauen zu verbergen. »Sehen Sie im Krankenhaus nach ehemaligen Patienten, meine ich? Verstößt das nicht gegen Vorschriften? Privatsphäre, zum Beispiel?«

Er lachte, was zwei tiefe Grübchen auf beiden Seiten der weißen, ebenmäßigen Zähnen offenbarte. »Nein, das ist okay. Solange ich keine medizinischen Informationen über sie weitergebe, dürfte es erlaubt sein, Hallo zu sagen.«

»Cassie, sei nicht unhöflich«, schalt Bobby sie. »Nick ist der Enkelsohn meiner Freundin Mina.«

»Mrs. Koval?«, fragte Anna. »Ich war traurig, als ich vor ein paar Monaten hörte, dass sie gestorben ist.«

Nick senkte den Blick. »Danke. Ich vermisse sie sehr.«

Bobby sah Nick mitfühlend an. »Mina hat Nick ihr Haus hinterlassen. Er ist vergangenen Monat eingezogen, deshalb kommt er manchmal vorbei und sieht nach mir. Bei schlechtem Wetter bringt er mir meine Zeitung. Manchmal nimmt er Essensreste mit, damit ich sie nicht wegwerfen muss.«

»Sie hat mich unter ihre Fittiche genommen«, sagte Nick. »Ihre Bekanntschaft zu machen war mir ein großes Vergnügen.«

»Das ist doch gar nichts. Ich tue das sehr gern für Mina. Nick ist ein guter ukrainischer Junge.« Sie nickte zufrieden, als übertrumpfe dieser Umstand alles und hebe Nick rühmlich von den anderen ab.

»Also, ich bin dort nicht geboren, aber mit allen ukrainischen

Traditionen aufgewachsen«, erklärte Nick. »In der ersten Generation hier.«

»Ich auch«, sagte Anna. »Wir sind Ihnen dankbar für Ihre Hilfe, Nick, aber wir möchten Ihnen nicht zur Last fallen.« Sie wandte sich Bobby zu. »Mama, als du gesagt hast, ein Nachbarsjunge hilft dir, habe ich an einen Teenager gedacht, der sich sein Taschengeld aufbessert.«

»Du hast nie nachgefragt.« Bobby zuckte mit den Schultern.

Nick hob kapitulierend die Hände. »Wirklich, für mich ist es keine Mühe. Außerdem ist es schön, mein Ukrainisch zu üben. Ich würde die Sprache nur ungern verlernen, nachdem meine Baba mich jeden Samstag zur ukrainischen Schule geschickt hat. Aber jetzt muss ich gehen. Ich wollte nur Hallo sagen.« Er trat vor und drückte Bobby einen Kuss auf die verwitterte Wange. »Passen Sie auf sich auf.«

»Ich danke dir, mein Lieber.« Bobby tätschelte ihm die Hand.

»Hat mich gefreut, Sie alle kennenzulernen.« Mit einem Winken verließ Nick das Zimmer.

Kaum war er außer Hörweite, sagte Cassie: »Ich finde es trotzdem irgendwie seltsam. Habt ihr nie eine von diesen Sendungen gesehen, wo ein gut aussehender Fremder alte Leute dazu bringt, ihnen ihre Bankkonten und ihre Häuser zu überschreiben?«

»Du bist schrecklich!« Bobby sah sie zornig an. »So misstrauisch.«

»Oder bist du vielleicht leichtgläubig?« Cassie verschränkte die Arme.

Ihre Großmutter sah sie an, und ihr Ton wurde hart. »Wenn ich eines nicht bin, dann leichtgläubig.« Nach einem Weilchen entspannten sich ihre Stimme und ihre Schultern. »Vielleicht ist er nur ein guter Junge, der seine Familie vermisst? Hast du dir das mal überlegt?«

»Nein. Dass er ein Serienmörder ist, ist viel wahrscheinlicher.«

Anna lächelte matt. »Na, das ist doch ein bisschen übertrieben. Er scheint schon ganz nett zu sein.« Als Bobby sich abwandte, neigte sie den Kopf zu Cassie und flüsterte: »Aber behalt ihn im Auge.«

***

Bobby schwieg auf der Fahrt nach Hause. Erst als Anna vorging, um die Haustür aufzuschließen, und Cassie ihr aus dem Wagen half, sagte sie etwas.

»Redet sie noch immer nicht?« Bobby warf einen Blick zu Birdie, die hinter Anna aus dem Auto gehüpft war.

Cassies Gesicht spannte sich an. »Nicht seit dem Unfall.«

Bobby nickte. »Jeder trauert auf seine Weise.«

Sie gingen langsam zusammen den Gehsteig entlang. »Ich weiß«, sagte Cassie. »Aber es ist schwer. Ich habe das Gefühl, ich lasse sie im Stich.«

»Ach was«, erwiderte Bobby. »Sie braucht nur Zeit. Du wirst schon sehen.«

Sie sahen dem kleinen Mädchen dabei zu, wie es sich über eine Malve beugte, die neben der Stufe vor der Haustür aufschoss, und sie inspizierte. Ein Lächeln trat in ihr Gesicht.

»Siehst du, sie ist glücklich«, sagte Bobby. »Wenn sie so weit ist, wird sie reden.«

»Wie kannst du dir so sicher sein?«, fragte Cassie, als sie ins Haus traten.

»Mit Verlust kenne ich mich aus«, erwiderte Bobby.

»Das weiß ich, aber Grandpa war fast achtzig, als er starb. Ihr hattet wenigstens ein langes Eheleben miteinander.«

Ihre Großmutter schloss die Augen und atmete tief durch. »Ihn habe ich nicht gemeint.«

Cassie starrte sie an, aber bevor sie irgendeine Frage stellen konnte, sagte Bobby: »Es ist spät. Ich gehe jetzt ins Bett. Kannst du mich in mein Zimmer bringen, Cassie?«

Am Abend las ihre Mutter Birdie etwas vor, und Cassie ging derweil in die Küche. Sie öffnete die Kühlschranktür und lachte leise, als sie einen kleinen Schinken und ein Glas Mayonnaise entdeckte. Auch der Brotlaib auf der Küchentheke gehörte zu Bobbys Lieblingsimbiss: Sandwich mit Schinken und Mayonnaise. Sie müssten recht bald Lebensmittel einkaufen.

Ihr fiel ein Papierzettel auf, der unter der Mehldose auf der Küchentheke hervorlugte – ganz untypisch für Bobbys ordentliche Küche. Neugierig zog sie daran, und die Ecke eines weiteren Papiers folgte. Cassie hob die Dose an und fand darunter einen Stapel kleiner quadratischer Zettel, die alle mit krakeliger Handschrift bedeckt waren. Sie hielt einen davon ins Licht und betrachtete die unvertrauten kyrillischen Buchstaben.

»Was ist das?«, fragte Anna, als sie in die Küche kam.

»Ich kann es nicht lesen.« Cassie hielt ihrer Mutter einen davon hin.

Anna nahm den Zettel und besah ihn mit zusammengekniffenen Augen. »Das ist Bobbys Schrift.«

»Stimmt, aber was steht da? Und wieso gibt es ein Dutzend davon?« Cassie zeigte auf den Stapel auf der Küchentheke.

Anna runzelte die Stirn. »Das weiß ich nicht. Ich habe nie gelernt, Ukrainisch zu lesen.«

Cassie sortierte die Papierzettel. »Wie merkwürdig.«

»Vermutlich sind das nur Einkaufslisten«, sagte Anna. »Leg sie dahin zurück, wo du sie gefunden hast, damit sie sich nicht aufregt.«

»Was, wenn es etwas anderes ist?«, fragte Cassie. »Notizen über Menschen, die sie mal kannte, oder Geschichten aus ihrem Leben?«

Anna schnaubte. »Wunschdenken. Du weißt, dass sie nie über ihre Vergangenheit spricht.«

»Vielleicht ändert sich das jetzt, wo sie älter wird«, sagte Cassie. Sie dachte an das Tagebuch, das sie gefunden hatte. »Vielleicht ist sie so weit, dass sie ihre Erinnerungen festhält.«

Anna seufzte entnervt. »Das bezweifle ich. Mein ganzes Leben habe ich versucht, etwas über ihre Vergangenheit zu erfahren, aber sie wollte nie darüber sprechen. Ich höre immer nur …« Anna imitierte ganz schrecklich Bobbys ukrainischen Akzent: *»Die Vergangenheit ist vorbei. Man kann nur in die Zukunft blicken.«*

»Was hat dein Vater denn so erzählt?«, fragte Cassie. Ihr Großvater war gestorben, als sie sechs war, und sie besaß nur wenige Erinnerungen an ihn, die zudem verschwommen waren.

»Manchmal sprach er über Ackerbau, wenn wir etwas im Garten gepflanzt haben, aber immer, wenn ich konkret nach seiner Kindheit oder der Ukraine fragte, wechselte er das Thema.« Sie lachte, als sie sich erinnerte. »Er hat alles, was bei Tisch übrig blieb, aufgegessen. Wenn ich meine Portion nicht schaffte, aß er den Rest und wischte den Teller mit einem Stück Brot aus. Und wenn im Kühlschrank etwas Fragwürdiges stand, aß er es, selbst wenn er dazu Schimmel wegmachen musste.«

Cassie wurde blass. »Bobby ist in der Hinsicht wohl nicht viel anders. Ich habe mich immer gefürchtet, wenn ich Reste aus ihrem Kühlschrank essen sollte. Man weiß nie, von wann sie sind. Selbst wenn sie schon zwei Wochen alt sind, sagt sie, dass sie noch gut seien.«

»Ich weiß.« Anna schloss kurz die Augen. »Gott, ich habe seit Jahren nicht mehr daran gedacht, aber einmal habe ich meinen Dad gefunden, wie er mitten im Garten saß und weinte.«

Sie öffnete die Augen und suchte Cassies Blick. »Ich war noch klein, und es machte mir Angst. Ich versuchte, ihn zu umarmen, und fragte, was denn los sei, aber er wollte nichts sagen. Er fuhr immer wieder mit der Hand über das Gemüse und schluchzte. Es war, als wäre ich überhaupt nicht da.« Anna schüttelte den Kopf. »Ich habe ihn später danach gefragt, aber er hat so getan, als wüsste er nicht, wovon ich spreche. Als hätte ich alles erfunden.«

»Hast du Bobby davon erzählt?«, fragte Cassie.

»Ich habe ihr gesagt, dass mein Vater traurig ist«, sagte Anna. »Sie erwiderte, jeder habe in seiner Vergangenheit Dinge erlebt, die ihn traurig machten, aber man müsse darüber hinwegkommen.«

Cassie drehte den Zettel geistesabwesend zwischen den Fingern, während sie nachdachte. »Erinnerst du dich daran, dass ich auf dem College ein Projekt zur Familiengeschichte machen musste? Sie hatte da schon jeden anderen meiner Versuche abgelehnt, ihre Vergangenheit für mein Studium zu nutzen. Ich dachte, zu einer Seminararbeit über Genealogie könne sie nicht Nein sagen. Aber sie hat sich trotzdem geweigert und mir wieder dasselbe gesagt: Wir sollten in die Zukunft blicken und uns keine Gedanken über Vergangenes machen. Ich musste am Ende Dads Tante Maude interviewen, und in deren Leben ist nie irgendetwas auch nur entfernt Interessantes passiert.«

Anna lachte. »Sie ist eine liebe Dame, aber solange du nicht total versessen auf Rabattcoupons bist, ist sie nicht allzu aufregend.«

Cassie zeichnete mit dem Finger die kyrillischen Schriftzeichen nach. »Hast du jemals Bobbys Tagebuch gesehen?«

»Sie hat ein Tagebuch? Nein, nie. Warum?«

»Ich habe es gestern in ihrem Zimmer entdeckt. Das konnte ich auch nicht lesen.«

»Und du meinst, sie führt eines?«

»Vielleicht«, sagte Cassie. »Es sah richtig alt aus. Ich überlege, ob ich sie danach fragen soll. Und nach diesen Zetteln.« Sie hielt sie hoch.

»Viel Glück damit.« Anna stand auf und tigerte durch die Küche. »Cass, ich muss dir etwas sagen.«

»Nach diesem Satz kam noch nie etwas Gutes.«

Anna lächelte matt. »Bobbys Arzt denkt, sie könnte Alzheimer im Frühstadium haben. Er muss noch einige Tests machen, aber es war nicht das erste Mal, dass sie losmarschiert ist und sich verirrt hat.«

Cassie drehte sich der Magen um. »Warum sagst du mir das erst jetzt?«

Anna zuckte mit den Schultern. »Ich weiß nicht. Ich glaube, ich wollte nicht zugeben, dass es Alzheimer sein könnte. Aber ihr Arzt findet, es wird Zeit, sie daraufhin zu untersuchen.«

»Glaubst du, es hängt damit zusammen, dass sie Ukrainisch spricht und nicht weiß, wo sie ist?«

Anna massierte sich das Gesicht. »Ja, vielleicht. Manchmal ist sie auch verwirrt.«

Cassie drehte einen Zettel auf dem Tisch. »Vielleicht wird sie einfach alt und möchte endlich über ihre ganzen unterdrückten Erinnerungen nachdenken. Vielleicht braucht sie unsere Hilfe, um alles zu verarbeiten.«

»Ich will es hoffen, aber verlass dich nicht darauf.« Anna unterdrückte ein Gähnen. »Tut mir leid, ich bin erschöpft. Soll ich bleiben, oder ist es für dich okay, wenn ich nach Hause fahre?«

»Ich komme schon zurecht. Ruh dich ein bisschen aus.«

Anna umarmte sie kurz und versprach, am nächsten Tag wiederzukommen. Als ihre Mutter zur Hintertür hinausging, stopfte Cassie ein paar der Zettel in ihre Tasche, bevor sie den Rest wieder unter die Mehldose legte.

6

KATJA

Ukraine, Februar 1930

Im Laufe der nächsten Woche wurden die zweimal wöchentlich angesetzten Parteiversammlungen zur Routine. Wenn die Aktivisten nicht gerade die Kolchose oder kommunistische Gruppen organisierten, marschierten sie durchs Land und versuchten, einzelne Familien zu überreden, sich ihnen anzuschließen.

»Ich habe gehört, dass man Fedir zum Bahnhof gebracht hat«, sagte Tato eines Abends.

»Um ihn zu deportieren? Wohin?«, fragte Katja.

»Ich weiß es nicht. Nach Sibirien vielleicht.«

»Kolja und seine Familie haben versucht, sich von ihm zu verabschieden, aber niemand durfte ihn sehen«, erzählte Alina.

Katja schauderte bei der Erinnerung daran, wie sie das Chaos in Fedirs Haus entdeckt hatten. »Ich hasse die Vorstellung, was sie mit ihm gemacht haben.«

»Wir müssen die Köpfe unten halten und versuchen, keine Aufmerksamkeit zu erregen«, mahnte ihr Vater. »Die Lage wird sich schon bald wieder beruhigen. Da bin ich mir sicher.«

Zum ersten Mal in ihrem Leben vertraute Katja seinen Worten nicht. Sie sah weder, dass sich etwas beruhigen würde, noch wusste sie, in welche Richtung sich alles entwickeln würde. Doch sie machte einfach weiter. Jeden Tag stand sie auf, half ihrer Mutter und erledigte ihre Arbeit, und sooft sie konnte, verschwand sie, um sich mit Pawlo zu treffen. Inmitten des Zusammenbruchs ihres Dorflebens träumte Katja von ihrer Zukunft, und das fühlte sich irgendwie falsch an.

Mama räusperte sich. Sie hasste es, über die Vorgänge im Dorf zu reden. Tatsächlich zog sie es vor, die Situation schlicht zu ignorieren. »Jemand muss das zu Oksana bringen.« Mama hob einen Korb mit einem Krug Borschtsch und einem Laib Brot. »Sie ist krank, und eine gute Mahlzeit wird eine große Hilfe für sie sein.«

Katja warf ihre Näharbeit beiseite und sprang vom Stuhl. »Ich gehe!«

Tato lachte leise. »Obwohl du mir den ganzen Tag geholfen hast, die Scheune sauber zu machen, kannst du einfach nicht still sitzen.«

»Mir ist einfach nach einem Spaziergang.« Katja zuckte mit den Schultern und grinste, als ihr Vater ihr zuzwinkerte. Sie hätte alles getan, um nicht weiter Kleider flicken zu müssen, und das wusste er.

»Sie sollte nicht allein gehen. Geh mit, Alina«, sagte Mama. »Du hast den ganzen Tag gestickt. Da wird dir eine Pause guttun.«

Alina streckte die Arme über den Kopf und seufzte. »Du hast recht. Mir tun schon die Augen weh. Ein Spaziergang wäre da nett.«

»Es ist schon spät, also trödelt nicht«, ermahnte Tato seine Töchter. Seine Stimme klang jetzt todernst. »Liefert das Essen ab, und kommt sofort wieder heim.«

»Ja, Tato.« Katja knöpfte ihren Mantel zu und band sich ein dickes Tuch um den Kopf. Die fortgesetzten Spannungen mit den Aktivisten machten alle nervös, auch Katjas sonst so ruhigen Vater.

Draußen funkelte der Schnee im Sternenlicht, und die stille, kalte Luft brannte Katja beim Atmen in der Lunge. Sie starrte zum Himmel hinauf. Dann fiel ihr Blick auf den Hof von Pawlos und Koljas Familie jenseits des Feldes.

»Vermisst du Pawlo?«, neckte Alina sie.

»Nein.« Katja funkelte ihre Schwester böse an, lächelte dann aber. »Na ja, ein bisschen vielleicht.«

Alina lachte und ging los. »Komm. Beeilen wir uns. Vielleicht kommen er und Kolja heute Abend ja vorbei.«

»Haben sie das gesagt?« Katja rannte Alina hinterher. Sie war ganz aufgeregt bei dem Gedanken, Pawlo wiederzusehen.

Die Mädchen kicherten und plauderten auf dem Weg, und sie waren fast angekommen, als plötzlich ein Schuss durch die Nachtluft hallte. Der Korb fiel Katja aus den Händen, und die Suppe verteilte sich auf der gefrorenen Erde. Sie rannte über den mondbeschienenen Pfad zum Haus ihrer Tante. Brot und Suppe waren vergessen. Alina rief ihr hinterher, sie solle stehen bleiben, doch Saschas Schreie waren lauter und ließen Katja weiterrennen.

Dank ihrer langen Beine holte Alina sie jedoch rasch ein und riss Katja zu Boden. Sie landeten in einer Schneewehe neben der Scheune, geschützt vor neugierigen Blicken. Katja schlug das Herz bis zum Hals, und sie zitterte vor Angst am ganzen Leib.

»Bleib stehen, Katja!«, zischte Alina ihrer Schwester ins Ohr. »Wir müssen weg von hier!«

Alina hielt sie fest umklammert, doch Katja versuchte, sich von ihr zu befreien. Ihr Arm pochte an der Stelle, wo Alina ihr die Finger ins Fleisch gegraben hatte.

»Nein!« Katja riss ihr linkes Bein unter Alina hervor und rollte sich auf den Bauch. Schnee drang in ihre Stiefel und unter den dicken Rock. Ihre Beine waren vor lauter Kälte taub. »Wir müssen ihnen helfen!« Das panische Flüstern schmerzte sie im Hals.

Katja riss ihren Mantel herunter, und die Knöpfe flogen. Dann kroch sie von Alina weg. Saschas Schreie verwandelten sich in ein Wimmern.

»Bitte!«, bettelte Alina und packte Katjas Bein. »Du weißt, dass es zu spät ist! Was, glaubst du, passiert wohl, wenn du da rausrennst?«

Katja zögerte. Ihre Schwester hatte recht, aber wie sollte sie damit leben, nichts zu tun … genau wie alle anderen?

»Sie werden dich töten«, beantwortete Alina die Frage selbst, als Katja schwieg. »Und was dann? Was soll aus Mama und Tato werden, wenn sie auch dich verlieren? Wir müssen heim. Jetzt!«

Die Erwähnung ihrer Eltern ließ Katja innehalten. »Ich … Ich kann nicht. Geh, wenn du willst. Ich muss wenigstens sehen, was passiert. Wir können ja um die Ecke schauen. Da werden sie uns nicht entdecken.«

Alina rang die Hände und schaute in Richtung ihres Zuhauses. »Na schön. Aber wir bleiben zusammen. Versuch nicht noch einmal wegzulaufen.«

Das Licht des Vollmonds spiegelte sich auf dem verschneiten Boden und erhellte die Szene vor den Mädchen. Zwei stämmige OGPU-Agenten in hohen schwarzen Stiefeln und dunklen Mänteln zerrten ihre schluchzende Tante aus dem Haus. Tante Oksana trug ihr Nachtgewand, und sie zuckte unwillkürlich zusammen, als der Schnee ihre nackte Haut berührte.

Zwei weitere Männer standen im Hof und hatten ihre Pistolen auf Onkel Marko gerichtet. Einer von ihnen, ein dürrer kleiner Aktivist, schien in Katjas Alter zu sein. Auf seinem blassen Gesicht war der Schatten eines Schnurrbarts zu erkennen, und er schaute fragend zu dem älteren, wettergegerbten Mann an seiner Seite.

Sascha hielt ihren kleinen Bruder Denys in den Armen. Sie stand genau an der Stelle, wo Katja wenige Monate zuvor mit ihr gesessen hatte, an Olhas Hochzeitstag. Serhij, ihr älterer Bruder, fast ein Mann, stand hinter ihnen, näher am Haus. Als seine Mutter sich im Schnee wand, trat er vor, um ihr zu helfen.

»Bleib, wo du bist!« Der junge Aktivist richtete die Pistole auf Serhij. Die Waffe zitterte in seiner Hand. »Wenn wir das nächste Mal schießen, dann, um zu töten.«

»Sie ist krank«, erwiderte Serhij. »Deshalb ist sie auch nicht mit uns rausgekommen.« Er hob die Hände und ging langsam weiter auf seine Mutter zu. »Ich will ihr nur helfen.«

Der junge Aktivist senkte leicht den Arm, als akzeptierte er diese Erklärung, der andere Aktivist jedoch nicht. Er zielte und erschoss Serhij.

Als der Schuss durch die Luft hallte, sprang Katja vor. Sie öffnete den Mund, um Serhij zuzurufen, er solle laufen, obwohl es schon zu spät war. Doch bevor ihr auch nur ein Ton über die Lippen kam, drückte Alina ihr die Hand auf den Mund. Sie riss Katja an ihre Brust, und ihr Herzschlag hallte in Katjas Ohren wider, während Serhij zu Boden fiel. Er landete auf einem Haufen frischem, unberührtem Schnee. Das Blut strömte so schnell aus ihm, dass sich fast sofort eine rote Pfütze unter dem leblosen Leib bildete.

»Lass dir von diesen Leuten nichts gefallen. Niemals! Das lässt dich nur schwach aussehen«, bellte der Mann, der geschossen hatte. Der junge Aktivist nickte. Sein Mund stand offen, und sein Blick klebte förmlich an dem Blut, das sich um Katjas toten Cousin sammelte.

Tante Oksanas kehliges Heulen traf Katja wie ein Stich ins Herz. Ihre Tante versuchte, zu ihrem Erstgeborenen zu kommen, doch Onkel Marko, dem seine Qual ebenfalls anzusehen war, zog sie weg von ihrem Heim und ihrem toten Kind.

Sascha wimmerte und wandte sich von Serhijs Leiche ab. Ihre vor Schock weit aufgerissenen Augen blinzelten rasch, und sie starrte in die Nacht hinaus. Katja sehnte sich danach, ihr etwas zuzurufen. Sie wollte sie retten, aber das tat sie nicht. Sie konnte nicht.

Katjas Mut geriet ins Wanken, und ihre Unterlippe zitterte, während drei der Männer die Familie wegscheuchten. Der junge Aktivist blieb zurück und zog Serhijs Leiche in den Wald. Katja und Alina saßen in der Kälte und klammerten sich aneinander, bis die Bolschewiken außer Sicht waren.

Dann durchbrach Katjas heisere Stimme die Stille. »Wir … Wir müssen Mama und Tato erzählen, was passiert ist.«

Alina nickte, und gemeinsam eilten sie auf dem Weg zurück, den sie gekommen waren. Sie hoben das Brot und die zerbrochene Schüssel auf und traten über den vergossenen roten Borschtsch hinweg, der sich genauso im Schnee ausbreitete wie Serhijs Blut.

Bei dem Gedanken daran, was Sascha und ihre Familie würden erdulden müssen, kniff Katja die Augen zu. Die Tränen, gegen die sie bis jetzt so erfolgreich gekämpft hatte, flossen nun über ihr Gesicht und gefroren auf ihren Wangen. Dann, endlich, verhallte das Geräusch des Schusses in ihren Ohren, doch das Bild von Serhij und dem roten Schnee brannte ihr noch immer in den Augen, als sie ihren Hof betraten.

Klein, aber gemütlich, wie es war, entsprach das Heim der Schwestern den meisten anderen Häusern im Dorf. Wände aus Flechtwerk begrenzten Räume mit einem Reetdach darüber. Der Eingangsbereich diente auch als Lager. Von dort ging es in den Hauptraum mit dem Ofen, dem sogenannten *pitsch*. Dieser Kaminofen war mit Blumenbildern geschmückt und war das Herz des Hauses. Seine dicken Ziegelwände wärmten es im Winter und mit seinen Nischen und Alkoven ragte er weit in den Raum hinein.

Katja trat ins Haus und betrachtete es mit neuen Augen. Die Küche war auf der dem Eingang entgegengesetzten Seite des Hauptraums eingerichtet, wo der Ofen sich öffnete, dazu ein Regal mit Töpfen und Kesseln. Auf der anderen Seite des Ofens, auf einer langen Bank, befand sich das Bett von Katja und Alina. Daneben gab es noch ein Bett für ihre Eltern sowie einen Tisch und Stühle. Duftende getrocknete Blumen und Kräuter hingen in Bündeln von der Decke, und bunte Stickbilder schmückten die Wände. Vor dem heutigen Abend hatte Katja sich hier stets sicher gefühlt.

Mama ließ sich in einen Sessel sinken, als die Schwestern ihnen erzählten, was sie erlebt hatten. Dann vergrub sie ihr Gesicht in einem Taschentuch. »Meine liebe Schwester … und die armen Kinder …«

»Ha… Haben die Aktivisten sie für Kulaken gehalten?« Katja musste sich zusammenreißen, um nicht laut vor Wut zu schreien.

»Vermutlich.« Tato rieb sich das Kinn. »Dieser Tage bedarf es dafür nicht viel.«

»Aber sie haben nichts falschgemacht!«, schrie Katja nun doch. »Wo soll das enden? Menschen verschwinden mitten in der Nacht. Ganze Familien werden deportiert. Wohin? Leben sie überhaupt noch?«

»Katja, nicht so laut«, mahnte ihr Vater. »Stalin will die Kulaken eliminieren – um jeden Preis. Ihm ist egal, wie. Hauptsache, sie kommen weg.«

Mama stieß einen erstickten Schrei aus, als Katja wütend auf und ab lief.

»Was sollen wir denn jetzt tun? Wir können nicht einfach so hier rumsitzen, während sie weggebracht werden.« Katja schlug die Hand vor den Mund. Aufgrund ihrer eigenen Heuchelei lief sie rot an. Erst vor wenigen Minuten hatte sie genau das getan.

Tato legte Mama den Arm um die bebenden Schultern. »So einfach ist das nicht«, erklärte er. »Was erwartest du denn? Dass ich in die Parteizentrale marschiere und ihre Freilassung verlange? Man würde mich nur ebenfalls verhaften. Ich habe das schon mehrere Male gesehen. Nichts, was wir tun können, bringt sie wieder zurück.«

Die Aktivisten hatten absolut deutlich gemacht, dass es ein Verbrechen war, einem Kulaken zu helfen. Alle, die tapfer genug gewesen waren, sich zu wehren oder Verwandte und Freunde zu verstecken, die deportiert werden sollten, waren am Ende zusammen mit ihnen verschleppt worden.

Katja ballte die Fäuste. »Aber was können sie schon gegen uns alle ausrichten? Wenn jeder von uns für unsere Freunde einsteht, für unsere Familien, gemeinsam, was können sie gegen das ganze Dorf unternehmen?«

Tato verzog das Gesicht. »Siehst du das nicht? Sie tun das schon unserem ganzen Dorf an. Wie viele Häuser stehen inzwischen leer? Wie viele Familien sind deportiert worden? Würdest du gerne sehen, dass auch ich erschossen oder verhaftet werde, nur damit du sagen kannst, du hättest etwas getan? Oder willst du, dass ich meine Frau und meine Töchter schicke, damit die dann nach Sibirien wandern? Ich habe keine Wahl, Katja. Das musst du doch verstehen!«

Seine Worte raubten ihr den Mut, und sie ließ sich in einen der Sessel vor dem warmen Kaminofen fallen. Sie versuchte, sich vorzustellen, dass ihr Vater keine Macht besaß, um seine Familie zu beschützen. Der Gedanke machte ihr Angst, aber als sie seine hängenden Schultern und die kraftlosen Augen sah, wusste sie, dass er sich bereits so fühlte. Stalins Plan, die verbliebenen Ukrainer durch Terror zu zwingen, sich ihm zu unterwerfen, schien genau so zu funktionieren, wie er es sich erhofft hatte.

Mama tupfte sich mit einem feuchten Taschentuch die Augen ab. Dann ging sie zur Ostwand mit den Ikonen, und sie sank vor den Bildern Christi und der heiligen Jungfrau auf die Knie. Ein weißes Ritualtuch, ein Ruschnyk mit zwei gestickten roten Lebensbäumen, einem auf jeder Seite, hing über den Bildern. Das war der Rahmen für die Gebete der Familie. Mama entzündete eine geweihte Kerze, schloss die Augen und faltete die Hände.

Katja schluckte ein frustriertes Seufzen herunter. Beten würde Sascha und ihrer Familie jetzt auch nicht mehr helfen. Katja drehte sich zu ihrem Vater um. »Tato, wir werden uns doch nicht der Kolchose anschließen, oder?«

»Wir werden alles Menschenmögliche tun, um das zu vermeiden«, antwortete ihr Vater, aber seine Stimme klang nicht annähernd so überzeugt wie sonst.

***

Als Katja später in dieser Nacht Rücken an Rücken mit Alina in ihrem winzigen Bett lag, konnte sie nicht einschlafen. Immer wieder sah sie vor ihrem geistigen Auge die Ereignisse dieses Tages vor sich: Serhijs Blut, Saschas Schreie, Tante Oksanas verzweifeltes Heulen. Jetzt waren sie weg, vermutlich für immer, und Katja hatte nichts getan. Sie kniff die Augen zu und versuchte, die Bilder aus ihrem Kopf zu vertreiben – ohne Erfolg. Schließlich griff sie unter das Kissen und holte das Papier heraus, das sie um den Stummel eines alten Bleistifts gewickelt hatte. Nur mit dem Mondlicht, das durch die Fenster fiel, als Hilfe begann sie aufzuschreiben, was sie gesehen hatte, und nach und nach wurden ihre Lider schwer.

Am nächsten Tag beeilte Katja sich, ihre Morgenarbeit zu erledigen: die Kuh melken, das Vieh füttern und Eier sammeln. Dann machte sich auf den Weg über das verschneite Feld, das ihren Hof von Pawlos trennte.

Sie fand Pawlo draußen. Er war auf dem Weg zur Scheune, und Katja schloss sich ihm an. »Können wir reden?«

Sie schob ihre kalte Hand in seine warme, und er drückte sie. »Natürlich.«

Pawlo führte Katja in die Scheune und in Richtung der Pferdeboxen. Dort schnappten sie sich beide je ein Bündel Stroh, und gemeinsam striegelten sie die alte Stute. Katja erzählte Pawlo alles, was am Tag zuvor geschehen war, und er hörte ihr zu. Dabei schlich sich ein Schatten auf sein Gesicht, und die Falten auf seiner Stirn vertieften sich mit jedem Wort.

7

CASSIE

Illinois, Mai 2004

Schweigen hüllte das Haus ein. Bobby hatte eine Stunde lang geschlafen, und Birdie schlummerte in dem Bett, das Cassie als Kind gehört hatte.

»Das ist meine neue Normalität«, murmelte Cassie an sich selbst gerichtet.

Sie öffnete die Reisetasche mit ihren Kleidern und Toilettenartikeln und nahm sich einige Minuten, um ihre Blusen aufzuhängen und andere Kleidungsstücke in die Kommode zu legen. Henrys Gesicht grinste sie von dem gerahmten Familienfoto an, das sie ganz nach unten in die Tasche gesteckt hatte.

Sie stellte es auf den Nachttisch und lächelte, als sie sich erinnerte, wie sehr sie an dem Tag gelacht hatten, an dem der Fotograf versucht hatte, sie in unbeholfenen Posen aufzunehmen. Das Foto in dem Bilderrahmen hatte sich als das beste erwiesen, und dabei blickte Birdie nicht einmal zur Kamera. Sie sah bewundernd zu ihrem Vater hoch.

Wer hätte sich vorstellen können, dass ihre Welt nur zwei Wochen später in Trümmer gehen würde, als Henry mit Birdie wegfuhr, um ein Eis zu essen? Cassie schloss die Augen, erinnerte sich an jedes Wort, jede Bewegung, als wären sie ihr ins Gehirn tätowiert.

»Ich weiß nicht recht, bald ist doch Bettzeit«, hatte Cassie gesagt und Henry über Birdies Kopf hinweg zugezwinkert.

Das kleine Mädchen sprang vom Fahrrad und klappte den Ständer aus, als mache sie das schon seit Jahren.

»Bitte, Mom! Bittebittebitte!«, flehte sie.

»Ach, komm schon, Cass, nur dieses eine Mal! Schließlich lernt ein Mädchen nicht jeden Tag, ohne Stützräder zu fahren.« Henry klatschte seine Tochter ab.

»Was soll ich gegen solche Argumente anführen?«, lachte sie.

Henry nahm ihre Hand. »Na los, du kommst mit!«

»Das geht nicht«, sagte sie. »Ich muss den Artikel noch heute Abend an die Redaktion schicken. Fahrt ihr mal allein. Bringt mir was Leckeres mit.«

»Na gut, wir lassen dir etwas einpacken. Komm mit, Birdie! Wer als Erster am Auto ist!« Henry lief los in Richtung Wagen.

Birdie quietschte entzückt. »Tschüss, Mom!«

Cassie sah zu, wie Henry ihre Tochter in den Kindersitz setzte und anschnallte. Sicherheitsbewusst, wie er war, hatte er darauf bestanden, immer den besten Kindersitz zu kaufen, der für Geld zu haben war.

Sie setzten aus der Einfahrt zurück und fuhren die Straße entlang zu ihrem Lieblingseiscafé, das zwei Meilen entfernt lag. Wenn Cassie sich beeilte, hatte sie den Artikel korrekturgelesen und abgeschickt, bevor sie wieder nach Hause kamen.

Aber sie kamen nicht wieder nach Hause. Stattdessen hatte ein Polizist an die Tür geklopft, und die Welt war für Cassie nie wieder dieselbe gewesen.

Sie versuchte, ihre Tränen zu unterdrücken, aber ein Schluchzen entkam ihr. Henry war beim Aufprall gestorben, als ein Sattelschlepper eine rote Ampel überfuhr. Birdie, die auf der anderen Wagenseite angeschnallt gewesen war, überlebte. Die Ärzte versetzten sie in ein künstliches Koma, damit ihre Hirnschwellung abheilen konnte und kein bleibender Schaden zurückblieb. Fünf Tage lang hatte Cassie die Trauer um ihren Mann aufgeschoben, während sie im Krankenhaus ihrer bewusstlosen Tochter die Hand hielt und alle ihre Gedanken und ihre Energie nur auf den Wunsch richtete, Birdie möge wieder aufwachen.

Birdie wachte am sechsten Tag auf und beeindruckte die Ärzte mit ihren Fortschritten, aber sie sprach nicht mehr. Nach einer Vielzahl von Untersuchungen waren sie sich einig gewesen, dass es sich um ein psychologisches Problem handele und sie reden würde, sobald sie so weit war.

Vierzehn Monate später war sie nach wie vor nicht dazu bereit.

»Cassie?« Bobbys Stimme und ein Klopfen rissen Cassie aus ihren Gedanken.

Sie schnäuzte sich und antwortete gekünstelt fröhlich. »Komm rein.«

Bobby drückte die Zimmertür auf und ging zum Bett. Cassie rückte zur Seite, und Bobby setzte sich neben sie und zog sie an sich. »Komm her, meine Süße.«

Cassie drückte die Wange an den weichen Flanell von Bobbys Nachthemd, während ihre Großmutter ihr den Rücken streichelte. Eine Welle der Nostalgie spülte über sie hinweg, und plötzlich war sie wieder neun Jahre alt und Bobby konnte alles in Ordnung bringen. Neue Tränen rannen ihr übers Gesicht, während sie sich wünschte, das wäre wirklich wahr, aber nichts konnte in Ordnung bringen, was geschehen war.

»Alles ist gut. Weinen tut gut. Lass den Schmerz heraus.«

Cassie klammerte sich an ihre Großmutter, und Bobby strich ihr das Haar glatt. Als ihre Tränen versiegten, setzte Cassie sich auf und wischte sich das Gesicht mit einem Papiertaschentuch ab. »Ich vermisse ihn so sehr.«

»Natürlich vermisst du ihn«, sagte Bobby. »Das wirst du immer. Aber du musst ohne ihn weitermachen.«

Cassie nickte. Ihre Mutter hatte ihr das Gleiche gesagt, aber wenn es von Bobby kam, klang es aus irgendeinem Grund nicht so aggressiv. »Ich weiß nur nicht, wie.«

»Es braucht Zeit. Redest du manchmal mit ihm?«

»Was meinst du damit?«

Bobby zuckte nonchalant mit den Schultern. »In der Alten Welt baten wir die geliebten Dahingegangenen, zu uns zu kommen. Uns Rat zu schenken. Über uns zu wachen. Du könntest Henry um ein Zeichen bitten. Vielleicht ermöglicht dir eine Nachricht von ihm einen Abschluss.«

Cassie machte große Augen vor Überraschung. »Hat das für dich je funktioniert?«

Bobby erstarrte und löste sich von Cassie. »Vielleicht vor langer Zeit. Jetzt nicht mehr.« Sie stand vom Bett auf. Ihre Schultern hingen erschöpft herunter. »Wir sollten etwas schlafen. Gute Nacht, Cassie.« Sie schlurfte aus dem Raum, etwa Ukrainisches vor sich hin murmelnd.

»Was redest du da?«, rief Cassie ihr hinterher.

Bobby blieb in der Tür stehen und fasste an den Rahmen. »Etwas, das mein Vater immer zu mir gesagt hat, als ich jung war.«

»Was bedeutet es?«

Bobby wandte sich Cassie zu und schloss die Augen, als ziehe sie sich in sich selbst zurück. Ihr brach die Stimme, als sie die Worte übersetzte. »Bring einfach den heutigen Tag hinter dich und hoffe, dass es morgen besser wird.«

8

KATJA

Ukraine, Mai 1930

»Hier, Katja. Du bist jetzt alt genug, und wir können ihn genauso gut genießen, solange es noch geht. Wer weiß, wann die Aktivisten uns auch ihn noch abnehmen werden.« Lawro goss eine ordentliche Menge *horilka* in einen kleinen Becher für den nächsten Toast und gab ihn ihr. Lawro machte den besten Schnaps in der Gegend, und die Nachfrage ließ nie nach.

Zum ersten Mal wurde Katja bei einem der Nachbarschaftstreffen wie eine Erwachsene behandelt. Sie schaute zu ihren Eltern und sah ihren Vater nicken. Ihre Mutter runzelte jedoch die Stirn, und Katja tat einfach so, als hätte sie das nicht gesehen.

Pawlos neckische Stimme war so nah an ihrem Ohr, dass sein Atem sie kitzelte. »Pass nur auf. Lawros Horilka ist nichts für kleine Mädchen.«

Katja stieß ihm in die Rippen und hob mit der anderen Hand den Becher.

»*Slawa Ukrajini!*«, rief Lawro mit tiefer Stimme, stand auf und hob sein Glas.

Katja folgte seinem Beispiel. »Ruhm der Ukraine!«

Sie kippte den Horilka herunter, und mit einem lauten Zischen wich die Luft aus ihrer Lunge. Lawro schüttelte sich vor Lachen und starrte sie erwartungsvoll an.

»S… Sehr gut!«, keuchte Katja und rang sich ein Lächeln ab, während die Flüssigkeit sich den Weg durch ihren Hals und in den Magen brannte.

Lawro nickte zufrieden und grinste über Katjas Unbehagen.

»Ich habe es dir ja gesagt.« Pawlo grinste ebenfalls.

»Ich komm schon damit zurecht. Alles gut«, krächzte Katja.

Pawlo lachte und nahm ihre Hand, als Tomas zu sprechen begann. Katja verstärkte ihren Griff um Pawlos schwielige Finger und seufzte zufrieden.

»Stalin hat seine Aktivisten hierhergeschickt, um uns zu nehmen, was uns gehört!«, brüllte Lawros Cousin Tomas und erregte damit die Aufmerksamkeit aller. Lawro hatte mehrere Nachbarsfamilien in sein Haus eingeladen, um gemeinsam zu essen und dann zu diskutieren. Und genau wie Katja erwartet hatte, ging es alsbald nur noch um ein Thema: die Kollektivierung.

»Wir werden es ihnen aber nicht geben!«, rief Lawro und schenkte eine weitere Runde aus, für noch einen Toast. Katja stellte ihren Becher jedoch auf den Tisch. Sollte ihn sich ein anderer nehmen. Dann trat sie ein paar Schritte zurück und ignorierte Pawlos amüsiertes Schnauben.

»Aber er will noch mehr!« Tomas schlug nachdrücklich mit der flachen Hand auf den stabilen Tisch.

Wie alle anderen auch beugte Katja sich vor, um ihn besser hören zu können.

»Stalin will uns vernichten. Er will uns unsere Seele rauben, alles, was ukrainisch ist. Er schickt seine Aktivisten, seine Partei und seine Henker von der OGPU. Narren aus der Stadt, die ein Korn nicht von einer Ähre unterscheiden können, werden hierher gekarrt, um uns zu zwingen, ihren Kolchosen beizutreten. Sie wollen uns erzählen, wie wir unser Land bestellen sollen. Ha! Und dann nehmen sie uns unsere Priester, unsere Lehrer und unsere Anführer. Sie nehmen uns unsere Brüder, Schwestern und Nachbarn! Stalins Männer verhaften sie ohne Richter, und sie deportieren sie oder schießen sie einfach so nieder.« Tomas leerte seinen Becher in einem Zug, knallte ihn auf den Tisch und schaute von einem zum anderen.

Bei der Erwähnung der Deportierungen schauderte Katja. Sie hatten nichts mehr von Fedir, Sascha, ihrer Tante und ihrem Onkel gehört, und sie vermisste sie alle. Doch Tomas' Worte faszinierten sie auch. Alle im Raum starrten ihn an. Seine Stimme durchdrang Katja und weckte das Verlangen in ihr, mit bloßen Händen gegen Stalin zu kämpfen.

»Bei unseren Leuten macht er nicht halt. Nein. Jetzt will er auch noch unser Vieh, unser Land und selbst die Werkzeuge, mit denen wir es bestellen. Er will *alles*! Wir sollen ihm unsere Gemüsegärten geben! Die Bolschewiken wollen, dass wir die Arbeit tun und dann darauf warten, dass die Regierung uns mit den Früchten unserer eigenen Arbeit bezahlt! NEIN!« Er schlug noch einmal auf den Tisch und ließ den Blick abermals durch den Raum wandern.

»*Ich* werde meine Familie versorgen, nicht irgendein Kollektiv«, erklärte Lawro.

»Wer sich nicht fügt, wird als Kulak gebrandmarkt«, sagte Tomas. »Was ist das überhaupt? Ein Kulak? Das ist jeder, der nicht mit Stalin übereinstimmt. Jeder, der sich seinem großen Plan in den Weg stellt. Wenn sie dich nicht mögen, dann bist du ein Kulak, und sie können mit dir tun, was immer sie wollen!« Mit jedem Wort hob er die Stimme ein wenig mehr, bis er schließlich brüllte.

Ein nervöses Raunen ging durch die Versammelten, und Pawlo rückte näher an Katja heran. Die Wärme und Stärke seines Körpers beruhigten sie, während die Leute sich nervös umschauten. Alle stimmten mit Tomas überein, doch die schlichte Wahrheit war, dass es einen das Leben kosten konnte, solche Schmähreden zu führen. Jeder könnte ein Spion sein. Jeder konnte einen verraten.

»Dennoch heißen einige der Unseren sie mit Brot und Salz willkommen! Was denken diese Leute sich? Diese Verräter an der Ukraine werden ihre Wahl noch bereuen. Merkt euch das!« Tomas wedelte frustriert mit der Hand in Richtung der Reste des Brots, das Lawros Frau extra für diesen Abend gebacken hatte.

Wie alle anderen auch hatte Katja sich ein Stück davon abgerissen und in Salz getunkt, als sie das Haus betreten hatte. Sie versuchte, sich vorzustellen, wie ihre Nachbarn dieselbe geliebte Tradition der Gastfreundschaft für den Mann befolgten, der ihren Vetter Serhij erschossen hatte, und vor lauter Wut sah sie rot.

»Wir sind hier im Dorf in der Überzahl. Ihre eigentlichen Kräfte sind weit weg. Wir müssen jetzt zuschlagen und die Aktivisten beseitigen, bevor noch mehr in unser Dorf kommen. Wir müssen ihnen zeigen, dass wir uns ihrem Willen nicht beugen werden!« Tomas hob die Faust und schüttelte sie.

Katja hatte es den Atem verschlagen. Sie saß einfach nur da, während die anderen auf Tomas' Rede reagierten. Es war, als hätte Tomas seinen Nachbarn in die Köpfe geschaut und all die Dinge ausgesprochen, die sie nicht über die Lippen brachten. Sie sollten kämpfen! Sie sollten für sich selbst einstehen!

Tomas war im Dorf schon immer ein Meinungsführer gewesen, und irgendwie war es ihm bis jetzt gelungen, einer Verhaftung zu entgehen. Jetzt tat er genau das, was die Staatsvertreter unbedingt verhindern wollten: Er vereinte die Bauern.

»Und was, wenn das nicht funktioniert?«, meldete sich eine Stimme von der anderen Seite des Raums.

»Wir werden für das kämpfen, was uns gehört, und wir werden so lange durchhalten, wie wir können. Wenn sie uns zwingen wollen, uns ihrem Kollektiv anzuschließen, dann werden sie nichts bekommen, gar nichts! Sie werden unser Vieh nicht bekommen!«

»Nichts? Wie denn das?«, fragte Katja, ohne nachzudenken. Mama kniff sie warnend in den Arm, aber sie musste es einfach wissen. »Was, wenn wir sie nicht aufhalten können?«

»Ja, vielleicht können wir sie nicht aufhalten«, antwortete Tomas. »Aber wir können zerstören, was sie wollen, bevor sie es sich nehmen.«

»Sie wollen die Pferde, Kühe und Hühner. Sollen wir die etwa töten?«, hakte Tato nach.

»Ja, genau.« Tomas nickte. »Das Fleisch werden wir pökeln und einlagern oder verkaufen. Sie können ihre Kolchosen nicht ohne Vieh betreiben. Außerdem werden sie unser Werkzeug haben wollen. Das können wir kaputt schlagen oder verbrennen. Wenn sie nicht haben, was sie brauchen, werden ihre Kolchosen scheitern, und vielleicht geben sie diesen lächerlichen Plan dann auf.«

Ihre Mutter packte Katja am Arm. »Komm, Katja. Es ist schon spät. Wir müssen heim.«

»Ich fühle mich gut, Mama«, protestierte Katja, doch Mamas Blick ließ keinen Raum für Diskussion.

Pawlo drückte Katjas Hand. »Ich treffe dich später. In Ordnung?«

Katja blieb kaum Zeit zu nicken, so schnell zog Mama sie aus dem Haus. Tato folgte ihnen und murmelte eine Entschuldigung.

Mama kochte vor Wut. »Wir hätten nie herkommen sollen. Ich wusste nicht, dass er von Rebellion sprechen würde.«

Tato schaute sich um. »Den jungen Mann, der an der Tür saß, habe ich noch nie gesehen.«

»Lawro hat gesagt, das sei sein Cousin, aber trotzdem … Woher sollen wir wissen, dass wir ihm vertrauen können? Wir sollen wir dieser Tage überhaupt jemandem vertrauen? Im Dorf kämpft mittlerweile jeder gegen jeden.« Mama schüttelte den Kopf. »Und das, wo Katja dabei war! Ich dachte, das wäre eine Zusammenkunft von Freunden, kein Aufruf zum Kampf.«

Katja versuchte, so ruhig wie möglich zu klingen. »Ich bin kein Kind mehr, Mama, und ich glaube, Tomas hat recht. Wir hätten länger bleiben und uns anhören sollen, ob sie etwas planen.«

»Nein!« Mama schlug die Hand vor die Brust. »Das ist viel zu gefährlich!«

»Gefährlich ist, sich einfach zurückzulehnen und gar nichts zu tun. Dann nehmen sie uns nämlich einfach alles ab«, erwiderte Katja. Sie bemühte sich, so klar und deutlich wie möglich zu sprechen. Dank Lawros Horilka drehte sich ihr der Kopf.

»Sei still, Katja. Deine Mutter hat recht. Wir hätten schon früher gehen sollen. Ich bin nur froh, dass Alina mit Kolja und seinen Eltern daheimgeblieben ist.« Tato runzelte die Stirn. »Ich hätte auch Pawlo nach Hause schicken sollen, aber er ist wohl alt genug, um seine eigenen Entscheidungen zu treffen.«

Katja straffte die Schultern. »Und ich bin das nicht?«

»Nein«, schnappte Mama.

»Ich stimme mit vielem überein, was Tomas gesagt hat, aber es vor allen auszusprechen ist einfach nur dumm«, sagte Tato. »Das wird nicht gut enden.« Er legte Mama den Arm um die Schulter, und Katja sah, dass ihre Mutter mit den Tränen rang.

Am nächsten Morgen wurden sie von Lawros Klopfen geweckt. Katja versuchte zu hören, was er zu ihrem Vater sagte, aber sie verstand nichts.

»Was ist?«, fragte Mama, nachdem Tato die Tür wieder geschlossen hatte. Die Falten auf seiner Stirn waren noch tiefer als sonst.

Er rieb sich das Kinn. »Sie haben Tomas mitten in der Nacht abgeholt.«

Mama sog zischend die Luft ein, und eine Minute lang war es das einzige Geräusch im Raum. Katja verließ der Mut, als sie sah, wie die Müdigkeit im Gesicht ihrer Mutter blanker Angst wich.

Sie waren auch auf dieser Versammlung gewesen. Mit Sicherheit standen sie jetzt ebenfalls auf der Liste der Verräter.

Mama rang die Hände. »Wenigstens war Alina nicht da. Sie sollte also sicher sein.«

Alina saß auf der Bettkante und hatte sich einen Schal um die Brust geschlungen. Ihre Augen waren weit aufgerissen.

Tato schnaubte. »Glaubst du, das zählt? Sie gehört zu dieser Familie, und wenn sie uns wegen letzter Nacht zu Volksfeinden erklären, dann schließt sie das mit ein.«

»Wir müssen uns vorbereiten … nur für den Fall …« Mama stand auf. »Katja, Alina, packt eure wärmsten Kleider ein und was auch immer ihr zu essen findet. Sollten wir in die Kälte Sibiriens deportiert werden, dann werden wir darauf vorbereitet sein.«

Katja drehte sich der Magen um, und ihre Beine waren schwer wie Blei, als sie der Anweisung ihrer Mutter folgte. Mit zitternden Händen schnürte sie kleine Bündel mit Kleidern, Decken und ein paar getrockneten Früchten und Brot. Dann stopfte sie alles in alte Mehlsäcke. Letzte Nacht hatte sie noch kämpfen wollen – jetzt wollte sie einfach nur verschwinden.

Als sie fertig war, lief sie im Raum auf und ab. »Glaubt ihr wirklich, dass sie uns deportieren werden?«

»Ich weiß es nicht«, antwortete Mama. »Setz dich, Katja. Du machst mich nervös.«

»Tut mir leid, Mama.« Katja ließ sich neben Alina auf einen Stuhl fallen, die inzwischen mit Nähen begonnen hatte. »Wie kannst du jetzt nähen? Ich kann noch nicht mal klar denken.«

»Ich nähe, weil da ein Loch in meinem guten Rock ist, und das muss geflickt werden.« Die erzwungene Ruhe in Alinas Stimme machte Katja nur umso nervöser.

»Ich will Pawlo sehen«, sagte sie. Sie sehnte sich nach seiner Nähe wie der Dorfsäufer nach Horilka.

»Wir können nirgends hin«, sagte Alina. »Das weißt du.«

Katja kam eine Idee. »Vielleicht doch! Wir könnten einfach den Wagen nehmen und das Dorf verlassen.«

Ihr Vater knirschte mit den Zähnen. »Ich werde mich nicht von meinem Land vertreiben lassen.«

»Und wo würden wir dann hinfahren?«, verlangte Mama zu wissen. »Es ist nirgends sicher. Sie überprüfen Reisende. Auf der Straße könnte man uns genauso gut anhalten und verhaften. Nein, wir sollten hier abwarten. Vielleicht übersehen sie uns ja, und irgendwann ist dann Gras über die Sache gewachsen.«

So warteten sie den ganzen Tag auf die OGPU. Bei jedem Geräusch zuckten sie in dem sicheren Glauben zusammen, dass gleich der Tod an ihre Tür klopfen würde. Nach dem Mittagessen kamen Kolja, Pawlo und Josyp und sprachen ein paar Minuten mit Tato, aber sie blieben nicht, und Katja hatte keine Gelegenheit, allein mit Pawlo zu reden. Nur kurz schauten sie sich in die Augen, und Pawlo drückte Katja den Arm. Dann scheuchte sein Vater ihn zur Tür. Er wollte seine Frau nicht allzu lang allein lassen.

Katja starrte Pawlo hinterher. Sie hatte Angst, dass es das letzte Mal sein könnte, dass sie ihn sah, und ein schreckliches Gefühl der Hilflosigkeit machte sich in ihr breit. War das jetzt ihr Leben? Ständige Angst und Sorge?

Als schließlich die Sonne unterging, war Mama davon überzeugt, dass die OGPU nur gewartet hatte, um im Schutze der Nacht anzurücken. Schließlich war das typisch für sie. Niemand machte ein Auge zu. Alle rechneten sie damit, dass gleich Aktivisten durch die Tür brechen und sie mitnehmen würden. Aber sie kamen auch nicht in der Nacht. Im Laufe der nächsten Tage ließ Katja sich dann mehr und mehr einlullen, und nach Tomas' Verschwinden sprach auch niemand im Dorf mehr von Widerstand.

***

Übergangslos wich der Frühling dem Sommer. Katjas Familie arbeitete hart auf dem Feld. Sie säten im Frühling, kümmerten sich um ihren Küchengarten, und heute hatten sie den letzten Winterweizen eingeholt, den sie letzten Herbst gesät hatten. Katja schmerzten Rücken und Beine, aber es war ein befriedigender Schmerz nach guter Arbeit. Sie genoss das Gefühl, auch wenn sie erleichtert seufzte, als sie sich am Abend neben der Kuh auf den Melkschemel fallen ließ.

»Katja?«

Pawlos Stimme ließ sie zusammenzucken, und sie wirbelte herum.

»Was machst du denn hier?«

Pawlos Lächeln reichte nicht bis zu seinen Augen, als er die Tür schloss. »Darf ich nicht einfach mal vorbeikommen, um mein Mädchen zu sehen?«

»Natürlich, aber ich sehe doch, dass dir etwas Kummer bereitet.« Katja stand auf und umarmte ihn. Dabei ignorierte sie ihre steifen Muskeln, und sie atmete den Duft von Holzrauch und geöltem Leder ein, der so typisch für ihn war.

Gedankenverloren strich Pawlo ihr übers Haar. »Eine Gruppe von Aktivisten zieht von Haus zu Haus, um alle Überschüsse an Korn und Nahrung einzusammeln. Sie wollen die Quote der Regierung erfüllen. Sie sagen, alles gehöre dem Staat, und wenn man nicht in einer Kolchose ist, schulde man dem Staat doppelt so viel wie alle anderen.«

»Woher weißt du das?« Wieder keimte Angst in Katja auf. Sie dachte an den wunderschönen goldenen Weizen in ihrer Scheune, der nur darauf wartete, gedroschen zu werden.

»Sie sind zum Haus meines Onkels gekommen. Sie haben ihm alles abgenommen, was er hatte, selbst das Saatgut für den Winterweizen.« Pawlo löste sich von ihr und begann, auf und ab zu laufen. »Das ist ein Trick, um die Leute zu zwingen, der Kolchose beizutreten. Sie nehmen ihnen das Korn, damit sie nichts mehr anpflanzen oder Brot backen können, und dann bleibt ihnen nichts anderes übrig, als sich der Kolchose anzuschließen und ihre eigenen Erzeugnisse wieder zurückzukaufen.«

»Mein Vater hat davon geredet, einen Teil des Korns zu verstecken.« Die Kuh muhte ungeduldig, und Katja setzte sich wieder auf den Schemel und melkte weiter, während sie sprach. »Ich weiß, dass er hohe Steuern wird zahlen müssen, aber vielleicht sollten wir wirklich aufteilen, was wir haben. Wir könnten kleine Lager anlegen … an verschiedenen Stellen.«

Pawlo grinste, und diesmal strahlte er über das ganze Gesicht. »Ach, Katja, du bist ja so klug. Ich bin hier, um dir genau das vorzuschlagen. Das ist zwar nicht viel, aber wenigstens können wir so etwas tun.«

In der nächsten Woche – und mit dem Segen ihrer Eltern – packten Pawlo und Katja je eine kleine Dose Weizen sowie etwas zu essen ein und trafen sich im Wald hinter ihren Höfen. Mit Pawlo im klaren, kalten Sternenlicht zwischen den Bäumen hindurchzugehen, fühlte sich fast wie ein Geschenk an, bis Katja auf einen Zweig trat, und sie beide vor lauter Angst erstarrten. Als nach ein paar Minuten noch immer niemand aus dem Gebüsch gesprungen war, um sie zu verhaften, beruhigte sich ihr Puls wieder.

»Tut mir leid«, flüsterte Katja. »Ich werde vorsichtiger sein.«

Pawlo drückte ihre Hand und sagte mit leiser Stimme: »Ich bin einfach nur froh, allein mit dir zu sein.«

Auch wenn ihre Romanze noch verhältnismäßig frisch war, fühlte es sich für Katja dank der Leichtigkeit, die auf einer lebenslangen, engen Freundschaft beruhte, ganz natürlich an, Pawlo näher an sich heranzuziehen. Dass aus ihrer Freundschaft irgendwann Liebe geworden war, war für sie schlicht folgerichtig.

Als sie tiefer in den Wald hineingingen, deutete Katja auf eine große knorrige Eiche, die sie leicht wiederfinden konnten. »Da ist ein Loch im Fuß des Baums. Dort können wir alles verstecken.«

Pawlo nickte. »Wir werden es mit Laub zustopfen, dann wird niemand es bemerken.«

Sie arbeiteten, so schnell sie konnten, und gruben sich mit einem kleinen Spaten, den Pawlo mitgebracht hatte, durch verrottetes Laub und Dreck. Dann steckten sie die Dosen ins Loch. Als Katja ihre Hände am Rock abwischte, beugte Pawlo sich zu ihr und küsste sie.

Katja war wie erstarrt, als seine Lippen die ihren trafen. Trotz all der Angst und der Sorgen ließ seine Berührung sie erzittern. Als er sich schließlich wieder von ihr löste, traf die Wirklichkeit sie wie ein Schlag, und sie trat wieder auf ihn zu. Sie war verzweifelt und wollte die Realität einfach nur ausblenden. Pawlo stöhnte und küsste sie noch einmal. Seine Hände zerwühlten ihr Haar und glitten ihren Rücken hinab; dann löste er sich erneut von ihr.

»Wir sollten lieber zurückgehen, bevor wir etwas tun, was wir noch nicht tun sollten«, sagte er mit leiser, heiserer Stimme.

Frust flammte in Katja auf. »*Noch* nicht? Worauf willst du denn warten? Du liebst mich doch, oder?«

Pawlo hob die Augenbrauen und lachte. Rasch schlug er sich die Hand vor den Mund, um das Geräusch zu ersticken, aber seine Schultern bebten amüsiert.

»Das ist nicht lustig!« Katja funkelte ihn an.

»Du … Du hast recht«, stotterte er, während er noch immer gegen das Lachen kämpfte. Schließlich atmete er ein paarmal tief durch und seufzte. »Du hast wirklich Temperament. Deshalb liebe ich dich auch, und deshalb will ich dich auch heiraten. Bald. Bevor wir diesen Weg weitergehen. Aber durch die Unsicherheit in unserem Leben habe ich noch nicht genug Geld verdient, um dich zu freien. Bitte, lass mich das erst regeln.« Er nahm ihre Hände. »Katja, du bist schon ewig meine beste Freundin. Ich liebe dich mehr als das Leben. Heirate mich. Sag, dass du meine Frau sein wirst. Gemeinsam werden wir das überstehen.«

»Ja! Ja!« Katja schlang die Arme mit solcher Leidenschaft um Pawlo, dass sie gemeinsam nach hinten fielen. Kurz vergaßen sie, dass sie eigentlich leise sein sollten, und lachten laut. Erst als Pawlo sie wieder küsste, kehrte erneut Stille ein.

»Vielleicht können wir ja mit Kolja und Alina zusammen heiraten«, sagte Katja. »Ihre Hochzeit ist nicht mehr weit entfernt.«

»Je schneller, desto besser«, pflichtete Pawlo ihr bei. Dann lachte er leise. »Erinnerst du dich noch daran, wie du die Hühner auseinandergetrieben hast, als meine Mutter mich gebeten hat, eins fürs Abendessen zu fangen?«

Katja lachte und schlug sich sofort die Hand vor den Mund. »Wie könnte ich das vergessen? Du warst so wütend, dass du mich über dem Schweinepferch hast baumeln lassen. Du hast gedroht, mich reinzuwerfen. Meine guten Kleider wären ruiniert gewesen. Meine Mutter hätte mich umgebracht.«

Pawlo strich ihr mit seiner schwieligen Hand über die Wange. »Du hast gekämpft wie ein tollwütiger Hund. Jetzt bist du eine entschlossene, wunderschöne Frau, aber damals habe ich dich das erste Mal nicht als ein rechthaberisches, nerviges Mädchen gesehen, und da wusste ich, dass ich dich eines Tages heiraten würde.«

»Das war vor zwei Jahren! Du hast dir ja ganz schön Zeit gelassen, mir von deinen Plänen für mein Leben zu erzählen.«

»Wir waren noch jung. Ich wollte dir keine Angst machen.«

»Ja, es war wahrlich weise, mich über den Schweinepferch zu halten, wenn du mir keine Angst machen wolltest.« Katja kicherte. »Nun, da du mir das jetzt erzählt hast, werde ich dir sagen, was *mir* an diesem Tag aufgefallen ist.«

»Und was ist dir aufgefallen? Ich meine abgesehen davon, dass Schweine stinken.«

»Nun, du warst immer ein kleiner Junge. Dürr. Keine Muskeln.«

»Ich dachte, du wolltest mir schmeicheln.« Pawlo runzelte die Stirn.

»Das tue ich doch!«, erwiderte Katja. »An diesem Tag, als du mich über den Pferch gehalten hast, da ist mir aufgefallen, dass du nicht länger ein Klappergestell warst.«

»Oh.« Pawlo grinste. »Was war ich dann?«

»Ein Mann. Ein Mann mit dicken Armen, stark von der Feldarbeit. Ein Mann mit breiter Brust und lockerem Lächeln. Ich habe sogar gesehen, dass dir langsam ein Bart wuchs.« Sie kitzelte ihn unter dem Kinn und zuckte mit den Schultern. »Ich würde zwar nicht sagen, dass ich mich da in dich verliebt habe, aber du hattest dich schon verbessert.«

Pawlo warf den Kopf zurück und bebte vor stummem Lachen. Dann schlang er wieder die Arme um Katja und küsste sie in den Nacken. »Ich habe gelogen. Ich habe dich schon geliebt, als wir zum ersten Mal im Feld gespielt haben, während unsere Eltern die Ernte eingebracht haben. Du warst schon immer für mich bestimmt.«

Händchenhaltend machten sie sich auf den Heimweg. Katja hatte das Gefühl, sie würde gleich platzen. All die Aufregung: erst das Verstecken des Saatguts und des Proviants und dann die überwältigende Liebe zu dem Mann neben ihr.

»Du bist für mich der Ruhepunkt in diesem Sturm.« Sie hob seine Hand und küsste sie.

In der nächsten Nacht trafen sie sich erneut und auch in der danach, bis sie genug Korn, Mehl und Buchweizen an Stellen versteckt hatten, wo sie als Kinder gespielt hatten. Die genauen Stellen schrieben sie auf Zettel, die sie unter einem losen Brett auf dem Heuboden von Katjas Familie versteckten. Dann warteten sie.

***

Ein paar Wochen später wurde Katja von lautem Klopfen aus dem Schlaf gerissen.

Tato stapfte zur Tür. Er trug noch immer sein Nachthemd und versuchte, sich im Gehen die Hose anzuziehen. Katjas Blick fiel auf die Kleiderbündel, die noch immer neben der Tür standen – ihre Mutter hatte sich geweigert, sie wegzustellen –, und sie schauderte.

»Wer ist da?«, rief ihr Vater. Seine große, starke Gestalt füllte den Türrahmen, doch die Kraft, mit der er den Riegel packte, verriet die Angst, seine Familie nicht vor dem beschützen zu können, was ihn auf der anderen Seite erwartete.

Katjas Herz schlug so heftig in ihrer Brust, dass sie glaubte, alle müssten es hören. Sie warf sich ein Tuch um die Schultern und hob das Kinn. Alina berührte ihre Hand, und Katja nahm sie. Ihre Schwester zitterte.

Eine Stimme bellte mit russischem Akzent: »Wir sind hier, um das Getreide für eure Steuern zu holen! Aufmachen!«

Es hatte viel Überzeugungsarbeit gekostet, bis Mama eingewilligt hatte, Sachen im Wald und auf den Feldern zu verstecken, doch als sie jetzt zu Katja schaute, war ihr die Dankbarkeit deutlich anzusehen. Trotz der Anspannung im Raum empfand Katja einen Hauch von Triumph.

Tato schaute zu Mama. Sie stand auf, richtete sich zu voller Größe auf und nickte. Katjas Vater öffnete die Tür, und die Männer stürmten so schnell in das kleine Haus, dass er ihnen nur knapp aus dem Weg springen konnte. Die Tür flog gegen die Wand, und zwei Gestalten in dunklen Mänteln ließen den Blick ihrer zusammengekniffenen Augen durch den Raum schweifen.

Katjas Lächeln verschwand. Den ersten Mann, den mit dem Akzent, hatte sie noch nie gesehen. Es war ein Russe mit dunklem Haar und Schnurrbart. Als einer der sowjetischen Beamten, die man für die Kollektivierung ins Land gebracht hatte, strahlte er Macht aus, aber er war nicht der Schläger der Truppe. Diese Rolle fiel dem Dorfsäufer zu, Prokyp. Prokyp drangsalierte die Leute, stahl und bettelte, wenn er musste, und er hatte in seinem ganzen Leben noch nie etwas geleistet. All das Unrecht, das man ihm seiner Meinung nach angetan hatte, hatte das Feuer in ihm nur noch geschürt, und jetzt war er der perfekte Handlanger der Aktivisten. Alle verachteten ihn.

Die riesigen Männer überschatteten die schlanke Frau, die sie begleitete. Das war Irina, die Frau des Dorflehrers. Vermutlich hatten sie sie mitgebracht, um ihren Opfern ein falsches Gefühl von Sicherheit zu vermitteln. Schließlich war sie von hier, doch der Blick in ihrem verkniffenen Gesicht war alles andere als beruhigend. Nervös zuckten Irinas Augen durch den Raum. Es war, als hätte sie Angst, Katjas Familie anzuschauen.

»Wo ist euer Korn?«, knurrte Prokyp. »Unsere Kolchose erfüllt ihr Planziel nicht.«

»Wir sind keine Mitglieder der Kolchose.« Tato straffte die Schultern und funkelte Prokyp an. »Mein Korn gehört mir.«

Die starken Worte ihres Vaters erfüllten Katja mit Stolz.

Prokyp lachte, und Irina zuckte unwillkürlich zusammen, als hätte sie jemand geschlagen. »Das ist sogar noch besser. Ihr sagt, dass ihr keine Mitglieder seid. Nun, dann ist eure Steuer umso höher.«

»Wir haben nichts mehr.« Tato blieb standhaft, aber er wurde blass. »Wir haben alles für die Steuer gegeben. Ich habe meine Quote erfüllt.«

»Die Quoten sind erhöht worden«, sagte der Russe. Die hohe nasale Stimme passte nicht zu seiner kräftigen Statur, und seine Verachtung war ihm deutlich anzusehen. »Durchsuchen.« Er nickte Prokyp zu.

»Das könnt ihr nicht tun!«, rief Katja.

»Bring dein Kind zum Schweigen.« Der Russe funkelte Tato an. »Sonst mach ich das.«

Tato warf Katja einen mörderischen Blick zu, und sie biss sich auf die Lippe. Schweißtropfen traten ihr auf die Stirn, als Prokyp durchs Haus stampfte, Betten umwarf, Decken herunterriss und Schränke öffnete. Er fand etwas Butter und einen kleinen Sack Mehl, mit dem am nächsten Tag Brot gebacken werden sollte. Den gab er Irina, die ihn in ihren Sack steckte, ohne den Blick zu heben.

Mama zuckte unwillkürlich zusammen, als sie die Lebensmittel nahmen, doch ihr Gesicht blieb eine emotionslose Maske, bis Prokyp die Ecke mit den Ikonen erreichte. Mit unverhohlener Schadenfreude fegte Prokyp Weihwasser, Kerzen und Psalmenbuch vom Regal und auf den Boden. Dann riss er den Ruschnyk herunter, den Mama so liebevoll genäht hatte, um die Ikonen zu schmücken, und schließlich waren die Bilder selbst dran. Sie brachen unter Prokyps Füßen, als er auch noch das Kreuz von der Wand riss und es in seine Tasche stopfte.

Mit einem leisen Stöhnen schlug Mama die Hand vor den Mund und stützte sich auf den Tisch. Irina schaute mitfühlend zu Boden. Sie kehrte den Männern den Rücken zu und bekreuzigte sich rasch.

»Ist das wirklich nötig?« Tato knirschte mit den Zähnen.

Prokyp ignorierte ihn und ging zu Alina und Katja. Die Schwestern standen beisammen und hielten sich noch immer an den Händen. »Und ihr Mädchen?«, fragte Prokyp in widerlich-süßem Tonfall. »Ihr hübschen Mädchen? Habt ihr vielleicht Korn in euren Kleidern versteckt? Wir haben schon eine Menge eingenäht in den Röcken der Damen unseres Dorfes gefunden.«

Katja drehte sich der Magen um, als Prokyp seine schmutzigen Hände nach Alina ausstreckte. Alina wimmerte, als er seine Pfoten auf ihre Schultern legte. Dann strich er langsamer als nötig an ihren Brüsten vorbei bis zur Hüfte. Seine Lippen verzogen sich zu einem widerlichen Grinsen, als er sich an Alinas Beinen entlang weiter vorarbeitete.

»Nimm deine Finger von ihr!« Wut kochte in Katja hoch, und sie riss Alina im gleichen Augenblick zurück, da ihr Vater einen Schritt vortrat und brüllte: »Fass meine Töchter nicht an!«

Ein lautes Klicken hallte durch den Raum, und alle erstarrten. Der Russe richtete die gespannte Pistole auf Tato. Sein knallrotes Gesicht schimmerte vor Schweiß, und seine Hände ballten sich langsam zu Fäusten. Wut strahlte von ihm aus wie ein hungriges Feuer. Wenn sich jetzt niemand einmischte, würde gleich jemand sterben.

Mama sah den inneren Kampf des Mannes, und sie trat vor Tato und sagte mit ruhiger Stimme: »Ich entschuldige mich für meinen Mann. Er ist ein wenig überfürsorglich, was seine Töchter betrifft. Er hat das nicht so gemeint. Wir kooperieren. Ich schwöre.«

Der Russe grinste und senkte die Waffe. Katja ließ Alinas Hand los, umarmte ihren Vater und flüsterte ihm ins Ohr: »Bitte, Tato. Es ist doch nichts passiert. Wir dürfen dich nicht verlieren. Bitte.« Sie spürte, wie die Spannung aus seinem Körper wich, aber die Muskeln an seinem Hals zuckten noch immer vor Wut.

Prokyp beobachtete das Ganze amüsiert, dann schlenderte er grinsend zu seinen Kameraden zurück. Der Russe drehte sich zu ihm um und fragte vollkommen ernst: »Hat dich dieser Mann beleidigt, Genosse? Was würdest du jetzt gerne tun?«

Prokyp schaute zu Tato und dann zu Alina. Alina war kreidebleich, aber sie hielt den Kopf hocherhoben, ganz so, wie Mama es ihr beigebracht hatte. Katja wurden die Knie weich. Sie hielt die Luft an und wartete darauf, dass dieser Narr das Schicksal ihrer Familie entschied.

»Einmal kann man das wohl übersehen, solange er und seine Familie versprechen, in Zukunft voll und ganz zu kooperieren.« Prokyps Blick klebte noch immer an Alina. »Aber wir sollten hier öfter mal vorbeischauen, um sicherzustellen, dass sie sich auch benehmen.«

Ein weiterer Aktivist drängte sich mit einem großen Sack Weizen auf der Schulter ins Haus. »Das hier habe ich gefunden, und da ist auch noch ein zweiter. Sie waren auf dem Heuboden in der Scheune versteckt.«

Katja verließ der Mut. Sie hatte schon befürchtet, dass der Weizen in der Scheune nicht gut genug versteckt war, aber ihr Vater hatte es für ausreichend gehalten, ihn unters Heu zu stopfen.

»Das könnt ihr nicht mitnehmen!«, rief Tato. »Das ist mein Saatgut für diesen Herbst!«

»Damit wirst du deine Quote erfüllen. Vorerst jedenfalls.« Der Russe winkte ab, als langweile ihn das Ganze nur noch. »Kommt. Wir müssen zum nächsten Hof.«

Die Frau schaute entschuldigend zu Mama und lief den Männern hinterher. Die Tür schwang wild hin und her, und die Familie war wie erstarrt, bis Tato schließlich vortrat und die Tür zuschlug. Kurz sah Katja noch den Karren der Aktivisten. Er war vollgepackt mit Weizensäcken, genau wie die, die sie aus ihrer Scheune geholt hatten.

9

CASSIE

Illinois, Mai 2004

Am nächsten Nachmittag stürmte Anna in die Küche, die Arme voller Einkaufstaschen. »Ich sorge für euer leibliches Wohl!«

Cassie legte das Buch hin, in dem sie gelesen hatte, stand auf und nahm ihrer Mutter eine Tasche ab. »Danke. Das ist uns eine große Hilfe.«

»Na, ich wollte nicht, dass ihr Bobby allein lassen müsst. Wo ist sie?«

»Sie hält ein Schläfchen. Birdie wollte gerade auch, nicht wahr?« Cassie sah ihre Tochter matt an. Das kleine Mädchen schaute von dem Bild auf, das es mit den neuen Wachsmalstiften malte, die Anna ihm am Tag zuvor geschenkt hatte.

»Ach, und ich dachte, Birdie und ich könnten einen Spaziergang machen.« Anna sah Cassie hoffnungsvoll an. »Nur um den Block. Die frische Luft tut ihr gut, wenn sie sich zu einem Nickerchen hinlegt, meinst du nicht?«

Birdie hüpfte auf und ab, die Hände unter dem Kinn verschränkt.

Cassie warf kapitulierend die Arme hoch. »Einen Versuch ist es wert. Nichts sonst hat heute geholfen.«

Birdie klatschte in die Hände, dann hob sie ihr Bild, um es ihnen zu zeigen.

»Sehr schön«, sagte Anna. »Sie sehen aus wie Sonnenblumen.«

Birdie nickte heftig, während Cassie auf ihr Bild niedersah. »Das ist richtig toll, Birdie.« Cassie fuhr mit dem Finger eine Sonnenblume aus Dutzenden nach, die das Blatt füllten. Im Zentrum hielten sich zwei langhaarige Strichmännchen bei den Händen. Birdie malte ein paar kleine Blumen in ihre Haare, dann warf sie den Stift hin und rannte los, um sich die Schuhe anzuziehen.

»Wie es aussieht, ist sie bereit«, sagte Cassie. »Warum geht ihr nicht los, und ich räume die Einkäufe weg?«

»Prima!«, rief Anna. Sie nahm Harveys Leine. »Komm mit, Birdie.«

Cassie packte die Taschen aus.

»Ziemlich willkürliche Zusammenstellung, Mom«, sagte sie, als sie die zweite Packung jungen Spinat und einen Beutel mit Rindfleischknochen hervorzog. »Ich hoffe, du kommst vorbei und weißt, was du mit dem ganzen Zeug anstellst.«

»Bobby hat den Einkaufszettel gemacht«, ließ Anna sie noch wissen, bevor sie hinausgingen.

Cassie verstaute das meiste im Kühlschrank und suchte in den Oberschränken nach den besten Stellen für die Makkaroni mit Käse und die Müsliriegel. Sie hatte angenommen, Bobby hätte wenigstens Ölsardinen und Reis im Vorrat, um eine schnelle Mahlzeit zubereiten zu können, aber die Schränke waren überraschend leer.

Sie hatte alles weggeräumt und einen Kessel Teewasser aufgesetzt, als Birdie und Anna zurückkehrten.

»Du errätst nie, wem wir begegnet sind«, sagte Anna. »Nick!«

»Wer ist Nick?« Cassie küsste Birdie auf die Wange. »Leg dich ins Bett. Ich schaue gleich nach dir, okay?«

»Du weißt schon, Nick. Mrs. Kovals Enkel. Aus dem Krankenhaus?«

Cassie stellte den Kasten mit den Teebeuteln auf den Tisch. »Ach, der. Ich mache mir Tee. Möchtest du auch welchen?«

»Gern.« Anna setzte sich. »Erinnerst du dich, dass wir es ein bisschen seltsam fanden, wie versessen er darauf war, Bobby zu helfen?«

»Ja. Ich habe ihn seitdem nicht mehr gesehen.« Cassie goss heißes Wasser in zwei Becher und stellte sie auf den Tisch. »Allerdings lag heute Morgen die Zeitung auf der Fußmatte an der Haustür. Ordentlich gefaltet.«

Anna nickte und suchte sich eine Teesorte aus. »Vermutlich war er es.« Sie tauchte den Beutel in die Tasse. »Egal, ich mag ihn wirklich.«

»Das ist das genaue Gegenteil zu ›Behalt ihn im Auge‹.« Cassie malte mit den Fingern Anführungsstriche in die Luft.

»Ich weiß«, sagte Anna. »Aber Birdie und ich haben ihn im Vorgarten seines Hauses am Ende des Häuserblocks bei der Arbeit gesehen, und stell dir vor: Er pflanzte Malven.«

Cassie zuckte mit den Schultern und setzte sich. »Und?«

»Für seine Grandma.« Anna lehnte sich selbstzufrieden zurück, als erklärte das alles.

»Seine tote Grandma?«

Anna nickte lächelnd.

»Du bist darüber unangemessen froh. Was ist daran so besonders? Bist du dir sicher, dass mit dir alles stimmt?« Cassie legte ihrer Mutter den Handrücken auf die Stirn. »Temperatur hast du nicht.«

Anna lachte und schob sie weg. »Mir geht's prima. Was ich sagen will, ist: Nicht viele Männer denken an ihre Großmütter, und schon gar nicht bepflanzen sie zu ihrem Andenken den Vorgarten. Er ist ein guter Kerl.«

»Dein Urteil beruht also allein auf der Tatsache, dass er Blumen pflanzt?« Cassie sah ihre Mutter mit erhobener Augenbraue an, als sie einen Teebeutel in ihren Becher sinken ließ.

»Für seine tote Großmutter!« Anna beugte sich vor. »Das ist der entscheidende Faktor. Davon abgesehen sind wir stehen geblieben, und ich habe ein paar Minuten mit ihm geplaudert. Birdie hat sich natürlich hinter meinen Beinen versteckt. Er ist wirklich ein guter Kerl. Er sagt, er wird auf euch achten.«

»Ach, jetzt behält er mich im Auge?« Cassie schüttelte den Kopf. »Perfekte Hundertachtziggradwende, Mom!«

Anna lächelte. »Eines Tages siehst du, was ich meine. Bei einem Mann achtet man auf die Kleinigkeiten, Cassie. Sie können dir so viel verraten. Und das ist eine der Kleinigkeiten.«

»Ich suche bei Männern nach gar nichts.« Cassie sah ihre Mutter wütend an.

»Das weiß ich.« Anna blies auf ihren Tee. »Er hat nach dir gefragt.«

»Was? Warum?« Cassie lief rot an und senkte den Kopf, damit ihre Mom es nicht mitbekam.

»Er muss deinen Ehering gesehen haben.« Anna klopfte auf den schlichten Goldreif an Cassies Finger. »Er hat gefragt, wann dein Mann wieder bei dir ist.«

Cassie zog die Hand zurück und fragte mit tonloser Stimme: »Hast du ihm gesagt, dass mein Mann tot ist?«

Annas Miene wurde weich. »In freundlicheren Worten, ja. Er sagte, es tue ihm wirklich leid, das zu hören, und wenn es etwas gebe, was er tun könne, um dir zu helfen, dich einzurichten, dann sollst du ihm Bescheid sagen.«

»Na, ist er nicht der perfekte Nachbar?«, brummte Cassie.

»Du brauchst nicht schnippisch zu werden.« Anna hob kapitulierend die Hände. »Ich wollte dich nur wissen lassen, dass wir uns seinetwegen nicht die Sorgen zu machen brauchen, die wir uns gemacht haben.«

Cassie runzelte die Stirn. »So leicht lasse ich mich nicht davon überzeugen.«

»Wovon?«, fragte Bobby, als sie in die Küche kam. Ihre Haare waren zerzaust, die Augen verschlafen. Sie ließ sich auf einen Stuhl sinken und schob sich damit zum Tisch.

»Nichts weiter«, sagte Cassie. »Magst du etwas essen?«

Bobby gab keine Antwort. Ihr Blick haftete auf Birdies Bild, das noch auf dem Tisch lag. Sie erbleichte und hielt sich mit der linken Hand die Brust. »Was ist das?«

»Birdie hat es heute gemalt«, sagte Anna. »Ist das nicht schön?«

Birdie, die Cassies Bitte, sich hinzulegen, ignoriert und sich wieder in die Küche geschlichen hatte, umklammerte Bobbys Arm. Sie zeigte auf eine der Frauen im Bild und dann auf Bobby. Ihre Urgroßmutter riss den Kopf herum, starrte Birdie an und sah ruckartig wieder auf das Bild.

Birdies Lächeln zitterte, als Bobbys Augen sich mit Tränen füllten, und sie sah Cassie an.

Cassie schluckte den Tadel an Birdie herunter, weil sie nicht im Bett geblieben war, trat hinzu und nahm das Bild. »Es ist wunderschön, Birdie. Ich glaubte, Bobby fühlt sich gerade nur nicht wohl.«

Ihre Großmutter tätschelte Birdie die Hand und wuchtete sich vom Stuhl hoch. »Ja, es ist sehr schön. Ich glaube, ich setze mich ein bisschen auf die Terrasse und schnappe frische Luft.« Sie schlurfte zur Hintertür.

Cassie tauschte einen besorgten Blick mit ihrer Mutter, während sie wartete, dass Bobby außer Hörweite war. »Wir sollten ihr folgen.«

Anna winkte einladend. »Nur zu.«

»Ich?« Cassie hob die Brauen.

»Wir geraten nur in Streit. Vielleicht öffnet sie sich dir ein bisschen.«

»Das bezweifle ich«, sagte Cassie, aber sie öffnete die Glastür und streckte den Kopf in die warme Frühlingsluft. Der Geruch von Erde und neuem Leben stieg ihr in die Nase, als sie einatmete. »Es ist schön hier draußen«, begann sie, um das Eis zu brechen. »Ich liebe den Geruch des Frühlings.«

Bobby zog ein altes, in Leder gebundenes Buch aus der Tasche ihres Hausmantels, ohne auf ihre Enkelin zu achten.

»Was hast du da?« Cassie versuchte, ihre Aufregung beim Anblick des Tagebuchs von Bobbys Nachttisch zu zügeln. Sie setzte sich auf den Terrassenstuhl neben ihrer Großmutter.

Bobby strich über den abgewetzten Umschlag und sagte langsam, als schmerzten sie die Worte: »Das bin ich. Oder wer ich einmal war.«

Es gehört ihr! Gänsehaut zog Cassie über die Arme, und sie schwieg aus Furcht, die Versunkenheit zu brechen, in der ihre Großmutter sich zu befinden schien.

»Ich dachte, wenn ich nur lange genug warte, wird es einfacher zurückzugehen.« Bobby schlug das Buch auf, und ein gequälter Seufzer kam über ihre Lippen.

Cassie beugte sich näher und sah hinunter auf die gedrängte Handschrift. Lesen konnte sie sie nicht, aber ihr juckten die Hände, das Buch an sich zu reißen, damit sie endlich einmal einen greifbaren Teil von Bobbys schwer fassbarer Vergangenheit berührte.

Deren Finger zitterten, als sie die Seite berührten, und sie schloss die Augen. »Ich habe ihm gesagt, dass ich es tue.«

»Was denn?«, fragte Cassie. »Und wem?«

»Aber ich kann nicht. Ich kann es einfach nicht.« Sie schloss das Buch und schob es zurück in die Tasche. Cassie erschauerte angesichts der verlorenen Gelegenheit, aber als das Buch verschwand, glitt ein Foto heraus und segelte zu Boden.

Cassie ließ es kommentarlos fallen. Sie fürchtete, wenn Bobby es bemerkte, würde sie es wieder ins Buch legen, und Cassie würde es niemals wieder zu Gesicht bekommen. Sie schwor sich, es ihrer

Großmutter zurückzugeben, nachdem sie in Ruhe einen Blick darauf geworfen hatte.

Bobby sah hoch in den großen Maulbeerbaum hinter ihrem Haus. »Hast du die Eule gesehen?«

Cassie folgte ihrem Blick zu einer großen braunen Eule, die auf den Ästen des Baumes saß.

»Ist es nicht seltsam, dass tagsüber eine zu sehen ist?« Cassie versuchte, der merkwürdigen Wendung des Gesprächs zu folgen.

Bobby presst die Lippen zusammen. »Sie ist ein Zeichen. Sie wartet, dass ich sterbe.«

Cassie sah sie entsetzt an. »Sag doch nicht so was!«

Die Eule schrie und flog davon, als wollte sie ihre Komplizenschaft an Bobbys Tod zugeben.

Ihre Großmutter winkte ab. »Die jungen Leute heute erinnern sich nicht an die Geschichten. Vergangene Woche ist ein Sperling gegen mein Schlafzimmerfenster geflogen.«

»Und? Das heißt nur, dass du saubere Fenster hast.«

»Und jetzt diese Eule. Und Birdies Bild.« Bobby senkte den Kopf. »All das bedeutet etwas, Cassie. Sie wartet auf mich.«

»Wer wartet auf dich?« Cassie wandte sich ihr zu. »Bobby, bist du sicher, dass es dir gut geht? Du benimmst dich heute wirklich merkwürdig.«

»Ich muss mich verantworten für das, was ich getan habe.« Bobby erhob sich auf zittrigen Beinen und humpelte zurück ins Haus. Beim Gehen schlug das Tagebuch in ihrer Tasche gegen ihr Bein. »Ich brauche ein bisschen Zeit für mich. Ich bin in meinem Zimmer.«

Als die Tür sich hinter ihr schloss, bückte sich Cassie nach dem Foto und hob es auf. Die verblasste Schwarz-Weiß-Aufnahme war zerknittert und verknickt. Zwei Mädchen im Teenageralter mit identischem Lächeln sahen sie an. Beide trugen sie einen Blumenkranz in ihrer Zopffrisur und weiße Blusen mit fein gestickten

Blumen und Ranken auf den Ärmeln. Arm in Arm neigten sie die Köpfe zueinander, eine offensichtliche Zurschaustellung von Zuneigung. Im Hintergrund erstreckte sich ein Sonnenblumenfeld bis zum Himmel.

10

Katja

Ukraine, Oktober 1930

Niemand hatte den frühen Schnee erwartet, der sich auf die goldenen Farben des Herbstes legte, doch Katja liebte ihn. Große, hübsche Flocken schwebten vom Himmel und bedeckten die braune Erde. Einzelne schafften es sogar ins Haus, wenn sie die Tür öffnete, um die weiße Landschaft zu bewundern.

»Ich kann einfach nicht glauben, dass es schon schneit.« Alina beugte sich über Katjas Schulter und starrte hinaus.

»Ich finde das schön«, sagte Katja.

Alina runzelte die Stirn. »Ja, aber das hab ich mir für heute nicht vorgestellt.«

»Das trifft auf fast alles zu, würde ich sagen.« Katja legte den Arm um ihre Schwester und drückte sie an sich. »Aber wir werden trotzdem glücklich sein. Wir heiraten heute!«

Sie hatten viel für ihren großen Tag geplant, aber sie hatten auch Zugeständnisse machen müssen. Sie konnten nicht so groß feiern wie Olha und Borislaw. Der Druck, sich der Kolchose anzuschließen, war noch immer groß. Verhaftungen und Deportationen machten alle nervös, während die Aktivisten weiter durchs Dorf patrouillierten und Hausdurchsuchungen machten. Sie suchten Korn, Gold, Schmuck und alles andere, was sie haben wollten. Eine große Hochzeit hätte da nur unnötig Aufmerksamkeit erregt. Also mussten sie in kleinerem Rahmen feiern, möglichst geheim und schnell.

»Lass uns einfach dankbar dafür sein, dass mein Cousin Wassyl jetzt Priester und noch nicht deportiert worden ist. Zum Glück ist er gerade in der Nähe und kann euch heimlich verheiraten«, sagte Mama. »Und jetzt macht die Tür zu. Ihr lasst ja die ganze Wärme raus.«

»Stimmt. Und vergesst nicht, Mädchen: Schaut immer in die Zukunft.« Tato zog seinen Mantel an und gab eine seiner typischen väterlichen Weisheiten von sich. »Ich werde euch Frauen jetzt allein lassen, damit ihr euch vorbereiten könnt. Ich schaue mal, was die Männer so machen.«

»Mir ist egal, dass wir keine große Feier haben können«, bemerkte Alina ein paar Minuten, nachdem ihr Vater gegangen war. »So ist es schön intim.«

»Ja, das stimmt.« Katja flocht Alinas dicke rabenschwarze Locken zu Zöpfen. »Und eine große Hochzeit ändert auch nichts an der Liebe, die ihr füreinander empfindet. Selbst der größte Narr sieht, dass ihr füreinander bestimmt seid.«

»Ich liebe ihn schon, solange ich denken kann. Und dasselbe könnte ich über dich und Pawlo sagen. Du hast mich immer geneckt, wie liebeskrank ich bin, und jetzt bist du schlimmer, als ich es je gewesen bin!«

»Ja, kann sein«, gab Katja zu. »Ich weiß, es ist noch zu früh dafür, aber ich will sehen, wie es aussieht.« Katja setzte Alina den Myrtenkranz auf, den *winok*, und trat einen Schritt zurück, um ihre Schwester zu bewundern. »Du siehst fantastisch aus, Alina.«

»Oh ja, das tust du.« Mama setzte sich mit einem Kleiderbündel an den Tisch.

»Was haben wir für ein Glück, dass in der Nähe so wunderbare Männer leben«, sagte Alina und tauschte den Platz mit Katja. Jetzt war sie an der Reihe, ihrer Schwester das lange dunkle Haar zu flechten. »Wenn man mal so darüber nachdenkt … Die beiden kleinen Jungen, die in unserem Hof gespielt haben, werden jetzt deine Schwiegersöhne! Damit sind unsere Familien gleich doppelt verbunden.«

Alinas Gesicht glühte vor Freude, und Katja hoffte, dass sie nur halb so gut aussah wie ihre Schwester.

»Es ist einfach wunderbar, wie es gekommen ist.« Mama breitete die Röcke und Blusen aus, an denen sie für die Zeremonie gearbeitet hatte, und strich mit der Hand über die reichbestickten Ärmel. »Wisst ihr, als ich beschlossen habe, euren Vater zu heiraten, da haben meine Mutter und ich …«

Mama erstarrte, als plötzlich die Tür aufflog und Kolja ins Haus stolperte. Angst lag über seinem sonst so heiteren Gesicht, und er schaute sich um.

»Kolja!« Mama schnappte hörbar nach Luft. »Was ist los?«

Neben Holzrauch und der klaren kalten Winterluft roch Katja die Angst an ihm, und das traf sie bis ins Mark. Unwillkürlich sprang sie auf und lief auf ihn zu. »Wo ist dein Bruder? Wo ist mein Vater?«

Kolja ignorierte sie, und sein wilder Blick huschte zu Alina.

Katja wiederholte ihre Fragen noch einmal, diesmal lauter, und Koljas Lippen zitterten. Er wollte etwas sagen, brachte jedoch kein Wort heraus.

Katja konnte sein Schweigen nicht länger ertragen. Obwohl sie neben seiner riesigen Gestalt geradezu winzig wirkte, hob sie die Hand und verpasste ihm eine Ohrfeige. Kolja zuckte noch nicht einmal, aber schließlich schaute er wie benommen zu ihr hinab.

»Sprich!« Katja drohte die Stimme zu brechen. »Sag uns, was passiert ist!«

Kolja schluckte. Trotz der Kälte im Raum trat ihm der Schweiß auf die Stirn. Er atmete flach und schnell.

»Sie … Die Aktivisten sind gekommen und die OGPU …« Er sprach stockend, als hätte er vergessen, wie das geht, doch als er erst einmal begonnen hatte, strömten die Worte nur so aus ihm heraus, als könnte er sich so von der Gewalt befreien, deren Zeuge er geworden war. »Ich war in der Scheune. Ich habe sie kommen sehen. Sie kamen die Straße runter, aber ich bin dringeblieben.« Er schüttelte den Kopf, als sei er von sich selbst angewidert, und wiederholte: »Ich bin dringeblieben.«

»Sprich weiter!«, drängte Katja ihn.

»Mein und dein Vater haben sie draußen empfangen. Sie haben gesagt, jemand habe meinen Vater als Volksfeind angezeigt. Als sie versucht haben, ihn zu verhaften, hat er protestiert, und sie haben ihn erschossen.« Abermals drohte Kolja die Stimme zu versagen. »Ein anderer Mann hat deinen Vater zu Boden geworfen und ihm ein Gewehr in den Rücken gedrückt. Ich habe Pawlo schreien gehört. Also bin ich ums Haus gerannt. Ich dachte, ich könnte durchs Küchenfenster rein und ihm helfen, aber es geschah alles so schnell.«

»H… Haben sie meinen Vater auch erschossen?«, verlangte Katja gequält zu wissen. »Und was ist mit Pawlo?«

Kolja starrte zu Boden. Sein Gesicht war leichenblass und vollkommen emotionslos. »Ein Mann hat Pawlo mit dem Gewehrkolben auf den Hinterkopf geschlagen und ihn dann erschossen. Meine Mutter hat geschrien und sich auf den Kerl gestürzt, und dann haben sie auch sie getötet. Sie haben gesagt, es sei leichter, einfach alle abzuknallen.«

Der kalte Knoten der Angst in Katjas Bauch, der sich gebildet hatte, kaum dass Kolja durch die Tür gestürmt war, zog sich mehr und mehr zusammen. Ihr gefror das Blut in den Adern, und alles war wie taub. Ihre Gliedmaßen erschlafften, ihre Knie wurden weich, doch das Eis ließ sie erstarren, und sie blieb stehen.

»Nein!« Katja schüttelte den Kopf. »Du irrst dich!«

Kolja schluchzte. »Ich wünschte, es wäre so.«

»Und was ist mit meinem Mann?« Mama war ebenfalls aufgesprungen und rang mit den Händen.

»Sie haben ihn verhaftet.« Kolja schnappte sich einen Stuhl und brach darauf zusammen. »Meine Familie ist tot«, sagte er. »Meine ganze Familie ist tot, und ich habe mich wie ein Feigling versteckt, während man sie ermordet hat.«

Mama drückte sich die Faust in den Mund, schluckte ein Schluchzen hinunter und ließ sich wieder auf den Stuhl fallen. Alina lief zu Kolja und nahm ihn in die Arme.

»Ich muss ihn sehen.« Katja ging zur Tür und zog ihren Mantel an. Vor ihrem geistigen Auge sah sie Pawlos lächelndes Gesicht, sah ihn lachen, und sie hörte ihn sagen, dass alles nur ein übler Scherz gewesen sei. Sie schüttelte den Kopf, um wieder klar zu denken. Sie musste sich konzentrieren. Sie musste einen kühlen Kopf bewahren, bis das alles vorbei war. »Und wir müssen zu Tato. Nicht wahr, Mama?«

Katjas Worte ließen ihre Mutter endlich handeln, aber sie bewegte sich nur langsam, als wüsste sie nicht, was sie tun sollte. Sie schlang ihren Schal um und schaute ihre Tochter mit glasigen Augen an. »Ja. Natürlich.«

Katja starrte sie überrascht an und wartete darauf, dass diese sonst so starke Frau ihr Anweisungen erteilte, aber Mama blieb einfach an der Tür stehen.

»Kolja und ich werden zu seinem Hof gehen, und du und Alina, ihr schaut nach Tato«, sagte Katja schließlich. »Er war nur zu Besuch dort. Das ist kein Grund für eine Anklage.«

Mama nickte steif. »Ja … Ja, das ist ein guter Plan.«

Katja folgte Kolja zur Tür, das Bild ihrer benommenen, sprachlosen Mama noch immer im Kopf. Während ihre Mutter vor lauter Angst wie erstarrt gewesen war, hatte sie das Kommando übernommen. Dieser Rollenwechsel beunruhigte sie.

Als sie in den verschneiten Tag hinaustraten, verflogen diese Gedanken wieder. Sie musste sich um Pawlo kümmern. Tato musste gerettet werden. Sie musste sich auf das konzentrieren, was sie tun musste, und nicht auf das, was geschehen war. Später war immer noch Zeit, das Chaos aufzulösen.

Ich bin wie Eis. Ich fühle nichts. Das wiederholte Katja immer und immer wieder im Kopf, während sie hinter Kolja herlief und sorgfältig darauf achtete, stets in seine Spuren im Schnee zu treten. Diese Routine sorgte nicht nur dafür, dass ihre Füße trocken blieben, so verdrängte sie auch die Gedanken an das Geschehen … zumindest fast.

Fünf Minuten später folgte Katja Kolja durchs Tor. Trauer erfüllte die Luft, und die einst so warmherzige, einladende Stimmung, die Katja ihr ganzes Leben lang gekannt hatte, war nun von Angst und dem Geruch von Blut besudelt.

Josyp lag in der Tür, halb drinnen und halb draußen. Sein Körper war seltsam verdreht. Dicke Schneeflocken fielen auf ihn, färbten sein dunkles Haar und bedeckten nach und nach seinen ganzen Körper. Das Blut auf seiner Brust war bereits geronnen. Katja schlug sich die Hand vor den Mund. Ihr drehte sich der Magen um. Sie schloss die Augen und betete, dass er schnell gestorben war.

»Ich werde ihn reinbringen.« Kolja stand an ihrer Seite. Seine Stimme klang heiser. »Geh du rein zu Pawlo und meiner Mutter.«

Die Haustür bewegte sich leicht im Wind. Katja stieg über Josyps Leiche hinweg und ging ins Haus. Es dauerte ein paar Sekunden, bis sie sich an das Zwielicht gewöhnt hatte. Dann, als sie wieder sehen konnte, wünschte sie, der Schnee hätte sie auf ewig geblendet.

Die Wände waren voller Blut, die Stühle umgeworfen, und der ganze Boden war von Decken und Laken bedeckt. Trotz des Chaos standen noch immer zwei Zinnbecher auf dem Tisch, wo

Tato vermutlich mit Josyp zusammengesessen und die Situation im Dorf und die bevorstehende Hochzeit ihrer Kinder diskutiert hatte.

Dann fiel Katjas Blick auf Pawlo. Er lag unmittelbar hinter der Tür ausgestreckt auf dem Boden. Sein Gesicht war von ihr abgewandt, und seine Schulter war blutdurchtränkt. Pawlos Mutter wiederum lag mit dem Gesicht nach unten quer auf seiner Brust, die Arme um ihn geschlungen.

Katja fiel neben ihnen auf die Knie. Schweiß rann ihr zwischen den Schultern hinunter, und ihre Hände zitterten, als sie die ältere Frau von ihrem Sohn zog und neben ihm auf den Rücken legte. Ihre Augen, die von der gleichen Farbe waren wie Pawlos, starrten überrascht nach oben. Pawlos Blut hatte Schlieren auf ihrem Gesicht und in ihren Haaren hinterlassen. Sanft schloss Katja ihr die Augen. Als sie die Hand wieder wegnahm, war sie nass von Blut, und ein kleiner gequälter Schrei entkam ihren zitternden Lippen. Katja wischte ihre Hand am Rock ab, doch die Haut auf ihren Fingern pochte, als hätte sie sich verbrannt.

Als ihr Blick zu Pawlo wanderte, war es wie ein Stich ins Herz. Auch wenn sie sah, dass er in einem Meer von Blut lag, kam ihr die Vorstellung schlicht unmöglich vor, nie wieder mit ihm reden zu können. Wie konnte es sein, dass sie nie wieder zu den Wolken schauen und Bilder in ihnen suchen würden? Wie konnte es sein, dass sie ohne ihn in die Zukunft gehen musste?

Katja atmete tief durch und zwang sich weiterzumachen. *Ich kann das. Ich muss das tun*. Mit zitternder Hand packte sie Pawlo an der unverletzten Schulter. Trotz der Kälte fühlte seine Haut sich durch das Hemd warm an. Katja hielt kurz inne, schloss die Augen und sammelte all ihre Kraft. Dann zog sie ihn entschlossen zu sich. Sein Kopf rollte herum und landete neben ihrem Schoß.

Katja starrte auf das Gesicht des Mannes, den sie liebte, und sie schnappte unwillkürlich nach Luft, als plötzlich seine Augenlider flatterten. Ein winziger Hoffnungsschimmer breitete sich in ihr aus, und sie sprang ungläubig auf.

»Kolja! Komm schnell! Pawlo lebt!« Katja fiel wieder auf die Knie und riss Pawlos Hemd auf. Ein Einschussloch kam zum Vorschein. Es war ein Schulterdurchschuss.

»Er lebt?« Kolja ließ sich neben Katja fallen und schaute sich die Wunde an. »Die Kugel ist sauber durch ihn durchgegangen. Vielleicht hat sie die lebenswichtigen Organe ja verfehlt.«

»Lass uns ihn aufs Bett legen«, sagte Katja. Ihre Stimme klang schrill.

Sie packte Pawlo an den Füßen, und Kolja nahm ihn unter den Armen, und gemeinsam wuchteten sie den schlaffen Leib auf das Bett am Ofen.

»Hol heißes Wasser!« Katja schnappte sich ein Laken und riss lange Streifen heraus. Vorsichtig säuberten sie Koljas Wunde und gossen ein wenig Horilka darauf, der eigentlich für die Hochzeitsfeier gedacht gewesen war. Pawlo zuckte, als der Alkohol in seiner Wunde brannte, aber er wachte nicht auf.

»Er hat viel Blut verloren«, sagte Kolja, als Katja die Haut mit einem trockenen Leinentuch abtupfte.

»Er wird wieder gesund.« Katja funkelte Kolja an und forderte ihn damit heraus, ihr zu widersprechen. »Jetzt setz ihn auf, damit ich ihn verbinden kann.«

»Sein Kopf blutet auch. Da, wo sie ihn geschlagen haben.« Kolja drehte Pawlos Kopf, damit Katja sich die Schwellung am Ohr ansehen konnte. Die Beule blutete immer noch, wenn auch nur leicht. »Deshalb ist er vermutlich auch bewusstlos.«

»Vielleicht hat er auch vor lauter Schmerz das Bewusstsein verloren«, sagte Katja.

Kolja schnaubte. »Nicht Pawlo. Er ist zäh wie Leder.«

»Deshalb wird er auch wieder gesund werden«, entgegnete

Katja und nickte entschlossen. Nichts konnte sie vom Gegenteil überzeugen. Sie hatte geglaubt, Pawlo für immer verloren zu haben, doch jetzt hatte sie eine zweite Chance bekommen, und sie wollte verdammt sein, wenn sie diese nicht nutzen würde.

Mama und Alina platzten ins Haus, aber bevor sie etwas sagen konnten, rief Katja: »Er lebt! Pawlo lebt!«

Mama lief herbei und untersuchte ihn. »Hast du die Wunde auch gut sauber gemacht, Katja? Wir dürfen keine Infektion riskieren.«

»Ja, genau so, wie du es mir gezeigt hast, als Tato sich in die Hand geschnitten hat. Wo ist er?«

Mama richtete sich wieder auf. »Er wird festgehalten.«

Katja verließ der Mut. Ihre Mutter presste die Lippen aufeinander, und ihr Gesichtsausdruck warnte Katja, keine weiteren Fragen zu stellen.

»Wir können sie nicht wie sonst für die Beerdigung zurechtmachen. Wir müssen mit dem auskommen, was wir haben.« Mama wuselte durch den Raum und gab Alina und Kolja Anweisungen. Katja wiederum befahl sie, bei Pawlo zu bleiben. Das hätte Katja zwar ohnehin getan, aber sie war froh, dass ihre Mutter wieder das Kommando übernommen hatte.

Alle paar Minuten beugte Kolja sich über Katjas Schulter, um nach Pawlo zu sehen. »Er muss es von mir erfahren. Das mit unseren Eltern.«

Katja nickte. Sie verspürte ohnehin nicht den geringsten Wunsch, Pawlo die schlechten Nachrichten zu überbringen.

Der Rest des Tages verging wie im Flug. Niemand sprach es aus, aber alle waren sie voller Angst. Neben allem, was bereits passiert war, hing die Furcht vor einer Rückkehr der OGPU wie ein Damoklesschwert über ihnen. Schließlich waren sie mit diesen »Volksfeinden« verwandt.

Als sie mit Aufräumen fertig waren, wachte Pawlo auf.

»K… Katja«, stöhnte er. »Bist du das, oder träume ich?«

Katja ließ das Tuch fallen, mit dem sie ihm das Blut von den Armen gewaschen hatte, und beugte sich über ihn.

»Ich bin's, Geliebter. Ich bin hier.« Sie nahm sein Gesicht in die Hände und küsste ihn vor aller Augen auf den Mund. Pawlo stöhnte wieder, als ihre Lippen sich trafen, doch ob aus Schmerz, aus Freude oder aus beidem, das vermochte Katja nicht zu sagen. »Ich dachte, ich hätte dich verloren!«

»So leicht wirst du mich nicht los.« Pawlo lächelte schwach und zuckte unwillkürlich zusammen, als Katja sich wieder von ihm löste.

»Es ist schön, dich wach zu sehen, Bruder«, sagte Kolja. Seine Augen glitzerten.

Pawlo versuchte, sich aufzusetzen. Er war kreidebleich. »Wo sind unsere Eltern?«

Kolja berührte Pawlo an der unverletzten Schulter und senkte den Blick. »Sie sind tot.«

Pawlo hob den Kopf und schaute zu seinen Eltern. Sie lagen auf dem Tisch. Dann kniff er die Augen zu und ließ sich wieder aufs Bett fallen.

»Mehr hättest du nicht tun können«, sagte Kolja.

»Vielleicht nicht, vielleicht aber doch«, erwiderte Pawlo.

»Pawlo«, sagte Mama. »Wenn du laufen kannst, halte ich es für das Beste, dich in unser Haus zu bringen. Ich weiß, eigentlich sollten wir über Nacht bei den Toten sitzen und beten, aber hier ist es nicht sicher.«

»Ja, wir können nicht hierbleiben.« Kolja wischte sich mit dem Handrücken über die Augen und starrte zu seinen toten Eltern. »Sie hätten nicht gewollt, dass wir unser Leben riskieren. Morgen können wir zurückkommen, nachdem wir mit dem Priester gesprochen haben.«

Pawlo atmete tief durch und nickte. »Dann sollten wir jetzt gehen. Könnt ihr mir helfen?«

Kolja und Katja nahmen Pawlo zwischen sich und stapften über das verschneite Feld zurück. Pawlo biss die Zähne zusammen. Er stolperte nur einmal und schrie auch nicht.

Sie legten ihn auf das Bett am Ofen, das sich normalerweise Alina und Katja teilten, und Kolja bekam eine Pritsche. In dieser Nacht würden die Mädchen bei ihrer Mutter schlafen. Mama warf einen weiteren Scheit in den Ofen, und sie ließen sich auf die Stühle sinken. Katja zog ihren an Pawlos Bett, damit sie seine Hand halten konnte.

»Sprich mit mir, Katja. Erzähl mir eine Geschichte.« Seine Lippen waren weiß. »Ich brauche ein bisschen Ablenkung, bevor ich einschlafe.«

Katja sah den Schmerz in seinen Augen. Sie stand auf und hockte sich neben ihn aufs Bett. Sie spielten dieses Spiel oft: sich Geschichten darüber zu erzählen, was kommen würde und was gewesen war. Katja überlegte. Verzweifelt suchte sie nach einer Geschichte, in der weder seine Eltern noch ihr Vater vorkamen.

»Erinnerst du dich noch daran, wie ich mich mit einem Honigkuchen meiner Mutter aus dem Haus geschlichen habe? Sie hatte ihn für eine Feier gebacken, zu der wir eingeladen waren, aber ich habe ihn mir geschnappt und bin zu dir gelaufen. Wir sind auf den Heuboden geklettert und haben ihn aufgegessen.«

Der Hauch eines Lächelns erschien auf Pawlos Gesicht. »Du hast mir gesagt, du hättest ihn extra für meinen Geburtstag gebacken, aber dann hast du den Teller sauber gemacht, ihn wieder zurückgestellt und deiner Mutter erzählt, der Hund müsse ihn gefressen haben.«

»Schschsch.« Katja war eigentlich gar nicht zum Lachen zumute, aber sie rang sich ein Lächeln ab. »Meine Mutter weiß das bis heute nicht.«

Das Gespräch versandete, und in dem darauffolgenden Schweigen wurde Katja endgültig bewusst, wie tiefgreifend die Ereignisse dieses Tages wirklich waren. Todmüde ließ sie sich aufs Bett fallen. Sie lag neben Pawlo und streichelte ihm die Wange. Trotz ihrer Müdigkeit war ihre Stimme fest. »Ich darf dich nicht verlieren. Niemals! Hast du mich verstanden? Wir haben unser Leben doch schon geplant. Du musst bei mir bleiben.«

Pawlo drückte ihre Hand. »Ich bin hier, Katja. Du hast mich gerettet.«

Als jemand an die Tür klopfte, wimmerte Alina, und Kolja sprang auf, doch Mama beruhigte sie.

»Das ist vermutlich Vetter Wassyl, der Priester. Für die Hochzeit. Erinnert ihr euch?«

Kolja ließ den Kopf in die Hände sinken, und Katja setzte sich auf, als Mama Wassyl hereinließ und ihm erzählte, was passiert war.

Wassyl schloss die Augen. Seine Lippen bewegten sich in stummem Gebet, dann nahm er Mamas Hände. »Niemand ist mehr sicher. Was ist nur aus unserer Welt geworden?«

Niemand hatte eine Antwort für ihn. Mama führte Wassyl zu einem Stuhl, und er schaute sich um. Als er Pawlos Verbände sah, hielt er kurz inne.

»Nun«, sagte er schließlich und strich sich über den Bart. »Wir müssen uns um ein Begräbnis kümmern, aber ich kann euch heute auch noch immer verheiraten, wenn ihr wollt.« Er schaute die jungen Leute der Reihe nach an.

»Nein!« Kolja schob das Kinn vor. »Nicht heute.«

Katja nickte zustimmend. Sie wollte heute auch nicht mehr heiraten. Tatsächlich hatte sie bis zu Wassyls Ankunft noch nicht einmal mehr an die Hochzeit gedacht. Wie könnte sie das jetzt tun? Nach allem, was geschehen war? Und ohne Tato?

»Glaubst du nicht, wir sollten lieber warten? Das alles ist gerade erst geschehen«, sagte Mama. »Außerdem wäre mein Mann sicher gerne dabei.«

»Normalerweise würde ich dir recht geben. Natürlich will niemand nach solch einem Verlust feiern, aber in diesen schrecklichen Zeiten ermutige ich die jungen Leute immer, jedes noch so kleine Glück zu genießen, wo auch immer sie es finden können.« Er schaute zu Pawlo und Katja. »Wir wissen nie, was morgen kommt.«

Alina stieß ein ersticktes Schluchzen aus, und Kolja nahm ihre Hand. »Es tut mir leid«, sagte er. »Aber ich kann einfach nicht den schlimmsten Tag meines Lebens mit dem mischen, der eigentlich der glücklichste sein sollte. Ich brauche Zeit. Vielleicht können wir nächste Woche noch mal darüber reden.«

»Natürlich«, erwiderte Alina. »Wir warten.«

»Nun gut. Aber aus demselben Grund, aus dem wir keine große Hochzeit feiern können, können wir auch kein normales Begräbnis feiern«, sagte Wassyl. »Besonders nicht angesichts der Art, wie sie ums Leben gekommen sind. Sie gelten als Volksfeinde, und sie werden jeden, der zum Begräbnis kommt, ebenfalls zu einem erklären. Es muss schnell und unauffällig geschehen. Wir können eine kurze Messe in ihrem Haus feiern. Nachts wäre am besten, aber es sollten nur die engsten Familienmitglieder dabei sein.«

***

Mama legte die traditionellen Handtücher aus und füllte symbolisch die Wassergläser für Pawlos und Koljas Eltern, damit diese sie trinken konnten. Die Handtücher wiederum sollten ihnen helfen, die Tränen wegzuwischen, während ihre Seelen auf das Begräbnis warteten. Es war eines der Totenrituale, die sie für sie durchführen konnten. Als Mama dasselbe für Serhij getan hatte, hatte das

Katja ein wenig Trost gespendet. Doch jetzt machte sie die Geste nur wütend.

»Ich brauche Hilfe, um die Särge zu verladen und sie in die Erde hinabzulassen. Sie sind zu lang für mich allein.« Kolja nahm den gebratenen *salo*, eine Art Speck, sowie die Zwiebeln, die Mama für die Hochzeit vorbereitet hatte, und die nun als Leichenschmaus dienten.

Das fette Fleisch blieb Katja im Hals stecken, zusammen mit den Tränen, denen sie nicht freien Lauf lassen wollte.

»Vielleicht kannst du einen Nachbarn um Hilfe bitten«, schlug Mama vor.

»Nein, es ist besser, nicht noch jemanden da mitreinzuziehen«, erwiderte Kolja. »Ich würde es nicht ertragen, wenn noch mehr Blut an meinen Händen klebt.«

»An deinen Händen?« Katja starrte ihn ungläubig an. »Das ist nicht deine Schuld, Kolja. Das musst du doch wissen!«

»Meine Schuld ist es vielleicht nicht, aber ich habe auch nichts dagegen unternommen. Und nichts, was du sagst, wird daran etwas ändern. Ich muss damit leben.« Er schob seinen Stuhl weg vom Tisch und von ihrem kargen Essen.

Pawlo packte ihn am Arm. »Kolja, du hättest es nicht verhindern können. Weißt du nicht, wie glücklich es mich macht, dass du in Sicherheit warst?«

Kolja riss sich von Pawlo los, stand auf und zog den Mantel an. »Ich muss das zu Ende bringen.«

»Alina und ich werden dir helfen, die Särge zu zimmern.« Katja erhob sich ebenfalls und legte Pawlo die Hand auf die Schulter, um ihn zu beruhigen. »Wir können dir auch helfen, die Gräber auszuheben.«

»Nein. Das will ich selbst tun.« Kolja hielt den Blick weiter auf den Boden gerichtet. »Ich muss.«

»Aber nicht allein«, erklärte Pawlo. »Ich komme mit.«

»Nein!« Katja kämpfte gegen die Panik an. Sie wollte Pawlo nicht aus den Augen lassen. »Du bist noch nicht kräftig genug, um zu graben!«

»Vielleicht nicht, aber ich werde meinen Bruder diese Last nicht allein tragen lassen. Ich werde nicht viel graben – bitte, verzeih, Kolja, aber ich werde bei dir sein.«

Kolja nickte nur knapp und ging.

Katja wollte wieder protestieren, doch Mama legte ihr die Hand auf den Arm. »Lass sie, Katja. Sie trauern.«

Katja warf die Hände in die Luft und lehnte sich zurück. »Na schön. Ich werde die Arbeit hier erledigen und mich dann um eure Tiere kümmern. Ich werde wahnsinnig, wenn ich einfach nur rumsitze.«

»Danke.« Pawlo drückte ihr die kalten Lippen auf die Wange, und Katja musste sich überwinden, sich nicht an ihm festzuklammern. Pawlo zuckte unwillkürlich zusammen, als sein schwerer Mantel auf die Wunde fiel, und Katja verzog das Gesicht, als hätte auch sie Schmerzen.

Stall ausmisten, Futter ausbringen, Kühe melken und dann übers Feld, um das Ganze auf Pawlos Hof noch einmal zu wiederholen … So beschäftigte sich Katja, während ihre Gedanken immer wieder zu ihrem Vater wanderten, der irgendwo in einer kalten Zelle saß. Sie schauderte, als sie sich daran zu erinnern versuchte, wie warm er gestern noch gekleidet gewesen war. Sicher werden sie ihn schon bald wieder gehen lassen, sagte sie sich. Schließlich hatte er nichts falschgemacht. Andererseits hatte niemand etwas falschgemacht. Nichts ergab mehr einen Sinn.

Wassyl war neben ihnen der Einzige, der sich von ihren geliebten Menschen verabschiedete. Natürlich wussten inzwischen alle im Dorf, was passiert war, aber niemand hatte sich nach der Beerdigung erkundigt oder seine Hilfe angeboten. Das Risiko war schlicht zu groß.

Wassyl sprach das Totengebet, dann half er ihnen, die Särge hinauszubringen. An der Tür blieben sie kurz stehen und stießen dreimal mit jedem Sarg an den Türpfosten, damit die Seelen sich von ihrem Heim verabschieden konnten. Danach machten sie sich auf den Weg zum Friedhof. Mama ging an der Spitze der kleinen Prozession. In einem Ruschnyk trug sie die Reste der heiligen Ikone, die Prokyp zerschlagen hatte. Mit Pawlo an seiner Seite fuhr Kolja den Wagen mit den Toten, und Wassyl, Alina und Katja folgten ihnen zu Fuß. Trotz der Dunkelheit wuchs die Furcht vor Entdeckung mit jedem Knarren des Wagens, und alle schwiegen und schauten sich ängstlich um.

Am Grab sprach Wassyl ein paar Worte, bevor sie die Särge in die Erde hinabließen. Pawlo benutzte nur seinen gesunden Arm. Dennoch musste er sich anschließend auf Katja stützen. Also verlagerte sie all ihr Gewicht auf ihre starken Beine, schlang die Arme um Pawlos Hüfte und hielt ihn aufrecht, während stummes Schluchzen ihn beben ließ. Der kurze Gottesdienst endete, kaum dass er begonnen hatte. Die Bolschewiken hatten ihnen selbst die Möglichkeit genommen, ihre Toten angemessen zu betrauern.

***

Eine kalte Brise folgte Mama ins Haus, als sie sich in den Sessel am Ofen sinken ließ. Ihr leerer Gesichtsausdruck verriet Katja nichts darüber, was sie auf ihrem Ausflug ins Dorf erfahren hatte, wo sie die OGPU hatte überreden wollen, Tato freizulassen. Mama hatte darauf bestanden, allein zu gehen – für den Fall, dass die Agenten wütend wurden und auch sie verhafteten.

»Was hast du herausgefunden?«, fragte Katja schließlich und ignorierte Mamas tränenverschmierte Wangen. »Nur noch ein paar Tage, bis sie ihn gehen lassen? Stimmt's?«

»Er ist nicht mehr da.« Mama versuchte, ihre Gefühle unter

Kontrolle zu behalten, aber es war sinnlos. Ein leises Schluchzen entkam ihren Lippen, und sie fiel auf den Boden. »Sie haben ihn letzte Nacht deportiert. Ich konnte mich noch nicht einmal von ihm verabschieden.«

»Nein, Mama.« Katja schüttelte den Kopf. »Nicht Tato. Das kann nicht wahr sein. Vielleicht haben sie dich angelogen.«

Alina sank ebenfalls auf die Knie und umarmte ihre weinende Mutter. Katja wusste, dass sie zu ihnen gehen sollte, um gemeinsam das Verschwinden ihres Vaters zu betrauern, aber ihre Beine verweigerten ihr den Dienst. Stattdessen ballte sie so fest die Fäuste, dass ihre Fingernägel sich in die Haut gruben, während sie versuchte, sich ein Leben ohne Tatos Lächeln und seine Weisheit vorzustellen.

»Wir werden Wassyl sagen, er soll noch warten«, erklärte Alina, als Mama wieder verstummt war. »So kurz nach Tatos Deportation können wir nicht heiraten.«

Mama riss den Kopf hoch. »Willst du diesen Mann heiraten?« Sie wischte sich die Tränen ab und nickte zu Kolja.

»Natürlich«, antwortete Alina. Verliebt schaute sie zu ihrem Verlobten.

»Und du, Katja?« Mama wandte sich ihrer jüngeren Tochter zu. »Du willst Pawlo doch auch heiraten, oder?«

Mamas Stimme riss Katja aus ihren Gedanken, und sie schaute zu Pawlo. Ihr Herz schlug immer schneller. Ja, sie wollte ihn von ganzem Herzen heiraten. Aber ohne Tato? Konnte sie wirklich ihre Liebe zu Pawlo feiern, während ihr Vater sich mit jeder Minute weiter von ihnen entfernte? Das war so nicht geplant. »Ja, Mama, aber –«

»Dann müsst ihr heute heiraten.« Mama hob die Hand, um Katjas Protest zuvorzukommen. »Ich bete, dass ihr wenigstens einen Bruchteil des Glücks haben werdet, das ich mit eurem Vater genossen habe, und wenn ihr das wollt, dann müsst ihr *jetzt* die

Chance ergreifen. Ihr habt ja gesehen, was mit der Kirche passiert ist. Jetzt finden dort nur noch Parteiversammlungen statt. Nein, ihr müsst jetzt heiraten, solange wir noch einen Priester im Dorf haben. Gott allein weiß, wann sie auch ihn holen werden.« Sie bekreuzigte sich und murmelte ein Gebet.

So kam es, dass Kolja und Alina sowie Pawlo und Katja nur wenige Tage nach der Beerdigung und einen Tag nach Tatos Deportation in ihrem Haus heirateten. Diese wenigen Minuten, da der Priester ihre Hände mit dem Ruschnyk band, den ihre Mama genäht hatte, war Katja wahrlich glücklich, als sie Pawlo ins Gesicht schaute. Sie liebte diesen Mann, mit dem sie nun für den Rest ihres Lebens verbunden war, doch als ihr Blick auf ihre Mutter fiel, die allein dastand und mit den Tränen kämpfte, brach die Wirklichkeit wieder über Katja herein, und alle Freude verflog.

»Dein Vater würde wollen, dass ihr heute glücklich seid«, sagte Mama später, als sie ihre Tochter und ihren Schwiegersohn umarmte. »Wie sagt er immer? ›Schaut in die Zukunft.‹« Ihre Stimme versagte, und sie vergrub ihr Gesicht in ihrem Taschentuch.

Das Lächeln auf Katjas zitternden Lippen verschwand.

11

Cassie

Illinois, Mai 2004

Cassie rieb sich die Augen und gähnte, als der köstliche Duft nach frisch gebackenem Teig und Obst in ihr Zimmer schwebte. Überall sonst hätte der Geruch auf Kuchen oder Pfannkuchen hingewiesen, aber im Haus ihrer Großmutter konnte er nur eines bedeuten: *blintze.* Cassie lief das Wasser im Mund zusammen, als sie aus dem Bett sprang, und eilig ging sie zur Küche.

Bobby und Birdie saßen Ellbogen an Ellbogen am Tisch und arbeiteten. Vor ihnen stand ein Servierteller mit kleinen dünnen Pfannkuchen, Crêpes ähnlich, die Bobby bereits gebacken haben musste. Daneben stand eine Schüssel mit einer Füllung aus gesüßtem Hüttenkäse, um die man die Blintze wickelte.

»Jetzt klappst du diese Seite um, siehst du?« Bobby machte es vor. Birdie kniff konzentriert die Augen zusammen, legte sorgsam den letzten Zipfel des Pfannkuchens über die Füllung und lächelte das fertige Produkt breit an. In ihren Augen leuchtete Stolz, und sie hielt den Blintz ihrer Mutter hin, damit sie ihn inspizierte.

»Wunderschön!« Cassie lächelte. Sie war froh, dass beide, Bobby und Birdie, wieder guter Stimmung waren. Birdies Gegenwart schien Bobby aufzuheitern, und in den letzten zwei Tagen hatte sie nicht mehr von Vorboten ihres Todes gesprochen.

»Als ich ein Mädchen war, haben wir die Blintze *nalesniki* genannt«, erzählte Bobby ihrer Urenkelin. »Meine Lieblingssorte waren die mit Kirschen, aber heute müssen wir mit Erdbeeren auskommen.«

»Ich würde gern mehr aus deiner Zeit als Mädchen erfahren.« Cassie setzte sich an den Tisch. Wenn es ihr gelang, ihre Großmutter dazu zu bringen, offen über ihre Vergangenheit zu sprechen, glitt sie vielleicht nicht so oft dorthin ab. Ihr Blick fiel auf die Dose, unter der Bobby den Stapel Notizen versteckt hatte. Cassie hatte noch keine Gelegenheit gefunden, sie zu übersetzen.

Bobby schürzte die Lippen, und Cassie machte sich bereit für die erwartete Ablehnung, aber stattdessen sagte ihre Großmutter: »Vielleicht. Ich werde darüber nachdenken. Schließlich bleibt mir nicht mehr viel Zeit.«

Cassie atmete tief ein. Bei der Vorstellung, Bobby zu verlieren – noch einen weiteren geliebten Menschen zu verlieren –, drehte sich ihr der Magen um.

»Ich wünschte, du würdest so was nicht sagen. Ich kann das nicht ausstehen.«

»Es tut mir leid.« Bobby tätschelte Cassie die Hand. »Aber ich bin keine junge Frau mehr. Ich werde nicht ewig da sein.«

Cassie schluckte mühsam. »Das weiß ich, aber es ist nicht nötig, darauf herumzureiten.«

»Ich reite nicht darauf herum. Ich spreche Tatsachen aus.«

»Was, wenn wir über deine Jugend sprechen, wenn Birdie ihren Mittagsschlaf macht?«

Bobby gab keine Antwort, und Cassie wusste, dass sie aufhören sollte, aber sie konnte nicht. »Vielleicht möchtest du mir sogar dein Tagebuch zeigen?«

Bobby erstarrte. Nach einigen Augenblicken erhob sie sich von ihrem Stuhl, als hätte sie Cassie nicht gehört. »Wir brauchen mehr Erdbeeren«, sagte sie.

»Ich hole welche.« Cassie sprang auf und verfluchte sich dabei selbst. Sie ging zu forsch vor. »Du ruhst dich besser aus.«

»Mir geht es gut!« Trotz ihres Ausrufs sank Bobby auf ihren Stuhl zurück. »Genau, wie ich es deiner Mutter und diesen Ärzten gesagt habe.«

»Das weiß ich doch, aber ich bin hier, da kann ich dir auch helfen.« Cassie stellte die Erdbeeren auf den Tisch und versuchte, ihren Fauxpas zu überspielen. »Weißt du, ich kann mich gar nicht erinnern, wann ich zum letzten Mal Blintze gegessen habe.«

»Du machst keine Blintze?« Bobby sah Cassie mit verkniffener Miene an.

»Eigentlich nicht.« Cassie lächelte matt und zuckte mit den Schultern. »Ohne dich ist es nicht dasselbe.«

Bobby schnaubte missbilligend. Cassie hatte sie nicht getäuscht.

Sie setzte sich auf den Stuhl neben ihre Großmutter und senkte die Stimme. »Wenn ich ehrlich bin, will ich in letzter Zeit gar nicht viel tun. Seit Henry …«

Bobbys Blick wurde weich. »Das verstehe ich. Aber das Leben geht weiter, und wir müssen in die Zukunft blicken, ja? Und kleine Mädchen müssen essen, deshalb machen wir Blintze! Hier, schau mal, ob du dich erinnerst.«

Sie reichte Cassie einen Pfannkuchen und führte aufs Neue vor, wie man die Füllung aufstrich und den kleinen Fladen darum zusammenfaltete, damit nichts auslief. Ihre arthritischen alten Finger flogen trotz der geschwollenen Gelenke, und das Endprodukt geriet perfekt.

Cassie versuchte, es ihr nachzumachen, aber nach ihrer letzten Faltung quoll Hüttenkäse aus einer Ecke.

Bobby schnalzte mit der Zunge und schüttelte den Kopf. Sie sah zu Birdies Werk hinüber. »Versuch's noch mal. So wie Birdie. Sie macht schöne Blintze.«

Birdie strahlte über das Lob und zeigte auf den leeren Teller.

»Wir sind fertig«, sagte Bobby. »Jetzt legen wir die Erdbeeren drauf und essen sie. Geh dir die Hände waschen.«

Birdie gehorchte und lief los, und Bobby beugte sich näher zu Cassie. »Sie ist ein liebes Mädchen.« Bobby sah verstohlen zu ihr, wie sie vor der Spüle stand. Ihre schlanken Beine schauten aus einem anderen zu klein gewordenen Schlafanzug.

»Ich wünschte, sie würde wieder so, wie sie vor dem Unfall war.«

»Das wird sie schon«, sagte Bobby. »Lass ihr Zeit.«

»Es ist über ein Jahr her.«

»Für die Trauer gibt's kein Zeitlimit. Das solltest du wissen.« Sie schaute Cassie herausfordernd an. »Was ist mit dir? Bist du in die Normalität zurückgekehrt? Früher hast du immer ein Notizbuch dabeigehabt und ständig was aufgeschrieben. Davon sehe ich auch nichts mehr.«

Cassie schluckte den Kloß in ihrer Kehle herunter. Ihre Großmutter war immer eine gute Beobachterin gewesen. »Ich habe nichts mehr zu schreiben.«

Bobby tätschelte ihr die Hand. »Wenn Birdie so weit ist, wird sie reden, und du hast sie wieder zurück. Wenn du so weit bist, wirst du schreiben. Jetzt iss ein paar Blintze.«

Am Nachmittag ging Cassie in Bobbys Zimmer, nachdem sie Birdie zum Mittagsschlaf zu Bett gebracht hatte. Sie hielt das Foto mit den beiden Mädchen in der Hand, das aus dem Tagebuch gefallen war, und die seltsamen Notizzettel, die sie unter der Mehldose gefunden hatte. Sie hoffte, dass ihre Großmutter bereit wäre zu reden, auch wenn sie das Gespräch zuvor so abrupt beendet hatte. Dass sie ständig von Vorboten des Todes redete, bereitete Cassie Sorgen.

»Bobby?« Cassie klopfte und öffnete die Tür einen Spalt weit.

Als sie hindurchspähte, sah sie ihre Großmutter, die auf dem Bett saß, ohne Cassie zu bemerken. Die kleine Kerze auf dem Nachttisch flackerte im halbdunklen Zimmer. Schmerz verzerrte Bobbys Gesicht. Sie umklammerte mit der gesunden Hand einen Bleistift und drückte ihn auf die Seite eines aufgeschlagenen Notizbuchs, schrieb langsam und bedächtig.

Cassie erstarrte. Sie war sich nicht sicher, wie sie sich verhalten sollte. Ob sie Bobby besser wissen ließ, dass sie dastand? Oder wartete und schaute sie lieber, was ihre Großmutter als Nächstes tat?

Bevor sie sich entscheiden konnte, riss Bobby die Seite aus dem Notizbuch, stand auf und schlurfte zu ihrem Schrank. Sie wühlte hinter einigen Kleidungsstücken und legte den Zettel in einen Karton. Dann blies sie die Kerze aus und stieg ins Bett. Sofort schloss sie die Augen, als hätte die Tätigkeit sie erschöpft.

Cassie sah auf das Bild in ihrer Hand, und in einem plötzlichen Anflug von Mut machte sie einen Schritt ins Zimmer.

Bobby bewegte sich auf ihrem Bett. »Alina? Bist du das?«

»Nein, ich bin's, Cassie. Ich wollte nach dir sehen.« Sie ging zu ihrer Großmutter und zog die Decke glatt. »Wer ist Alina?«

»Oh. Cassie.« Die Enttäuschung in ihrer Stimme traf Cassie in die Eingeweide. Bobby setzte ein unsicheres Lächeln auf und ignorierte die Frage. »Ich habe etwas für dich in deinem Zimmer gelassen.«

»Danke. Das brauchtest du nicht.«

Bobby wandte sich ab. »Ich bin sehr müde und möchte allein sein.«

»Okay.« Cassie drehte sich um und verließ den Raum auf Zehenspitzen. Als sie die Tür hinter sich zuzog, hörte sie ein gedämpftes Schluchzen. Sie zögerte einen Augenblick, ging dann aber doch zu ihrem Zimmer. Wenn sie noch mehr Druck ausübte, machte Bobby vielleicht endgültig zu.

Auf ihrem Nachttisch fand sie, was Bobby ihr hingelegt hatte: ein Notizbuch ganz wie die, die sie früher benutzt hatte. Cassie lächelte. Sie war nach Hause gezogen, um sich um ihre Großmutter zu kümmern, aber bislang schien Bobby genauer zu spüren, was sie benötigte.

Cassie blätterte durch die leeren Seiten und fuhr mit dem Finger über die englischen Worte, die Bobby sorgfältig auf die innere Umschlagseite geschrieben hatte.

Bring einfach das Heute hinter dich. Das Morgen wird besser.

Der Rat von Bobbys Vater. Ein wenig düster klang er, aber wie oft hatte sich Cassie gesagt, sie müsse einfach nur den Tag durchstehen? Sie musste daran arbeiten, den Teil zu glauben, in dem es hieß, morgen werde es besser.

Sie legte das Notizbuch beiseite. *Noch nicht.* Sie war noch nicht bereit, aber vielleicht bald. Vielleicht würde sie bald versuchen, ein Tagebuch zu führen.

Sie holte tief Luft und ging ins Bad, um zu duschen, was sie morgens versäumt hatte.

Das Badezimmer sah wie alles im Haus noch genauso aus wie in ihrer Kindheit. Die Badewanne, das Waschbecken und die Toilettenschüssel im gleichen Avocadogrün schrien »1970«, und die flauschige orangefarbene Badematte verstärkte den Eindruck.

Cassie drehte den Hahn auf und öffnete den Badezimmerschrank, um sich ein Handtuch herauszunehmen.

Statt mit Handtüchern, Toilettenpapier und anderen Badartikeln war der schmale Schrank mit Konservendosen gefüllt. Erbsen, grüne Bohnen, Mais, Thunfisch und Frühstücksfleisch, alles in ordentlichen Reihen gestapelt.

Cassie schloss die Tür und sah im Unterschrank des Waschbeckens nach. Dort fand sie die Handtücher und vier Blechdosen mit Haferflocken. Vor Sorge kroch ihr eine Gänsehaut das Rückgrat hinunter. Warum waren die Küchenschränke leer und die Badezimmerschränke voller Lebensmittel? So etwas machte niemand, der bei klarem Verstand war.

Als sie sich das Shampoo aus den Haaren spülte und noch immer überlegte, wie sie das Thema bei Bobby ansprechen sollte, hämmerte jemand gegen die Tür.

Erschrocken stellte sie das Wasser ab. »Ich komme sofort.«

Als weitere Schläge die einzige Antwort waren, packte Cassie ein Badetuch und hüllte sich darin ein. »Birdie? Warte, ich komme!«

Das Hämmern wurde noch hektischer. »Okay, okay!« Cassie sah auf ihre Kleider, die in einem Haufen im Waschbecken lagen, zog das Handtuch enger um sich und riss die Tür auf.

»Was ist los?«

Birdie hüpfte auf der Stelle auf und ab und zeigte aufs Wohnzimmer. Cassie sah den Flur entlang. Die Haustür schwang auf. Birdie nahm ihre Hand und zerrte sie dorthin. Als sie aus dem Bad trat, griff sie nach hinten und nahm Bobbys alten rosaroten Morgenmantel vom Türhaken.

»Wo ist Bobby?«, fragte Cassie, während sie sich das sackartige Kleidungsstück umhängte. »Ist sie da rausgegangen?«

Ihre Tochter nickte, das kleine Gesicht zu einer finsteren Miene verzerrt. Cassie wurde klar, dass Birdie mitgehört haben musste, als Anna und sie davon sprachen, dass Bobby davonging und sich verirrte.

»Es war richtig, mir das zu sagen. Du bleibst hier. Verlass nicht das Haus!« Cassie packte Birdie bei den Schultern und schüttelte sie sacht, dann rannte sie zur Haustür hinaus und sah die Straße auf und ab. Nach ihrem Verhalten am Nachmittag wollte Cassie auf keinen Fall, dass Bobby allein unterwegs war.

Ihre Großmutter hatte es beinahe bis an die Straßenecke geschafft, stand nun dort und schaute sich um.

»Bobby!«, rief Cassie. »Warte auf mich! Ich komme!«

Sie wollte gerade zurück ins Haus, um ihre Schuhe zu holen, als sie aus dem Augenwinkel sah, dass Bobby weiterging.

»Nein! Warte!«, rief sie, aber Bobby hörte sie nicht. Sie schlurfte auf die belebte Kreuzung zu. Ohne noch ans Anziehen zu denken, sprintete Cassie auf bloßen Füßen den Gehweg entlang. »Bobby! Stopp!«

Ein grauer Pick-up hielt neben der alten Frau, und ein Mann sprang heraus. Er lief zu Bobby und ergriff ihren Ellbogen.

Panik durchflutete Cassie. Sie war noch keine Woche hier, und schon hatte sie ihre Großmutter nicht nur entkommen lassen, sie wurde nun auch noch entführt.

»He! Lassen Sie sie in Ruhe!« Die Angst trieb sie an, als sie rannte, ohne darauf zu achten, wie ihre nackten Fußsohlen über das harte Pflaster schrammten oder der Morgenmantel ihr gegen die Beine schlug.

Der Mann blickte auf und lächelte, als sie ihn erreichte. »Hallo, Cassie. Ich wollte ihr gerade über die Straße helfen«, sagte er, während Cassie gleichzeitig atemlos hervorstieß: »Lassen Sie meine Großmutter in Ruhe! Was haben Sie mit ihr vor?«

»Sie erinnern sich nicht mehr an mich, was?«, fragte er. Seine Augen funkelten, als belustige ihn ihre Ahnungslosigkeit.

Äh ...« Cassie sah ihn mit zusammengekniffenen Augen an. Ihre Brust hob und senkte sich noch immer von der Anstrengung ihres Sprints. »Ach, richtig. Aus dem Krankenhaus. Mick.«

»Eigentlich Nick.« Er lachte leise. »Freut mich, dass ich Eindruck gemacht habe.«

»Tut mir leid. Nick. Natürlich.« Cassie wischte sich die feuchten Haare von den Wangen. »Ohne Ihre Uniform sehen Sie anders aus.«

Nick blickte auf ihren Morgenmantel. »Dasselbe könnte ich von Ihnen sagen.«

Cassie spürte, wie ihre Wangen heiß wurden. »Hören Sie, es tut mir leid. Ich weiß nicht, ob sie schlafwandelt oder was los ist, aber sie hat geschlafen, als ich unter die Dusche ging. Sie verlässt normalerweise nie das Haus, und ich hatte keine Zeit, mich anzuziehen.«

»Ich schlafwandle nicht, und ich bin auch nicht taub«, fuhr Bobby sie an, aber Verwirrung trübte ihren Blick. »Ich bin eine erwachsene Frau und wollte einen Spaziergang machen. Ich mache nachmittags immer einen Spaziergang. Heute bin ich etwas früher losgegangen, weil ich nicht schlafen konnte. Was soll die ganze Aufregung?«

»Die Aufregung kommt daher, dass du nicht spazieren gehen sollst, ohne mir Bescheid zu sagen, und fast wärst du wieder in den Verkehr gelaufen.«

»Das stimmt überhaupt nicht!« Bobby stampfte mit dem Fuß auf. »Ich habe gewartet, dass die Autos vorbeifahren. Übertreib es nicht, Cassie.« Ihr ganzes Gebaren wechselte, als sie Nick anlächelte und ihm die Hand tätschelte. »Wie schön, dich wiederzusehen. Du musst bald mal rüberkommen und mit uns essen, ja?«

Cassie machte ein finsteres Gesicht, Nick aber grinste. »Sicher, das wäre toll. Sollen wir Sie jetzt nach Hause bringen?«

Cassie nahm Bobby bei einem Arm, Nick beim anderen, und gemeinsam führten sie sie zurück ins Haus, wo Birdie, ihren Stoffhund umklammernd, an der Tür stand und zusah.

»Möchtest du dich wieder hinlegen, Bobby?«, fragte Cassie. »Vielleicht kannst du jetzt nach der frischen Luft noch etwas schlafen.«

Ihre Großmutter nickte, und Cassie führte sie zu ihrem Zimmer und half ihr ins Bett. Da sie Nick nicht wieder im Morgenmantel gegenübertreten wollte, machte sie einen Umweg über ihr Zimmer und zog T-Shirt und Shorts über.

Am Eingang zum Wohnzimmer blieb sie stehen und lauschte

überrascht. Nick las etwas vor, und Birdie saß in der hintersten Ecke mit dem Rücken zu Nick, der mit komischen Stimmen die Figuren voneinander abhob. Birdie wollte ihn nicht ansehen, aber ihre Schultern zitterten in stillem Gelächter über die lustige Darbietung.

Cassie rührte der Anblick seiner großen Hände, die das kleine Bilderbuch hielten, einen hoffnungsvollen Ausdruck im Gesicht, mit dem er Birdie ansprach. Sie durchquerte den Raum, während er eine Seite beendete, und setzte sich in einen Sessel ihm gegenüber.

»Das ist nicht das erste Mal, dass Sie etwas von Dr. Seuss vorlesen, oder?«, fragte Cassie, während Birdie näher zu Nick rückte.

Er wurde rot. »Natürlich nicht. Der Doc und ich sind alte Bekannte. Tut mir leid, das Buch lag hier, und ich dachte, ich lese es vor … Ein Anflug von Nostalgie.«

»Genau.« Ein winziges Lächeln umspielte Cassies Lippen. »Laut. Mit verschiedenen Stimmen und allem.«

»Wenn man etwas macht, sollte man es richtig tun.« Er legte das Buch hin. »Da Ihre Großmutter jetzt wieder in Sicherheit hier ist, sollte ich wohl gehen.«

Birdie, die ihnen noch immer den Rücken zukehrte, aber fast neben der Couch saß, fuhr herum, packte das Buch und drückte es ihm wieder in die Hände.

Cassie hielt den Atem an. Seit dem Unfall war Birdie ein schüchterner, zarter Schatten ihres früher so lebhaften Selbst gewesen. Sie versuchte niemals, mit jemandem zu kommunizieren, der nicht ein enger Angehöriger war.

Nick sah zu ihr herunter. »Du möchtest, dass ich weiterlese?«

Birdie zeigte lächelnd auf das Buch.

Cassie atmete aus. Ihr Puls raste, während sie sich an dem kurzen Blick auf das Kind erfreute, das ihre Tochter einmal gewesen war. Willensstark. Freimütig. Eine Naturgewalt.

Nick sah Cassie an. Seine Augen baten sie um Erlaubnis, und sie nickte.

»Okay. Wo war ich denn?« Nick blätterte im Buch und las dann mit seiner albernen hochgestellten Stimme weiter vor.

Cassie konnte kaum ihre Freude zügeln, als sie sah, wie Birdie über seine Sperenzchen kicherte und quietschte. Nick las das Buch zu Ende, nahm ein zweites aus dem Stapel neben der Couch und begann zu lesen. Birdie schob sich immer näher zu ihm, bis sie schließlich an seinem Bein lehnte und zu ihm hochlächelte. Als er wieder fertig war, legte sie ihm ein drittes Buch in die Hände. Ohne zu zögern, las Nick es vor.

Bezaubert von dem veränderten Verhalten ihrer Tochter ließ Cassie es noch zwei weitere Bücher so weitergehen, aber als Nick ein sechstes aufhob, sah sie auf die Uhr und stellte fest, dass er seit fünfunddreißig Minuten vorlas. Sie sprang auf.

»Nein, Birdie, ganz bestimmt muss Mister … Äh, ich bin sicher, Mr. Nick hat auch noch andere Dinge zu tun und muss bald los.«

Nick lachte. »Ich heiße Koval. Nick Koval. Und Sie klingen sehr wie Dr. Seuss persönlich.«

Birdie kicherte wieder, und Cassie schüttelte ungläubig den Kopf. Seit dem Unfall hatte sie ihre Tochter nicht mehr so erlebt. Heute Morgen die Freude und Entschlossenheit beim Blintzemachen und jetzt die Ausgelassenheit, mit der sie sich von Nick vorlesen ließ. Beides schienen simple, normale Dinge zu sein, an denen ein kleines Mädchen Spaß haben konnte, aber Cassie hatte an beiden keinen Anteil gehabt. Schuldbewusstsein schnürte ihr die Kehle zu.

»Ich sollte vermutlich langsam gehen, aber vielleicht schaffen wir noch etwas Kurzes?« Er grinste Cassie hoffnungsvoll an, und ein kleiner gefrorener Teil von ihr, den sie versteckte, wo niemand ihn sehen konnte, schmolz dahin. Birdie hüpfte auf ihrem Platz auf und ab und klammerte ihre Hände unter ihrem Kinn zusammen, einen flehentlichen Ausdruck in den Augen, auch wenn ihr Mund stumm blieb.

»Na schön«, sagte Cassie. Plötzlich empfand sie das dringende Bedürfnis, von Nick und dem seltsamen Flattern in ihrer Brust wegzukommen, das sein ungezwungenes Lächeln hervorrief. »Ich sehe schon, ich bin in der Unterzahl. Ich hole uns allen etwas Limonade.«

In der Küche zitterten Cassies Hände, als sie die Getränke einschenkte. Sie stellte die Gläser und einen Teller mit Keksen auf ein Tablett, hielt sich an der Küchentheke fest und holte tief Luft. Gemurmelte Wörter drangen aus ihrem Mund wie ein beruhigendes Mantra. »An ihm ist nichts Besonderes. Birdie ist nur aufgeregt wegen der Aufmerksamkeit, die er ihr schenkt. Es liegt nicht an ihm. Es liegt an der Aufmerksamkeit.«

Aber was bedeutete das? Erneut ergriffen sie Schuldgefühle. Wenn Aufmerksamkeit alles war, was Birdie wirklich brauchte, wieso hatte Cassie sie ihr nicht geschenkt? War sie so eingehüllt in ihre Trauer gewesen, dass sie ignoriert hatte, wie sehr ihre Tochter es brauchte, dass sie auf sie zuging und sich mit ihr befasste?

Offensichtlich. Birdie brauchte jemanden, bei dem sie im Mittelpunkt stand, und Cassie musste ihr dieses Gefühl verschaffen. Sie konnte nicht länger Henrys Tod als Ausflucht benutzen, um jeden von sich fernzuhalten, ihre eigene Tochter eingeschlossen. Sie atmete wieder tief durch, stählte sich und kehrte ins Wohnzimmer zurück.

Cassie stellte das Tablett auf den Couchtisch. »Bitte, greifen Sie zu. Das ist das Mindeste, was wir Ihnen für Ihren Rettungs- und Unterhaltungseinsatz bieten können.«

»Es ist mir ein Vergnügen.« Nick lächelte, und zwei große Grübchen erschienen in seinen Wangen.

Cassie musterte ihn kritisch, aber sie musste zugeben, dass er ziemlich attraktiv war. Mit seinen kurzen braunen Haaren, den strahlend blauen Augen und der gebräunten Haut sah er aus wie der Naturbursche in irgendeinem Werbespot.

»Seit meine Schwester und ihre Jungen zu Besuch waren, hatte ich nicht mehr ein so begeistertes Publikum«, sagte er. »Ich habe ihnen stundenlang Dr.-Seuss-Bücher vorgelesen.«

Cassie begriff, dass sie ihn angestarrt hatte. Sie schüttelte den Kopf und stürzte sich auf seine letzten Worte. »Sie haben Neffen?«

»Ja, sechsjährige Zwillinge. Sie sind manchmal ein bisschen anstrengend, aber sie machen auch großen Spaß. Sie wohnen allerdings an der Ostküste, deshalb bekomme ich sie nicht oft zu Gesicht.«

»Das ist wirklich schade.« Sie nahm einen großen Schluck Limonade, und das Buch, aus dem er gerade vorgelesen hatte, zog ihren Blick auf sich.

»Meine Güte, das hatte ich ja völlig vergessen!« Sie nahm das alte ukrainische Bilderbuch auf, aus dem Bobby ihr als Kind vorgelesen hatte. Mit den Fingerspitzen fuhr sie über das abgegriffene Titelbild mit einem Jungen und einem Hund. Ungläubig sah sie ihn an. »Sie können Ukrainisch lesen?«

Nick neigte überrascht den Kopf. »Natürlich, Sie nicht?«

Cassie schüttelte den Kopf. »Ich habe es nie gelernt. Meine Mom sagte nur, dass es zu ihrer Zeit keine ukrainische Schule in der Nähe gegeben habe, deshalb konnte sie es auch nicht lernen.«

»Meiner Baba war es wirklich wichtig, dass ich hingehe«, sagte Nick. »Jeden Samstagmorgen, ob Regen oder Schnee. Eine Weile habe ich es gehasst, aber eigentlich war es gar nicht so schlecht. Ich habe viel über das Land gelernt, aus dem sie kam, und über die Geschichte meiner Familie.«

Cassie runzelte die Stirn. »Bobby spricht nie wirklich über die Ukraine oder ihre Familie. Für uns war das alles immer ein großes Geheimnis.«

»Laut meiner Baba hat es im alten Land schlimme Zeiten gegeben. Das Leben war nicht einfach. Vielleicht schmerzt es sie, daran zu denken.«

»Ja, vielleicht.« Cassie war abgelenkt von einer Idee, die ihr in den Sinn gekommen war. »Haben Sie einen Moment Zeit, um etwas für mich zu lesen?«

»Klar«, sagte Nick.

Cassie rannte in ihr Zimmer und öffnete die Kommodenschublade. Sie schnappte sich die Notizzettel und das Foto und kehrte ins Wohnzimmer zurück, wo sie alles vor Nick auf dem Tisch ausbreitete. »Ich wüsste zu gern, was da steht.«

Nick runzelte die Stirn, während er die Notizen laut vorlas. »*Zwei Dosen Erbsen, Sideboard. Drei Dosen Sardinen, südliches Beet. Eine Schachtel Cracker, hinter blauem Sofa.*«

Er drehte das Papier um und fuhr fort: »*Trockenkirschen, kleiner Schreibtisch. Eingemachte Rote Bete, Schrank Gästezimmer.*« Er sah zu ihr mit großen Augen auf und betrachtete die anderen Zettel. »Alle ähnlich. Lebensmittel und Orte. Was ist das?«

Cassie schüttelte den Kopf. »Ich bin mir nicht sicher.«

Nicks Lächeln zuckte in den Mundwinkeln, aber er bohrte nicht nach. Er nahm das alte Foto und drehte es um. »Auf der Rückseite steht nichts außer dem Datum: *September 1929*. Ein hübsches Foto. Wer sind die beiden?«

»Das weiß ich auch nicht.« Cassie versuchte, ihre Enttäuschung zu verbergen.

»Ich mag gute Rätsel«, sagte Nick. »Wenn ich Ihnen noch etwas anderes vorlesen kann, lassen Sie es mich wissen. Ich helfe gern.«

Sie wollte fragen: *Können Sie einen Augenblick warten, während ich das Tagebuch meiner Großmutter stibitze? Sie können es mir vorlesen, damit ich in ihrer Vergangenheit herumschnüffeln kann, um herauszukommen, was jetzt in ihr vorgeht.*

Stattdessen brachte sie nur ein nichtssagendes »Danke« zustande und durchforstete ihren abgelenkten Verstand nach einer höflichen Floskel. »So, äh … Sie wohnen also die Straße hinunter? Wie ist es da?«

»Ja, im alten Haus meiner Baba. Da muss einiges renoviert werden, aber es hat eine Menge Potenzial.«

»Wie freundlich von ihr, es Ihnen zu hinterlassen.«

Nick sah auf seine Hände. »Sie hat sich immer um mich gekümmert.«

»Das können sie am besten«, sagte Cassie.

»Ganz bestimmt. Also, danke für die Limo und die Kekse.« Er stand auf und sah sich um, dann nahm er den Notizblock in die Hand, den Bobby neben dem Telefon aufbewahrte. »Ich sollte jetzt gehen, aber bevor ich es vergesse, schreibe ich Ihnen meine Nummer auf, für den Fall, dass irgendwas ist.«

»Oh, ich möchte Sie nicht behelligen«, widersprach Cassie, aber Nick schrieb schon.

»Das macht mir keine Mühe.« Seine blauen Augen suchten ihren Blick, und die Winkel kräuselten sich, als er lächelte. »Schließlich sind wir Nachbarn, oder? Und Nachbarn sollten füreinander da sein.«

Er hielt ihr den Zettel hin, und Cassies Finger strichen über seine Hand, als sie ihn nahm. Sie riss die Hand zurück. Ihre Haut brannte von der Berührung. »Danke.«

Nick bewegte seine Hand einen Moment nicht, als hätte er es auch gespürt. Ein verdutzter Ausdruck zuckte über sein Gesicht, so schnell, dass Cassie nicht sicher sagen konnte, ob sie es wirklich gesehen hatte, bevor sein typisches Grinsen wiederkehrte. Er öffnete die Hand, um Birdie abzuklatschen, und erstaunlicherweise – oder gar nicht so überraschend angesichts ihrer schnell gefassten Zuneigung zu ihm – schlug sie zurück und lächelte breit.

Er hielt inne, bückte sich und hob etwas vom Boden auf. »Oh, den habe ich übersehen.«

Cassie trat näher und sah auf den Zettel. »Ich habe ihn noch nie gesehen. Vielleicht hat Bobby ihn verloren, als sie hier gesessen hat. Wie es aussieht, hat jemand Kaffee darauf gekleckert.« Auf dem vergilbten Papier war ein dunkelbrauner Fleck zu sehen, der die Buchstaben fast unleserlich machte.

Nick las laut vor:

Du bist so schön, wenn du schläfst, dass ich es nicht über mich gebracht habe, dich zu wecken. Ich liebe dich. Wir sehen uns bald. P.

»Wow.« Cassie legte die Hand an die Brust, ein vergeblicher Versuch, den Schmerz zu stillen, der ihr plötzlich ins Herz schoss. Henry war auch so ein Romantiker gewesen und hatte überall im Haus kleine Nachrichten für sie hinterlassen, die sie im Lauf des Tages finden sollte. »Ich wüsste zu gern, wer ›P.‹ ist.«

Nick hielt sich das Papier vor die Augen und kniff sie zusammen. »Ich weiß nicht, aber das ist kein Kaffeefleck. Ich glaube, es ist Blut.«

12

Katja

Ukraine, März 1931

Normalerweise zog eine Braut nach der Hochzeit bei der Familie des Bräutigams ein, aber wegen der Umstände und der Tatsache, dass sie noch immer nichts von Tato gehört hatten, hatte die Familie beschlossen, dass Alina und Kolja auf den Hof seiner Eltern ziehen würden, während Pawlo und Katja bei Mama blieben.

Ihr Leben ging weiter. Sie lebten in einer Art geborgtem Glück, gemischt mit Trauer und Angst. Katja hörte nie auf, an ihren Vater zu denken. Sie sorgte sich um seine Sicherheit und sein Leben, aber sie genoss auch ihre neue Rolle als Pawlos Ehefrau. Sie liebte die Freiheit, ihn zu berühren und mit ihm zu reden. Es erfüllte sie auf eine Art, wie sie sie nie erwartet hätte. Und sie tat ihr Bestes, um sich darauf zu konzentrieren und zu vergessen, dass sich ihr Leben in jeder anderen Hinsicht zum Schlechteren verändert hatte.

»Katja, wir müssen reden.« Pawlo berührte sie am Arm, als sie eines Abends mit einem Arm voll Heu für das Vieh an ihm vorbeikam.

»Worüber?« Katja warf das Heu in den Trog der Kuh und kratzte sich am Kopf.

»Ich gehe.«

Katja richtete sich so schnell auf, dass die Kuh sie verwirrt anblinzelte.

»Was meinst du damit: ›du gehst‹? Wohin?« Sie wirbelte herum und funkelte ihren Mann an.

»Ich habe mit meinem Vetter aus dem Nachbardorf gesprochen. Sie versuchen dort, den Widerstand zu organisieren, und ich will mitmachen.«

»Aber deine Wunden sind noch nicht vollständig verheilt.« Sanft berührte Katja ihn an der verletzten Schulter, dann schlug sie ihn auf die gesunde. »Was denkst du dir eigentlich? Verletzt nutzt du ihnen rein gar nichts.«

»Ich bin fast wieder gesund, und das weißt du. Ich arbeite schon wieder so wie früher. Ich bin stark genug, um eine Waffe zu halten und zu kämpfen.«

»Und was ist mit mir?« Katja hasste den flehentlichen Tonfall in ihrer Stimme, aber sie konnte nichts dagegen tun. Ihr traten die Tränen in die Augen. »Kannst du mich wirklich einfach so verlassen?«

»Nein, Katja. Ich werde dich nie ›einfach so‹ verlassen.« Pawlo nahm ihr Gesicht in die Hände. »Du bist mein Leben, meine Liebe. Aber wenn wir nicht kämpfen, was soll dann aus uns werden? Du hast selbst gesagt, dass wir uns wehren sollten. Weißt du nicht mehr? Wenn es etwas bewirkt, kann ich die Leute hier motivieren, es uns nachzutun.«

Katja warf die Hände in die Luft. »Das war, bevor sie uns alles genommen haben.«

»Nicht alles, Geliebte.« Pawlo küsste sie, und salzige Tränen nässten ihre Lippen, bis Katja sich aus seiner Umarmung wand. Pawlo nahm ihre Hand. »Bitte, versteh mich doch, Katja. Ich *muss* kämpfen. Was für eine Art Leben erwartet uns sonst?«

»Dann nimm mich mit«, bettelte Katja. »Ich kann auch kämpfen. Das weißt du!«

»Wir brauchen dich hier auf dem Hof. Alina und Kolja können sich nicht um beide Höfe kümmern, und deine Mutter braucht dich mehr denn je.«

Katja packte ihn an den Armen. »Ich habe dich schon einmal fast verloren. Was, wenn es diesmal wirklich so weit ist? Wie soll ich dann weitermachen? Hast du mal darüber nachgedacht? Was wird dann aus mir?«

Pawlo streichelte ihr über die Wange. Das machte sie wütend und tröstete sie zugleich. »Katja«, antwortete er. »Du bist die stärkste Frau, die ich kenne. Egal, was mit mir geschieht, du wirst damit zurechtkommen. Das weiß ich tief in meiner Seele. Hier … Ich habe etwas für dich.«

»Ich will kein Geschenk! Ich will mit dir zusammen sein.« Katja biss sich auf die Lippe und starrte zu Boden.

Pawlo drückte ihr ein braunes, in Leder gebundenes Buch in die Hand. »Das ist ein Tagebuch. Seit ich dich kenne, hast du deine Geschichten auf alte Zeitungen und irgendwelche Papierfetzen geschrieben. Jetzt hast du ein echtes Buch. Da kannst du alles aufschreiben, was mit uns geschieht und was sie uns antun, damit unsere Kinder und Kindeskinder eines Tages unsere Geschichte erfahren. Schreib sowohl die unglücklichen als auch die glücklichen Teile auf. Schreib, wie unsere Kinderfreundschaft sich in die größte Liebesgeschichte aller Zeiten verwandelt hat. Erzähl, wie du mir einen Eimer Wasser über den Kopf gekippt hast, als ich dich auf dem Schulhof an den Haaren gezogen habe, und erzähl von unserem ersten Kuss unter den Sternen. Dann werde ich auf immer bei dir sein, egal was geschieht.«

Katja strich mit der Hand über den glatten Einband des Buches und schlug es auf. Die dicken cremefarbenen Seiten bettelten förmlich darum, gefüllt zu werden. Sie hatte noch nie ein schöneres Buch gesehen.

»Pawlo, das ist wunderschön.«

»Versprich mir, dass du es nutzen wirst, wie auch immer du willst. Ich liebe die Vorstellung, dass du unsere Geschichte aufschreibst, aber wenn du deiner Fantasie freien Lauf lassen, wenn du deine Träume niederschreiben musst, um alles durchzustehen, dann tu das.«

»Mir gefällt die Idee zu dokumentieren, was passiert und was passiert ist. Auch mit uns. Ich habe sogar schon damit angefangen. Ein schönes Buch, um das alles zu ordnen. Wirklich schön.«

»Natürlich wirst du es verbergen müssen.«

Katja nickte. Im Geiste ging sie bereits potenzielle Verstecke durch.

»Glaub nur nicht, dass dieses Buch reicht, um mich vergessen zu lassen, dass du mich verlässt«, sagte sie, und wieder glitzerten Tränen in ihren Augen. »Ich bin noch immer wütend auf dich.«

»Ich würde nie versuchen, deine Vergebung zu erkaufen. Das ist ein Geschenk.«

»Geht Kolja auch? Weiß Alina davon?«

»Nein, Kolja bleibt hier. Wir haben darüber gesprochen, und wir sind zu dem Schluss gekommen, dass einer von uns bei euch dreien bleiben muss. Er ist auch nicht gerade glücklich darüber, dass ich gehe.«

»Du hast das also mit Kolja diskutiert, aber ich erfahre erst jetzt davon?« Katja knallte das Buch auf einen Zaunpfahl. Sie lief vor Wut rot an. »Ich bin deine Frau, Pawlo!«

»Deshalb ist es mir auch so schwergefallen, es dir zu sagen. Ich hasse es, dich zu enttäuschen.« Pawlo nahm Katjas Hände. »Du musst dir keine Sorgen machen. Kolja hat mir versprochen, dass er sich um dich kümmern wird, sollte mir etwas passieren.«

»Ich will aber nicht, dass Kolja sich um mich kümmert. Ich will dich!« Die Erinnerung daran, wie sie Pawlo blutend und bewusstlos gefunden hatte, kehrte zurück, und sie kniff die Augen zu, um sie zu vertreiben.

»Katja, schau mich an. Bitte, sei nicht wütend. Ich habe nur noch diese Nacht. Ich breche im Morgengrauen auf.« Pawlo packte sie an den Schultern und starrte sie an.

Panik keimte in Katja auf, und ihr brach die Stimme. »M… Morgen? Und wann … Wann kommst du wieder zurück?«

»Ich weiß es nicht.«

Sie drehte sich von ihm weg und versteifte sich, als Pawlo sie zu sich zog. »Bitte. Ich muss das tun. Verstehst du das nicht?«

Katja schaute in sein schönes Gesicht, und sie sah die Trauer und den Schmerz in seinen Augen. Ja, sie verstand seinen Wunsch nach Rache. Auch sie wollte sich rächen, aber Pawlo hatte auch recht, wenn er sagte, sie müsse bleiben. Katja konnte ihre Mutter jetzt nicht im Stich lassen, nicht, nachdem sie gerade erst ihren Vater verloren hatte. Das wäre Mamas Tod. Sie ignorierte die dunkle Vorahnung und breitete die Arme für Pawlo aus.

Dann führte sie ihn auf den Heuboden, an ihren geheimen Ort, und öffnete die Dachluke, um das Mondlicht hereinzulassen. Sie sanken auf die alte Decke, die sie für solche Gelegenheiten hier oben verwahrten, und Katja küsste ihn, bis alle Angst und alle Sorgen verflogen. Sie verdrängte die Tatsache, dass Pawlo sie verlassen würde und dass sie ihn vielleicht zum letzten Mal sah. Sie verbrachten die Nacht ineinander verschlungen und schauten zu den Sternen hinaus.

»Du musst mich wecken, bevor du gehst.« Katja schmiegte sich an Pawlos Hals und atmete seinen Duft ein.

Er küsste sie auf die Wange und schmiegte sich an sie. »Schschsch. Sprich nicht von morgen. Lass mich diese Nacht genießen. In deinen Armen.«

»Meine Mutter wird sich fragen, wo wir sind.«

»Nein, wird sie nicht. Sie war auch mal jung, weißt du? Und ich habe ihr gesagt, dass ich gehen werde. Sie wird damit rechnen, dass wir ein wenig Zeit für uns haben wollen.«

»Du hast es meiner Mutter vor mir erzählt?« Katja richtete sich auf den Ellbogen auf und funkelte ihn an. »Zuerst Kolja und dann meine Mutter? Willst du, dass ich dich hasse, bevor du gehst, Pawlo?«

»Ich habe es ihr nur wenige Minuten vor dir gesagt. Ehrlich! Sie hat Kolja und mich darüber sprechen gehört und mich dann gefragt. Ich konnte sie nicht anlügen.«

»Na schön«, knurrte Katja. »Aber ich will helfen. Und zwar mit mehr als nur mit Schreiben. Du hast vorhin recht gehabt: Ich will auch zurückschlagen. Ich habe von Frauen in anderen Dörfern gehört, die sich gegen die Aktivisten erhoben und sich ihr Korn und Vieh zurückgeholt haben. Das könnte ich auch hier organisieren, eine *babi*-Revolte.«

»Nein!« Pawlos Gesicht verzerrte sich vor Angst. »Die Situation ist seit letztem Jahr eskaliert. Früher mögen sie bei einem Aufstand der Frauen nicht so hart durchgegriffen haben, aber jetzt ist das viel zu gefährlich. Man würde dich deportieren oder gar töten. Wenn die Zeit kommt, dass du irgendwas tun kannst, sage ich dir Bescheid.«

Katja packte sein Kinn und schaute ihm in die Augen. »Tu das. Das meine ich ernst!«

»Ich weiß.« Pawlo strich ihr übers Haar. »Und ich meine es ernst, wenn ich sage, ich möchte nicht, dass du dich unnötig in Gefahr bringst.«

»Viel Glück damit. In Gefahr schwebt man schon, wenn man einfach nur hier lebt.«

Pawlo lachte kurz auf. »Das ist meine Katja. Du weißt wirklich mit Worten umzugehen.«

»Ich sage nur die Wahrheit.« Sie legte sich wieder hin und schmiegte sich in seine starken Arme.

»Ich weiß. Deshalb mache ich mir ja solche Sorgen.«

Als Katja am nächsten Morgen aufwachte, war Pawlo fort.

***

Die Zeit verging unendlich langsam. Jede Minute fühlte sich wie eine Stunde an und jede Stunde wie ein ganzer elender Tag. Katja hatte keine Abende mit Pawlo mehr, auf die sie sich hätte freuen können, und die langen Wanderungen, um etwas zu essen zu besorgen, waren einsam. Die Einsamkeit gab Katja aber auch Zeit, um über all die Menschen nachzudenken, die sie verloren hatte: Sascha und deren Familie, Tato und jetzt in gewisser Hinsicht auch Pawlo.

Wenn sie nachts allein in ihr Bett kroch, um in ihr Tagebuch zu schreiben, versuchte sie, die Ängste zu verdrängen, die sie lähmten, aber mit jedem Tag wurden die Sorgen größer.

»Mach dir keinen Kopf, Katja«, sagte Mama, als sie eines Abends Essen kochte. »Er wird wieder zu dir nach Hause kommen.«

»Ich weiß, Mama«, erwiderte Katja, obwohl sie tatsächlich gar nichts wusste. Drei Wochen waren inzwischen vergangen, und je länger Pawlo fort war, desto mehr war sie davon überzeugt, dass ihm etwas passiert war.

Ein Klopfen an der Tür riss Katja aus ihren Gedanken. Bevor sie sich auch nur umdrehen konnte, platzten Prokyp und ein weiterer Aktivist herein.

»Wir sind hier, um die Steuern einzutreiben«, verkündete Prokyp. »Die Quote für euer Dorf ist erhöht worden, und alle müssen ihren Beitrag leisten.«

»Wir haben nichts mehr«, erklärte Mama und richtete sich zu voller Größe auf. Katja hätte sich angesichts dieser endlosen Schlacht am liebsten erschöpft auf einen Stuhl fallen lassen. Stattdessen tat sie es ihrer Mutter nach und straffte die Schultern.

»Ihr habt noch eine Kuh im Stall«, sagte Prokyp. »Die nehmen wir. Damit wäre eure Quote abgedeckt.«

Mama wurde kreidebleich, aber sie blieb hart. »Na schön. Wenn ihr müsst, dann nehmt sie. Aber dann haben wir gar nichts mehr für die Steuern.«

»Törichtes Weib! Deine Steuern sind höher, weil du kein Mitglied der Kolchose bist. Dein Leben wäre wesentlich einfacher, wenn du dich uns anschließen würdest.«

Die Muskeln an Mamas Kinn zuckten. Katja legte ihr die Hand auf den Arm.

»Dann nehmt die Kuh«, brachte Mama mühsam hervor. Ihr Gesicht war rot vor Wut.

»Oh, das werden wir.« Prokyp schnaubte verächtlich. »Solltest du doch noch zu Verstand kommen, kannst du dich uns bei der Dorfversammlung morgen anschließen.«

»Bekommen wir dann unsere Kuh zurück?« Katja machte sich gar nicht erst die Mühe, den Spott in ihrer Stimme zu verbergen.

Prokyp lachte. Dann schlug er die Tür zu, und Mama ließ sich in ihren Sessel sinken.

»Ich fürchte, uns bleibt keine andere Wahl mehr, als uns der Kolchose anzuschließen. Was wollen sie uns denn jetzt noch als Steuern abnehmen? Und woher sollen wir Milch bekommen?«

»Wir haben noch immer die Hühner und die Ziegen. Außerdem sollte inzwischen der Honig so weit sein. Wir werden schon einen Weg finden, Mama. Alles wird gut. Mach dir keine Sorgen.«

»Ja, vielleicht hast du recht.« Mama nickte wenig überzeugt.

»Ich werde nach den anderen Tieren schauen«, sagte Katja.

Sie ging über den Hof und sah, wie Prokyp und sein Komplize die arme Kuh den Weg hinunterscheuchten. Traurig muhte das Tier und schaute zum Hof zurück, bis Prokyp ihm einen Tritt gegen die Hinterbeine verpasste, und es weitertrottete.

Katja kochte vor Wut, als sie das Scheunentor öffnete. Sie würde das liebe Tier vermissen und vor allem dessen Milch.

Am Mittwoch wurde die Monotonie der Woche durchbrochen, als sie zu einer weiteren Versammlung ins Dorf gingen, organisiert von den Aktivisten. Nach einem Abendessen aus Schwarzbrot und dem letzten Rest Käse, der im Haus zu finden gewesen war, spülten Katja und ihre Mutter ab und machten sich dann auf den Weg. Je näher sie dem Dorf kamen, desto mehr Leute trafen sie auf der Straße. Wenn man dieser Tage nicht bei einer Versammlung erschien, kamen die Aktivisten ins Haus und verlangten zu wissen, warum man dem Treffen ferngeblieben war, und niemand wollte ihre Aufmerksamkeit auf sich und sein Haus lenken. Mama und Katja setzten sich hinten in der Kirche neben Lena und Ruslan. Lena, eine liebe Frau und Mamas Cousine, tätschelte Mama die Hand. Katja sah Kolja und Alina weiter vorn. Sie saßen bei anderen Dörflern, die sie schon ihr ganzes Leben kannten, aber viele Gesichter fehlten. Dank des Übereifers der Aktivisten war gut ein Viertel der Dorfbewohner entweder deportiert oder getötet worden.

Genosse Iwanow sprach bereits, und seine Stimme hallte über die Zuhörer hinweg. »Wir werden diesen offenen Ungehorsam nicht länger tolerieren! Wir werden die Kulaken nicht länger verhätscheln, die sich weigern, unserem großen Führer dabei zu helfen, uns zu vereinen und unser Leben zu verbessern! Von heute an wird jeder, der sich keiner Kolchose anschließt, als Volksfeind betrachtet! Als Kulak! Und wir wissen alle, was mit Kulaken passiert!«

Er hielt kurz inne, kniff die Augen zusammen und ließ seinen Blick durch den Raum schweifen. Nervöses Raunen ging durch die Menge. Iwanow lächelte. Zufrieden fuhr er fort: »Dass wir uns zusammenschließen, ist zum Wohle aller. Also, kommt. Schließt euch uns an. Widmet euer Leben, euer Land und euer Vieh dem Genossen Stalin! Später werdet ihr reich dafür belohnt werden! Nach der Versammlung werden alle, die sich der Kolchose noch nicht angeschlossen haben, bei Genosse Popow eine letzte Gelegenheit dazu bekommen. Entscheidet ihr euch dagegen, ist euer Schicksal besiegelt!«

Katja und ihre Mutter schauten einander an. Die Nervosität im Raum war förmlich greifbar. Die Aktivisten hatten ihnen die Entscheidung abgenommen. Sie konnten der Kollektivierung nicht länger entkommen. Sie hatten schon Probleme gehabt, die Steuern aufzubringen und keine Aufmerksamkeit zu erregen, doch als Kulaken gebrandmarkt zu werden, konnten sie sich nicht erlauben. Damit würden sie ihr eigenes Todesurteil unterschreiben.

Mama drückte Katja die Hand. Überrascht drehte Katja sich zu ihr um, und Mama lächelte. Ein warmes Gefühl breitete sich in ihr aus, als Katja erkannte, dass ihre Mutter sie nicht länger als Kind betrachtete. Sie kämpften diesen Kampf gemeinsam.

Als sie sich nach der Versammlung dem Tisch näherten, breitete Genosse Popow die Arme aus. »Ah, Genossinnen! Ich wusste, dass ihr es irgendwann einsehen würdet. Ihr werdet sehen: Die Kollektivierung ist die Zukunft.« Am liebsten hätte Katja ihm sein selbstgerechtes Grinsen aus dem Gesicht geprügelt, aber sie knirschte nur mit den Zähnen.

Mit hartem Blick und zitternder Hand schrieb Mama ihren Namen auf die Formulare. Ein überraschendes Gefühl von Scham drehte Katja den Magen um, als sie sah, wie ihre Mutter alles weggab, wofür sie ihr ganzes Leben lang gearbeitet hatte, alles, wofür ihr Vater gearbeitet hatte – und das alles nur für die vage Hoffnung, dass sie dann in Sicherheit sein würden.

Am nächsten Morgen kamen vier Männer, um das Pferd, die Ziegen, den Pflug und alle Werkzeuge in die Kolchose zu bringen. Katja war schon weit vor Sonnenaufgang aufgestanden, um Gänseblümchen, die trächtige Ziege, in die Scheune auf dem verlassenen Hof ihrer Cousine Sascha zu bringen. Sollten die Aktivisten sie finden und mit Katja in Verbindung bringen, würde man sie vermutlich standrechtlich erschießen oder in ein Arbeitslager schicken, doch das war ihr egal. Im Winter würden sie die Milch der Ziege brauchen.

***

Die folgenden Wochen zogen sich schier endlos hin. Die Tage waren von Arbeit bestimmt, denn die Frühlingsaussaat hatte begonnen. Ihr Kollektiv war in Brigaden aufgeteilt, die um das Dorf herum verschiedene Areale bestellten. Bohdan Wowk, Katjas Brigadeführer und ebenfalls aus dem Dorf, tat für seine Leute, was er konnte, aber die strenge Beobachtung durch die Staatsbeamten ließ ihm nicht viel Spielraum.

Als Landarbeiterinnen zogen Katja und ihre Mutter von Feld zu Feld, wo auch immer Bohdan sie hinschickte. Katja pflanzte Kartoffeln, Hirse und Hafer, und sie kümmerte sich um das Vieh – alles Dinge, die sie auch früher schon getan hatte, auf ihrem eigenen Hof, aber damals hatte die Arbeit sie befriedigt und Spaß gemacht. Sie hatte Weizen mit ihrem Vater gesät, ihn geerntet und zu Mehl gemahlen, um damit Brot zu backen. Sie hatte Kartoffeln geschnitten und in Bündeln gepflanzt, damit sie sich vermehren und die Familie den ganzen Winter hindurch ernährten. Und sie hatte sich liebevoll um die Tiere gekümmert, die ihrer Familie vertrauten. All dies hatte Katja und ihre Familie zu echten Bauern gemacht.

Doch jetzt, in der Kolchose, hasste sie es, für andere zu arbeiten. Sie konnte sich nicht länger eine Bäuerin nennen. Sie war nur ein kleines Rädchen in der gigantischen Staatsmaschine.

13

Cassie

Illinois, Mai 2004

Nachdem Nick gegangen war, schaltete Cassie Birdies Lieblingszeichentrickfilm an und versprach ihr, gleich zurückzukommen, um mit ihr zu kuscheln. Zuerst aber wollte sie etwas herausfinden.

Das Sideboard enthielt zwei Dosen mit Erbsen und der kleine Schreibtisch einen Beutel mit getrockneten Kirschen. Sie fand hinter dem blauen Sofa eine Schachtel Cracker. Die eingemachte Rote Bete entdeckte Cassie im Gästezimmer. Sie sparte es sich, hinauszugehen und im südlichen Beet nach Sardinenbüchsen zu graben, denn die Beweislage erschien ihr ausreichend. Die Notizen hielten Verstecke für Lebensmittel fest. Aber wozu?

Während Cassie noch über Bobbys Lebensmittelbesessenheit und dem geheimnisvollen Zettel von »P.« brütete, schwirrte ihr eine neue bestürzende Frage wie ein Moskito durch den Kopf. *Nick. Seine Berührung. Die Hitze.* Was war da geschehen?

Anziehung konnte es nicht sein. Sie liebte noch immer Henry. Sie würde Henry immer lieben.

Aber wieso ging ihr dann Nicks Gesicht nicht aus dem Kopf? Warum konnte sie nicht aufhören, an seine freundliche, gelassene Art mit Birdie zu denken oder daran, wie sich auf seinen Wangen tiefe Grübchen bildeten, wenn er lächelte?

Ihr fiel das Gespräch mit Bobby ein, in dem ihre Großmutter

ihr vorgeschlagen hatte, Nick zu bitten, sie zu besuchen. Sie schüttelte bei der bloßen Vorstellung den Kopf, und dennoch drangen ihr gleichzeitig die Worte aus dem Mund.

»Henry, ich vermisse dich so sehr. Ich weiß nicht, was ich ohne dich tun soll.« Sie senkte die Stimme zu einem Flüstern. »Bitte, komm doch, und sag es mir.«

Sie schaute sich in ihrem Zimmer um und kam sich dumm vor, dann legte sie die Zettel und das Foto in eine Kommodenschublade. Aber als sie zur Couch zurückkehrte, um mit Birdie zu kuscheln, war es Nicks Gesicht, nicht Henrys, das vor ihrem inneren Auge aufblitzte, und in ihrem unruhigen Herzen schwärte ein winziger Zweifel hinsichtlich ihrer Treue zu Henry.

Ein lautes Krachen in der Küche weckte Cassie am nächsten Morgen früh um vier. Aus Angst, dass Birdie versucht haben könnte, sich ein Glas Wasser zu holen, und dabei etwas umgestoßen hatte oder gestürzt war, wuchtete sie sich aus dem Bett und eilte durch den Korridor. Als sie um die Ecke kam, fiel ihr Blick auf Bobby. Schlammige Fußabdrücke zeichneten eine Spur über den Küchenfußboden. Die Terrassentür stand offen, und Bobby war mit einem Tablett voller Obst und Crackerschachteln gerade auf dem Weg dahin.

»Bobby? Was machst du denn da?«

Ihre Großmutter fuhr herum. Die Haare standen ihr vom Kopf ab, und ihre nackten Füße waren voller Gras und Erde. Der Morgenmantel hing knittrig und vorn offen über ihrem langen Nachthemd. Ihre Augen zuckten weit aufgerissen und angsterfüllt durch den Raum.

»Alina! Sind sie dir gefolgt? Wer weiß, dass du hier bist?«

»Wovon redest du? Wer soll mich denn verfolgen?« Panik stieg in Cassie auf, und sie versuchte, sie zu unterdrücken. *Schon wieder Alina. Wer ist Alina?*

»Die Aktivisten«, sagte Bobby höhnisch. »Weißt du doch. Wir müssen unsere Lebensmittel verstecken, sonst nehmen sie sie uns ab.«

Cassie streckte die Hand aus und ging langsam auf Bobby zu. »Hier gibt es keine Aktivisten. Nur uns.« Sie nahm ihrer Großmutter das Tablett ab und stellte es auf die Küchentheke. »Niemand wird uns das Essen wegnehmen, okay?«

Ein tiefes Schluchzen drang aus Bobbys Kehle, und sie rief: »Sie haben es uns schon weggenommen! Sie haben uns alles weggenommen!«

»Ja, ich weiß.« Cassie hatte nicht die leiseste Ahnung, wovon sie sprach, doch in der Hoffnung, sie zu beruhigen, spielte sie mit. »Aber jetzt sind wir in Sicherheit. Heute Nacht kommen sie nicht.«

Bobby fuhr sich mit schmutzigen Fingern über das tränenüberströmte Gesicht und hinterließ Schlammstreifen auf ihren Wangen. »Bist du sicher?«

»Ich verspreche es dir.« Cassie ergriff sie bei den Schultern und führte sie aus der Küche. »Komm schon, wir waschen dich und bringen dich wieder ins Bett. Morgen früh fühlst du dich besser.«

Bobby schlurfte mit Cassie weiter und murmelte etwas auf Ukrainisch vor sich hin. Cassie half ihr aus dem Morgenmantel und befeuchtete einen Waschlappen, mit dem sie ihr Gesicht, Hände und Füße säuberte, bevor sie ihre Großmutter wieder zu Bett brachte.

»Danke, Alina«, sagte Bobby, als sie die Augen schloss. Cassie wartete noch einige Augenblicke, um sicherzugehen, dass sie wirklich schlief, dann schlich sie sich aus dem Zimmer und kehrte in die Küche zurück.

Sie schlüpfte in ihre Sandalen, schaltete die Terrassenlampe ein und ging hinaus in den Garten, wo sie nach den Stellen suchte, an denen Bobby gegraben hatte. Im Beet mit den mehrjährigen

Pflanzen, unter der alten Weißen Maulbeere, fand sie frisch umgegrabene Erde und eine kleine Pflanzschaufel. Nach ein wenig Herumstochern entdeckte sie in einem flachen Loch zwei Dosen Erbsen, einen Plastikbeutel mit, wie es aussah, Mehl und drei Büchsen Sardinen.

Sie blickte auf die Uhr – halb fünf. Zu früh, um ihre Mutter zu wecken. Da sie nicht wieder einschlafen könnte, brachte sie die Lebensmittel zurück ins Haus. Sie räumte sie ein, reinigte den schlammigen Fußboden und setzte eine Kanne Kaffee auf.

***

Cassie pickte an dem Protein-Muffin, den ihre Mutter zum Frühstück mitgebracht hatte. Nachdem Cassie sie um halb sieben angerufen hatte, war Anna sofort hergekommen.

»Ich dachte, vielleicht sei Birdie aufgestanden, um etwas zu trinken, aber es war Bobby, die Lebensmittel aus der Küche getragen hat, um sie zu vergraben.«

»Vergraben?« Anna hob die Augenbrauen.

»Ja. Vermutlich hat sie irgendwo eine Liste, auf der die Lebensmittel und ihre Verstecke verzeichnet sind. Dazu dienen die Zettel unter der Mehldose nämlich. Nick hat mir ein paar davon übersetzt.«

»Nick war hier? Davon hast du gar nichts erzählt.«

»Das ist keine große Sache. Bobby hat das Haus verlassen, als ich unter der Dusche stand, und er hat mir geholfen, sie wieder zurückzubringen.« Cassie spielte das Ganze herunter. Auf keinen Fall sollte ihre Mutter irgendwelche falschen Vorstellungen über Nick entwickeln.

Anna seufzte. »Du hast vieles nicht erwähnt. Also, sie versucht wieder, allein loszugehen?«

»Du wolltest heute Abend zum Essen kommen, und da wollte

ich es dir erzählen, aber diese Essenversteckgeschichte hat mich erschüttert.«

»Also gut. Ein Problem nach dem anderen.« Anna schenkte sich eine Tasse Kaffee ein und setzte sich an den Tisch. »Hat sie gesagt, wieso sie die Lebensmittel vergräbt?«

Cassie schüttelte den Kopf. »Sie sagte, die Aktivisten würden kommen und sie ihr wegnehmen, also müsste sie sie verstecken. Und sie hat mich Alina genannt.«

»Wer ist Alina?«

»Ich weiß es nicht. Was sollen das für Aktivisten sein? Und wer sind die beiden?« Sie zeigte ihrer Mutter das abgegriffene Foto mit den Mädchen vor dem Sonnenblumenfeld. »Es sieht aus wie das Bild, das Birdie gemalt hat. Über das Bobby sich so aufgeregt hat.«

»Ein bisschen schon. Bobby muss es ihr gezeigt haben.« Anna musterte das Foto mit zusammengekniffenen Augen. »Ich glaube, die links ist Bobby. Sie hat ihre Augen und ihre Nase.«

»Wer ist das andere Mädchen?«

»Ich habe keine Ahnung.« Anna kniff sich in den Nasenrücken, von jeher das Zeichen, dass sie gegen Kopfschmerzen kämpfte.

Cassie trank einen Schluck Kaffee. »Ich finde, wir müssen sie dazu bringen, darüber zu sprechen. Wenn wir verstehen, wieso sie diese Flashbacks hat und wieso sie einfach weggeht, können wir ihr vielleicht helfen, damit besser zurechtzukommen.«

»Guten Morgen.« Bobby kam in die Küche geschlurft, Birdie auf den Fersen.

Cassie und Anna richteten sich auf ihren Stühlen auf und tauschten einen schuldbewussten Blick, während Bobby den Kühlschrank öffnete. »Wer möchte gern Blintze zum Frühstück?«

Birdie wedelte mit den Händen in der Luft und hüpfte auf und ab.

»Hattet ihr nicht neulich erst Blintze?«, fragte Anna.

»Blintze kann man gar nicht oft genug haben«, entgegnete Bobby. »Außerdem sind sie Birdies Lieblingsessen. Welchen Grund bräuchte ich noch, welche zu machen?«

Cassie musterte ihre Großmutter verstohlen. Sie wirkte normal und völlig bei sich – keine Anzeichen für die Eskapaden der vergangenen Nacht. »Wie hast du denn geschlafen?«

»Gut, gut.« Bobby beugte sich in den Kühlschrank und nahm Erdbeeren und Hüttenkäse heraus. »Cassie, hol mir bitte eine Schale.«

Cassie sah ihre Mutter an. »Was denkst du?«

Leise antwortete Anna: »Warten wir noch ein paar Tage, aber ich kann auf jeden Fall den Arzt anrufen und ihn informieren. Du behältst sie im Auge, und wenn es wieder passiert, verständigst du mich auf der Stelle.«

Sie stand auf und lächelte Bobby und Birdie an. »Ich muss mich für die Arbeit fertig machen. Ich wünsche euch einen schönen Tag, und vergesst nicht, morgen ist Pfannkuchensamstag! Ich komme früh, um das Frühstück zu machen, und ich brauche deine Hilfe, Birdie.«

Cassie winkte ihrer Mutter hinterher und sah zu, wie Bobby den Teig anrührte und Birdie erneut erklärte, wie man die Blintze faltete. Sie wirkte vollkommen auf der Höhe. Was war in der vergangenen Nacht passiert? Und wer war Alina?

***

Cassie fuhr kerzengerade aus ihrem Bett hoch. Ihr Traum überfiel sie sofort wieder – die salzige Meeresluft, die Wellen, die ihr über die bloßen Füße spülten.

Henry.

Cassie legte sich zurück, schloss die Augen und versuchte, sich an jede köstliche Einzelheit zu erinnern.

Hand in Hand waren sie den Strand entlanggegangen, an dem sie ihre Flitterwochen verbracht hatten. Henry. Der ihre Hand freigab. Der sie nach vorn stieß.

Sei glücklich. Lebe dein Leben.

Die Worte hallten ihr in die Ohren. Sie ballte die Fäuste und versuchte verzweifelt, das Gefühl festzuhalten, seine Hände lägen in ihren.

Draußen vor ihrem Fenster knatterte ein Laubbläser los.

Der Zauber brach. Sie öffnete die Augen, setzte sich wieder auf und riss mit ärgerlichem Ruck den Vorhang beiseite, bereit, den armen Gartenpflegegehilfen anzubrüllen, den ihre Mutter angeheuert hatte. Sie sah jedoch Nick in seiner Arbeitskleidung vor sich, der alte Blätter aus den Beeten blies. Er pfiff, nicht dass sie ihn hören könnte, und bewegte sich zum Beat des Songs, der aus seinen Ohrhörern drang.

Von der Bewegung der Vorhänge angezogen, hob er den Blick und sah ihr in die Augen. Er grinste breit und winkte. Entsetzt zog sie den Vorhang wieder zu und ließ sich zurück auf ihr Kissen sinken. Sie rieb sich das Gesicht und versuchte, nicht allzu viel in die Tatsache hineinzudeuten, dass sie, gleich nachdem sie endlich von Henry geträumt hatte, von Nick geweckt worden war.

Ächzend rollte sie sich aus dem Bett. Nachdem sie sich die Haare gebürstet und angezogen hatte, ging sie in die Küche. Erneut kreuzte sie den Blick mit Nick, der mit Bobby und Birdie am Tisch saß, einen Teller mit Pfannkuchen vor sich.

»Na, Sie sind heute Morgen ja wohl überall?« Sie versuchte nicht, die Verärgerung in ihrer Stimme zu verbergen, auch wenn die sich mehr gegen sie selbst als gegen ihn richtete, und sie küsste Birdie auf den Scheitel.

»Guten Morgen.« Ihre Mutter reichte ihr einen großen Becher Kaffee, kehrte zum Herd zurück und wendete einen Pfannkuchen. »Nick hat auf dem Heimweg von der Arbeit Bobbys Papiere aus dem Krankenhaus mitgebracht und angeboten, die Blätter aus dem Garten zu pusten.«

»Ich habe sofort aufgehört, als ich sah, dass ich Sie geweckt habe.« Seine Augen funkelten belustigt.

Cassie winkte ab. »Schon gut. Ich war schon auf.«

Bobby, die Nick gegenübersaß, schnaubte. »Warst du nicht.«

Sie errötete, und Nick lächelte. »Ihre Bettfrisur hat Sie verraten.«

Sie berührte ihre Haare, die jetzt unordentlich zu einem Knoten gebunden waren. »Tja, für Gartenarbeit war es noch ein bisschen früh am Tag, wenn Sie mich fragen. Warum haben Sie das überhaupt gemacht?«

Nick zuckte mit den Schultern. »Ich habe gesehen, dass einige Blumen sprießen, und ich fand, es wäre nett, die Dinge bereitzumachen, damit Sie hier einjährige Blumen pflanzen können, wann immer Sie wollen.«

»Nick ist so ein hilfsbereiter Junge«, sagte Bobby.

»Ja, war das nicht nett?« Anna strahlte sie an, während sie einen weiteren Pfannkuchen auf Birdies Teller gleiten ließ. »Hier, Schatz, iss noch einen. Ach, fast hätte ich's vergessen. Ich habe noch Einkäufe im Auto.« Sie löste die Schürze, die sie sich um die Taille gebunden hatte. »Ich bin sofort wieder da.«

Nick erhob sich. »Ich hole das für Sie.«

Anna winkte ab. »Sie essen Ihre Pfannkuchen, solange sie heiß sind. Es ist nicht viel.«

»Schon gut«, sagte Cassie. »Ich helfe ihr.«

Nick setzte sich widerwillig wieder und lachte, als Birdie ihm eine Grimasse schnitt.

Cassie kniff die Augen zusammen, als sie es sah, zog die Schuhe an und folgte ihrer Mutter nach draußen. »Bist du dir sicher, was ihn angeht?«

Anna sah sie entschuldigend an. »Ich weiß, dass dich meine

Begegnung mit ihm beim Säen nicht überzeugt hat, deshalb habe ich mich umgehört, und ich habe nur Gutes erfahren. Ich glaube, Bobby hat recht. Er ist einfach ein netter Kerl ohne Familie in der Nähe.«

Cassie beugte sich in den Kofferraum und nahm die Papiertüten. »Wenn du meinst. Es ist fast, als hätte Bobby ihn adoptiert, als Ersatzenkelsohn oder so was.«

»Bobby hatte immer mütterliche Gefühle für junge Menschen ohne Familie. Als ich ein Kind war, kamen ständig Leute, die sonst niemanden hatten, zu dem sie konnten, zum Mittagessen oder blieben sogar über die Feiertage.« Sie hielt inne und sah Cassie in die Augen. »Er hat sich dir oder Birdie gegenüber doch nicht etwa irgendwie unkorrekt verhalten, oder?«

»Nein.« Cassie drückte die Spitze ihres Schuhs gegen das Pflaster. Sie spürte selbst, dass ihre Feindseligkeit Nick gegenüber unangemessen war, aber die Alternative war viel zu furchterregend, um sie in Betracht zu ziehen. »Ich meine, er hat Birdie neulich vorgelesen. Über eine halbe Stunde. Sie war wirklich ganz begeistert. Ich habe sie lange nicht mehr so glücklich gesehen.«

»Ich fand, dass sie in seiner Gegenwart erheblich entspannter war, als sie normalerweise bei neuen Leuten ist«, sagte Anna. »Ich fürchte, wir haben vorschnell die falschen Schlüsse gezogen. Bislang hat der arme Kerl nichts weiter getan, als einer alten Dame zu helfen, ohne darum gebeten oder dafür bezahlt zu werden. Er hat Blumen für seine arme Großmutter gepflanzt und einem kleinen Mädchen vorgelesen. Wirklich, er kommt mir ziemlich toll vor. Und da habe ich noch gar nichts über sein umwerfendes Lächeln gesagt.«

»Mom! Dass er gut aussieht, bedeutet nicht, dass er kein Serienmörder sein kann.«

Anna gab einen höhnischen Laut von sich, und Birdies Lachen drang aus der halb offenen Tür. »Ach, komm schon. Würdest du jemanden, den du ernsthaft für einen Serienmörder hältst, deiner

Tochter vorlesen lassen? Du bist schrecklich abwehrend, sobald es um Nick geht. Vielleicht magst du ihn lieber, als dir klar ist, und das macht dir Angst.«

Das Körnchen Wahrheit in der Beobachtung ihrer Mutter und deren zungenfertige Erwiderung lähmten Cassie für einen Augenblick, und sie brauchte einige Sekunden, bis sie entgegnen konnte: »Ach, bitte, da ist überhaupt nichts dran.«

»Aha, dachte ich's mir doch.« Anna lachte.

»Lassen wir diese zutiefst unzutreffende Unterstellung einmal beiseite.« Cassie knallte den Kofferraum mit mehr Kraft als nötig zu. »Ich hatte keine Gelegenheit, dir zu erzählen, was ich heute Nacht von Henry geträumt habe.«

Anna neigte den Kopf zur Seite und musterte Cassie forschend.

»Sieh mich nicht so an.« Cassie wurde ungehalten. »Ich weiß, du hältst das alles für einen Haufen Unsinn. Aber mir bedeutet es sehr viel, dass er mich vielleicht besucht hat.«

»Besucht?« Anna blieb stehen und stellte ihre Taschen auf den Kofferraumdeckel. »Wirklich, Cass?«

»Bobby sagte, ich sollte ihn bitten, zu mir zu kommen, also habe ich es versucht. Ich hätte nicht gedacht, dass es funktioniert, aber vielleicht hat es geklappt.«

Anna rollte mit den Augen. »Du glaubst nicht wirklich daran, oder?«

Cassie versuchte, den Zynismus ihrer Mutter von sich abperlen zu lassen, aber sie fühlte sich getroffen. Sie wollte daran glauben. »Ich weiß es nicht.«

»Okay, gut. Ich beiße an. Was hat er gesagt?«

»›Sei glücklich. Lebe dein Leben.‹«

Anna presste die Lippen zusammen. »Ich bin froh, wenn es dir ein bisschen Trost geschenkt hat, aber meine Theorie lautet, dass dein Unterbewusstsein dir mitteilen möchte, es sei okay, wenn du etwas für Nick empfindest.«

»Tja, ich empfinde aber nichts für Nick, deshalb ist deine Theorie leider Müll«, sagte Cassie gehässiger als nötig.

Als sie die verletzte Miene ihrer Mutter sah, verzog sie gequält das Gesicht und versuchte es anders. »Hast du nie von Dad geträumt?« Cassies Vater war vor zehn Jahren an Krebs gestorben, und so viel Anna auch davon sprach, dass das Leben weitergehe und man einen Abschluss finden solle, stellte sie sich ihrem eigenen Verlust doch nur selten.

Ihre Mutter wurde steif. »Natürlich träume ich hin und wieder von deinem Vater, aber das hat nichts zu bedeuten. Träume sind nichts anderes als eine Manifestation des Unterbewusstseins.«

Cassie zog eine Braue hoch. »Echt jetzt, Mom?«

»Ich möchte nur, dass du zu einer gesunden Haltung zu Henrys Tod kommst. Wenn so etwas dir hilft, dich besser zu fühlen, gut. Aber es könnte dir auch helfen, wenn du unter Menschen gehst. Kontakte knüpfst. Versuchst, Beziehungen aufzubauen.«

»Ich soll auf Partnersuche gehen?« Cassie atmete entnervt aus und setzte sich die Einkaufstasche auf die Hüfte. »Damit wären wir wieder am Anfang. Ich gehe rein.«

***

Drei Tage später setzte Cassie ihre Tochter mit Papier und Wachsmalstiften zu Bobby und ihrer Patience an den Tisch, während sie mit dem Internettechniker sprach, der im Auftrag ihrer Mutter gekommen war.

»Ihr solltet Internet im Haus haben«, hatte Anna neulich beim Abendessen gesagt. »Verbunden zu bleiben ist wichtig, und es wird nicht mehr lange dauern, bis du wieder schreiben wirst. Du musst zu deinen alten Kontakten bei der Zeitschrift wieder Fühlung aufnehmen. Ich zahle auch dafür.« Cassies Proteste waren auf taube Ohren gestoßen, und schließlich hatte sie nachgegeben.

»Wenn Sie so weit sind, stöpseln Sie das in Ihren Computer.« Der Techniker hielt ein Kabel hoch, das unweit des Küchentischs aus der Wand kam. »Das ist alles. Mit Breitbandinternet brauchen Sie nicht mal mehr den Telefonanschluss.«

Cassie bedankte sich, obwohl die Sache ihr völlig gleichgültig war. Ihre Gedanken wanderten immer wieder zu dem Karton in Bobbys Schrank und dem Zettel, den Bobby unter Tränen hineingeworfen hatte. Eine weitere Notiz über ein Lebensmittelversteck? Oder etwas ganz anderes? Sie wollte nicht schnüffeln, aber es wurde Zeit, der Frage, was ihre Großmutter so sehr bedrückte, mit etwas mehr Nachdruck nachzugehen.

Sie führte den Mann zur Tür und sah nach Bobby und Birdie. Beide hatten ihre Beschäftigung eingestellt, und Bobby zeigte Birdie, wie man eine simple Version von Patience spielte.

Nachdem sie sich vergewissert hatte, dass sie beschäftigt waren, schlich sich Cassie auf Zehenspitzen durch den Flur in Bobbys Zimmer. *Ich tue es nur, um ihr zu helfen*, sagte sie sich in einem vergeblichen Versuch, das Schuldgefühl zu mildern, das sie wegen ihrer Schnüffelei empfand.

Sie schob die Spiegeltür des Wandschranks beiseite, rückte die Kleidung auf dem Einlegeboden aus dem Weg und suchte mit der Hand, bis sie auf einen Karton stieß. Sie zog ihn hervor und sah sich seinen Inhalt an: das alte ledergebundene Tagebuch, das in einen langen bestickten Ruschnyk gehüllt war, einen Stapel alter Schwarz-Weiß-Fotos in einem Briefumschlag, etwa ein Dutzend loser Notizbuchseiten mit ukrainischer Schrift und die alte Kerze samt Kerzenhalter, der neben dem Tagebuch gestanden hatte.

So viele Informationen, und Cassie konnte nichts damit anfangen.

Es klingelte an der Tür, und Cassie zögerte. Sie versuchte, die Notwendigkeit, Bobby zu helfen, gegen das Eindringen in die Privatsphäre ihrer Großmutter abzuwägen. Sie ergriff eine Handvoll loser Seiten, von denen sie annahm, dass ihr Fehlen nicht auffiele, und schob den Karton wieder hinter die Kleidungsstücke.

»Ich gehe schon!« Cassie faltete die Seiten und verstaute sie in der Tasche ihrer Jeans, dann eilte sie durch den Korridor. Als sie im Wohnzimmer ankam, ließ sie den Atem heraus, den sie angehalten hatte, ohne es zu merken, und öffnete in der Hoffnung, nicht allzu schuldbewusst auszusehen, die Haustür.

»Hallo, Cassie«, sagte Nick. Er trug seine dunkelblaue Feuerwehruniform und hielt einen Stapel Essensbehälter aus Plastik in der Hand. »Ich wollte die nur wieder abgeben.«

»Das war eine Menge Essen.« Cassie nahm sie ihm ab und stellte sie auf das Sideboard.

Sein Gesicht wurde rot. »Ihre Großmutter gibt mir gern etwas mit auf den Weg, und ich lehne nie ab.«

»Sind Sie unterwegs zur Arbeit?« Cassie nickte zu seiner Uniform.

»Ja, für zwei Stunden, damit ein Kollege zum T-Ball-Spiel seines Jungen gehen kann.« Er musterte sie fragend, als sie auf ihn zutrat und die Tür blockierte.

»Das ist nett von Ihnen.« Sie steckte sich die Haare hinter die Ohren und sah über ihre Schulter.

»Lässt du ihn jetzt rein?«, rief Bobby aus der Küche.

»Er kann nicht bleiben!«, rief sie zurück. Sie nahm Nick beim Arm und führte ihn auf die Veranda, während sie sich dem Drang widersetzte, seinen muskulösen Bizeps zu drücken. *Konzentrier dich, Cassie!* »Äh, darf ich Sie etwas fragen?«

»Klar, was ist denn?«

Sie zog die Tür zu. Seine Nähe machte sie innerlich zittrig, aber zu ihrer Überraschung trat sie nicht zurück, und er auch nicht. Sie schob die Hand in die Tasche ihrer Jeans und zog das Zettelbündel hervor.

»Noch eine Übersetzung?«

»Wenn es Ihnen nichts ausmacht?« Sie roch sein Rasierwasser und eine Spur von Rauch. »Mussten Sie zu einem Brand?«

Er neigte den Kopf zur Seite, während er über ihre Frage nachdachte, und wurde rot. »Ja, vergangene Nacht. Tut mir leid. Rieche ich nach Rauch? Manchmal kommt es mir vor, als quillt er mir aus den Poren, ganz egal, wie lange ich dusche.«

»Das macht mir nichts aus. Es riecht irgendwie angenehm. Ich meine, es ist nicht schlimm.« Sie räusperte sich und hielt ihm die Papiere hin.

Er sah ihr ein paar Herzschläge lang in die Augen, entfaltete die Zettel und las.

»*Verzeih mir, Alina. Verzeih mir, Alina.*« Er überflog die Seite, drehte sie um und las die Rückseite. »Mehr steht da nicht. Immer wieder dasselbe.« Er blätterte durch die anderen. »Ich glaube, es steht auf allen.«

Cassie schlang die Arme um ihre Taille. »Oh Mann. Das wird ja immer seltsamer.«

»Wer ist Alina?«, fragte Nick. Sorge stand ihm ins Gesicht geschrieben.

»Ich weiß es nicht«, sagte Cassie. »Und ich habe keine Ahnung, was sie Bobby so dringend verzeihen soll.«

14

Katja

Ukraine, Mai 1931

Es vergingen vier weitere quälende Wochen harter Arbeit, ohne dass Katja von Pawlo hörte. Katja sehnte sich danach, seinen Körper zu spüren. Sie sehnte sich danach, dass er sie neckte, wenn sie mal wieder schlecht gelaunt war, und sie sehnte sich danach, mit ihm zu reden, vor allem jetzt, da die Welt so trist erschien. An manchen Tagen glaubte sie sogar, sie habe sich die Zeit als seine Ehefrau nur eingebildet. Es war, als sei das alles nur ein wunderschöner Traum gewesen, mit dem sie sich von der elenden Plackerei ablenken wollte, zu der ihr Leben geworden war.

Heute arbeitete Katja in den Ställen der Kolchose und mistete die Boxen. Es war eine Knochenarbeit, aber sie mochte die betäubende Monotonie. Bei Einbruch der Dunkelheit ging sie zu Saschas altem Hof. Glücklicherweise lag er weit genug vom Dorf entfernt, sodass die Aktivisten ihn nicht als Quartier requiriert hatten. Jeden Abend unternahm Katja diesen Gang, um Gänseblümchen zum Grasen herauszuholen, und jeden Morgen stand sie vor Sonnenaufgang wieder auf, um die Ziege in der Scheune zu verstecken. Dabei hatte sie stets Angst, dass das Tier nicht mehr da war, dass jemand es gefunden und gestohlen hatte.

Eine unheimliche Stille lag über dem verlassenen Hof. Die vertrockneten Überreste von Tante Oksanas Blumen wucherten in den Beeten. Junges Unkraut kroch den Holzzaun hinauf und verlieh dem Hof eine düstere Atmosphäre. Auch das kalte, leere Haus mit seinen zerbrochenen Fenstern und der schief im Rahmen hängenden Tür hatte etwas Trauriges an sich.

»Es tut mir leid, Tante Oksana«, sagte Katja. »Ich würde ja für dich sauber machen, aber es muss verlassen aussehen, damit niemand auf die Idee kommt, wir könnten hier unsere Ziege versteckt haben.«

Sie kehrte dem tristen Anblick den Rücken und öffnete die Scheunentür. Die Ziege meckerte zur Begrüßung, und ein erleichtertes Lächeln erschien auf Katjas Gesicht, als sie sich einen Armvoll Heu nahm. Der Bauch der Ziege war schon gut geschwollen, und das hieß, dass sie schon bald ein Zicklein bekommen würde. Nicht mehr lange, und Katja und ihre Mutter würden wieder Milch haben.

»Was würden wir nur ohne dich tun, Gänseblümchen?« Katja kraulte das Tier zwischen den Hörnern und trat die Tür hinter sich zu. Ich weiß, dass du hier draußen einsam bist, aber wenigstens bist du hier sicher ... Hoffentlich ...«

Ihre Worte verhallten, als die Tür sich öffnete. Im abendlichen Zwielicht war eine große Gestalt zu erkennen, doch Katjas Angst wandelte sich rasch in pure Freude, als sie ihren Mann erkannte.

»Katja, ich habe dich ja so vermisst.« Seine Stimme war ein tiefes Stöhnen, als sie ihre Lippen auf seinen Mund drückte. »Deine Mutter hat gesagt, du wärst hier.«

Katja flog in seine Umarmung, zog sich zurück, um ihn anzuschauen, und küsste ihn dann wieder, während sie gleichzeitig versuchte zu sprechen. »Ich dich auch ... Ich dich auch ...«

»Es tut mir leid«, murmelte Pawlo, während sein Mund in ihren Nacken wanderte.

In einem Sturm aus Angst, Sehnsucht und Liebe verschmolzen sie miteinander. Katjas Körper sang unter Pawlos Aufmerksamkeit, und alle Gedanken an die Zeit ihrer Trennung lösten sich in Luft auf.

Anschließend drückte er sie an seine Brust und strich ihr mit dem Fingern über das Haar.

»Die umliegenden Dörfer kämpfen mehr, als unseres es je getan hat«, berichtete er. »Sie haben ihre Pläne aber auch geheim gehalten und waren nicht so offen und dumm wie Tomas.«

»Was genau machen sie denn?« Katja schlang die Arme um Pawlos Hüfte. Am liebsten hätte sie ihn nie wieder losgelassen.

»Es ist ein größerer Aufstand geplant, aber bis jetzt haben nur kleinere Gruppen von uns die Wagen angegriffen, die die Nahrungsmittel aus den Dörfern weggebracht haben, und alles den Bauern wieder zurückgegeben.«

»Aber wie? Habt ihr die Aktivisten getötet?«

Pawlo nickte und senkte den Blick. »Denkst du jetzt schlecht über mich, weil ich getötet habe?«

»Nein!« Die Wut in Katjas Stimme überraschte ihn. »Sie haben uns schon viel zu lange heimgesucht! Und ihr gebt den Leuten wirklich alles wieder zurück?«

»Wir versuchen es zumindest. Bis jetzt ist uns das erst zweimal gelungen. Beim ersten Mal haben wir den Wagen in den Ort gefahren, und die Leute sind gekommen und haben sich genommen, was sie haben wollten. Natürlich kam es zu Streit. Wenn die Menschen Hunger haben, wird es hässlich. Und als die Parteikader, die noch im Dorf waren, erkannten, was los war, haben sie das Feuer eröffnet. Es ist nicht so gelaufen, wie wir gehofft hatten. Ein Dörfler ist getötet worden. Also haben wir das Korn beim zweiten Mal im Wald versteckt, und die Dorfbewohner sind nacheinander zu uns gekommen und haben sich nur genommen, was man ihnen gestohlen hat.«

»Und das hat besser funktioniert?«

Pawlo nickte und hielt einen Sack Weizen für Katja in die

Höhe. »Ein paar Leute haben uns das als Dankeschön gegeben. Doch das alles sind keine langfristigen Lösungen. Wir müssen die Aktivisten loswerden. Alle. Wir müssen die Dörfer vereinen und uns gemeinsam erheben.«

»Aber wie?«

»Daran arbeiten wir noch. Wir brauchen mehr Waffen, um uns gegen sie verteidigen zu können. Es sind schlicht zu viele. Und wir müssen ihre Kommunikationslinien unterbrechen, damit sie nicht um Hilfe rufen können.«

Katja schüttelte den Kopf. »Das ist dumm. Sie werden immer um Hilfe rufen können. Sie haben ausgebildete Soldaten und die Fünfundzwanzigtausender, die für sie kämpfen. Wenn ihr die brutalen Aktivisten in einem Dorf ausschaltet, werden sie sie einfach ersetzen.«

»Du hältst es also für hoffnungslos?«, hakte Pawlo nach.

»Ich weiß nicht, was ich denken soll. Ich weiß nur, dass ich will, dass du bei mir bleibst. Ich habe ein schlechtes Gefühl bei der Sache.«

»Katja, ich will auch mit dir zusammen sein, aber wir müssen zumindest versuchen zu kämpfen. Das hast du doch auch immer geglaubt.«

Sie seufzte. »Du hast recht. Und ich glaube es immer noch.«

»Was stimmt dann nicht?«

»Sie haben unsere Kuh genommen, und wir mussten uns der Kolchose anschließen. Sie haben gesagt, jeder, der sich nicht anschließt, werde als Kulak gebrandmarkt. Da blieb uns keine andere Wahl.«

Pawlo verzog das Gesicht und fluchte leise. Diese Wut passte so gar nicht zu ihm, und das machte Katja Sorgen. Ihre Hände zitterten, als sie sich das Haar glatt strich, und sie wechselte das Thema.

»Habe ich dir schon erzählt, dass Alina ein Kind erwartet?«

Das brachte ihr ein Lächeln ein. Der alte Pawlo war wieder da. »Wirklich? Gut für sie!«

»Das Essen sollte inzwischen fertig sein. Lass uns gehen.« Katja nahm Pawlos Hand, drückte sie und kämpfte gegen die dunkle Vorahnung an, die sie jedes Mal überkam, wenn sie ihn anschaute.

***

Am nächsten Morgen wachte Katja allein auf. Neben ihr auf dem Kissen lag ein Zettel.

Du bist so wunderschön, wenn du schläfst, dass ich es nicht über mich gebracht habe, dich zu wecken. Ich liebe dich. Wir sehen uns bald wieder. – P.

Katja verfluchte ihn stumm. Dann steckte sie die Notiz in ihr Hemd. Pawlos Worte sollten während der Arbeit bei ihr sein.

***

Katja seufzte, als sie auf den Hof hinaustrat, um Gemüse im Garten zu holen. Die Julisonne schien auf sie herab, doch das änderte nichts an ihrer schlechten Laune. Es war nun sechs Wochen her, seit Pawlo wieder gegangen war, und Katja war erneut in Melancholie versunken.

Ein paar frühe rote Tomaten hingen schwer und duftend an ihren Stauden, und Mama wollte ein paar zum Abendessen verwenden, weil Kolja und Alina zu Besuch kamen. Zum Glück hatte man ihnen immerhin die Gärten gelassen, obwohl bereits Gerüchte die Runde machten, dass sich auch das in naher Zukunft ändern würde. Selbst die kleinsten Beete sollten Staatseigentum werden. Deshalb wollte Katja noch so viel wie möglich ernten und verstecken, bevor es so weit war.

Katja pflückte zwei der reifen Tomaten. Dann wanderte ihr Blick zum Sonnenblumenbeet. Getrennt vom eigentlichen Feld hatte Tato immer ein separates Beet mit einer kleinen freien Stelle in der Mitte der hohen Stängel angelegt, wie ein Geheimraum. Katja und Alina hatten dort viele Stunden auf dem Rücken gelegen, die Köpfe auf Gänseblümchen und Immergrün gebettet, geträumt und geredet. Ihr Vater hatte das Versteck immer den »Sonnenblumenpalast« seiner Töchter genannt.

»Das ist ein magischer Ort«, hatte er mit einem Zwinkern gesagt. »Alles, was ihr euch dort wünscht, wird wahr.«

Nun, da er weg war, hatte niemand daran gedacht, Sonnenblumen zu pflanzen. Aber die gefallenen Samen und Mutter Natur hatten die Tradition fortgesetzt und einen neuen Palast entstehen lassen, auch wenn die Mädchen ihn nicht länger nutzten. Aufgegeben und verlassen lockte das Beet Katja. Die Sonnenblumen schwankten im Wind und streichelten sie mit Erinnerungen an ihre Kindheit.

Sie warf einen raschen Blick zum Haus, stellte die Tomaten ab und rannte zum Sonnenblumenpalast. Sie duckte sich zwischen den Stängeln hindurch und suchte sich einen Weg in die Mitte des Beets. Doch da ihr Vater sich nicht länger um die Blumen kümmerte, war das Zentrum nicht länger frei. Unkraut und wuchernde Sonnenblumen machten es schwer, noch eine freie Stelle zu finden. Dennoch überkamen Katja nostalgische Gefühle, während sie mit der Hand über die Gänseblümchen strich. Sie setzte sich, legte sich dann auf den Rücken und schaute zwischen den Blüten hindurch, wie sie es als Kind getan hatte. Sie schloss die Augen und atmete den Duft ihrer Kindheit ein: Blumen, fruchtbare Erde und den Geruch von frisch gebackenem Brot aus dem Haus. Fast fühlte sie sich wieder wie mit zehn Jahren: sorglos und glücklich.

Ihre Schwester riss sie aus den Gedanken. »Katja! Wo steckst du? Mama braucht die Tomaten!«

Katja kroch an den Rand des Beets und winkte ihre Schwester hinein. »Alina! Komm her! Der Sonnenblumenpalast hat uns vermisst!«

Alina schaute zum Haus zurück. »Unsere Mutter vermisst uns auch, und ich fürchte ihren Zorn mehr als den der Sonnenblumen.« Trotzdem krabbelte sie neben Katja hinein.

Alina nahm die Hand ihrer Schwester genau wie in ihrer Kindheit, und gemeinsam legten sie sich hin und schauten in den Himmel hinauf.

»Deine Träume sind tatsächlich wahr geworden«, sagte Katja.

Alina rieb sich den Bauch. »Ja. Ich habe Kolja geheiratet, und schon bald werde ich Mutter. Egal, was sonst passiert, wenigstens das bleibt mir.« Sie legte Katjas Hand auf ihren Bauch. »Manchmal glaube ich, ich fühle, wie es sich bewegt, aber Mama sagt, es sei noch zu früh dafür.«

»Ich kann einfach nicht glauben, dass du ein Baby bekommst. Mama ist so aufgeregt.«

Alina seufzte. »Es ist gut, dass sie sich darauf konzentrieren kann.«

Anstatt auf ihren Mann.

Die unausgesprochenen Worte hingen in der Luft, und eine Welle von Gefühlen brach über Katja herein. »Fühlst du ihn hier? Tato, meine ich?«

Alina schloss die Augen und nickte. »Ich vermisse ihn sehr.«

»Ich auch«, seufzte Katja. »Aber es ist seltsam. Hier bin ich zumindest nicht traurig. Ich fühle mich sicher. Fast glücklich. Es ist, als wäre er hier bei uns.«

»Das liegt daran, dass die Sonnenblumen mit unseren schönsten Erinnerungen in Verbindung stehen. Und solange wir die haben, haben wir auch einander.«

Katja drückte Alinas Hand. »Schwestern für immer.«

»Mädchen! Wo sind meine Tomaten?«, rief ihre Mutter vom Haus.

»Wir kommen, Mama!«, rief Alina zurück.

»Es ist genauso wie in unserer Kindheit.« Katja lächelte.

Alina umarmte sie kurz, dann kicherten die Schwestern und krabbelten übereinander, um so schnell wie möglich herauszukommen.

»Ihr geht noch immer da rein?« Mama lächelte ebenfalls, als ihre Töchter auf sie zurannten. »Ich hätte gedacht, ihr seid inzwischen zu alt für solche Tagträume.«

»Das ist ein glücklicher Ort, Mama. Es fühlt sich gut an.« Katja küsste sie auf die Wange und gab ihr die Tomaten.

Mama schnaubte. »Dann sollte ich vielleicht mehr Zeit dort verbringen. Kommt. Die Wareniki machen sich nicht selbst.«

Mama hatte den Teig schon angerührt. Zwei Schüsseln davon standen auf dem Tisch.

»Mit Fleisch und Kartoffeln?«, fragte Katja. »Was feiern wir denn?«

»Kolja hat Schweinefleisch mitgebracht. Das muss weg, bevor es konfisziert wird. Und Kartoffeln und Zwiebeln haben wir aus dem Garten. Wie könnten wir da keine Wareniki machen?«

»Haben wir auch Butter?«, hakte Alina nach.

Mama holte einen kleinen Krug unter dem Bett hervor. »Zumindest genug, um die Zwiebeln zu braten.«

Katja jauchzte vor Freude. Nach den armseligen Mahlzeiten in letzter Zeit waren Wareniki mit in Butter gebratenen Zwiebeln die reinste Delikatesse.

Die Schwestern saßen am Tisch und formten Teigtaschen, wie ihre Mutter es ihnen beigebracht und sie wiederum es von ihrer Mutter gelernt hatte. Katja rollte den Teig aus und schnitt Kreise heraus. Dann hob sie die linke Hand, als würde sie eine Tasse halten, und legte einen der Kreise darauf. Anschließend gab sie einen Esslöffel der Kartoffelmischung hinein, denn das war ihre Lieblingsfüllung, und drückte sie in den Teig. Mit einer schnellen Bewegung klappte sie die Teigtasche herum, tunkte ihre Finger in einen Becher Wasser und drückte die Enden zu, sodass ein perfekter Halbmond entstand.

Zu guter Letzt legte sie ihr Werk neben die anderen Wareniki. Katjas Teigtaschen waren fast so perfekt wie Mamas, wohingegen Alinas einfach nur verhunzt aussahen.

Alina seufzte. »Das lerne ich nie.«

»Du tust zu viel Füllung hinein«, erklärte ihre Mutter. »Und dein Teig ist auch nicht dünn genug. Schau es dir bei Katja ab. Sie erinnert mich an meine Mutter. Ihre Wareniki sind alle gleich. Daran sieht man, dass sie es wirklich kann.«

Katja strahlte vor Stolz. »Keine Sorge, Alina«, sagte sie. »Ich denke, Wareniki sind das Einzige, wo ich dich übertreffe. Bei allem anderen gewinnst du.«

Alina lachte und legte den Kopf auf Katjas Schulter. »Das stimmt nicht, und das weißt du. Aber heute will ich dir das mal durchgehen lassen, kleine Schwester.«

In dieser Nacht träumte Katja von ihrem Vater. Gemeinsam gingen sie über das Weizenfeld. Katja strich mit der Hand über die goldenen Ähren, die sich im Wind wiegten wie ein großes Tier, das hinter dem Haus lebte. Die Ernte war perfekt.

»Probier mal.« Ihr Vater hielt ihr eine Handvoll Körner hin.

Katja steckte sie sich in den Mund und biss zu. Sie waren noch immer weich. Kein Knacken. Sie waren noch nicht reif.

»Noch nicht«, sagte sie.

Ihr Vater lächelte traurig. »Weißt du, Katja, ein Bauer sät und hegt und pflegt heute, damit er morgen eine gute Ernte hat. Du musst immer in die Zukunft schauen.«

»Ich vermisse dich, Tato.«

»Ich vermisse dich auch.« Ihr Vater nahm ihr Gesicht in die Hände. »Ich wünschte, ich wäre da, um dir zu helfen. Es wird noch viel schlimmer werden, bevor es besser wird, aber du bist stark. Kämpf dich durch den Tag, und hoffe, dass es morgen besser wird. Schaffst du das?«

Schüsse durchbrachen die Stille.

Tato riss die Augen auf und stieß Katja von sich. »Lauf, Katja! Lauf zu ihm! Du hast nicht viel Zeit!«

Katja saß senkrecht im Bett und schnappte nach Luft. Die Nacht war still, aber irgendetwas fühlte sich falsch an. Sie sprang im selben Augenblick aus dem Bett, als Alina hereinstürmte.

Alina erschrak, als sie sah, dass Katja bereits aufgestanden war. »Woher weißt du es?«

»Woher weiß ich was?«, verlangte Katja zu wissen, obwohl ihr die Angst in ihrem Bauch die Antwort schon verriet.

Alinas Stimme drohte zu brechen. »P… Pawlo … Er ist verletzt.«

»Was ist passiert?« Katja zog die Stiefel an und schnappte sich ihren Mantel. Mama stand ebenfalls auf.

»Er ist angeschossen worden«, antwortete Alina. »Kolja hat ihn im Hof gefunden. Es ist wirklich schlimm, Katja.«

Tausend Fragen gingen Katja durch den Kopf, während sie über das Feld rannte. Sie stieß die Tür auf und stürmte in den Raum.

»Wo ist er?«

Kolja stand auf und kam auf sie zu. Trauer stand ihm im Gesicht, als er ihre Schulter packte.

»Katja, du musst wissen, dass seine Wunden wirklich schwer sind. Ich weiß noch nicht mal, wie er sich noch hierher hat schleppen können.«

»Lass mich zu ihm!« Katja drängte sich an Kolja vorbei und sank neben Pawlo auf die Knie.

Sein bleiches Gesicht war voller Dreck und getrocknetem Blut, und es fühlte sich kalt an.

»Er hat zwei Schusswunden, eine im Bauch und eine im Arm.« Kolja hockte sich neben sie.

»Pawlo, kannst du mich hören?« Katja streichelte ihm übers Gesicht und küsste ihn auf die Lippen. »Ich bin jetzt hier, Pawlo. Ich bin hier, um mich um dich zu kümmern. Genau wie beim letzten Mal. Schauen wir uns mal die Wunden an.«

Katjas Mutter war ihr gefolgt, und jetzt befahl sie barsch, Wasser heiß zu machen und saubere Tücher bereitzulegen, während Katja Pawlos Körper untersuchte.

Schließlich öffnete er die Augen und drehte sich beim Klang ihrer Stimme um. »Katja? Ich bin wieder bei dir. Ich habe dir versprochen, dass wir uns wiedersehen würden. Ich konnte dich nicht enttäuschen.«

»Natürlich nicht.« Sein rechter Arm war verdreht, und Blut sickerte durch das Tuch, das Kolja ihm auf den Bauch drückte.

»Wir müssen nachsehen, ob die Kugel im Bauch durchgegangen ist«, erklärte Kolja. Er nahm das Tuch weg, und darunter kam ein roter Fleischklumpen zum Vorschein. Katja wurde schlecht.

»Keine Austrittswunde«, sagte Kolja. »Die Kugel ist noch drin.«

»Wir brauchen einen Arzt!«, rief Katja. »Hol doch jemand einen Arzt!«

»Und was sollen wir dem erzählen?« Kolja funkelte sie an. »Dass mein Bruder angeschossen wurde, als er gegen die OGPU gekämpft hat? Wer würde sein Leben riskieren, um ihm zu helfen?«

»Außerdem ist unser Arzt letzten Monat deportiert worden«, seufzte Mama. »Wir werden uns selbst um ihn kümmern müssen.«

»Mama, da ist so viel Blut!« Alina drückte ein frisches Tuch auf Pawlos Bauch, aber das Blut drang weiter durch.

»Halt den Druck aufrecht«, befahl Mama mit zitternder Stimme.

»Katja? Wo bist du?« Pawlo wand sich leicht und öffnete die Augen wieder. »Ich muss dich sehen!«

Katja senkte den Kopf neben seinen. »Ich bin hier, Pawlo. Schschsch. Bleib ruhig. Wir versuchen, dir zu helfen.«

»Nein, es ist zu spät.« Pawlo schaute Katja mit glasigen Augen an und drückte seine gesunde Hand auf ihre Lippen, als sie ihm widersprechen wollte. »Du musst stark sein, Katja. Für mich. Kolja wird sich um dich kümmern. Das hat er mir versprochen. Wir müssen uns verabschieden. Du warst immer meine große Liebe, meine Katja.«

Die Tränen liefen ihr übers Gesicht. Der Raum und alle in ihm verblassten, bis nur noch Pawlo da war, der ihr zuflüsterte: »Ich habe dich mein ganzes Leben lang geliebt.«

Seine Stimme stockte, als er nach Luft rang. »Selbst … Selbst wenn ich dich geärgert habe, habe ich dich geliebt. Immer … Immer nur du …« Er hustete, und sein ganzer Körper bebte. »Du musst das überleben und den Menschen auf der ganzen Welt erzählen, was hier passiert ist. Fass alles in deine wunderbaren Worte, und halte unsere Erinnerungen am Leben. Lass mich nicht sinnlos sterben, Katja.«

Sie nickte und schluchzte: »Das werde ich nicht. Versprochen.«

»Ich werde dich immer lieben.« Pawlos Augen wurden immer größer, und Katja spürte eine Veränderung in seinem Körper, als seine Seele wie ein Messer in ihr Herz drang.

»Pawlo? *Pawlo*!« Katja schrie seinen Namen, doch er reagierte nicht. Arme zogen sie von ihm weg, aber sie wand sich aus ihrem Griff, warf sich auf ihn und schaute in das Gesicht des Mannes, den sie liebte. Seine offenen, leblosen Augen starrten sie an. Das Funkeln war verschwunden. Seine Augen waren genauso leer wie Katjas Seele. Ein Schluchzen entkam ihren Lippen, bevor sie es herunterschlucken konnte. Sie musste Pawlo die Augen schließen, aber sie konnte die Vorstellung nicht ertragen, nie mehr in sie zu schauen. Stattdessen kletterte sie neben ihm aufs Bett und weinte.

Als sie sich schließlich wieder aufrappelte, gaben ihre Knie nach, und sie fiel nach vorn. Kolja war sofort an ihrer Seite und fing sie mit starken Armen auf. Sie lehnte sich an seine breite Brust und starrte auf seinen Bruder hinab. Kolja bebte unter ihrer Wange. Auch er kämpfte mit den Tränen.

»Mein Bruder. Mein kleiner Bruder.« Seine zitternden Worte zerrissen die Stille im Haus. Jetzt stützte er sich auf Katja. »Ich habe ihn verloren.«

»Ich weiß.« Sie streckte die Hand aus und schloss Pawlo die Augen. »Wir alle haben ihn verloren.«

***

Taubheit legte sich auf Katja, schwer und kalt und wie ein nasser Mantel, der langsam das Leben aus ihr herausquetschte. Und sie war froh darüber, denn was für ein Leben sollte das ohne Pawlo sein?

Mit tränenerfüllten Augen las Katja immer und immer wieder den Zettel, den er ihr in ihrer letzten Nacht aufs Kopfkissen gelegt hatte:

> *Du bist so wunderschön, wenn du schläfst, dass ich es nicht über mich gebracht habe, dich zu wecken. Ich liebe dich. Wir sehen uns bald wieder. – P.*

Die Worte trösteten sie und machten sie zugleich wütend. Blutverschmiert, nachdem sie sich an Pawlos geschundenen Leib geschmiegt hatte, steckte sie den Zettel nicht mehr in ihr Hemd. Stattdessen legte sie ihn in ihr Tagebuch, damit sie ihn bei der Arbeit nicht verlor. Er war das Letzte, was sie von ihm hatte.

Jede Nacht warf sie sich im Bett herum, denn ihre gequälte Seele wollte einfach nicht schlafen. Und jeder Tag begann damit, dass sie sich übergab. Manchmal, in ihrem Wahn, stellte sie sich vor, dass ihr Körper sich schlicht gegen Mamas Versuche wehrte, sie mit Essen zu versorgen, das sie ihr in den Hals zwang. Katjas Körper wollte einfach nur sterben, um wieder bei Pawlo zu sein.

Drei Wochen nach Pawlos Tod packte Mama Katja am Arm und fragte sie, wie lange ihr morgens schon übel war.

»Das hat begonnen, nachdem …« Katjas Stimme verhallte. Sie konnte den Satz einfach nicht beenden.

»Und wie lange ist es her, seit du zum letzten Mal geblutet hast?«

Kurz war Katja von der Frage verwirrt, dann dämmerte es ihr. Alina hatte zu Beginn ihrer Schwangerschaft auch unter Morgenübelkeit gelitten. Jetzt, nach ein paar Monaten, war es jedoch zum Glück vorbei damit.

»Oh nein«, stöhnte Katja und ließ sich auf einen Stuhl fallen. »Das ist schon über einen Monat her. Vielleicht sogar schon zwei. Ich weiß nicht mehr. Mama, wie soll ich das ohne ihn schaffen?«

»Schschsch, Liebes.« Mama zog Katja zu sich. »Ich bin hier, um dir zu helfen. Das ist ein Segen, Katja, denn ein Stück von Pawlo lebt jetzt in dir weiter.«

Die Vorstellung tröstete sie. Katja legte die Hand auf ihren Bauch und lächelte. »Er wäre so glücklich gewesen.«

Aber das Lächeln verschwand rasch wieder, als ihr bewusst wurde, dass Pawlo sein Kind nie in den Armen halten würde.

Katja schluchzte an der Brust ihrer Mutter, und Mama streichelte ihr übers Haar und sagte, dass alles gut werden würde. Doch Katja wusste, dass das gelogen war.

15

Cassie

Illinois, Mai 2004

Cassie setzte den Bleistift auf die Notizbuchseite und sah auf die Uhr. Ihre Mutter und Bobby konnten jeden Moment vom Arzt zurückkommen. Mit der Hand fuhr sie über die mit Wörtern gefüllte Seite und lächelte. An diesem Nachmittag hatte ihr der plötzliche Drang in den Fingern gezuckt, über ihre liebsten Erinnerungen an Henry zu schreiben. Sie hatte das Gefühl fast nicht wiedererkannt. Sie konnte sich zwar nach wie vor nicht überwinden, Artikel oder Geschichten auf ihrem Laptop zu verfassen, aber mit der Hand zu schreiben hatte sich als befreiend erwiesen.

Bobby hatte richtiggelegen.

Einige Seiten waren wellig von den Tränen, die darauf getropft waren, andere brachten sie dazu, laut loszulachen, wenn ihr seine Kapriolen einfielen. Als sie fertig war, falls sie jemals wirklich damit fertig sein könnte, über ihn zu schreiben, würde sie das Buch aufbewahren, damit Birdie immer eine Erinnerung an ihren Vater hätte.

Cassie stand auf und reckte Nacken und Kreuz, dann sah sie nach Birdie und strich ihrer Tochter die feuchten Haare aus der Stirn. Birdie erhitzte sich immer so sehr, wenn sie schlummerte. Der Atem strömte ihr langsam und gleichmäßig durch die geöffneten Lippen, die noch klebrig waren von der Schokolade, die

Bobby ihr gegeben hatte. Bobby genoss es ohne jeden Zweifel, das kleine Mädchen bei sich zu haben und so richtig verwöhnen zu können. Erst gestern Abend hatten sie stundenlang gemeinsam genäht, und Bobby hatte ihrer Urenkelin gezeigt, wie man Blumenmuster in ein weißes Tuch stickte.

»So hast du es mir auch beigebracht«, hatte Cassie gesagt.

»Und so hat meine Mutter es mir beigebracht«, war Bobbys Antwort gewesen. »Sie war eine wahre Künstlerin mit Nadel und Faden. Mir ist es nie gelungen, so schöne Arbeiten herzustellen wie sie, aber sie hat dafür gesorgt, dass ich die Fertigkeiten erlerne.«

Cassie musterte das gerahmte gestickte Bild, das über Birdies Bett hing, und nahm sich vor, Bobby zu fragen, wer es gemacht hatte. Goldene Weizenhalme verflochten sich mit scharlachroten und blauen Blumen. Grüne Blätter und Ranken rahmten das Bukett ein. Wirklich, es war ein Kunstwerk.

Die Stimme ihrer Mutter drang aus der Küche, und Cassie schlich sich aus dem Zimmer und schloss die Tür hinter sich, damit Birdie weiterschlafen konnte.

»Also, wie war der Termin?« Cassie half Bobby auf ihren Stuhl am Küchentisch und setzte sich neben sie.

»Pah! Lächerlich!«, rief Bobby. »Sie haben mir so viele Fragen gestellt, dass mir ganz schwindlig wurde. Und ich musste eine Uhr malen. Zeitverschwendung.«

Anna ließ sich mit angespannter Miene neben Cassie auf den Stuhl sinken. »Ich sagte ja, es ist ein Standardtest, um deine geistigen Fähigkeiten einzuschätzen.«

»Mir geht es gut.« Bobby knallte die Faust auf den Tisch. »Ich brauche keine Ärzte, die mir das bestätigen.«

Anna massierte sich die Stirn. »Cassie, kannst du mir ein Aspirin holen? Ich glaube, im Medizinschränkchen sind welche. Falls nicht, sieh in Bobbys Nachttischschublade nach.«

»Sicher, Mom.« Cassie überließ die beiden ihrem Gezänk und öffnete die Spiegeltüren über dem Waschbecken im Badezimmer. Kein Aspirin, aber seit ihrem letzten Blick in das Schränkchen hatten drei Dosen Rote Bete dort Zuflucht gefunden.

Sie folgte dem Korridor zu Bobbys Zimmer und öffnete die Tür. In dem Raum roch es nach Altfrauenparfüm und Weihrauch. Familienfotos und farbenfrohe Stickbilder schmückten die Wände.

Cassie widerstand dem Drang, wieder in dem Karton im Wandschrank zu wühlen. Stattdessen setzte sie sich aufs Bett und ging die verschiedenen Behälter auf dem Nachttisch durch. Als sie dort nicht fand, was sie suchte, zog sie die oberste Schublade auf. Darin lag neben einem Laib Brot und fünf Sardinendosen die kleine Flasche mit dem Aspirin.

Neugierig öffnete sie die nächsten beiden Schubladen und stellte fest, dass sie bis zum Rand mit Tüten voller Rosinen und Trockenpflaumen gefüllt waren, dazu kamen Dosen mit gewürfelten Birnen und Schachteln mit Makkaroni und Käse. Cassie fluchte und nahm sich eine Dose Birnen.

»Hier, bitte.« Sie stellte die Tablettenflasche auf den Tisch. »Und, was sagten sie bei dem Termin?«

Anna lächelte gepresst. »Ihr Arzt möchte noch weitere Untersuchungen durchführen.«

Ihre Mutter sah sie warnend an. »Mir geht es gut!«

»Bobby, wir tun das doch nicht aus Gemeinheit.« Cassie hob die Birnendose, die sie sich unter den Arm geklemmt hatte. »Wir machen uns Sorgen um dich. Warum versteckst du überall im Haus Lebensmittel? Warum streifst du nachts durch den Garten und vergräbst sie?«

Bobby wurde bleich. »Wo hast du das gefunden?«

»In deinem Nachttisch. Zusammen mit einem Haufen anderem Zeug.«

»Und wer hat es da reingetan?«, fuhr Bobby auf.

Cassie neigte den Kopf zur Seite. Glaubte sie wirklich, dass jemand anderes es getan hatte? »Du. Erinnerst du dich nicht mehr, wie ich dich neulich nachts im Garten gefunden habe? Du hast Lebensmittel vergraben. Barfuß. Um vier Uhr morgens.«

»Nein. Das war ich nicht.« Bobby schob sich vom Tisch weg, die Augen trüb, als wäre sie in einen abgelegenen Teil ihres Geistes verschwunden und könnte nicht erreicht werden. »Das musste ich schon ganz lange nicht mehr tun«, sagte sie, während sie ins Wohnzimmer ging.

Cassie runzelte die Stirn. »Es muss noch etwas anderes geben, worüber wir nichts wissen. Irgendein Trauma, das sie vor langer Zeit erlebt hat und die ganze Sache verschärft. Vielleicht hängt es mit den Notizen zusammen, von denen ich dir erzählt habe. Die, in denen sie Alina um Verzeihung bittet?«

»Ich weiß davon nichts, weil sie sich weigert, darüber zu sprechen. Mein ganzes Leben lang wusste ich nie, wer meine Großeltern waren oder ob ich irgendwelche Cousins und Cousinen, Tanten oder Onkel hatte. Es gab immer nur uns.« Anna verschränkte die Arme. »Geben wir ihr ein bisschen Zeit. Der Tag heute hat ihr viel abverlangt.«

»Und dir auch, wie es aussieht«, sagte Cassie. »Geh am besten nach Hause und ruh dich ein bisschen aus. Ich achte schon auf sie.«

Anna rieb sich das Gesicht. »Danke, das mache ich. Ich komme später wieder vorbei.«

Kaum war ihre Mutter gegangen, drang ein erstickter Schrei aus dem Wohnzimmer. Sie lief hinein und fand Bobby am Boden vor dem heiligen Winkel kniend vor.

»Er ist runtergefallen! Weißt du, was das heißt?«, fragte Bobby.

Cassie sank auf die Knie und hob das abgestürzte Heiligenbild und den Ruschnyk auf. »Ganz bestimmt gar nichts. Vermutlich hat sich der Nagel gelöst. Ich hänge es wieder auf.«

»Nein.« Bobby schüttelte den Kopf und richtete ihren glasigen Blick auf Cassie. »Wenn eine Ikone herunterfällt, kommt der Tod. Meine Zeit läuft ab.«

»Bobby, hör auf damit. Ich kann mir nicht vorstellen, dich zu verlieren.« Cassies Magen hatte sich verkrampft, aber sie zog ihre Großmutter hoch. »Komm jetzt. Ich bringe dich ins Bett, damit du ausruhen kannst.«

Cassie deckte Bobby zu, setzte sich auf die Bettkante und hielt ihr die Hände. »Ich bleibe hier bei dir sitzen, bis du einschläfst.«

Die Arthritis hatte Bobbys Fingerknöchel schon vor langer Zeit verformt, aber ihre linke Hand war viel stärker geschwollen als die rechte. Cassie fuhr die krummen Finger entlang, die knolligen Gelenke, die an schlechten Tagen mit Eis gekühlt werden mussten.

Bobbys Stimme erschreckte sie. »Weißt du, dass der Tod nicht das Ende ist? Er ist nur eine andere Wirklichkeit. In der Alten Welt wussten wir das. Wir hießen die Toten in unseren Häusern willkommen. Wir deckten ihnen Plätze am Weihnachtstisch. Gaben Festessen zu ihren Ehren. Aber hier habe ich diese Dinge vergessen. Ich muss einige Dinge erledigen, damit ich bereit bin für den Tod.«

»Hör auf damit, Bobby.«

»Ich fürchte mich nicht vor dem Tod«, fuhr sie fort. »Nur davor, sie zu enttäuschen. Ich habe nie die Gelegenheit erhalten, ihr zu sagen, was ich tun musste. Ich hatte nie die Gelegenheit dazu.«

»Wovon redest du?« Cassie fasste Bobbys knorrige Hand fester.

»Du musst etwas für mich tun.« Bobby klang mit einem Mal stark und entschieden. »Geh an meinen Schrank. Hinter meinen Kleidungsstücken auf dem mittleren Regalbrett ist ein Karton. Bring ihn her.«

Cassie holte den Karton, ohne zu erwähnen, dass sie ihn bereits durchgesehen hatte. Sie stellte ihn aufs Bett, und Bobby drehte den Kopf weg. »Ich kann mir das nicht mehr ansehen. Ich habe es versucht, aber es tut zu weh. Du und deine Mutter, ihr wolltet immer von meiner Vergangenheit hören. Alles ist in diesem Karton.«

Aufregung und Schuldgefühl durchliefen Cassie zugleich, während sie in den Karton griff. Vielleicht würde Bobby ihr endlich alles erklären, damit sie verstand, worum es ging.

Bobby stoppte ihre Bewegung. »Nicht, solange ich dabei bin. Du musst dir von Nick helfen lassen. Alles ist auf Ukrainisch, aber er ist ein guter Kerl. Er wird dir helfen. Er mag dich, das weißt du.«

»Tut er nicht«, wehrte Cassie automatisch ab, aber sie hörte nur halb zu. Ihre Gedanken waren bereits auf die Fundgrube an Informationen vor ihr konzentriert – ihr Schlüssel, um Bobby zu helfen.

***

Die nächsten Tage vergingen ohne weitere Zwischenfälle. Birdie schien sich an ihr neues Leben zu gewöhnen, und Cassie musste zugeben, dass ihre Mutter recht gehabt hatte. Sie fühlte sich hier glücklicher als in ihrem alten Haus, als hätte sie die harte äußere Schale ihrer Trauer abgestreift. Cassie ertappte sich dabei, wie sie mehr lächelte und lachte, fast so, als erwache sie langsam aus einem langen Winterschlaf.

Der Karton war eine einzige Quelle der Frustration. Stunden hatte sie damit verbracht, auf das Tagebuch zu starren, den abgewetzten Ledereinband zu befühlen und vergeblich zu versuchen, die Wörter darin zu entziffern. Sie hatte es online versucht, aber es war unmöglich, kyrillische Buchstaben in die Suchmaschine einzugeben. Als sie es leid war, durchforstete sie die Schwarz-Weiß-Fotos und suchte in den Gesichtern der jungen Frauen nach Spuren von Bobby.

»Du musst Nick bitten, dir zu helfen«, hatte Bobby beim Frühstück abermals gesagt.

»Warum kannst du es mir nicht vorlesen? Oder mir davon erzählen?« Cassie wollte Bobbys Geschichte in deren eigenen Worten hören.

Ihre Großmutter schüttelte den Kopf. »Nein. Das alles einmal zu überleben war schlimm genug. Es ist wichtig, dass du Bescheid weißt, aber ich will es nicht noch einmal durchmachen.«

»Ruf Nick an«, riet Anna. Auch sie starb vor Neugierde auf das, was in dem Tagebuch stand, und sie hatte Cassie bei mehr als einer Gelegenheit wissen lassen, dass sie mehr als nur ein bisschen sauer war, weil Bobby sie übergangen und das Material an Cassie übergeben hatte.

»Das mache ich«, sagte Cassie. Und sie hatte auch vor, das zu tun – sobald sie ihre Reaktion auf ihn ein wenig besser im Griff hatte.

***

Am Nachmittag ging sie mit Bobby und Birdie zu dem Park die Straße hinunter. Dort setzte sich Bobby auf eine Bank in der Sonne, während Birdie am Klettergerüst spielte. Cassie bewegte sich zwischen beiden hin und her, wie es nötig war.

»Sie erinnert mich an dich, als du noch klein warst«, sagte Bobby, während sie Birdie dabei zusahen, wie sie die höchste Rutsche hinunterglitt und dann wieder hochrannte, um es erneut zu tun. »Sie ist furchtlos.«

»Das war sie einmal, vor dem Unfall«, entgegnete Cassie. »Danach konnte ich sie lange Zeit gar nicht dazu bringen, mir von der Seite zu weichen. Erst seit wir wieder hier sind, verändert sie sich.«

Der warme Wind raschelte in den knospenden Baumästen

über ihnen und brachte Frühlingsdüfte nach feuchter Erde und Pflanzen, die zum Leben erwachten.

Bobby musterte ihre Urenkelin. »Ich sehe es immer noch in ihr«, sagte sie schließlich. »Sie ist wie du. Sie wird ihre Furchtlosigkeit wiederfinden.«

Cassie atmete stockend ein. »Wie kannst du das sehen, wenn ich doch am Boden zerstört bin?«

Bobby tätschelte ihr das Knie. »Was ich sehe, spielt keine Rolle. Was du siehst, darauf kommt es an.«

Während Cassie darüber nachdachte, rannte Birdie vom Spielplatz zur Straße und wedelte mit den Armen.

Cassie sprang auf. »He, wo willst du hin? Nicht auf die Straße!«

Birdie hielt auf dem Bürgersteig an und winkte wieder.

»Wem winkst du denn da?«, fragte Cassie, während sie zu ihr eilte.

»Hallo, Cassie«, rief Nick. Er trug Laufshorts und ein ärmelloses Shirt und triefte vor Schweiß. Er sah aus, als wäre er gerade fünf Kilometer gerannt.

»Oh, hi, Nick.« Cassie versuchte, nicht auf seine muskulösen Arme zu starren, und schaute schließlich hoch zum Himmel. »Was machen Sie hier?«

Nick blickte ebenfalls nach oben. »Ich laufe nur. Wo sehen Sie hin?«

»Ach, nichts.« Sie errötete. »Ich dachte, ich sehe einen Vogel.«

»Ich auch!« Nick drückte Birdies Arm sanft. »Mein Lieblingsvögelchen.«

Birdie kicherte entzückt.

»Nick!« Bobby kam langsam zu ihnen herüber. »Ich bin froh, dass wir dir begegnen. Ich wollte dich für heute Abend zum Essen einladen. Wir machen Borschtsch.«

»Machen wir?«, fragte Cassie, während Nick gleichzeitig sagte: »Aber sehr gern! Borschtsch ist meine Leibspeise.«

»Gut, dann komm gegen sechs.«

»Auf jeden Fall! Wir sehen uns dann.« Er winkte und joggte weiter.

»Warum hast du das getan?«, fragte Cassie auf dem Nachhauseweg, während Birdie vor ihnen her hüpfte.

»Was getan?«

»Tu doch nicht so! Ihn zum Abendessen einzuladen. Und seit wann machen wir Borschtsch?«

»Ich mache andauernd Borschtsch. Das schmeckt gut«, sagte Bobby.

»Ich weiß, dass Borschtsch gut schmeckt. Aber haben wir überhaupt die Zutaten im Haus?«

»Aber sicher. Ich bin vielleicht alt, aber nicht irre.« Sie drohte Cassie mit einem krummen Finger. »Das kannst du auch deiner Mutter sagen. Ich habe heute Morgen eine Rinderkeule geschmort. Hast du das nicht gerochen? Anna hat die Rote Bete und den Kohl gekauft, als sie gestern in den Laden gegangen ist. Sie kommt auch.«

Cassie seufzte. »Schön, aber wenn du das nächste Mal eine Dinnerparty geben möchtest, würde mich ein bisschen Vorwarnung freuen.«

»Ich wusste nicht, dass es dich so sehr stört, wenn deine Mutter und ein Nachbar zum Essen kommen.«

»Es stört mich auch nicht.« Cassie zögerte. »Es ist nur etwas anders.«

»Anders, weil du dich dann freuen könntest? Und du hast dich schon lange nicht mehr gefreut?«

Birdie blieb stehen und schnupperte an einer Forsythie im Vorgarten ihrer Nachbarn.

Cassie ging nicht auf Bobbys Worte ein. »Birdie, du kannst nicht einfach auf fremde Grundstücke laufen.«

Birdie sah Cassie schmollend an und rannte weiter zu Bobbys Garten, um dort die Blumen zu untersuchen.

»Und?«, fragte Bobby.

»Und was?«

»Du hast meine Frage nicht beantwortet. Freust du dich auf ihn?«

»Wen?« Cassie heuchelte Unwissenheit. »Nick? Ich kenne ihn doch kaum.«

»Mm-hmm. Aber auch wenn du versuchst, es zu verbergen, ich merke, was mit dir los ist, wenn er auftaucht. So habe ich dich nicht mehr erlebt, seit –«

»Nicht!« Cassie hob die Hand. »Vergleiche es nicht einmal. Ich empfinde nichts für ihn, und er ist Henry in keiner Weise auch nur entfernt ähnlich.«

»Niemand vergleicht etwas«, sagte Bobby sanft. »Ich habe nur gesagt, dass du wirkst, als würdest du dich freuen. Henry muss nicht der letzte Mann gewesen sein, der dich glücklich macht. Und du willst Nick ja um einen Gefallen bitten, richtig? Da hast du deine Gelegenheit.«

Cassie schüttelte den Kopf, und sie gingen ins Haus. Wie konnte Bobby Henrys Namen nur in einem Zug mit Nick erwähnen? Selbst wenn sie ihn attraktiv fand, er war nicht Henry.

Das Eingeständnis ließ sie innehalten. Sie fand Nick durchaus attraktiv. Das war die Wahrheit. Sie fand ihn attraktiv, und das ängstigte sie zu Tode. Aber zu bemerken, dass jemand gut aussah, war doch kein Verbrechen? Es war völlig normal. Menschlich. Er war ein Nachbar, und sie würde noch viel mehr mit ihm zu tun haben, falls er für sie übersetzte, aber damit käme sie zurecht.

Lebe dein Leben. Sei glücklich. Henrys Worte hallten ihr durch den Kopf. Sie rieb sich das Gesicht. Sie war erst seit fünfzehn Monaten Witwe. Wie konnte sie sich schon wieder von jemand anderem angezogen fühlen? Was für ein treuloses Ungeheuer war sie?

Als sie ins Haus kamen, ging Bobby zu ihrem heiligen Winkel und ließ sich vorsichtig auf die Knie sinken.

»Machst du das jeden Tag?« Cassie verkniff sich eine Bemerkung, wie beeindruckt sie war, dass Bobby sich noch so bewegen konnte, denn sie glaubte kaum, dass ihre Großmutter solch einen Kommentar geschätzt hätte.

»Ich habe es mir wieder angewöhnt«, sagte Bobby. »Lange Zeit habe ich es gelassen, aber jetzt schenkt es mir Trost.«

Cassie zupfte an einem losen Faden an der Rückseite der Couch, während Bobby eine Votivkerze in einem Halter aus rotem Glas anzündete. »Weißt du, ich habe es versucht. Ich habe Henry gebeten, zu mir zu kommen, und er kam. So in etwa. In einem Traum. Mom hält mich für albern.«

Bobby schaute sie scharf an. »Hat es dir geholfen?«

Cassie nickte. »Ich denke, schon.«

»Alles andere spielt keine Rolle.« Sie wandte sich wieder ihren Ikonen zu. »Wenn ich fertig bin, machen wir den Borschtsch.«

16

KATJA

Ukraine, Dezember 1931

»Hol deine Schwester, und bring sie her, damit sie hier leben kann«, sagte Mama.

Katja schaute von dem Mantel auf, den sie gerade flickte. »Du willst, dass Kolja und Alina hier einziehen?«

»Natürlich. Es ist besser, wenn wir jetzt alle zusammen sind, wo Alina bald Mutter wird. Was, wenn das Baby kommt, und nur Kolja ist da, um ihr zu helfen? Er weiß rein gar nichts über die Geburt. Sie muss hierherkommen. Sie können mein Bett haben. Dann haben sie wenigstens ein wenig Raum für sich. Ich schlafe bei dir.«

»Ja, Mama.« Katja fragte sich, was Kolja wohl davon halten würde, wenn seine Privatsphäre im ersten Jahr seiner Ehe aus einem Laken bestand, das quer durch den Raum gespannt war. Doch Mamas Vorschlag leuchtete tatsächlich ein. Es wäre wesentlich leichter, wenn sie alle in einem Haushalt leben würden. »Ich gehe heute Nachmittag zu ihnen und rede mit ihnen.«

»Nicht nur das, Katja«, erwiderte Mama. »Sag ihnen, dass sie kommen *sollen*. Sag ihnen, ich hätte gesagt, das sei das Beste für die Familie. Kolja soll sich nicht von falschem Stolz leiten lassen.«

Katja schaute wieder auf ihre Näharbeit und antwortete in monotonem Ton: »Ja, Mama.«

»Kolja ist ein guter Junge«, fuhr Mama fort. »Er sorgt gut für Alina. Aber er hat keine Ahnung, wie man sich um ein Kleinkind kümmert oder – Gott verhüte – wie man ein Kind auf die Welt bringt, wenn man eingeschneit ist. Nein, sie sollen so schnell wie möglich herkommen, und sie werden vermutlich lange bleiben. Vielleicht für immer. Das wäre das Beste.«

Katja nähte weiter, und ihre Mutter redete. In letzter Zeit fand Katja immer häufiger Trost in den gleichförmigen Bewegungen beim Nähen. Erst als Katja den durchbohrenden Blick ihrer Mutter fühlte, erkannte sie, dass diese verstummt war. Sie riss den Kopf hoch und sagte pflichtbewusst: »Ja, Mama.«

»Worauf wartest du dann? Geh! Ein wenig Bewegung und frische Luft werden dir und deinem Baby guttun.«

»Oh … Natürlich …«, murmelte Katja. »Ich kann ja später noch nähen.« Unbeholfen stand sie auf. Sie hatte zwar noch ein paar Monate bis zur Geburt, aber Alina war jeden Tag fällig. Sie zog den unfertigen Mantel an. Egal. Der Riss im Ärmel war klein und würde sie nicht sonderlich stören. In jedem Fall war es besser, jetzt zu gehen und ihre Mutter zufriedenzustellen.

Katja stapfte durch den Schnee zu Alinas und Koljas Haus. Seit sie sich der Kolchose angeschlossen hatten, war das Leben immer härter geworden. Sie arbeiteten bis zur Erschöpfung. Trotzdem hatten sie nie viel zu essen. Ihr kleiner Gemüsegarten half zwar, aber zum ersten Mal in ihrem Leben hatten sie es auch mit Dieben zu tun.

Bevor die Bolschewiken alles übernommen hatten, hatte ihre Mutter ein strenges Regiment geführt. Das Haus war blitzblank gewesen. Sie hatten mehr als genug zu essen gehabt, und Mama hatte sich nur hingesetzt, wenn sie abends etwas zu nähen gehabt hatte. Dabei hatten ihre Hände mit Nadel und Faden die wunderbarsten Muster erschaffen, und ihre Werke waren in der ganzen Gegend berühmt gewesen. Ruschnyki mit Bildern von Vögeln,

Blumen und Bäumen entstanden aus winzigen Stichen, schmückten noch immer die Wände ihres Heims, doch seit Tatos Verhaftung hatte Katja ihre Mutter weder nähen noch sticken gesehen.

Und jetzt wollte Mama, dass Katja Kolja sagte, er solle das Zuhause seiner Familie aufgeben und zu seiner Schwiegermutter und Schwägerin ziehen. Katja lächelte fast, als sie sich seine Reaktion vorstellte, aber als ihre Mundwinkel sich leicht nach oben bewegten, fühlte sich das auf ihrem verkniffenen Gesicht irgendwie fremd an. Das würde wirklich interessant werden.

»Alina?«, rief Katja und klopfte leise an der Tür des kleinen Hauses. Monate waren vergangen, doch noch immer fühlte sie die Traurigkeit, die wie eine Decke über dem Haus lag. Sie schloss die Augen. Tausend Erinnerungen brachen über sie herein und zogen sie in unterschiedliche Richtungen. Pawlo war hier überall, aber Katja konnte ihn weder berühren, noch brachte sie es über sich, auch nur die Hand nach ihm auszustrecken. Es tat noch immer viel zu weh. Ein dumpfer Schmerz breitete sich in ihrer Kehle aus.

»Katja!« Alina öffnete die Tür und begrüßte ihre Schwester mit einer Umarmung. Obwohl beide trotz Schwangerschaft nicht viel an Gewicht zugelegt hatten, wirkte Alina mit ihrem Bauch seltsam und unbeholfen. Ihre Mutter hatte recht. Das Kind würde bald kommen. Das war auch das Einzige, was es Katja erleichterte, Alina und Kolja Mamas Vorschlag zu unterbreiten.

»Hallo, Alina«, krächzte Katja und versuchte, ihre Emotionen im Zaum zu halten. Sie schaute sich um. »Ist Kolja auch da?«

»Er ist draußen in der Scheune. Warum? Stimmt was nicht?«

Alina watschelte wenig elegant zum Ofen, wo sie einen Topf Borschtsch aufgesetzt hatte. Unwillkürlich zuckte Katjas Blick zu der Stelle, wo Pawlo gestorben war, und das Bild von ihm, das sie eigentlich hatte verdrängen wollen, kehrte zurück: Pawlo, geschunden und schlaff, und wie er mit seinen wunderschönen Augen an die Decke gestarrt hatte. Der metallische Geruch stieg ihr wieder in die Nase, und ihr brach der Schweiß aus. Plötzlich war sie wieder hier und schaute Pawlo beim Sterben zu.

Katja schauderte. Sie kniff die Augen zu und versuchte, die Erinnerungen zu vertreiben.

»Alles in Ordnung mit dir, Katja?«, fragte Alina und zog besorgt die Stirn in Falten. Sie legte Katja die Hand auf den Arm. »Du kannst jederzeit mit mir reden.«

»Jaja, alles gut«, antwortete Katja. Wie sollte sie Alina sagen, dass sie es morgens kaum aus dem Bett schaffte? Wenn sie die Schleusen ihrer Trauer öffnete, würden sie beide ertrinken. Also ließ sie sie verschlossen und kam direkt auf den Grund für ihren Besuch zu sprechen. »Mama hält es für das Beste, wenn ihr beide, du und Kolja, bei uns einzieht.«

»Oh.« Alina dachte nach. »Ich bin nicht sicher. Ich muss erst mit Kolja sprechen.«

Katja überkam das plötzliche Verlangen, ihren Finger auszustrecken, um die Falten auf der Stirn ihrer Schwester glatt zu streichen … genauso wie Alina es bei ihr gemacht hatte, damals, bei Olhas und Borislaws Hochzeit. Aber das war in einem anderen Leben gewesen, als sie nur über so dumme Dinge nachgedacht hatten wie sich zu verlieben und zu heiraten. Jetzt verbrachte Katja ihre Zeit mit Gedanken daran, ob sie am nächsten Tag noch genug zu essen haben würden und ob die Aktivisten es vielleicht allmählich leid wurden, ihnen nur das Essen zu nehmen, und sie dann auch verhafteten.

Katja ballte die Fäuste. »Mama will, dass ich dich noch heute nach Hause bringe. Du weißt, wie sie ist.«

»Oh«, sagte Alina noch einmal und setzte sich vorsichtig auf einen Stuhl am Tisch.

»Sie glaubt, du solltest besser von Frauen umgeben sein, weil die Geburt bald bevorsteht.«

»Das ist sogar sinnvoll«, sagte Alina. »Vielleicht bis das Baby auf der Welt ist. Aber zuerst muss ich mit Kolja reden.«

Wie aufs Stichwort kam Kolja ins Haus. Sein Blick ging sofort zu Alina. Dass eine Besucherin am Tisch saß, war ihm erst einmal egal. Katja sah die Liebe, die er ausstrahlte. Es machte sie glücklich, dass ihre Schwester jemanden hatte, der sie so sehr liebte, aber es schärfte auch den Dolch, der sich permanent in ihrem Bauch drehte. Kolja sah Pawlo so ähnlich, und zu sehen, wie er sich um Alina kümmerte … Einen Augenblick lang fragte sie sich, wie es sich wohl anfühlen würde, die offensichtliche Liebe der beiden jeden Tag sehen zu müssen. Es würde sie ständig daran erinnern, was sie verloren hatte. Beschämt schüttelte sie den Kopf und vertrieb den Gedanken rasch wieder.

»Kolja.« Alina begrüßte ihn mit einem warmen Lächeln. »Katja ist hier, um uns ein Angebot zu machen.«

Kolja musterte sie, und Katja fühlte, dass er wissen wollte, ob es ihr gut ging. »Hallo, Schwägerin. Wie fühlst du dich?«

Seit Kolja erfahren hatte, dass Katja mit Pawlos Baby schwanger war, war er äußerst fürsorglich. So sorgte er stets dafür, dass sie und Mama genug Brennholz hatten. Er hackte es für sie und kam oft nach der Arbeit vorbei, um ihnen auf dem Hof zu helfen.

»Ich brauche keine Sonderbehandlung«, hatte Katja ihm wieder und wieder erklärt. »Ich habe während der Ernte jeden Tag gearbeitet, ich sammele noch immer Feuerholz für die Kolchose im Wald, und ich helfe jeden Tag, die Kühe zu melken. Ich bin nicht so zerbrechlich.«

»Das weiß ich, aber ich muss mich um dich und das Baby kümmern. Pawlo hätte dasselbe für mich getan, wäre es andersherum gelaufen«, hatte er erwidert.

Katja nickte. »Es geht mir gut, Kolja. Aber das Angebot ist nicht von mir, sondern von Mama. Sie will, dass ihr beide zu uns zieht, da Alina bald ihr Kind zur Welt bringen wird.« Dass ihre

Mutter sogar wollte, dass sie für immer zu ihnen ziehen sollten, ließ Katja wohlweislich aus. Das konnte Mama selbst ansprechen, wenn Alina und Kolja erst einmal drüben waren.

Erschöpft strich Kolja sich mit der Hand übers Gesicht. Er hatte dunkle Ringe unter den Augen. Sie hatten sich gleichzeitig der Kolchose angeschlossen, und Kolja schuftete hart. Neben der Arbeit in der Kolchose musste er sich auch noch um seinen eigenen Hof kümmern und Mama und Katja unterstützen. Katja sah, dass ihm die Idee eines Umzugs nicht wirklich gefiel, aber um seiner schwangeren Frau willen dachte er zumindest darüber nach.

»Was ist mit dir, Alina?«, fragte er. »Willst du das?«

»Es könnte durchaus leichter sein, wenn die Wehen einsetzen«, antwortete Alina.

Kolja schaute zu Katja. »Ich nehme an, eure Mutter will noch heute eine Antwort.«

Katja nickte. »Du kennst sie inzwischen wirklich gut. Da dürfte es dir wohl auch leichtfallen, mit ihr zusammenzuleben.«

Er lachte. »Dann sag ihr, dass wir heute Abend kommen. Wenn es Alina hilft, werden wir schon dafür sorgen, dass es funktioniert.«

***

Und Mama hatte wie üblich recht. Als Katja drei Tage später nach Hause kam, nachdem sie nach ihrer Ziege und dem Zicklein geschaut hatte, lag Alina im Bett, und ihre Mutter kochte Wasser.

»Schnapp dir ein paar Laken«, herrschte Mama sie an. »Weißt du, wo Kolja ist? Es ist so weit!«

»Er sollte jede Minute von der Kolchose kommen.« Katja zog ihren Mantel aus und lief los, um die Laken zu holen. Alina verkrampfte sich und stöhnte, als eine weitere Wehe kam.

»Das Baby kommt schnell«, erklärte Mama über die Schulter hinweg. »Du musst Lena holen.«

»Ich will Kolja!«, schrie Alina. Die Sehnen in ihrem blassen Hals traten deutlich hervor, als sie wieder mit einer Wehe kämpfte. »Hol ihn, Katja! Sofort!«

»Ja.« Katja schnappte sich ihren Mantel und lief wieder in die Kälte hinaus. Durch den Schnee zu stapfen fiel ihr wegen ihrer eigenen Schwangerschaft nicht so leicht wie sonst, aber sie war froh, etwas zu tun zu haben und Alina helfen zu können. Sie hatte den halben Weg zum Hof der Kolchose hinter sich gebracht und war fast beim Haus von Lena und Ruslan angelangt, als Kolja ihr entgegenkam.

Katja legte die Hände um den Mund und rief: »Das Baby kommt!«

Kolja erstarrte. Dann rannte er auf sie zu.

»Ich hole Lena«, sagte Katja. »Alina braucht dich jetzt.«

Kolja packte sie an den Schultern. »Wie schlimm ist es? Geht es ihr gut?«

»Sie hat Schmerzen, aber es läuft gut. Mach dir keine Sorgen. Es wird ihr nichts passieren.«

»Ich soll mir keine Sorgen machen?« Kolja nahm die Arme wieder herunter und funkelte Katja an. »Sie ist alles, was ich auf dieser Welt noch habe. Wie kann ich mir da *keine* Sorgen machen? Und jetzt lauf! Hol Lena!«

Kolja ließ Katja stehen und rannte heim. Wut keimte in ihr auf, und sie biss sich auf die Wange, bis sie Blut schmeckte. *Du hast wenigstens noch jemanden!*, hätte sie ihm am liebsten hinterhergeschrien, doch sie schwieg. Auch Kolja hatte so viel verloren. Seine Mutter. Seinen Vater. Pawlo. Katja schauderte unter der Last dieser Qual, und so schnell, wie sie gekommen war, verflog ihre Wut auch wieder. Sie legte die Hände auf ihren geschwollenen Bauch und atmete tief durch. Sie und Kolja mochten den Verlust von Pawlo ja teilen, doch das machte es auch nicht leichter.

Als sie ihre Gefühle wieder unter Kontrolle hatte, stapfte Katja zu Lenas Haus. Lena führte sie direkt an den warmen Ofen. Dann suchte sie ihre Sachen zusammen und bestürmte Katja mit Fragen. »In welchen Abständen kommen die Wehen? Ist ihre Fruchtblase schon geplatzt? Wann haben die Wehen angefangen?«

»Ich bin nicht sicher«, antwortete Katja gleich mehrmals. »Ich war kaum von der Arbeit gekommen, da musste ich auch schon wieder los, um dich zu holen.«

»Du Arme.« Lena tätschelte ihr die Wange. »Das muss recht furchterregend für dich sein. Hab keine Angst. Was du heute bei Alina siehst, muss nicht auch bei dir so sein. Jede Geburt ist anders, und jede Frau geht anders mit den Schmerzen um.«

Katja nickte. Im Augenblick hatte sie nicht gerade das Gefühl, gut mit ihren Schmerzen umzugehen. Ihr Füße taten weh, ihr Rücken pochte, und sie wollte einfach nur nach Hause und sich setzen.

Lena schlang sich einen dicken Schal um Schultern und Kopf. »Ruslan, ich bin später wieder zurück!«, rief sie ins Nachbarzimmer. »Ich helfe Alina, ihr Baby zu bekommen.«

Lena half bei vielen Geburten im Dorf, obwohl sie selbst nie Kinder gehabt hatte. Für eine ältere Frau bewegte sie sich auch schnell, und so dauerte es nicht lange, bis sie auf eine Szene ähnlich der schauten, die sich Katja geboten hatte, als sie losgegangen war. Nur kniete diesmal Kolja neben dem Bett und hielt Alinas Hand.

Katja sah, dass Alina sich schon deutlich beruhigt hatte. Mama hatte ihr außerdem das Haar gekämmt, und sie schaute Kolja mit klaren Augen an.

Alina stöhnte leise: »Lena. Das Kind kommt.«

»Nun, dann lass mich mal nachsehen, ob alles in Ordnung ist.«

Lena bekreuzigte sich kurz vor der Wand, wo früher die Ikonen gehangen hatten, dann beugte sie sich über Alina. Nach ein paar Minuten schüttelte sie den Kopf. »Nein. Es wird noch etwas dauern. Versuch, dich ein bisschen auszuruhen, wenn der Schmerz nachlässt.«

Die Zeit verging, und alle warteten. Erst als am nächsten Morgen die Sonne aufging, verkündete Lena endlich, dass Alina pressen solle, und das Haus hallte von Alinas Stöhnen und Schreien wider.

Katjas Gesichtsausdruck erregte die Aufmerksamkeit ihrer Mutter. »Verurteile sie nicht zu schnell«, tadelte sie ihre Tochter. »Warte nur ab. Wenn deine Zeit kommt, wirst du auch so schreien. Ein Kind zu gebären ist nicht leicht.«

Katja schürzte die Lippen und schluckte eine Erwiderung herunter. Sie würde nicht schreien. Sie würde den Schmerz der Geburt begrüßen, denn dann würde sie endlich etwas anderes fühlen als Trauer und Verzweiflung, und das wiederum wäre eine wahre Freude für sie, egal wie viel körperlicher Schmerz damit verbunden war. Und mit dem Schmerz würde auch ein kleines Stück von Pawlo wiederkommen. Allein dafür hätte sie alle Qualen der Welt ertragen.

Bleich und schwach presste Alina stundenlang – ohne Erfolg. Schließlich, als Katja schon Angst hatte, das Kind würde nie kommen, glitt ein winziges Baby in Lenas Hände. Katja hörte, wie Alinas Schmerzens- sich in Freudenschreie verwandelten. Sie wiegte das Kind an der Brust, und Kolja umarmte sie beide. Eine Familie, zusammen und erfüllt von Liebe. Die Schönheit des Ganzen entging Katja nicht, auch wenn sie unwillkürlich einen Anflug von Eifersucht empfand. Pawlo würde sie nie mehr halten oder ihr Kind in den Armen wiegen.

Katja schaute zu, wie Alina ihr Neugeborenes betrachtete und verstohlen lächelnde Blicke mit ihrem Mann tauschte. Katja schwor sich, niemals zuzulassen, dass Schmerz oder Eifersucht sich zwischen sie und ihre Schwester drängten. Katja liebte Alina, und sie wünschte sich nichts sehnlicher, als dass ihre Schwester das Leben lebte, von dem sie immer geträumt hatte. Katja hatte schon so viel verloren. Sie konnte den Gedanken einfach nicht ertragen, auch noch Alina zu verlieren.

***

»Aufmachen!« Die laute Stimme erschreckte alle. Mamas Hand mit dem Löffel erstarrte über dem Kessel. Darin befanden sich gemahlene Hirse, Ziegenmilch und ein paar Kartoffelschalen, die Kolja im Schweinepferch der Kolchose gestohlen hatte. Ohne die Kartoffelschalen hätten sie nur das eine Stück Brot gehabt, das er, Katja und Mama jeden Tag von der Arbeit mit nach Hause brachten.

Katja saß neben ihrer Schwester. Sie stand auf, und ihre Knie zitterten vor Angst. Alina schloss die Augen und rieb dem Kind den Rücken. Halyna – oder Halya, wie alle sie inzwischen nannten – war erst ein paar Wochen alt, und sie gedieh sogar in diesem Elend, das für die Familie zum Alltag geworden war. Alina hingegen war nach der Geburt schwach geblieben, und ihre Mutter bestand darauf, dass sie sich so oft wie möglich ausruhen solle, damit sie genug Milch hatte.

»Aufmachen! Ich weiß, dass ihr da seid! Ich sehe den Rauch doch!«, brüllte die Stimme erneut. Jetzt erkannte Katja sie auch: Prokyp.

»Ich komme schon!«, rief sie. Sie versuchte, ein wenig Zeit zu schinden. Ihre Gedanken überschlugen sich. Wenn Prokyp sie mit den gestohlenen Kartoffelschalen und der Ziegenmilch erwischte, dann konnte er sie allesamt verhaften. Katjas Blick huschte durch den Raum. Sie suchte nach einem Versteck. Schließlich lief sie zu der Truhe mit den Bettlaken und öffnete sie. Dann winkte sie ihrer Mutter.

Mama nahm den Kessel vom Ofen, legte leise den Deckel darauf und stopfte ihn unter die Laken. Nachdem sie die Truhe wieder geschlossen hatte, nickte sie Katja zu, die daraufhin zur Tür ging.

Katja strich ihren Rock glatt und versuchte, so ruhig wie möglich dreinzublicken, als sie die Tür öffnete. Prokyp drängte sich an ihr vorbei, und ihm folgte ein junger Mann, den Katja nie zuvor gesehen hatte. Prokyp sah so aus wie immer: böse Augen, dreckige Haare und verfaulte Zähne. Der Aktivist neben ihm war fast noch ein Junge. Vermutlich war er Mitglied des Komsomol, der stalinistischen Jugend.

Katja dachte an die Flugblätter, die die Aktivisten ihnen in die Hände gedrückt hatten, als sie zum ersten Mal ins Dorf gekommen waren. Darauf hatten sie versucht, die jungen Leute zum Komsomol zu locken. Katja war froh, dass Pawlo das Flugblatt einfach zerknüllt hatte, froh, dass er sich nicht der Gehirnwäsche ergeben hatte, durch die diese Menschen zu unvorstellbaren Gräueltaten in der Lage waren, manchmal sogar gegenüber ihrem eigenen Fleisch und Blut.

»Hier riecht's gut«, schnaubte Prokyp. Er bleckte die faulen Zähne und schaute zu Mama. »Du hast was gekocht.«

»Da irrst du dich«, widersprach Mama mit fester Stimme. »Mein Schwiegersohn hat etwas zu essen mitgebracht, das er sich gestern in der Kolchose verdient hat. Das riechst du vermutlich.«

Prokyp schaute sich um, und schließlich fiel sein Blick auf Alina. »Wo ist denn dein strammer Schwiegersohn? Er arbeitet heute wohl, was? Schade, dass er das verpasst.«

»Wir haben nichts«, erklärte Mama. »Wir arbeiten hart für die Kolchose. Bitte, lass uns in Frieden.«

»Wie du weißt, ist das nicht so einfach. Wir brauchen Korn für die Frühlingssaat, und wir wissen, dass die Leute das Korn vor der Kolchose verstecken.« Prokyp winkte seinem Gefährten. »Durchsuch den Raum!«

Der junge Mann zog einen langen dünnen Metallstab aus seiner Tasche, hob ihn hoch in die Luft und stieß ihn dann in das leere Bett. Der Stab drang durch Laken, Kissen und Decken, und Wut kochte in Katja hoch angesichts der sinnlosen Zerstörung ihres Eigentums.

»Das ist doch lächerlich!«, schrie sie. »Ihr macht einfach unsere Sachen kaputt! Und wir haben nichts!«

Der Junge ignorierte die Proteste und ging zum nächsten Bett. »Beweg dich!«, befahl er Alina.

Katja und ihre Mutter stützten Alina. Mama nahm das Baby, und Katja legte den Arm um Alinas Rücken und half ihr, sich zu setzen, doch der Kerl wartete noch nicht einmal, bis sie ganz aufgestanden war, sondern rammte einfach den Stab ins Bettzeug. Katja riss ihre Schwester hoch, bevor er auch noch sie durchbohren konnte. Er durchlöcherte das ganze Bett.

»Nichts«, verkündete er schließlich. Katja schloss die Augen und dachte an Pawlo. Auch nach seinem Fortgang und Tod war sie immer in den Wald gelaufen, um dort etwas zu verstecken, was sie bekommen hatte. Erneut hatte das sie gerettet.

»Hast du auch da schon nachgesehen?« Prokyp deutete auf die Truhe mit den Laken.

»Nein, Genosse«, antwortete der junge Mann und ging durch den Raum. Er riss den Deckel auf und stieß den Stab hinein. Metall schlug auf Metall.

Katja sog zischend die Luft ein. Kalter Schweiß lief ihr über den Rücken. Mama bekreuzigte sich und schloss besiegt die Augen. Prokyp stürmte sofort zu der Truhe und riss die Laken heraus. Als seine Hand auf den heißen Kessel traf, quiekte er wie ein Schwein.

»Kein Essen, was? Du hast mich und den Staat angelogen!« Mithilfe eines Lakens holte er den Kessel heraus und stellte ihn auf den Tisch. Er hob den Deckel, schnappte sich einen Löffel und stocherte damit in dem Kessel herum.

»Kartoffelschalen? Wo habt ihr denn Kartoffelschalen gefunden?«, knurrte er und hob den Löffel an den Mund. »Aaah … Du schaffst es sogar, dass Abfall gut schmeckt.«

Essen fiel von Prokyps Lippen, während er sich ihre einzige Mahlzeit des Tages in den verfaulten Mund schaufelte. Als so gut wie nichts mehr da war – was nicht lange dauerte, denn es war ohnehin nicht viel –, drehte Prokyp den Kessel um und kippte den Rest auf den Boden.

»Nein!«, schrien Katja und ihre Mutter gleichzeitig.

»Das habt ihr dem Staat gestohlen! Ich sollte euch alle verhaften!« Er schüttelte den Kessel, und die wertvollen Kartoffelschalen flogen durch den ganzen Raum.

Schließlich stellte Prokyp den Kessel wieder ab und ging zu Alina. Alina drehte den Kopf weg und weigerte sich, ihn anzusehen, während er ihr mit seiner dreckigen Hand über die Wange strich. »Selbst nach einer Geburt bist du noch wunderschön. Es ist wirklich eine Schande, dass du nicht mich gewählt hast. Dann würdest du nämlich hier nicht hungern. Du wärst die Frau von jemand Wichtigem. Ich hätte mich um dich kümmern können, anders als dieser Idiot, den du gewollt hast.«

»Du Tier!« Katja richtete den Finger auf Prokyp und trat auf ihn zu. Die Worte flogen wie Kugeln von ihrer Zunge. »Du sprichst von Liebe, aber du hast sie vielleicht sogar getötet! Sie ist schwach, und sie braucht das Essen! Das Baby verlangt ihr alles ab, und du hast gerade die einzige Mahlzeit gefressen, die sie heute bekommen hätte!«

Prokyp schaute Katja auf eine Art an, die ihr das Blut in den Adern gefrieren ließ.

»Du bist wohl eifersüchtig, weil ich deiner Schwester so viel Aufmerksamkeit schenke, was?« Er schlenderte zu ihr und berührte ihr Haar. »Du bist vielleicht nicht so hübsch wie sie, aber schlecht bist du auch nicht. Im Notfall reichst du, auch wenn du schwanger bist. Und es ist auch niemand hier, der dich retten könnte. Dein Mann ist tot, oder?«

Katja kochte vor Wut, doch diese Wut wich rasch der Angst, als Prokyp sie packte und zur Tür zerrte.

»Leg deine Hand auf den Rahmen!« Er stieß sie gegen das Holz.

Katja presste die Lippen aufeinander und schüttelte den Kopf. *Du musst stark bleiben*. Pawlos Anweisung hallte in ihrem Kopf wider. »Nein!«

»Sofort!«, brüllte Prokyp. Er schlug ihr mit dem Handrücken ins Gesicht, und ihre Sicht vernebelte sich. Sie fiel in die Tür und hielt sich im letzten Moment fest, die Hand auf dem Rahmen, genau wie Prokyp verlangt hatte.

Prokyp packte die Tür und schnaubte verächtlich. »Mit dem Essenstehlen ist jetzt Schluss, du Diebin!«

Er schlug Katja die Tür auf die Hand, und sie schrie. Schmerz schoss ihren Arm hinauf, und sie sackte zusammen. Der Raum verschwamm um sie herum, und ihre linke Hand pochte vor Schmerz. Tränen traten ihr in die Augen, aber sie kämpfte dagegen an und hob das Kinn. *Du musst stark bleiben*. Sie würde Prokyp nicht die Befriedigung geben, sie weinen zu sehen. Ihre Mutter legte den Arm um sie und führte sie zu einem Stuhl.

»Ihr könnt von Glück sagen, dass ich größere Sorgen habe als ein paar Kartoffelschalen. Ich muss Korn bei den anderen diebischen Bauern finden, aber wir kommen wieder, und dann werden wir nicht mehr so nett sein.« Er stapfte zur Tür hinaus und brüllte seinen Gefährten an: »Durchsuch den Hof mit deiner Stange!«

Der junge Mann warf den Frauen einen abfälligen Blick zu

und spie auf den Boden, bevor er Prokyp hinausfolgte. Mama nahm Katjas verletzte Hand.

»Kannst du sie bewegen?« Sie tastete die wunden Fingerknöchel ab. »Ich fühle zumindest keine gebrochenen Knochen, aber das ist schwer zu sagen. Sie ist schon geschwollen. Ich hole ein Tuch, um sie zu verbinden.«

»Es wird schon wieder, Mama.« Katja biss die Zähne zusammen. Sie zog ihre Hand weg und sank auf die Knie. Mit ihrer gesunden Hand hob sie ein paar Kartoffelschalen und Hirseklumpen auf und legte sie in eine Schüssel. Verzweifelt versuchte sie, jedes bisschen Essen zu retten, das Prokyp auf den Boden geworfen hatte.

17

Cassie

Illinois, Juni 2004

»Beeil dich!«, drängte Bobby ihre Enkelin, kaum dass Cassie in die Küche kam. »Es ist schon zwei. Die Mittagszeit ist fast vorüber.«

Bobby stellte einen Beutel Kartoffeln neben einen großen Haufen Rote Bete auf den Tisch und legte ein Messer daneben. »Hier, reib diese Rüben. Ich schneide den Kohl. Die Rinderkeulen schmoren seit heute Morgen, und im Ofen backt schon das Brot.«

Cassie schnitt die Spitzen der Bete ab und begann mit der mühseligen Arbeit, die Rüben mit einer Stahlreibe zu zerkleinern. Saft trat aus und färbte ihre Hände purpurrot. Nach wenigen Minuten sah es aus, als hätte sie ausgiebig mit Fingerfarben gemalt. Sie starrte wenig begeistert auf ihre Hände. »Das ist viel anstrengender als in meiner Erinnerung.«

Bobby nickte ihr zu. »Am Ende ist es die Mühe wert. Und es macht deine Hände kräftiger.«

»Und rot«, entgegnete Cassie. Sie versuchte, nicht auf Bobbys verformte Hände zu starren, mit denen sie die äußeren Blätter des Kohlkopfs abzupfte. Sie schonte die linke Hand und verstand es gut, die Rechte mit der meisten Arbeit zu belasten.

»Was macht deine Arthritis?«, erkundigte sich Cassie. »Wie es scheint, plagt dich heute deine linke Hand.«

»Es geht.« Bobby hielt inne und massierte die geschwollenen Gelenke. »Vielleicht ist sie gerade ein bisschen steifer als sonst.«

Birdie, die noch nicht die nötige Kraft besaß, um Rüben zu reiben, genoss es, mit den Händen durch die Stückchen zu fahren. Mit den purpurroten Fingern wackelte sie vor dem Gesicht ihrer Mutter und kicherte.

Als endlich die letzte Rote Bete gerieben war, erteilte Bobby Cassie den Befehl, den Kohl und eine gehackte Zwiebel zu dem Rindfleisch ins Wasser auf dem Herd zu geben. Der kräftige, erdige Geruch der Knollen, die in die kochende Brühe fielen, weckte jedoch keine Erinnerung an den Borschtsch aus ihrer Kindheit.

Sie krauste die Nase. »Das riecht nicht wie Borschtsch.«

»Natürlich nicht«, versetzte Bobby. »Er muss einkochen, bis die Bete sich aufgelöst hat. Das dauert ein paar Stunden. Du kannst schon mal die Kartoffeln schneiden, solange wir warten.«

Cassie machte sich daran, die Kartoffeln zu schälen. Als Bobby mit der Größe des Haufens zufrieden war, hörte sie auf.

»Sie kommen noch nicht rein«, sagte sie. »Aber rühr im Topf, und wirf ein Lorbeerblatt hinein.«

Eine Stunde verbrachten sie nahezu schweigend, während Bobby mit Birdie Karten spielte und Cassie aufräumte. Danach gab sie die Tomaten hinzu, und zwanzig Minuten später die saure Sahne. Die tiefrote Farbe schlug in ein hübsches Pink um, das mit kleinen weißen Tupfern durchsetzt war.

»Hmm, hier riecht es ja fantastisch!« Anna kam durch die Hintertür ins Haus. »Ich habe seit Ewigkeiten keinen Borschtsch mehr gegessen!«

»Das liegt daran, dass du nie gutes ukrainisches Essen kochst«, sagte Bobby.

Anna ging nicht darauf ein. »Also, wie ich höre, bekommen wir Gesellschaft?« Sie warf einen langen Seitenblick auf Cassie.

»Guck mich nicht an«, sagte Cassie. »Ich habe ihn nicht eingeladen.«

»Natürlich nicht. Du bist in letzter Zeit so kontaktfreudig wie ein Einsiedlerkrebs.« Anna rührte im Topf und sog den Duft ein. »Ach, ich kann es gar nicht erwarten.«

»Nur fürs Protokoll: Einsiedlerkrebse sind tatsächlich sehr gesellige Tiere, weshalb dein Vergleich völlig daneben ist«, erwiderte Cassie. »Und ich schätze es, mal allein zu sein. Was ist daran verkehrt?«

»Nichts«, unterbrach Bobby das Gespräch, bevor es zu hitzig wurde. »Ich habe Nick eingeladen, um ihm für seine Hilfe zu danken. Das ist alles.«

An der Tür klingelte es, und Birdie sprang von ihrem Stuhl.

»Warte noch, Birdie.« Bobby zeigte auf den runden Laib Brot, den sie gebacken hatte. In der Mitte war eine kleine Vertiefung, die mit Salz gefüllt war. »Du musst Nick mit dem Brot und dem Salz empfangen, um unsere Gastfreundschaft zu zeigen.«

Bobby nahm einen Ruschnyk, der mit roten Blumen bestickt war, aus einer Schublade, und bat Birdie, beide Hände vorzustrecken. Sie legte ihn ihr so darüber, dass die identisch verzierten Enden des rechteckigen weißen Tuchs zum Boden herunterhingen.

Cassie half Birdie, die Hände still zu halten, während Bobby das Brot auf den Ruschnyk setzte.

»Als ich noch klein war, hatte ich das bei Festen immer am liebsten«, sagte sie zu ihrer Tochter. »Es ist eine sehr wichtige Aufgabe.«

Birdie nickte ernst und ging auf Zehenspitzen zur Tür, wo Anna schon wartete, um sie zu öffnen.

»Hi, zusammen.« Grinsend kam Nick herein. Er hatte seine Laufshorts und das Shirt gegen eine kakifarbene Hose und ein Button-down-Hemd getauscht, dessen Ärmel er aufgekrempelt hatte. Er war nicht mehr verschwitzt, aber er wirkte immer noch ziemlich attraktiv. Cassie ertappte sich dabei, wie sie ihn wieder anstarrte.

Birdie hielt das Brot hoch, und Nick kniete nieder. »Brot und Salz! Genau wie meine Baba es gemacht hat.« Er riss ein Stück vom Brot ab, tauchte es in das Salz, senkte den Kopf zum Dank und stopfte es sich in den Mund. »Köstlich. Ich danke dir, Birdie.«

Er reichte ihr einen Strauß Sonnenblumen, und Anna ergriff das Brot, damit Birdie ihn annehmen konnte. »Ich wollte etwas für den Esstisch mitbringen, und ich dachte, Blumen dürften ansprechender sein als alles, was ich kochen könnte.«

Birdie nahm sie und quietschte: »Sonnenblumen sind Alina am liebsten!«

Das Brot kippte gefährlich, und Salz rieselte auf den Fußboden, als Anna herumwirbelte. Cassie stockte der Atem. Fünfzehn Monate lang hatte sie auf diesen Augenblick gewartet. Das Herz pochte ihr in den Ohren, und sie machte zwei wankende Schritte zu ihrer Tochter, sank auf die Knie und ergriff Birdie bei den Schultern.

»Birdie, du hast gesprochen!« Cassie umschlang ihre Tochter mit den Armen und begann zu weinen. Über Birdies Kopf hinweg sah sie, wie Bobby taumelte, auf die Couch sank und das Gesicht in den Händen barg.

So ungern sie diesen wunderbaren Moment mit Birdie auch unterbrach, Cassie schoss hoch. »Bobby, alles in Ordnung mit dir?«

»Jaja.« Bobby winkte ab. »Mach dir keine Sorgen um mich. Ich freue mich nur für Birdie.«

Anna legte einen Arm um Bobby und fragte Birdie: »Wer ist Alina? Ist sie eine Freundin aus dem Park?«

»Nein.« Birdies Stimme klang ein wenig eingerostet, aber süß. »Sie ist meine neue Freundin, aber nicht aus dem Park.«

»Wo hast du sie denn dann kennengelernt?« Cassie hielt nervös ein Auge auf Bobby gerichtet.

»Hier«, sagte Birdie. »Gleich hier auf der Couch.«

Bobby gab einen erstickten Laut von sich, und Cassie runzelte die Stirn. »Bobby, bist du sicher, dass alles gut ist? Brauchst du einen Schluck Wasser?«

Sie suchte den Blick von Nick, der auf Bobby zuging und nickte. »Ich hole ihr etwas zu trinken.«

Er kehrte mit einem Glas Wasser zurück und setzte sich an ihre andere Seite. »Sind Sie sicher, dass alles in Ordnung ist? Sie sind wirklich blass.«

»Das ist der Schock, sie sprechen zu hören.« Bobby wich allen Blicken aus.

»Auf jeden Fall hattest du recht, Bobby. Sie brauchte nur etwas Zeit.« Cassie drückte ihre Tochter wieder. »Ach, habe ich deine kleine Stimme vermisst.«

Birdie kicherte. »Alina sagte, ich muss wieder reden, also tue ich es.«

»Na, wer immer diese Alina auch ist, ich mag sie.« Cassie verging das Lächeln, als ihr der Name zu Bewusstsein kam: *Alina.* Derselbe Name, an den Bobby die Briefe geschrieben hatte, in denen sie um Verzeihung bat. Derselbe Name, mit dem sie in einem ihrer verwirrten Momente Cassie angesprochen hatte.

»Alina?«, wiederholte Bobby und murmelte ein paar ukrainische Wörter.

Cassie sah ihre Großmutter stirnrunzelnd an. »Mom, Nick, sollen wir sie lieber untersuchen lassen?«

Bevor jemand antworten konnte, herrschte Bobby sie an: »Mir geht's gut. Ich habe es euch gesagt.«

Ein verlegenes Schweigen setzte ein, als sie wieder die Augen schloss.

Birdie sah zu Cassie hoch. »Ist Bobby wütend auf mich?«

»Nein, Schatz, ich glaube, sie hat nur einen schweren Tag.« Cassie sprach leise, damit sie ihre Großmutter nicht wieder aufregte. »Vielleicht braucht sie etwas zu essen.«

»Gute Idee«, sagte Anna. »Alles an den Tisch, essen wir, solange es warm ist.«

Cassie sah überrascht zu, wie Bobby sich von Nick aufhelfen und in die Küche bringen ließ. Normalerweise lehnte ihre Großmutter die Hilfe anderer entrüstet ab, aber heute stützte sie sich auf seinen starken Arm und ließ sich von ihm führen. Verstohlen prüfte Nick ihren Puls, während sie hinübergingen, und als er ihr gelassen zulächelte, entspannte sie sich.

Cassie trat zu Anna, die am Herd eifrig Schalen befüllte, und beugte sich näher. »Meinst du, Birdie hat uns gehört? Anders kann es doch nicht sein, oder? Alina ist ja kein verbreiteter Name.«

»Natürlich kommt das daher.« Anna verdrehte die Augen. »Aber wenn sie dich und Bobby belauscht hat, wer weiß, was für absurde Gedanken sie hat? Hier.« Sie drückte Cassie zwei Schalen in die Hände. »Bring sie an den Tisch. Und den Salat auch.«

»Mach ich.« Cassie ließ ihr die Anspielung durchgehen. Die Erklärung war vernünftig, und etwas anderes wollte sie nicht hören. Birdie hatte den Namen gehört und sich eine imaginäre Freundin ausgedacht. Wenn sie dadurch wieder sprach, wen kümmerten die Einzelheiten? Nach mehr als fünfzehn Monaten Schweigen hatte Cassie ihre Tochter wieder, und das allein zählte.

»Das sieht ja fantastisch aus«, sagte Nick. »Mein Lieferessen kann sich wirklich nicht mit selbst gekochten Mahlzeiten messen.«

Bobby blieb still, während sie aß. Birdie zog sich in ihr Schweigen zurück, während Cassie so überwältigt war vor Erleichterung, Birdie endlich wieder sprechen zu hören, dass sie kaum nachzudenken vermochte, und so fiel es Anna zu, das Gespräch mit dem Gast im Gang zu halten.

»Wie gefällt Ihnen Ihr Haus, Nick?«

»Es ist toll. Ich habe vorher in einem Apartment gewohnt, deshalb ist es schön, einen Garten zu haben. Ich überlege, mir einen Hund anzuschaffen.« Liebevoll streichelte er Harvey hinter den Ohren.

Er berichtete von seinen Plänen, das kleine Haus zu renovieren, und Cassie hörte zwar zu, aber ihre Aufmerksamkeit galt eigentlich ihrer Großmutter und ihrer Tochter.

Bobby schien zu alter Form zurückzufinden, aber immer wieder sah sie zu Birdie, als warte sie darauf, dass das Mädchen noch mehr sagte. Cassie ertappte sich dabei, dass es ihr ebenso ging.

Erst als Nick sich erhob, um aufzubrechen, sprach Birdie wieder.

»Nick, liest du mir eine Geschichte vor?«

»Wie könnte ich dazu Nein sagen? Das heißt, wenn es deiner Mutter recht ist.« Er sah Cassie an.

»Ich glaube nicht, dass ich ihr heute Abend einen Wunsch abschlagen könnte.«

Nick lächelte und wandte sich an Bobby. »Vielen Dank für das Abendessen. Ihr Borschtsch erinnerte mich so sehr an den meiner Baba.«

»Gut.« Bobby klang wieder wie sie selbst. »Du kannst jederzeit zum Essen vorbeikommen. Schon sehr bald bringe ich Birdie bei, Wareniki zu machen.«

»Wareniki sind mein Lieblingsessen! Sagen Sie, wann, und ich komme. Wissen Sie, manchmal nannte meine Baba sie Piroggen. Sie auch?«

Bobby nickte. »Ist dasselbe. Die Leute nennen sie unterschiedlich, je nachdem, wo sie leben. Piroggen ist Polnisch.«

Birdie kam in die Küche zurückgerannt, ein Buch in der Hand, und zerrte Nick vom Tisch weg. »Komm, Nick!«

Während er sich lachend wegschleppen ließ, nahm Anna Cassie zur Seite. »Sprichst du heute Abend noch mit ihm?«

»Ja«, sagte Cassie. Sie konnte es nicht länger aufschieben. »Ich glaube, was immer mit Bobby nicht stimmt, es wird schlimmer. Wir brauchen Antworten, und er scheint der Einzige zu sein, der uns dazu verhelfen kann.«

***

Nachdem der Abendessentisch abgeräumt und das zweite Buch vorgelesen war, erhob sich Nick, um zu gehen.

»Cassie, ich mache Birdie bettfertig.« Anna sah Cassie wissend an und nickte Nick zu, während sie das kleine Mädchen bei der Hand nahm. »Bringst du Nick zur Tür?«

»Ja, bitte tu das.« Bobby richtete sich auf und schlurfte den Korridor entlang. »Ich gehe auch zu Bett. Vielen Dank fürs Vorbeikommen, Nick.«

Cassie zog angesichts ihrer Durchschaubarkeit die Brauen hoch, aber sie spielte mit. »Klar.«

»Sie müssen nicht aufstehen.« Nick winkte ab, während er zur Tür ging. »Ich bin in der Lage, eine Tür selbstständig zu öffnen und zu schließen.«

»Kein Problem.« Sie begleitete ihn. Das war eine gute Gelegenheit, ihn wegen des Tagebuchs zu fragen. »Danke, dass Sie vorbeigekommen sind. Bobby genießt es, für viele Leute zu kochen.«

»Tja, das passt gut zusammen. Ich esse gern, was andere Leute für mich kochen.« Nick grinste sie an. Seine blauen Augen suchten ihren Blick, die beiden Grübchen bildeten sich in seinen Wangen, und jeder Gedanke an das Tagebuch verschwand aus ihrem Kopf.

Unwillkürlich lächelte sie. Sie wollte ihn nicht mögen. Wollte sich nicht zu ihm hingezogen fühlen. Aber so war es. Ganz gleich, wie sehr sie es leugnete, das Gefühl war da, und es machte ihr Angst.

Cassie atmete tief durch und versuchte, sich zu konzentrieren. Was sollte sie ihn noch gleich fragen?

Nick sprach als Erster. »Birdie ist ein tolles Kind.«

Cassie fuhr sich durchs Haar und seufzte. »Danke. Für sie war es ein schlimmes Jahr. Für uns alle. Aber seit wir nach Hause gekommen sind, geht es ihr besser.« Sie lachte leise. »Sagen Sie es ihr bloß nicht, aber meine Mom hatte recht, als sie wollte, dass wir hierher zurückziehen.«

»Ich bin froh, dass Sie sich haben überzeugen lassen.« Sein Gesicht lief rot an, als habe er zu viel gesagt, und er räusperte sich. »Na, jedenfalls, am Wochenende findet in der Stadt ein Jahrmarkt statt. Ich habe mich gefragt, ob Birdie und Sie vielleicht hingehen möchten. Mit mir?«

Cassies Gedanken überschlugen sich. Wollte er ein Date? Mochte er sie? Mochte sie ihn? Ihr Mund öffnete und schloss sich so oft, dass sie sich vorkam wie ein Goldfisch, aber sie war nicht in der Lage, Wörter für eine Antwort zu bilden.

Er blickte auf den Fußboden und warf die Schlüssel in seiner Hand nervös hin und her. »Sie müssen nicht«, sagte er, als ihr Schweigen sich zu lange ausdehnte. »Das ist keine große Sache. Ich dachte nur, Birdie gefällt es vielleicht. Und ich dachte, es könnte nett sein, mit Ihnen ein bisschen Zeit zu verbringen.«

»Ich bin Witwe«, stieß sie hervor. Sie schlug die Hand vor den Mund, entsetzt, dass sie eine Frage beantwortete, die er gar nicht gestellt hatte.

»Das weiß ich«, sagte er leise.

»Richtig. Natürlich.« Cassie hatte keine Ahnung, was sie sagen sollte oder was sie wollte. Vor Verwirrung bekam sie Kopfschmerzen, und Schweiß lief ihr den Nacken hinunter.

Er sah auf ihre linke Hand. »Es tut mir leid. Ich wollte wirklich nicht drängen, wenn Sie noch nicht so weit sind. Und da Sie noch immer Ihren Ring tragen, sind Sie es vielleicht nicht.«

Cassie presste sich die Hände an die Brust und drückte sie aneinander. Der Ring schnitt in ihren Finger. Sie zwang ihre Lippen, sich zu bewegen. »Ich weiß es nicht.«

»Warum überlegen Sie es sich nicht? Wenn Sie mitkommen möchten, rufen Sie mich einfach an. Falls nicht, ist es nicht schlimm.« Er grinste. »Ich hab's nicht eilig.«

Cassie stieß Luft aus. Sie hatte nicht bemerkt, dass sie den Atem anhielt, und nickte. »Ich danke Ihnen für Ihr Verständnis.«

Nick streckte die Hand aus und strich ihr über den Oberarm. Seine Finger fühlten sich kühl an auf ihrer bloßen Haut. »Gute Nacht, Cassie.«

Sie wankte, als er sich umdrehte und zur Tür hinausging. Sie wollte auf den Jahrmarkt gehen. Sie wollte wieder Spaß haben. Wieder leben. Ihre Augen zuckten zu dem Familienfoto auf dem Kaminsims. Gleich nach Birdies Geburt war es aufgenommen worden und zeigte eine sehr erschöpfte Cassie und einen überschwänglichen Henry. »Ich bin ein Dad! Du hast mich zum Dad gemacht!«, hatte er immer wieder gesagt.

»Henry würde wollen, dass du wieder glücklich wirst«, sagte ihre Mom sanft am anderen Ende des Raums.

Cassie fuhr herum. »Wie lange hast du schon gelauscht?«

»Lange genug, um zu wissen, dass du die Chance verpasst, Zeit mit einem tollen Kerl zu verbringen. Du brauchst dich nicht zu bestrafen. Henry ist gestorben, du aber nicht.«

Cassie drehte den schlichten Reif an ihrem linken Ringfinger und biss sich auf die Lippe.

»Es ist ein Abend auf dem Jahrmarkt. Birdie könnte sich amüsieren. Und du auch«, drängte Anna sie.

Bevor sie es sich wieder anders überlegen konnte, riss Cassie die Haustür auf. Sie trat auf die Veranda heraus und rief: »Nick!«

Er blieb stehen und sah zu ihr zurück.

»Ich würde gern mitgehen. Auf den Jahrmarkt, meine ich.«

Er setzte ein breites Grinsen auf. »Toll! Ich hole Sie und Birdie am Freitagabend gegen sechs ab, wenn Ihnen das recht ist?«

Cassie nickte. In ihrem Magen machte sich schon jetzt Beklommenheit breit. Seit über einem Jahrzehnt wäre es das erste Mal, dass sie mit einem anderen Mann als Henry allein war. Was hatte sie getan?

»Was hat er zu dem Tagebuch gesagt?«, fragte Anna, als sie wieder ins Haus gekommen war.

Cassie barg ihr Gesicht in den Händen. »Äh, ich bin völlig abgedriftet. Wir haben über Birdie geredet, und dann kam er auf den Jahrmarkt zu sprechen. Ich kann nicht fassen, dass ich es vergessen habe.«

Anna lachte leise. »Er bringt dich ganz schön durcheinander, was?«

»Nein!« Cassie sah sie zwischen gespreizten Fingern hindurch finster an. »Ich wurde abgelenkt. Das ist alles.«

»Dann ruf ihn morgen früh einfach an und frag ihn.« Anna lächelte mokant. »Da ist doch nichts dabei, oder?«

»Genau.« Cassie verzog das Gesicht. Ihr Puls beschleunigte sich allein bei dem Gedanken, ihn »einfach anzurufen«. »Da ist nichts dabei.«

18

Katja

Ukraine, Februar 1932

Katja kämpfte sich aus dem Bett, und ein Strom von Wasser lief ihr die Beine hinunter.

»Mama?« Ihre Stimme zitterte, und vor lauter Angst war ihr Mund wie ausgetrocknet. »Bist du wach?«

Ihre Mutter setzte sich auf, schaute auf den nassen Boden und sprang sofort aus dem Bett. »Leg dich wieder hin«, befahl sie.

»Aber es ist doch noch nicht so weit!«, schrie Katja. Ihre Beine zitterten, und sie fiel wieder aufs Bett. »Es ist zu früh!«

Mama versuchte, sie zu beruhigen, aber die Sorge war ihr deutlich anzusehen. Sie befahl Kolja, Lena zu holen, dann strich sie mit ihrer kalten Hand über Katjas Stirn. »Leg dich hin, und versuch, dich zu entspannen. Diese Dinge brauchen ihre Zeit.«

Katja nickte, und eine Welle von Schmerz schoss durch ihren Bauch. Sie umklammerte die Hand ihrer Mutter. »Es tut so weh!«

Alina wankte zum Bett. »Wie fühlst du dich?«

»Es wird schon«, antwortete Katja, als der Schraubstock um ihren Unterleib sich ein wenig lockerte.

»Ich will dich nicht anlügen.« Alinas Augen wirkten ungewöhnlich groß in ihrem ausgemergelten Gesicht. »Aber es wird noch sehr viel schlimmer werden.«

»Ich weiß«, stöhnte Katja. »Ich habe gesehen, wie's bei dir war. Schon vergessen?«

Alina lachte freudlos. »Du bist viel zäher als ich. Das warst du schon immer. Du schaffst das, Katja, und ich verspreche dir, am Ende ist es die Sache wert.« Sie nahm Katjas Hand. »Ich bin bei dir, Schwester. Und ich werde dich nicht verlassen.«

Katja lächelte sie dankbar an.

Anders als bei Alina ging es bei Katja schnell. Als Kolja mit Lena im Schlepptau wieder erschien, kamen die Wehen im Abstand von nur noch wenigen Minuten. Der Schmerz war schlimmer als alles, was Katja je erlebt hatte. Ihr Unterleib zog sich zusammen, aber sie schrie kein einziges Mal. Nach dieser Qual würde ihr Baby kommen, jener Teil von Pawlo, von dem sie geträumt hatte.

»Schreien ist gut.« Lena schaute zwischen Katjas Beinen zu ihr hinauf. »Das hilft dir beim Pressen.«

Katja schüttelte den Kopf und stöhnte, als ihre Mutter ihr die Stirn abwischte. Es allein tun zu müssen, ohne Pawlo, hieß, dass sie selbst stark genug sein musste. Also steckte Katja sich ein Kissen in den Mund und biss mit jeder Wehe zu.

»Wir sind bei dir, Katja«, sagte Alina, als hätte sie die Gedanken ihrer Schwester gelesen. »Du bist nicht allein.«

Katja umklammerte Alinas Hand und presste die Zähne zusammen, um nicht zu schreien. »Doch … Ich bin allein … Ich bin ganz allein!«

»Der Kopf des Babys ist sehr klein.« Lena runzelte die Stirn. »Im wievielten Monat bist du?«

»Ungefähr im achten.« Katja hatte einen Kloß im Hals. »Aber das Baby ist doch gesund, oder?«

»Ganz ruhig. Alles wird gut. Ich habe schon erlebt, dass noch jüngere Babys überlebt haben«, erklärte Lena, aber Katja sah den Blick, den Lena ihrer Mutter zuwarf, und der Mut verließ sie. »Nur noch ein paar Mal pressen. Mach dich bereit!«

Tränen sickerten Katja aus den Augen. Wie sollte sie das schaffen? Das Baby kam viel zu früh. Pawlo war tot, und egal, wie sehr sie sich auch bemühte, sie war nicht stark genug.

»Katja!« Mama schüttelte sie. »Wage es ja nicht aufzugeben! Du musst kämpfen! Das Kind braucht dich!«

»Ich glaube nicht, dass ich das noch kann, Mama. Ich bin das Kämpfen so leid.« Verzweiflung erstickte jede Hoffnung, die Katja einst gehabt hatte, und sie fiel aufs Bett zurück.

»Was, glaubst du wohl, heißt es, Mutter zu sein? Das ist ein ständiger Kampf. Das ist endlose Angst. Das sind ewige Sorgen. Und es ist immer Arbeit! Aber das ist es wert, Kind. Ich schwöre dir, das ist es wert.«

Mama strich ihr Haar glatt und küsste sie auf die Stirn. »Und jetzt ... pressen!«

Katja richtete sich wieder auf, atmete tief ein und presste. Sie stöhnte und hätte schwören können, dass ihr Leib in zwei Teile zerriss, als das Baby hinausglitt. Später dachte sie oft, dass nicht nur ihr Körper in diesem Moment zerbrochen war, sondern auch ihr Herz. Das war es, was es bedeutete, Mutter zu sein: Aus dem Herzen wird ein Stück herausgerissen und dem Kind gegeben.

»Es ist ein Junge!« Lena legte den warmen, nassen Körper neben Katja aufs Bett.

»Er ist so klein.« Katja berührte sein Gesicht. Seine Lippen waren blau und seine Augen geschlossen. »Warum weint er nicht?«

Lena nahm ihn wieder an sich und klopfte und rieb ihm heftig den Rücken, bis er schließlich spie. Dann trocknete sie ihn ab. Mama gab ihr einen Ruschnyk, den sie extra für die Geburt gestickt hatte, und Lena wickelte das Kind hinein. »Manche Kinder fangen von selbst an zu atmen. Andere brauchen ein wenig Hilfe.«

Lena reichte das Kind Katja zurück, und als der Kleine sie mit seinen graublauen Augen anschaute, war sie sofort verliebt. Und die Wärme dieser Liebe breitete sich in ihr aus, umhüllte sie, bis nichts anderes mehr von Bedeutung war. Sie fühlte keinen Schmerz, als Lena die Nachgeburt herausholte, und sie bemerkte noch nicht einmal, dass Mama und Lena sie abtrockneten und das Bett frisch bezogen. Ihre ganze Welt lag in ihren Armen. Eine winzige Version von Pawlo schmiegte sich an sie.

»Leg dir das Kind an die Brust«, forderte Lena sie auf. »Er wird zwar nicht viel bekommen, solange die Milch nicht einschießt, aber wenn er saugt, geht das schneller.«

Katja legte ihn sich an die Brust und schaute zu, wie das Baby rhythmisch zu saugen begann. Der Schmerz ließ sie kurz zusammenzucken, und Lena versicherte ihr, dass es nicht immer wehtun würde. Sie würde sich daran gewöhnen.

»Er ist ein Naturtalent.« Lena lächelte. »Das ist gut. Er ist zwar zu früh dran, aber wenn er trinkt, wird er schon gedeihen.«

»Ich würde ihn gerne nach Tato nennen.« Katja lächelte ihre Mutter an. »Wiktor. Mein kleiner Wiktor Pawlowitsch.«

Mama hatte es die Sprache verschlagen, und sie nickte einfach nur.

Alina saß auf der Bettkante. Sie war so leicht, dass Katja ihr Gewicht kaum spürte, und sie stellte Halya ihrem kleinen Vetter vor. Alina lächelte. Die Knochen ragten aus ihren ausgemergelten Wangen. »Siehst du? Ich habe dir ja gesagt, dass es nicht so schlimm sein wird.«

Katja schnaubte spöttisch. »Du hast bei Halyas Geburt so laut geschrien, dass man dich im nächsten Dorf hören konnte.«

»Pah!« Alina winkte ab. »Du übertreibst immer. Aber ich bin nicht überrascht, dass du kaum einen Ton von dir gegeben hast. Du magst zwar die Jüngere sein, aber du warst immer zäher als ich.«

Diesen einen kurzen Augenblick lang überkam Katja ein Glücksgefühl, denn Wiktor füllte eine Lücke, von der sie geglaubt hatte, nichts würde sie je füllen können.

Katja hatte zwei wunderbare Wochen mit Wiktor, bis sie eines Morgens aufwachte, er aber nicht. Sein kalter, kleiner Leib lag neben ihr, die Fingerchen auf ihrer Brust, und sein Mund stand noch immer offen.

Jetzt schrie sie, laut und durchdringend.

***

»Er war nicht für diese Welt bestimmt«, sagte Mama zu Lena.

Lena nickte. »Ich habe es schon bei seiner Geburt gesehen. Aber wer bin ich schon, so etwas zu prophezeien?«

Katja ignorierte sie und starrte weiter an die Wand. Ihre Brüste schmerzten, so voll waren sie, und erinnerten sie damit auf grausame Art an Wiktors Tod vor zwei Tagen. Sie tropften ständig. Die Milch durchnässte ihr Hemd, aber das war ihr egal. Sie hatte ihr Bett nur verlassen, um aufs Klo zu gehen, aber selbst das war immer seltener geworden, da sie weder trank noch aß. Es war ohnehin nicht viel zu essen da. Also konnte sie ihren Anteil genauso gut jenen geben, die noch leben wollten. Irgendwann hatte Mama Lena zu Hilfe gerufen. Vielleicht schaffte die es ja, ihre Tochter wieder ins Leben zurückzuholen.

Vom Bett aus sah Katja, wie Alina ihr Baby stillte. Sie sah Alinas Mann von der Arbeit in der Kolchose kommen und seine Frau auf die Wange küssen. Katja sah alles, was Alina hatte, während sie alles verloren hatte.

Sie versuchte, ihre Schwester nicht zu hassen, doch ein kleiner Teil von ihr konnte nicht anders. Warum hatte Alina sowohl einen Mann als auch ein Kind, und sie hatte gar nichts? Warum musste sie all diese Verluste erdulden, während Alina das Leben lebte, das sie sich immer gewünscht hatte?

Natürlich wusste sie, dass das so nicht wirklich stimmte. Auch Alina und Kolja hatten durch die Kolchose ihr altes Leben verloren. Die Aktivisten hatten alles verändert, und Alina hatte genau wie Katja ihren Vater verloren. Auch wenn sie alle noch hofften, dass er wieder zu ihnen zurückkehren würde – bis jetzt hatten sie kein Wort von ihm gehört.

Katja hasste sich selbst für diese Gedanken, aber sie wusste nicht, wie sie sie verhindern konnte. Und sie musste dabei zuhören, wie Mama und Lena über sie sprachen, als könnte sie sie nicht hören, als wäre sie nicht da.

»Sie muss Halya stillen, solange noch Milch fließt«, sagte Mama. »Alina hat kaum noch welche, und ich fürchte, schon bald wird Halya nichts mehr zu essen haben. Das Kind schreit ja jetzt schon nach mehr.«

»Das ist keine schlechte Idee.« Lena nickte. »Katja hat viel Milch. Es wäre eine Schande, die zu verschwenden.«

Meine Milch war für Wiktor!, hätte Katja sie am liebsten angeschrien. Warum ließen sie sie nicht einfach in Ruhe, damit sie endlich sterben und wieder mit Pawlo und Wiktor zusammen sein konnte?

Doch das tat sie nicht, und als Alina sich schüchtern, mit Tränen in den Augen und mit der süßen, hungrigen Halya im Arm näherte, streckte Katja die Arme aus und nahm das Kind. Alina war ihre Schwester und Halya ihre Nichte. Wie hätte sie ihnen nicht helfen können?

Halyas winziger Mund verband sich mit Katjas Brust, und beinahe sofort spürte Katja das vertraute Stechen und Zwicken. Die Lebenskraft ihres Leibs, die Milch, die nicht gereicht hatte, um Wiktor leben zu lassen, floss von ihr zu Halya. Katja musterte Halyas Gesicht, während sie gierig trank und zufrieden grunzte. Ein paar Tropfen flossen aus dem Mundwinkel des Babys und nässten das Laken, während Katja Tränen über die Wangen liefen.

19

Cassie

Illinois, Juni 2004

Cassie starrte den Karton an. Dringender denn je musste sie herausfinden, was mit Bobby los war. Sie berührte das abgewetzte Leder des Tagebuchs und zog mit den Fingern die Riefen nach. Sie stellte sich eine viel jüngere Frau vor, die sich versteckte und ihre ureigensten Gedanken niederschrieb. Was hatte ihre Großmutter so sehr verletzt, dass sie den Drang verspürte, im Garten hinter dem Haus Lebensmittel zu vergraben und endlose Entschuldigungen aufzuschreiben, die sich an eine Alina richteten?

Nick war die einzige Möglichkeit, an Antworten zu kommen, aber sie fürchtete sich vor noch mehr Nähe zu dem Mann, der sie ihre Treue zu Henry infrage stellen ließ.

Wie kann das eine gute Ausrede sein, wo du selbst eingewilligt hast, mit ihm auszugehen?, fragte sie sich. Dabei war das Einzige, was zählte, Bobby zu helfen.

Bevor sie es sich wieder ausreden konnte, griff sie nach dem Telefon und tippte die Nummer ein, die er ihr gegeben hatte.

Er nahm beim ersten Klingeln ab. »Hallo?«

Seine weiche, tiefe Stimme sandte Cassie Schauder den Rücken hinunter, und wieder zerstreuten sich ihre Gedanken wie Löwenzahnflaum im Wind.

»Hi«, hauchte sie.

»Cassie? Sind Sie das?«

Sie nickte, obwohl er sie nicht sehen konnte. »Äh, ja. Ich muss Sie um einen Gefallen bitten.« *Toll. Lass einfach alle Liebenswürdigkeiten weg und bitte ihn gleich, etwas für dich zu tun. Damit beweist du echte Klasse.*

»Was immer Sie brauchen«, sagte er sofort.

Sein Eifer ließ ihren Magen einen Purzelbaum schlagen. »Ich habe hier etwas auf Ukrainisch, und ich wäre dankbar, wenn Sie es für mich übersetzen könnten. Schon wieder. Aber es ist sehr viel mehr als nur eine Notiz. Es ist ein ganzes Tagebuch. Und noch ein paar lose Zettel. Wenn Sie so nett wären. Bitte.« Sie biss sich auf die Lippe. Wieso fiel ihr das so schwer? Und warum hatte sie mit einem Mal Schwierigkeiten, in ganzen Sätzen zu reden?

»Sicher. Ich kann jetzt gleich vorbeikommen und es mir ansehen, wenn Sie wollen.« Er lachte. »Ich bin froh, dass Sie nicht anrufen, um unsere Verabredung fürs Wochenende abzusagen.«

»Nein, natürlich nicht.« *Eine Verabredung. Ich kann noch immer nicht fassen, dass ich ein Date habe.* Cassie sah auf die Uhr. »Das wäre toll. Birdie und Bobby sollten noch eine Weile Mittagsschlaf halten, also wären wir allein.« Sie schlug sich die Hand vor die Stirn. Was für eine Botschaft versuchte sie, ihm zu senden? *Hilfe, ich einsame Witwe brauche einen Nachmittagsbesuch meines alleinstehenden Nachbarn?*

Praktisch konnte sie ihn durchs Telefon grinsen hören, aber zu ihrer unermesslichen Erleichterung verzichtete er auf jeden Kommentar über ihre neuentdeckte Verwegenheit. »Ich bin in fünf Minuten bei Ihnen.«

»Wunderbar. Kommen Sie auf die Terrasse. Bitte klingeln Sie nicht.« Cassie legte auf und eilte zu ihrem Laptop. Vor dem Spiegel blieb sie stehen, strich sich die Haare glatt und sah sich finster an. »Du machst dich gerade in vielerlei Hinsicht lächerlich.«

Sie stellte den Karton auf ihren Laptop und trug beides zusammen auf die Terrasse, als Nick durchs Gartentor kam.

»Danke, dass Sie so kurzfristig Zeit haben.« Sie stellte alles auf den Terrassentisch und setzte sich.

»Was ist das?« Nick zog einen Stuhl heran und setzte sich neben sie, so dicht, dass sie das Shampoo in seinen feuchten Haaren riechen konnte.

Ihr Herz flatterte, und sie holte tief Luft. »Es gehört Bobby. Ein Tagebuch, Briefe und Fotos. Sie spricht nie über ihr Leben, bevor sie nach Amerika kam, aber in letzter Zeit schlafwandelt sie und hat seltsame Flashbacks. Sie redet davon, sich auf den Tod vorzubereiten und dass ich alles erfahren soll, nur dass sie sich nicht überwinden kann, es mir selbst zu erzählen.«

Nick runzelte die Stirn. »Das ist ziemlich heftig. Ist es ihr denn recht, wenn ich darin lese?«

Cassie nickte. »Sie hat es selbst vorgeschlagen.«

»Das ist alles auf Ukrainisch?« Nick blätterte durch einige lose Notizbuchseiten und hielt hier und da inne, um ein paar Zeilen zu überfliegen.

»Ja, und ich würde gern mitschreiben, während Sie es übersetzen, damit ich eine Aufzeichnung habe, in der ich lesen kann.«

Sein Arm strich über den ihren, als er mit dem Stuhl näher rückte, und sie bekam Gänsehaut am ganzen Leib. Sie wickelte das bestickte Tuch ab, und das braune Leder des Einbands kam zum Vorschein. Zwischen den abgewetzten Buchdeckeln befand sich das Leben ihrer Großmutter – die Geschichte, die Cassie schon fast ihr ganzes Leben lang hatte ans Licht bringen wollen. Was hatte Bobby gesehen? Was hatte sie überlebt? Sie schlug das Tagebuch auf, und weitere lose Blätter, die hineingelegt waren, quollen heraus. Schrift füllte jeden freien Platz darauf, Vorder- und Rückseite.

»Wo fangen wir überhaupt an?«, fragte Cassie, fassungslos über die schiere Anzahl von Wörtern.

Nick musterte die Seiten. »Immerhin hat sie jeden Eintrag datiert.«

Cassie atmete erleichtert auf, als Nick die Seiten nebeneinander anordnete und die Daten vorn und hinten im Buch nachsah.

»Einige dieser Zettel sind älter als das Tagebuch«, sagte er, »und wie es aussieht, sind einige davon erst entstanden, nachdem sie es vollgeschrieben hatte. Ich will sie rasch sortieren, dann haben wir alles in der richtigen Reihenfolge.«

Während Nick die Notizen ordnete, klappte Cassie ihren Laptop auf. Sie hatte ihn über Nacht aufgeladen, sodass der Akku voll sein musste, aber dass sie ihn zuletzt benutzt hatte, lag fünfzehn Monate zurück. Hoffentlich funktionierte alles noch. Während der Computer summend zum Leben erwachte, fuhr sie mit den Händen über die Tasten, als mache sie sich mit alten Freunden wieder bekannt. Ihr war nicht klar gewesen, wie sehr sie das Gefühl vermisst hatte. Wie sehr das Schreiben Teil ihres Lebens war.

Sie lächelte. »Meinetwegen können wir anfangen.«

Nick las zwei Stunden lang vor, in denen Cassies Finger über die Tastatur flogen. Er war schneller, als er sie merken ließ, und ein paarmal musste sie ihn zügeln, damit sie aufholen konnte.

»Aha, das ›P‹ auf dem Zettel steht also für Pawlo. Ihre erste Liebe. Das erklärt eine Menge. Und Alina war ihre Schwester.« Cassie legte ihre Hand auf die Brust und atmete mühsam. »Ich kann nicht fassen, dass sie eine Schwester hatte, von der wir nie etwas erfahren haben. Was, wenn sie Kinder hatte? Cousins und Cousinen, die wir nie kennenlernen werden? Ich kann's kaum abwarten, meiner Mutter davon zu erzählen.«

»Wir wissen noch nicht, was aus ihnen wurde und weshalb sie sich so schuldig fühlt«, sagte Nick.

»Nein, aber wir wissen schon, dass Stalins Leute ihnen das Essen weggenommen haben.« Ein Gefühl von Zufriedenheit durchfuhr Cassie, als sie die Verbindung herstellte. »Das ist vermutlich der Grund, weshalb Bobby heute wieder Lebensmittel versteckt. Ihr Gedächtnis führt sie in Zeiten zurück, in denen das nötig war.«

***

Seufzend warf Cassie das violette Sommerkleid auf den Haufen alter Kleidungsstücke, die ihr Bett übersäten. Was trug man heutzutage bei einem Date? Sicher, sie hatte am Abend zuvor mit Nick zu einer zweiten Runde Tagebuchübersetzen auf der Terrasse gesessen, aber jetzt war es etwas ganz anderes. Gestern Abend hatten sie ein gemeinsames Ziel verfolgt und sich darauf konzentriert. Heute Abend hatten sie ein Date.

Sie durchwühlte ihre Sachen ein weiteres Mal und zog eine Jeans und ein schwarzes Topp mit V-Ausschnitt hervor, die das Tageslicht seit ihrer Entscheidung, nur noch in Jogginghose und T-Shirt zu leben, nicht mehr erblickt hatten. Endlich angezogen, nahm sie das Make-up, das sie seit einem Jahr nicht mehr angefasst hatte, und versuchte, es mit aus der Übung geratener Hand aufzutragen. Birdie, die von alldem völlig verwirrt war, griff Cassie immer wieder ins Gesicht und versuchte, ihre Wimpern zu betasten.

»Dass ich so was getragen habe, ist so lange her, dass du gar nicht mehr weißt, was das ist, stimmt's?«

Birdie schüttelte den Kopf und zeigte auf ihre Wangen. »Darf ich auch mal?«

Cassie legte den Kopf in den Nacken und seufzte erfreut. Birdie hatte nicht aufgehört zu sprechen, und jedes Wort erschien Cassie wie ein Geschenk.

»Du bist so schön, du brauchst so was nicht, aber wir können es ruhig mal probieren.« Cassie fuhr Birdie mit dem Pinsel über Nase und Wangen. »Vielleicht finden wir ein bisschen Kinderschminke für dich, dann kannst du dich verkleiden.«

Ihre Tochter nickte, dann kicherte sie und stolzierte vor dem Spiegel auf und ab, während Cassie in letzter Minute eine Panikattacke bekam, weil sie kurz glaubte, dass ihr nur die Wahl zwischen Flipflops und Turnschuhen blieb. Zum Glück kam Anna zu ihrer Rettung und brachte ein Paar schwarzer Riemchensandalen mit, die sie sich borgen konnte, und das Ensemble war komplett. Simpel, aber komplett.

»Ich kann nicht fassen, dass mir das so viel Stress bereitet.« Cassie fuhr sich noch einmal durch die Haare. »Hätte ich bloß nicht Ja gesagt.«

»Du wirst das schon machen.« Anna war eine Stunde zuvor gekommen, um bei Bobby zu bleiben, während Birdie und Cassie ausgingen, und nun hatte sie Cassie bereits dreimal ausgeredet, doch noch abzusagen. »Ich warte hier auf dich, damit du mich auf den neuesten Stand bringen kannst, was das Tagebuch angeht.«

»Ich kann auch absagen und es dir jetzt erzählen«, sagte Cassie.

Anna schüttelte den Kopf. »Ich möchte keinen übereilten Bericht. Also sag mir lieber noch gar nichts. Ich möchte mit dir zusammensitzen und die Einzelheiten hören. Außerdem, denk mal an Birdie. Sie freut sich so sehr auf den Jahrmarkt. Du kannst jetzt nicht mehr absagen.«

Cassies Blick fiel auf ihre Tochter. Sie trug ein knallrosa-orange gestreiftes Sommerkleidchen und wirbelte in einem Fleck Sonnenlicht herum, das durch das Fenster fiel. Der Rock schmiegte sich im Schwung ihrer Bewegung um ihre Knie.

»Guck mal, Mama!« Sie kicherte, als sie hinfiel. »Mein Kleid macht mich ganz schwindlig!«

»Ich werde es nie leid, sie sprechen zu hören«, sagte Cassie.

Anna schnaubte. »Warte nur, bis sie in die Pubertät kommt. Und jetzt hör auf, Stress zu machen. Das wird ein Spaß! Für euch beide.«

»Warum gehst du nicht lieber?«

»Hör auf damit.« Anna sah aus dem Fenster. »Da kommt Nick. Ich werde nach Bobby schauen und sehen, ob sie schon ausgeschlafen hat. Du gehst an die Tür.«

Cassies Magen sank im Sturzflug. Mit zitternden Händen öffnete sie, bevor Nick Gelegenheit zu klingeln bekam. Er trug legere Kakishorts und ein enges blaues T-Shirt, das sich an seinen muskulösen Oberkörper schmiegte. Sein gebräuntes Gesicht war frisch rasiert, und er hielt zwei Blumensträuße in den Händen: einen kleinen, kindergroß, aus Minisonnenblumen und Gänseblümchen und einen großen bunten aus Wildblumen. Cassie umklammerte das Türblatt, damit ihre zitternden Hände sich beruhigten.

»Sie sind wunderschön«, sagte er. Sein Markenzeichen, seine Grübchen, untermalten das ungezwungene Lächeln, mit dem er ihr den größeren Strauß reichte.

Ihr Instinkt schrie ihr zu, bloß wegzurennen, aber sie stellte fest, dass sie die unerklärliche Bindung, die sich zwischen ihnen bildete, nicht zerreißen konnte. Ihr Herz schlug langsamer. Ihr Atem wurde gleichmäßiger. Das Zittern ihrer Hände und ihres Bauchs legte sich, und sie begriff etwas: dass er sie beruhigte. Allein seine Gegenwart bewirkte, dass sie sich besser fühlte. Sicherer.

»Kommen Sie doch rein.« Sie machte einen Schritt zurück, um ihn einzulassen, aber es war, als wäre sie von einer Brücke in einen eisigen Fluss gesprungen.

»Ich dachte, ein kleinerer Strauß würde Birdie besser gefallen«, sagte er. »Wo ist sie denn?«

»Nick!« Birdie kam durch den Korridor gerannt und sprang in seine Arme. »Ich hab dich vermisst!«

»Hallo! Ich habe dich auch vermisst!« Er fing sie mühelos auf und schwang sie herum. Der kleine Strauß war vergessen und wurde zwischen seiner Hand und ihrer Seite zerdrückt. Birdies Entzückensrufe gellten durch den Raum.

»Sind die schönen Blumen für mich?«, fragte Birdie, als er sie wieder absetzte.

Nick kniete sich neben sie und strich die zerdrückten Pflanzen glatt, dann reichte er sie ihr mit einer schwungvollen Bewegung. »Schöne Blumen für ein schönes Mädchen.«

Cassie lächelte über ihr ungezwungenes Geplauder, während Birdie Nick in die Küche führte, um die Blumen ins Wasser zu stellen.

Anna kehrte ins Wohnzimmer zurück. »Sie ist verrückt nach ihm, nicht wahr?«

Cassie nickte und versuchte, die zahllosen Empfindungen zu entwirren, die auf sie einstürmten: Aufregung, Angst, Hoffnung, Freude. Das war alles zu viel. Sie begann zu hyperventilieren.

»Alles okay?«, fragte Anna. »Ich weiß, du denkst, ich habe dich dazu getrieben, aber du brauchst das.«

»Was, bist du auf einmal eine Seelenklempnerin?« Sogar Cassies Stimme bebte, und sie atmete unruhig ein.

»Nein, ich bin bloß deine Mom. Ich kenne dich.« Anna schob Cassie eine Haarlocke hinters Ohr, als Nick und Birdie in den Raum kamen.

»Sind die Damen so weit?« Nick hielt Birdie einen Arm hin.

»Ja!«, quietschte sie. »Gehen wir auf den Jahrmarkt!«

Zwischen den Fahrgeschäften und Spielen auf dem Parkplatz der Grundschule war die Sommerluft schwül und drückend. Cassie, die nie Stil über Bequemlichkeit stellte, hatte ihre Haare zu einem lockeren Pferdeschwanz zusammengebunden. Trotzdem fächelte sie sich mit dem Flyer zu, den sie am Eingang mitgenommen hatte, und bereute es, keine Shorts zu tragen.

»Wie wäre es mit dem Riesenrad?«, schlug Nick vor. »Wenn wir hochfahren, weg von der Menschenmenge, bekommen wir vielleicht frische Luft.«

Cassie stimmte zu, als Birdie sofort skandierte: »Riesenrad! Riesenrad!«

Bislang hatte Nick ihr einen Corn Dog – ein Würstchen in Maisteighülle – gekauft, einen Zitronenshake und Strauben mit Zucker und Zimt. Nach den Strauben hatte Cassie eine Ess- und Karussellpause vorgeschlagen, denn sie wollte die Leckereien nur ungern wiedersehen.

»Tut mir leid.« Nick lächelte verlegen. »Es ist so schön mitzuerleben, wie sie sich begeistert. Ich liebe es, den Jahrmarkt durch ihre Augen zu sehen.«

»Ich weiß.« Cassie wurde weich und grinste. »Es ist toll, wenn sie so glücklich ist. Aber wenn sie überall hinkotzt, ist es für sie mit dem Spaß vorbei. Und glauben Sie mir, für uns auch.«

»Hallo, Nick!«, rief eine Frau ihm zu, als sie am Gruselkabinett vorbeikamen. Sie winkte und schickte ihm über die Entfernung einen Luftkuss mit ihren hellrosa Lippen. »Lange nicht gesehen!«

Nick wurde rot und winkte zurück, ohne stehen zu bleiben. »Hallo, Denise. Bin sehr beschäftigt, du weißt schon.«

Denise musterte Cassie, feixte kurz und wandte sich Nick wieder zu. »Dann lass von dir hören. Du weißt ja, wo ich wohne.«

Sie warf Nick noch einen Luftkuss zu, der bei Cassie stärkeren Brechreiz auslöste, als jedes Karussell oder gleich wie viel Strauben es vermochten.

»Sie scheint nett zu sein.« Erstaunt über den Stich der Eifersucht in ihrem Bauch musste Cassie an sich halten, um mit ruhiger Stimme zu sprechen.

»Tut mir leid … Sie ist eine alte Freundin.« Nick machte ein gequältes Gesicht, aber weitere Erklärungen gab er nicht ab.

Cassie biss auf ihre Unterlippe und verkniff sich eine Erwiderung. Warum sollte sie sich daran stören, wenn Nick mit einer anderen Frau befreundet war? Dazu hatte sie kein Recht.

»Können wir jetzt aufs Riesenrad?«, fragte Birdie.

Cassie klebte sich ein Lächeln ins Gesicht. »Das ist eine gute Idee, Vögelchen. Machen wir das.«

Als Birdie von allem, was der Jahrmarkt bot, genug hatte und nachdem Nick von zwei weiteren Frauen angesprochen worden war, die bekunden mussten, wie sehr sie ihn vermissten, brachte er sie nach Hause.

»Danke für den schönen Abend, Ladys«, sagte er und verbeugte sich vor Birdie. »Es war mir ein Vergnügen.«

Birdie kicherte und schlang die Arme um ihn. »Danke, Nick!«

Cassie öffnete die Tür, und Birdie rannte nach drinnen und rief nach Anna. Cassie seufzte und drehte sich zu Nick um. »Danke. Das war sehr schön.«

»Fand ich auch.« Er zögerte. »Tut mir leid wegen Denise. Mit ihr ist es schon lange vorbei, aber sie scheint immer wieder aufzutauchen, wenn ich am wenigsten damit rechne.«

Cassie zog die Brauen hoch. »Janet und Tiffany auch?«

Er errötete und stammelte eine weitere Entschuldigung.

Cassie hob die Hand, damit er aufhörte. »Schon gut. Wir haben alle eine Vergangenheit, oder nicht?« Sie senkte die Hand und drehte den Reif an ihrem linken Ringfinger.

»Das haben wir. Aber ich schaue gern nach vorn.« Nicks Stimme klang tief und heiser. Er strich ihr mit den Knöcheln auf dem Handrücken über die Wange. Augenblicklich erstarrte sie und entspannte sich beim Gefühl seiner rauen Hand. »Gute Nacht, Cassie.«

***

»Also, wie war's?« Anna stürzte sich auf Cassie, kaum dass Birdie gewaschen war und im Bett lag. »Hattet ihr Spaß? Komm, trink einen Tee mit uns.«

»Es war nett.« Cassie setzte sich und sog den süßlichen Kräuterduft des Abendgebräus ein, das ihre Mutter vor sie stellte.

»Nur nett?« Bobbys Augen funkelten über ihrer Teetasse.

»Nick war prima. Ein echter Gentleman. Und ich war gern mit ihm unterwegs«, gab Cassie zu. »Er war so lieb zu Birdie.«

»Grandma!«, rief Birdie aus ihrem Zimmer. »Du hast vergessen, mir ein Lied vorzusingen!«

»Das musst du nicht, Mom.« Cassie stand vom Tisch auf. »Ich mache das.«

»Nein, sie hat nach mir gerufen. Ich bin so begeistert, dass ihr jetzt hier wohnt und ich es die ganze Zeit tun kann«, sagte Anna über die Schulter hinweg, während sie aus dem Zimmer eilte.

Unter Bobbys forschendem Blick ließ Cassie den Kopf sinken. Sie starrte in ihren Tee und suchte nach etwas Alltäglichem, das sie sagen konnte.

Bobby kam ihr zuvor, aber was sie sagte, war kaum alltäglich. »Es kommt einem falsch vor, nicht wahr? Mit einem anderen Mann Spaß zu haben.«

Cassie hob ruckartig den Kopf, überrascht von Bobbys Wahrnehmung.

Ihre Großmutter lehnte sich zurück und faltete die Hände. »Ich habe dir ja schon gesagt, dein Großvater war nicht meine erste Liebe.«

Cassie trank ihren Tee zu schnell und verbrannte sich die Zunge. »Autsch! Ja, wir haben von Pawlo gelesen. Das tut mir leid. Es muss schlimm gewesen sein, ihn zu verlieren.«

»Das weißt du selbst am besten.«

»Ich kann mir kaum vorstellen, dass du jemand anderen geliebt hast. Dido und du, ihr seid so glücklich miteinander gewesen.«

Bobby lächelte traurig. »Ja, ich habe deinen Großvater geliebt, aber vorher habe ich Pawlo geliebt. Ich habe einmal gedacht, wir würden immer zusammen sein.«

Ohne noch an ihre verbrannte Zunge zu denken, beugte sich Cassie vor und hörte zu.

»Als er starb, dachte ich, ich sterbe auch. Dass ich ohne ihn nicht leben könnte. Aber ich konnte es. Und ich tat es. Bei allem, was damals geschah, wundere ich mich noch heute, dass ich überlebt habe. Jeden Tag bin ich aufgestanden und habe bis zum Abend durchgehalten, dann wachte ich wieder auf, und es ging von vorn los.« Sie schloss die Augen, in Erinnerungen versunken.

»Wusste Dido, dass du jemand anderen vor ihm geliebt hast?«

»Er liebte vor mir auch eine andere. Wir kannten beide diesen Verlust, und das schweißte uns zusammen.«

Cassie lehnte sich zurück und dachte nach. Nick hatte keine solche Verbindung. Oder doch? Nach allem, was sie wusste, kam er ihr wie ein ziemlicher Frauenheld vor. Sie wäre diejenige, die die ganzen Probleme mitbrächte. Und wer würde das wollen?

Bobby antwortete, als lese sie ihre Gedanken. »Du kennst seine Geschichte nicht. Und selbst wenn sie ganz anders sein sollte als deine, es spielt keine Rolle. Was ich sagen will: Menschen können nach einem Verlust weitergehen. Du kannst immer noch ein Leben haben, auch wenn du denkst, dass nichts übrig ist, denn es gibt immer etwas, für das es sich lohnt zu leben. Du wirst sehen. Es ist alles in der Schachtel.«

Cassie dachte noch über Bobbys Worte nach, als Anna zurück in den Raum fegte. »Birdie ist zugedeckt und schon fast eingeschlafen. Also, was hab ich verpasst? Hat er dich geküsst?«

»Mom! Nein, er hat mich nicht geküsst! Er war ein perfekter Gentleman.« Cassie blies über den Tee in ihrer Tasse und versuchte, sich nicht zu fragen, wie es sich angefühlt hätte, wäre es so gewesen.

20

Katja

Ukraine, September 1932

»Bring mir mein Baby!«, jammerte Alina in ihrem Bett.

Mama schüttelte den Kopf. Katja wich zurück und drehte ihrer Schwester den Rücken zu, sodass Alina nicht sehen musste, wie Halya tief und fest in Katjas Armen schlief. Kolja schaute sie gequält an und schlug die Hände vors Gesicht.

»Sie schläft, Liebling.« Mama sprach sanft und leise, um Alina zu beruhigen. In der letzten Woche, als das Fieber getobt hatte, hatte Alina den Verstand verloren. Sie hatte von Ereignissen gesprochen, die schon Jahre zurücklagen, als seien sie erst gestern geschehen, und manchmal hatte sie auch nur unzusammenhängendes Zeug geplappert. Der Hunger hatte sie so geschwächt, dass sie keinerlei Widerstandsfähigkeit gegen Krankheiten mehr hatte. Sie konnte nur noch winzige Portionen essen, und ihr Bauch schwoll so sehr an, dass es fast so aussah, als sei sie wieder schwanger.

Ihr Verlangen, Halya zu stillen, ließ sie mehr verzweifeln als alles andere. Sie schrie, sie wolle ihr Kind füttern, doch die Kolchose hatte die Essensrationen noch weiter zusammengestrichen, und seitdem war ihr Milchfluss endgültig versiegt. Im Augenblick war Katja Halyas einzige Nahrungsquelle, und zum Glück produzierte sie noch genug … vorerst.

»Ich muss Halya füttern«, weinte Alina. »Sie ist so hungrig. Ich höre sie den ganzen Tag schreien.«

»Du kannst sie nicht mehr stillen, Alina«, erklärte ihre Mutter mit fester Stimme. »Du hast nichts mehr. Du hast ja noch nicht mal genug für dich. Du bist krank, und deine Brust ist ausgetrocknet.«

»Nein, nein, ist sie nicht. Ich spüre doch, wie die Milch fließt«, schluchzte Alina und fuhr sich mit den Händen über die leere Brust. »Bitte, lasst mich mein Baby stillen.«

Mama nahm Alinas Hände und hob sie an die Lippen. »Du kannst es versuchen, aber sei nicht enttäuscht, wenn es nicht funktioniert.«

Ihre Mutter winkte Katja, sie solle Halya bringen. Katjas Kehle brannte. Sie kämpfte mit den Tränen, als sie sah, wie Alina immer verzweifelter wurde. Das ging nun schon seit Tagen so, und das machte es auch für Halya schwer. Auch sie wollte bei ihrer Mutter trinken, aber wenn Alina sie ermutigte, an ihrer Brust zu saugen, dann hatte sie nichts, und das machte das Baby wütend. Halya schrie und schlug mit ihren kleinen Fäusten auf Alina ein, und Alina versank als Folge davon immer tiefer in ihrer eigenen Welt. Nur so konnte sie dem Schmerz darüber entgehen, dass sie ihrer Tochter nicht geben konnte, was diese zum Überleben brauchte.

»Willst du sie dem wirklich wieder aussetzen?«, fragte Katja, als ihre Mutter Halya in Alinas Arme legte. »Das wird für beide nicht gut ausgehen.«

Mama ignorierte sie und sagte zu Alina: »Tochter, wenn das heute nicht funktioniert, werden wir es nicht noch einmal versuchen. Hast du das verstanden?«

Alina nickte. Ihr Blick war eifersüchtig auf Halya fixiert. Katja bezweifelte, dass Alina auch nur ein Wort ihrer Mutter gehört hatte. Trotz ihrer Bedenken half Katja ihrer Schwester, das Baby auf die Kissen zu legen, denn mit ihren schwachen Armen konnte

Alina ihre Tochter nicht mehr halten. Halya suchte gierig nach der Brust ihrer Mutter und der lebensspendenden Milch, die sie so dringend brauchte.

Alina legte erschöpft den Kopf zurück, und kurz senkte sich Stille über den Raum, während Halyas winziger Mund arbeitete. Alina konnte keine Milch produzieren, weil sie nicht aß. Trotzdem hielt Katja die Luft an und hoffte verzweifelt auf ein Wunder.

Kolja trat ans Bett und strich Alinas Haar zurück. Dann küsste er sie auf die Stirn. »Meine wunderschönen Mädchen.«

Katja wandte den Blick ab. Auch nach all dieser Zeit schmerzte es sie zu sehen, dass sie hatten, was man ihr genommen hatte. Sie hatte versucht, sich abzuhärten und so zu tun, als kümmere sie das nicht, aber das stimmte nicht.

Halya saugte mit aller Kraft, und als sie keine Milch für ihre Mühen bekam, schrie sie. Alina verzog frustriert das Gesicht. Mama griff sofort ein und nahm das weinende Baby von Alinas Brust.

Alina packte sie an den Handgelenken. »Nein. Bitte. Ich muss es noch ein wenig versuchen. Vielleicht die andere Seite.« Ihre zitternde Stimme traf Katja bis ins Mark. »Ich muss sie stillen. Ich kann sie doch nicht im Stich lassen. Was für eine Mutter lässt ihr Baby verhungern?«

»Hier.« Mama hielt Katja das wütende Baby hin. »Still du sie.«

Halyas Schreie weckten einen Urinstinkt bei Katja, und das vertraute Stechen verriet ihr, dass die Milch einschoss. Die ersten Tropfen nässten bereits das Hemd, und sie holte rasch die Brust heraus, um sie Halya zu geben.

Ihre Mutter atmete tief durch und drehte sich dann wieder zu Alina um. »Halya geht es gut. Katja wird sich um sie kümmern. Sie wird nicht hungern. Ich schwöre, wir sorgen dafür, dass sie immer genug zu essen hat.«

Alina riss besorgt die Augen auf, und das Spiel begann von

vorn. »Mein Baby hat Hunger? Wo ist es? Bring sie zu mir. Ich werde sie stillen. Wenigstens das kann ich für sie tun.«

Ihre Mutter sank geschlagen aufs Bett. Nach ein paar Minuten schloss Alina die Augen wieder und summte ein altes Lied, das ihr Vater ihnen früher immer vorgesungen hatte. Ein leiser Laut des Jammers entfuhr Mama. Sie schlug die Hand vor den Mund und zitterte. Nach ein paar Minuten beherrschte sie sich wieder. Sie hob die Decke und rollte sich neben Alina zusammen. Zusammen mit ihr summte sie das Lied und wiegte den fiebrigen Leib ihrer ältesten Tochter sanft in den Armen.

Kolja ging zu Katja und Halya. Er starrte auf sein Baby in Katjas Armen, und seine Stimme drohte zu brechen, als er sagte: »Ich … Ich weiß nicht mehr, was ich tun soll.« Er streckte die Hand aus und streichelte Halya über den kleinen Kopf. »Ich habe Angst, dass sie mir entgleitet.«

Katja drückte ihm den Arm. »Verlier nicht die Hoffnung. Alina ist stark. Sie wird das überleben.«

Katja stiegen erneut die Tränen in die Augen, als sie sah, wie das Kind ihrer Schwester gierig an ihrer Brust saugte. Sie konnte ihre eigenen Worte nicht glauben, aber sie wollte, dass sie wahr waren … Sie mussten!

***

Mit Kolja durch den Wald zu gehen erinnerte Katja an die langen Wanderungen mit Pawlo, als sie ihr Korn versteckt hatten. Zwei Jahre später war nichts mehr davon übrig, aber sie hoffte, die Vorratslager in der Erntezeit ein wenig auffüllen zu können. Die Angst vor dem bevorstehenden Winter belastete sie, und sie fragte sich, ob sie je wieder genug zu essen haben würden.

Katja schaute zu Kolja. Seine Gestalt, früher größer und breiter als Pawlo, war nun abgemagert. Nach all den schlaflosen Nächten, in denen er Alina in den Armen gehalten hatte, während sie im Delirium gestöhnt und sich gewunden hatte, ließ er die Schultern hängen. Und er hatte dunkle Ringe unter den Augen. Die Erschöpfung war ihm deutlich anzusehen.

»Ich ertrage es einfach nicht, sie so zu sehen.« Kolja bückte sich, um die erste Schlinge zu untersuchen, die sie am Waldrand ausgelegt hatten. »Leer.« Er richtete die Falle wieder, und sie gingen weiter.

»Ich denke, wenn wir mehr zu essen für sie bekommen, wird sie auch wieder gesund«, erklärte Katja.

Kolja lachte verbittert. »Ja, klar … Mehr zu essen, und alles wird gut. Wenn es doch nur so leicht wäre!«

»Trotzdem müssen wir es weiter versuchen«, schnappte Katja. »Es gibt noch viel im Wald zu finden: Pilze, Brennnesseln, Eicheln. Und wenigstens haben wir noch die Milch von der Ziege. Ich werde ihr meinen Anteil geben, damit sie wieder zu Kräften kommt.«

»Nein, das wirst du nicht.« Koljas Stimme nahm einen sanften Tonfall an. »Du musst bei Kräften bleiben. Für Halya. Ich habe Angst, dass das Essen Alina nicht mehr helfen wird … dass es schon zu spät ist.«

Tief in ihrem Inneren sah Katja das genauso. Alina kam kaum noch aus dem Bett. Ihr Körper war so schwach, dass sie selbst den einfachsten Infektionen nichts mehr entgegenzusetzen hatte, und oft wurde sie von Fieber und Husten heimgesucht. Aber jedes Mal, wenn es so aussah, als würde sie es nicht mehr schaffen, brachten Katja und Kolja genug zu essen heim, sodass sie noch ein wenig durchhielt. Manchmal fühlte es sich grausam an, Alina auf diese Art ständig zwischen Leben und Tod schweben zu lassen, doch Katja sprach das nie aus. Sich diesen Ängsten zu ergeben, sie auszusprechen, würde sie nur noch realer machen, und sie brauchte jeden Funken Hoffnung, den sie finden konnte. Sie musste stark genug für alle sein.

»Sie ist noch nicht tot«, sagte Katja nun mit fester Stimme. »Und wenn es nach mir geht, dann wird das auch noch lange Zeit so bleiben.«

Sie sah ein Büschel braunes Fell neben der nächsten Falle, und mit einem Freudenschrei holte sie einen großen Hasen heraus. In Brühe gekocht und mit dem Grünen Gänsefuß zusammen, den sie gefunden hatte, war er genau das Richtige für Alina.

»Schau mal!« Katja hielt den Hasen hoch. »Heute Abend werden wir ein Festmahl haben!«

Kolja verzog den Mund zu einem Lächeln, das seine Augen jedoch nicht erreichte, und klopfte Katja auf die Schulter. »Du bist wirklich eine Kämpferin, Katja. Das habe ich schon immer an dir bewundert.«

Katja grinste entschlossen. »Wir können sie retten. Das weiß ich. Wenn wir sie gut genug versorgen, wird sie auch wieder gesund.«

Als sie daheim ankamen, saß Alina an ihre Kissen gelehnt im Bett. Ihre Augen waren klar. Sie lächelte leicht und winkte ihre Schwester zu sich. Katja warf Kolja einen Blick zu, der sagte: *Siehst du? Ich hab's dir ja gesagt.*

Sie setzte sich neben ihre Schwester aufs Bett, und Alina nahm ihre Hand. »Ich möchte, dass du mir versprichst, dich um Halya zu kümmern. Egal, was passiert.«

Katja straffte die Schultern. »Was soll das? Ich werde immer für sie da sein. Das weißt du. Es gibt keinen Grund, so zu reden.«

»Doch, den gibt es, und ich würde mich viel besser fühlen, wenn du es mir versprichst. Sie bekommt nichts mehr von mir. Du bist diejenige, die sie am Leben hält. Bitte, versprich mir, dass du sie weiter stillen wirst, solange du kannst, und dass du sie lieben wirst, als wäre sie deine Tochter. Bitte. Versprich es mir.«

»Ich verspreche es dir.« Katja tätschelte das Bein ihrer Schwester und verbarg die Angst, die ihr dieses Gespräch machte. Sie spürte, dass Kolja sie mit gehetztem Blick beobachtete, und zwang sich zu einem Lächeln. »Und du wirst bei uns sein, um das zu sehen.«

Alina schüttelte den Kopf und lächelte traurig. »Ich muss nur wissen, dass sie geliebt werden wird.«

»Sei doch nicht dumm. Natürlich wird sie geliebt.« Katja beugte sich vor, umarmte Alina und versuchte, nicht zusammenzuzucken, als sie den zerbrechlichen Leib ihrer Schwester spürte. »Von uns allen und von ihrer Mutter. Und jetzt lass mich den Hasen kochen, damit du wieder zu Kräften kommst.«

Noch bevor das Essen fertig war, war Alinas Fieber wieder zurückgekehrt, und sie jammerte, dass sie Halya stillen müsse.

***

Als es im Oktober kühler wurde, schlachtete Kolja die junge Ziege. Fast eine Woche lang hatte sich ihre tägliche Mahlzeit wie ein Festmahl angefühlt, doch jetzt war das Fleisch verzehrt. Das Knochenmark war ausgesaugt, jedes Organ geputzt und gegessen, und die Brühe aus den Knochen und Fleischresten war verkocht und so viele Male verdünnt worden, dass sie schließlich Wasser wurde.

Seitdem hatten sie sich mit Baumrinde, Graspfannkuchen und gekochten Löwenzahnblättern zufriedengeben müssen. Katja und Kolja hätten jeden Tag eine wässrige Suppe und ein Stück Schwarzbrot essen können, während sie auf der Kolchose die Ernte einfuhren, aber das Brot nahmen sie mit nach Hause, um es mit Alina und Mama zu teilen.

Abgesehen davon hatten sie nichts. Weil die Kolchose Stalins lächerlich hohe Quote nicht erfüllte, hatten die Aktivisten jedes Haus im Dorf durchsucht und alles an Nahrung, Waren und Werkzeug herausgeholt, was sie hatten finden können. Katja und ihre Familie hatten sogar die Kontrolle über ihren Küchengarten verloren. Auch der war jetzt offiziell Staatseigentum. Trotzdem hatten sie früher in der Saison aus ihm »gestohlen«, was sie hatten stehlen können, noch bevor das Gemüse reif war. Sie hatten grüne Tomaten gegessen und kleine, bittere Gurken, damit die Aktivisten die nicht auch noch holen konnten.

Katja setzte sich auf, als Kolja das Haus betrat. Sie hoffte, dass er Glück bei der Essenssuche gehabt hatte. Er schüttelte jedoch nur den Kopf, und sie ließ sich wieder auf ihren Stuhl sinken. Ihr Bauch schmerzte vor Hunger.

»Ich werde mal nach unseren Verstecken schauen«, sagte sie schließlich. Sie konnte es schlicht nicht ertragen, hier zu sitzen und nichts zu tun, während Alina immer schwächer wurde.

»Vielleicht ist es an der Zeit, auch die Mutterziege zu schlachten«, sagte Mama.

»Noch nicht.« Katja zog ihren Mantel an. »Wir bekommen noch immer Milch von ihr. Ich werde was anderes finden.«

»Dann beeil dich, Katja. Deine Schwester muss essen.« Ihre Mutter beugte sich vor und tupfte Alina mit einem feuchten Tuch die fiebrige Stirn ab.

»Das werde ich.« Katja schaute Kolja in die besorgten Augen und zwang sich zu einem Lächeln, von dem sie hoffte, es sei ermutigender, als sie sich fühlte.

Katja stieg auf den Heuboden hinauf und durchwühlte das Heu, doch es war nur noch ein Zettel da.

Gerste. Vergraben in einem hohlen, halb toten Baum,
500 Schritt nördlich vom Haus.

Das Laub knirschte unter ihren Füßen, als Katja sich einen Weg durch den Wald hinter dem Haus bahnte, und das Geräusch hallte wie Schüsse in ihren Ohren. Die Nerven bis zum Zerreißen gespannt schaute sie sich ständig um. Patrouillen der Aktivisten zogen immer wieder durchs Land, und auch die Nachbarn suchten verzweifelt nach Nahrung. Katja konnte es sich nicht leisten, auch nur eine Sekunde in ihrer Aufmerksamkeit nachzulassen.

Groß und dick hob sich der bleiche, rindenlose Baum deutlich vom tintenblauen Himmel ab. Vor der letzten Razzia im Haus hatte Katja dort einen Krug mit Gerstenmehl versteckt und das Loch mit Steinen verschlossen. Nun musste sie jedoch sehen, dass die Steine weg waren, und sie sank zu Boden. Die knorrigen Wurzeln der uralten Eiche stachen ihr in die Knie, als sie sich durch das tote Laub und die Kiesel grub, bis ihre Finger bluteten, doch es war sinnlos. Irgendjemand oder irgendetwas hatte das Mehl gestohlen. Katja wischte sich die Hände an ihrem Rock ab und starrte auf die blutigen Spuren, die ihre Hände im Schlamm hinterlassen hatten. *Denk nach, Katja.* Sie musste das wieder in Ordnung bringen. Sie musste Essen herbeischaffen.

Der Mond lugte zwischen den Wolken hervor. In der schwarzen, sternenlosen Nacht war er kaum zu erkennen. Plötzlich kam Katja eine Idee. *Vielleicht kann ich mich ja aufs Feld der Kolchose schleichen und dort etwas klauen.*

Sie wusste sofort, dass das eine schlechte Idee war. Stalin hatte im August ein Dekret erlassen, in dem es hieß, dass jeder, der dabei erwischt wurde, wie er vom Feld einer Kolchose stahl, ohne Vorwarnung erschossen oder wegen Diebstahls sozialistischen Eigentums verhaftet werden könne. Nur wenige Felder waren noch nicht abgeerntet, und Bewaffnete patrouillierten dort zu Fuß oder zu Pferd. Und es gab auch Wachtürme. Aber Katja blieb keine andere Wahl. Sie konnte ihre Familie nicht verhungern lassen. Sie konnte ihre Schwester nicht sterben lassen. Sie klopfte sich den Dreck von der Kleidung und richtete sich auf. Langsam setzte sie sich in Bewegung. Sie hatte ihre Entscheidung getroffen.

Katja ging durch den Wald und näherte sich im Schneckentempo dem hinteren Ende des Feldes. Sie huschte von Baum zu

Baum, bis sie fast die Hände ausstrecken und die raschelnden Ähren berühren konnte. Da wuchs so viel Nahrung direkt vor ihrer Nase – Nahrung, die von ihr, ihrer Familie und ihren Nachbarn gesät worden war. Sie würden es bald ernten, aber nichts davon auf den Teller bekommen.

Sie schaute sich um und schätzte die Lage ein. Auf dem langen, flachen Feld war in der Ferne nur ein Wachturm zu erkennen. Katja konnte sich natürlich nicht sicher sein, aber sie glaubte nicht, dass die Wache dort sie aus dieser Entfernung zwischen den Bäumen sehen konnte. Sie legte sich auf den Bauch und kroch los. Schweiß lief ihr den Nacken hinunter. Die Angst drohte, sie zu ersticken, bis sie schließlich keuchte. Zentimeter für Zentimeter bewegte sie sich auf das Korn zu. Auf diesem Feld wuchs Futtergetreide, aber auch das würde die Bäuche ihrer Familie füllen. Sie stellte sich Halyas hungriges Gesicht vor und schluckte ihre Angst herunter. In den hohen braunen Halmen richtete Katja sich auf und begann, Ähren abzureißen und in ihr Hemd zu stopfen. Ihr Gürtel sorgte dafür, dass das Korn nicht wieder hinausfiel, und rasch wurde sie immer runder.

Als Katja schließlich so viel eingesteckt hatte, wie sie vernünftigerweise tragen konnte, verließ sie das Feld wieder und kroch zurück. Erst als sie wieder im Schutz der Bäume war, wagte sie zu atmen. Auf dem Weg tiefer in den Wald sog sie die frische Nachtluft ein und schloss die Augen. Ihr schweißgebadeter Leib zitterte vor Erleichterung. Sie hatte sich gerade in Gedanken zu ihrem kleinen Sieg gratuliert, als plötzlich eine hohe Stimme durch die Nacht hallte.

»Stehen bleiben! Dieb!«

Kurz war Katja wie erstarrt, doch ihr Verstand gewann die Oberhand, und sie rannte los. Es fielen keine Schüsse, und sie fragte sich, wer das hinter ihr war. Die Stimme klang jung. Vielleicht war das ja keine Wache, sondern ein Junger Pionier.

Katja konnte noch immer nicht glauben, wie gründlich die Kommunistische Partei bei ihrer Indoktrinierung war. Selbst Schulkinder wurden zu den Jungen Pionieren eingezogen und ermutigt, jeden zu denunzieren, der illegale Dinge besaß, Familienmitglieder eingeschlossen. Und das taten diese Kinder auch. Katja hatte angewidert beobachtet, wie Nachbarn von ihrem zehnjährigen Sohn angeschwärzt worden waren, weil sie Getreide versteckt hatten.

Als die Stimme erneut ertönte, diesmal deutlich näher, war Katja sicher, dass sie ein Kind hörte. Wenn sie es nicht zum Schweigen brachte, würde es früher oder später die Aufmerksamkeit von Bewaffneten erregen, und mit denen konnte sie nicht so einfach fertigwerden. Katja ballte die Fäuste und machte kehrt.

Der Junge lief auf sie zu und blähte die Brust. »Ich befehle dir, mit mir zu kommen und dich zu stellen!«, rief er und versuchte, so tief wie möglich zu sprechen, um wie ein Mann zu klingen.

Katja kannte den Jungen. Inzwischen war er vermutlich elf, höchstens zwölf Jahre alt. Wut keimte in ihr auf, und sie straffte die Schultern und hob das Kinn. Dieses Kind würde sie nicht davon abhalten, ihre hungernde Nichte zu retten. Katjas Gefühle brachen aus ihr hervor wie damals, als sie noch jünger gewesen war, und sie stapfte auf den Jungen zu und verpasste ihm eine Ohrfeige.

Der Junge schnappte erschrocken nach Luft und legte ungläubig die Hand auf die Wange. »Das darfst du nicht!«

»Iwan Jarkop!«, flüsterte Katja so einschüchternd wie möglich. »Du solltest dich schämen!«

»So darfst du nicht mit mir sprechen«, erwiderte Iwan. Jetzt zitterte seine Stimme. Er war vollkommen verwirrt, weil Katja keine Angst vor ihm hatte und ihm keinen Respekt zollte. »Ich kann dich erschießen lassen.«

»Ich habe dir schon die Windeln gewechselt und bin dir hinterhergelaufen, wenn du durch den Hof gewatschelt bist. Ich bin für dich wie Familie, und du stellst den Staat über mich?«

Iwan schaute sich um. Er wusste nicht, was er aus dieser Tirade machen sollte, doch Katja ließ ihm keine Zeit nachzudenken.

»Meine Nichte stirbt, weil sie nichts zu essen hat. Ich schufte jeden Tag auf Feldern wie diesem. Jeden gottverdammten Tag! Darf ich da kein Korn für mich haben?«

»Nein«, antwortete Iwan. »Und der Staat gibt dir doch zu essen! So funktioniert das. Du arbeitest für den Staat, und der Staat kümmert sich um alle. Als Junger Pionier ist es meine Aufgabe, dem Staat dabei zu helfen.« Er lächelte, als er seine Taten rechtfertigte, aber seine eingefallenen Wangen erzählten eine andere Geschichte. Sein geliebter Staat gab auch ihm nicht genug.

»Iwan, willst du mir etwa sagen, dass das eine Stück Brot pro Tag, das ich für meine Arbeit bekomme, für meine kranke Schwester, meine Mutter, meine kleine Nichte und mich reicht?«, fragte Katja. »Nein! Das ist lächerlich. Das ist grausam, und ich werde mir das von einem Kind nicht anhören. Schau dich doch selbst mal an. Du siehst furchtbar aus. Kümmern sie sich wirklich so gut um dich?«

Iwan wurde immer kleiner. »Ich tue nur –«

»Ich habe *Nein* gesagt!« Katja sprach so laut, wie sie es wagte. Ihre Stimme bebte vor Wut. »Hör mir zu, Iwan. Dieses Dorf stirbt wegen des verdammten Staats, und du hilfst ihm dabei, es zu ermorden. Schande über dich als Ukrainer! Du lässt dein Volk im Stich, und das zu einer Zeit, da es dich am dringendsten braucht.«

Der arme Iwan hatte keine Ahnung, was er darauf erwidern sollte. Er riss die Augen auf, und seine Unterlippe bebte.

»Ich werde jetzt gehen, und du solltest nach Hause laufen«, sagte Katja. »Und wenn du noch einen Funken Verstand in deinem Dickschädel hast oder einen Hauch von Mitgefühl, dann wirst du vergessen, dass du mich gesehen hast.«

Iwan klappte den Mund wieder zu. Er nickte, und als Katja sich zum Gehen wandte, schaute sie noch mal über die Schulter. »Vergiss, dass du mich gesehen hast, Iwan, aber vergiss nicht, was ich dir gesagt habe. Du hilfst bei der Ermordung deiner Leute. Eines Tages werden ihre Geister dich heimsuchen.«

Katja schaute nicht noch einmal zurück, um seine Reaktion zu sehen. Sie hatte alles genauso gemeint, wie sie es gesagt hatte, aber auch wenn es ihr ein gewisses Hochgefühl beschert hatte, dem Jungen die Meinung zu geigen, war es nicht gerade klug gewesen. Iwan konnte sie noch immer melden, und sie würden ihm mehr glauben als ihr.

Auch als sie wieder zu Hause war, wollten Katjas Nerven sich nicht beruhigen. Ihre Hände zitterten, als sie ihrer Mutter half, das Korn zu schälen und zu einem Brei zu kochen. Mama fütterte Halya und Alina mit so viel, wie sie essen konnten, dann teilte sie den Rest zwischen sich, Katja und Kolja auf.

»Warum schaust du immer wieder aus dem Fenster?«, fragte Kolja, als Katja das Geschirr wegbrachte. Er musterte sie mit seinen klugen Augen, und sie lief rot an.

»Ich mag den Nachthimmel.«

Später, als Mama ins Bett gegangen war, versuchte Kolja es erneut. »Was ist heute Nacht passiert? Du kannst es mir ruhig sagen. Wir stehen das gemeinsam durch.« Sein trauriger Blick fiel auf Alinas bleiches, schweißnasses Gesicht.

»Ja, das tun wir«, pflichtete Katja ihm bei. Aber je weniger Menschen von ihren illegalen Aktivitäten wussten, desto besser. Wenigstens würde er dann nicht lügen müssen, um sie zu beschützen, wenn der Staat ihn befragte. »Es war nichts.« Katja schaukelte vor und zurück, um Halya in den Schlaf zu wiegen. »Ich habe etwas Korn geholt, und wir haben Halya und Alina zu essen gegeben.« Das war nicht gelogen, aber es war auch nicht die ganze Wahrheit, und Katja wusste, dass das auch Kolja klar war.

»Wenn du das sagst.« Kolja klang wenig überzeugt, aber er setzte Katja auch nicht unter Druck. »Aber pass auf dich auf da draußen.«

»Natürlich. Ich passe immer auf.«

Tagelang schaute Katja immer wieder über die Schulter und wartete darauf, verhaftet zu werden. Iwan konnte sie jeden Augenblick melden, und das bedrückte sie, doch sie trug diese Last gern, wenn sie Alina und Halya damit noch ein paar Tage bescherte.

***

Eine Woche lang lasen sie Tausende von Kartoffeln aus der letzten Ernte. Die guten kamen auf einen Haufen für den Staat, die faulen auf einen weiteren fürs Vieh. Für die Dorfbewohner gab es keinen Haufen, und jedes Mal, wenn Katja abends nach Hause ging, wurde sie durchsucht, damit sie auch ja nichts schmuggeln konnte.

Einem jungen Aktivisten machte es besonders viel Spaß, sie abzutasten und nach gestohlenen Kartoffeln zu suchen. Katjas Gesicht glühte noch immer ob dieser Demütigung.

Sie war allerdings nicht so dumm, Kartoffeln in ihren Kleidern zu verstecken. Sie hatte stattdessen je vier davon in den Ecken jedes Feldes vergraben, auf dem sie gearbeitet hatte. Später wollte sie zurückschleichen und sie holen.

Der Wind wehte ihr ins Gesicht und blies die Haare aus dem Tuch, das sie sich um den Kopf gebunden hatte. Ihre Arme schmerzten, ihr Rücken war vollkommen erschöpft, und es kostete sie all ihre Kraft, einen Fuß vor den anderen zu setzen. Doch Katjas Beschwerden verschwanden, als das Haus in Sicht kam und sie Halyas Schreie durch die offene Tür hörte. Angst packte sie, und sie rannte los.

Ihre Mutter saß zusammengerollt auf dem Bett. Halya lag neben ihr und schrie, während Mama ihr gedankenverloren den Rücken klopfte. Alinas Bettzeug bildete einen Pfad zur Tür. Ihr Bett war leer.

»Was ist passiert? Wo ist Alina?« Katja packte ihre Mutter an den Schultern.

Mama hob den Blick und schaute sie mit glasigen Augen an. »Sie haben sie geholt. Sie sind einfach gekommen und haben sie geholt.«

»Wer hat sie geholt? Und warum?« Katja nahm Halya und steckte ihr den Finger in den Mund, um sie zu beruhigen.

»Prokyp und ein anderer Mann.« Mama sprach so leise, dass Katja sie kaum verstehen konnte. »Sie haben gesagt, sie habe dem Staat Korn gestohlen.«

Als ihr klar wurde, was geschehen war, drückte Katja Halya an sich und ließ sich neben Mama aufs Bett fallen. Ihr drehte sich der Magen um, doch er war leer, und sie konnte sich nicht übergeben.

»Gütiger Gott«, flüsterte Katja, obwohl sie es schon lange aufgegeben hatte, Gott um etwas zu bitten. Panik überkam sie, und sie stieß einen gequälten Schrei aus. »Mama, ich war das! Ich! Nicht Alina! Sie wollten mich!«

Mama schaute sie scharf an. »Was meinst du damit?«

»Das Korn, das ich letzte Woche mitgebracht habe … Ich habe es von einem Feld der Kolchose gestohlen. Iwan Jarkop hat mich gesehen, aber ich habe nicht geglaubt, dass er mich verraten würde.«

Mama schlug ihr mit der flachen Hand ins Gesicht, doch das schien die Mutter mehr zu erschrecken als die Tochter.

»T… Tut mir leid, Katja.« Mama hielt die zitternde Hand vor den Mund. »Ich weiß nicht, was über mich gekommen ist. Es ist nicht deine Schuld.«

»Doch, ist es. *Ich* habe das Korn gestohlen. *Ich*, nicht sie.«

»Du hast nur getan, was du tun musstest, um uns zu ernähren«, erwiderte ihre Mutter, aber ihre Augen sprachen eine andere Sprache.

»Wie lange ist es her, dass sie sie abgeholt haben?« Katja drückte ihr Halya in die Arme und stand auf. »Ich muss mit ihnen reden.«

Verzweifelt packte Mama Katjas Hand. »Nein! Sie werden dich auch wegbringen! Geh nicht! Kolja kann gehen, wenn er wieder daheim ist.«

Diese verängstigte Frau erinnerte kaum noch an die einst starke Mutter, und Bitterkeit keimte in Katja auf. Stück für Stück hatte der Staat ihr die Mutter genauso genommen wie alles andere auch.

»Mama, ich *muss* gehen. Ich kann nicht einfach hier herumsitzen, während Alina für meine Verbrechen bestraft wird. Sag Kolja, ich bin ihr hinterher.« Katja wartete nicht auf die Antwort, aber sie hörte ihre Mutter weinen.

Katja rannte, so schnell sie konnte. Die schmerzenden Muskeln und der leere Magen waren längst vergessen, und Erinnerungen an ihre geliebte Schwester fluteten ihre Gedanken: Alina, die sie nachts in den Armen hielt, wenn sie als kleines Mädchen Angst gehabt hatte. Alina, die ihr ihr Kind gab und ihr vertraute, sich um sie zu kümmern. Ein Schluchzen entkam Katjas Lippen, und sie wurde langsamer.

Wenn sie den Bolschewiken sagen würde, dass sie das Korn gestohlen hatte und nicht Alina, dann würden sie ihre Schwester vielleicht freilassen. Katja würde die Deportation weit besser überstehen als sie. Alina war dafür viel zu gebrechlich. Sie würde noch nicht einmal die Zugfahrt überleben.

Katjas Gedanken überschlugen sich. Dann sah sie die Leichen vor dem Gefängnis. Sie heulte wild auf und fiel auf die Knie. Dort, neben drei anderen »Staatsfeinden«, lag ihre Schwester. Auf ihrer perfekten Stirn war deutlich ein Einschussloch zu sehen, und hellrotes Blut lief über ihr wunderschönes regloses Gesicht. Ihre klaren blauen Augen starrten Katja vorwurfsvoll an.

Auf einem Schild über den Köpfen der Hingerichteten stand:

DIEBE WERDEN ERSCHOSSEN!

»Sie war das nicht!«, schrie Katja und schlug sich auf die Brust. »Ich war das! Ich!«

Eine große Hand legte sich auf ihren Mund, und ein Arm schlang sich um ihre Hüfte und riss sie hoch. Trauer und Wut weckten die Wildheit in ihr, und sie kämpfte mit aller Kraft gegen den Griff an, aber die Arme waren zu stark.

Eine Stimme zischte ihr ins Ohr: »Schschsch, Katja! Wenn du nicht aufhörst, bringen sie dich auch noch um, und was soll dann aus Halya werden?«

Katja erstarrte beim Klang der vertrauten Stimme. Kolja. Sie atmete schwer und rasselnd und brach an seiner Brust zusammen. Er bebte am ganzen Leib. Nur mit Mühe hielt er seine Gefühle im Zaum.

Dann öffnete sich die Tür zum Gefängnis, und ein stämmiger Aktivist mit dünnem Schnurrbart kam heraus. »Was ist hier los? Haben wir hier noch einen Dieb? Ein Geständnis vielleicht?«

Kolja verstärkte den Griff um Katja. »Nein. Die Trauer hat sie in den Wahnsinn getrieben. Ich werde sie jetzt nach Hause bringen.«

Ohne auf eine Antwort zu warten, zog er Katja mit sich mit, weg vom Gefängnis, weg von den Aktivisten, weg von seiner toten Frau.

Schmerz trübte Katjas Blick, und erst als Kolja sie losließ, erkannte sie, dass sie wieder auf dem Hof waren. Sie fiel auf den Boden, und ihr ganzer Leib wurde von Schluchzen geschüttelt. Kolja funkelte sie mit roten, geschwollenen Augen an.

»Was meintest du, als du sagtest, du wärst das gewesen? Du hast gestohlen und Alina die Schuld auf sich nehmen lassen?«

Sein Vorwurf schmerzte, und Katja begrüßte diesen Schmerz. Sie hatte ihn verdient. »Ich habe das Korn gestohlen, das ich letzte Woche nach Hause gebracht habe. Das Essen, das wir im Wald versteckt haben, war weg, und ich musste doch etwas für Halya und Alina besorgen. Also bin ich zum Feld der Kolchose gegangen und habe mir was genommen.«

Kolja ballte die Fäuste und fletschte die Zähne. »Du hast mir gesagt, es sei nichts passiert! Wenn man dich gesehen hat, warum hat man dich dann nicht mitgenommen?«

»Es war ein Junger Pionier, ein Kind. Ich habe ihm gesagt, er soll mich gehen lassen.«

»Aber warum Alina? Warum haben sie nicht dich geholt?«, brüllte Kolja und lief vor Katja auf und ab. Die Haustür öffnete sich, und Mama schaute hinaus.

»Ich weiß es nicht!«, rief Katja und stand auf. »Ich war noch nicht zu Hause. Vielleicht hat der Junge sich auch geirrt und den Namen der falschen Schwester genannt.«

»Alina hat gestanden.« Ihre Mutter trat auf den Hof hinaus. »Sie hat ihnen gesagt, sie sei es gewesen, nicht du.«

»Was?« Katja riss den Kopf herum. »Das wollte ich nicht! Niemals! War sie im Fieber?«

»Nein. So klar im Kopf war sie schon seit Monaten nicht mehr. Vielleicht hatte sie Angst, dass Halya nichts mehr zu essen haben würde, wenn sie dich holen.« Mama rang mit den Händen, und ihr Blick huschte zwischen Kolja und Katja hin und her. »Werden sie sie deportieren? Oder werden sie sie nur ein paar Tage festhalten? Ich hoffe, dass sie nicht zu hart zu ihr sind. Immerhin ist sie eine Frau und noch krank dazu.«

»Nein.« Koljas Blick bohrte sich in Katja, obwohl er mit seiner Schwiegermutter sprach. Sein Leid traf Katja so hart, dass sie zusammenbrach. »Sie ist tot.«

***

Zwei Tage später erlaubte die OGPU der Familie, Alina heimzuholen. Kolja trug sie den ganzen Weg in seinen Armen und weigerte sich, sich helfen zu lassen.

»Ich hätte mit Freuden mein Leben für sie gegeben. Ich habe sie geliebt.« Katjas Stimme blieb stark, als Kolja Alina aufs Bett legte, doch innerlich bebte sie. Mama warf sich heulend auf Alinas Beine.

Kolja schlug die Hände vors Gesicht. »Das weiß ich.« Er beugte sich über Alinas eingefallene Brust und weinte. Er zitterte am ganzen Leib, und sein Leid war förmlich greifbar.

Alina hatte schon an der Schwelle des Todes gestanden, als sie ermordet worden war. Der Hunger hatte sie ausgezehrt, bis sie nur noch ein Schatten ihrer selbst gewesen war. Einst war Alina mit ihrem dicken dunklen Haar und den funkelnden blauen Augen eines der hübschesten Mädchen im Dorf gewesen. Jetzt war ihr Haar dünn und stumpf, und kahle Stellen waren zu sehen, wo es ihr büschelweise ausgefallen war. Ihre Augen, die sich nun für immer geschlossen hatten, waren genauso tief eingefallen wie ihre Wangen. Aber zuzugeben, wie lange sie schon im Sterben gelegen hatte, machte ihren Tod auch nicht erträglicher.

Katja schluckte ihre Wut herunter. Wenigstens einer von ihnen musste stark bleiben. Einer musste sich um ihre Mutter kümmern, um Kolja und Halya. Und wenn nicht sie, wer dann?

Kolja wischte sich über die Augen und richtete sich zitternd wieder auf. Katja schlang die Arme um ihn und stützte ihn genauso, wie sie es bei Pawlo gemacht hatte, als er gestorben war.

»Sie ist tot«, krächzte Kolja. Er vergrub das Gesicht an Katjas Schulter und weinte.

Auch über Katjas Gesicht rannen die Tränen, und jede einzelne brandmarkte sie als Versagerin. Sie hatte Alina verraten. Sie hatte alle verraten.

21

Cassie

Illinois, Juni 2004

Cassie betrachtete den ordentlichen Garten hinter dem Haus und seufzte zufrieden. Die Sonne schien, Blumenduft schwängerte die warme Frühlingsluft. Ihr Ausflug mit Nick auf dem Jahrmarkt vor einigen Tagen war gut verlaufen – einmal abgesehen von der übermäßigen Anzahl Frauen, die ihn angesprochen hatten –, und sie hatten vereinbart, dass er heute vorbeikommen und mit der Übersetzung weitermachen würde. Sie konnte sich nicht erinnern, wann sie zum letzten Mal mit solcher Begeisterung den Tag begonnen hätte.

Ihr ging das Herz über, während sie zusah, wie Birdie ihrer Urgroßmutter im Garten zur Hand ging, ganz wie sie es als Kind getan hatte. Bobby reichte Birdie die kleine Begonie, und geduldig wartete das Mädchen auf Anweisungen.

»Setz sie in das Loch, dann schiebst du vorsichtig von allen Seiten Erde hinein«, sagte Bobby. »Füll es auf, und klopf die Erde rundherum an.«

Birdie gehorchte, die Brauen konzentriert zusammengezogen, während sie mit pummeligen Händchen die Anweisungen genau befolgte. »Ich will noch eine einpflanzen!«

Bobby lächelte. »Wir haben zwei Kisten voller Blumen. Du wirst anständig zu tun haben!«

Birdie jubelte und rannte weg, um Purzelbäume über die ganze Länge des Hofes zu schlagen. Cassie lachte und hockte sich auf die Fersen. Sonnenlicht glänzte auf ihrem Ehering und stach ihr ins Auge. Henry hatte ihn ihr am Tag ihrer Hochzeit angesteckt, und seitdem hatte sie ihn immer getragen. Der Ring war zu einem Teil von ihr geworden, ein Symbol der wunderbaren Beziehung zu ihrem Ehemann. Aber diese Erinnerungen blieben ihr, nicht wahr? Ob sie den Ring jeden Tag trug oder nicht, Henry wäre immer ein Teil von ihr.

Nachdem sie lange und langsam ausgeatmet hatte, drehte sie sich den Ring vom Finger und starrte auf ihre nackte Hand, testete das Gefühl aus. Der blasse Hautstreifen, der sonst unter dem Ring verborgen war, stach hervor wie ein Brandmal, aber die überwältigende Trauer, die sie normalerweise erlebte, wenn sie an das dachte, was dieser Ring symbolisierte – das Leben mit Henry –, blieb diesmal aus. Cassie bewegte die Finger und stellte fest, dass ihre freie Hand sich gut anfühlte. Vielleicht nicht vollkommen normal, aber okay.

»Ich sollte ihn beiseitelegen, damit Birdie ihn eines Tages bekommt.«

Bobby nickte. »Wenn du dazu bereit bist. Niemand außer dir kann das wissen.«

Nicks Gesicht spukte ihr durch den Kopf, aber hier ging es nicht nur um ihn. Hier ging es um sie und ihre Bereitschaft, mit ihrem Leben weiterzumachen.

»Ich glaube, es ist so weit.«

Sie steckte den Ring in ihre Tasche. Wenn sie wieder im Haus war, würde sie ihn in ihr Schmuckkästchen legen, und eines Tages würde sie ihn ihrer Tochter schenken.

»Wer hat die ganzen anderen Blumen gepflanzt?« Birdie kam zu ihnen gerannt, bereit für weitere Gartenarbeit, und wies auf die Beete am Zaun und unter der Weißen Maulbeere.

»Das sind mehrjährige Pflanzen«, antwortete Bobby. »Ich habe sie vor langer Zeit gesetzt, und sie kommen jedes Jahr wieder.«

Birdie streckte die Hand aus und nahm eine weitere Begonie von Bobby entgegen. »Warum pflanzt du keine Sonnenblumen?«

Bobby erstarrte. Ihre Hand schwebte über der Saatkiste mit den Begonien auf ihrem Schoß.

Cassie stand auf, klopfte sich die Erde von den Knien und sagte betont beiläufig: »Vielleicht wachsen sie hier nicht gut. Oder vielleicht mag Bobby sie nicht.«

Ihre Großmutter faltete die Hände im Schoß. »Nein, das ist nicht der Grund. Sonnenblumen sind schön, aber manchmal machen sie mich traurig.«

Birdie umfasste mit ihrer sommersprossigen Hand Bobbys knorrige Rechte, beugte sich näher und flüsterte: »Weil sie Alinas Lieblingsblumen waren?«

Ein kalter Schauder lief Cassie den Rücken hinunter.

Bobby stockte der Atem, und ihre klaren grünen Augen richteten sich auf das Mädchen. »Ja, und auch die meines Vaters.«

Cassie verbiss sich die Fragen, die ihr auf der Zunge lagen. Ihre Großmutter würde sie nicht beantworten, aber vielleicht wusste sie nach ihrer Nachmittagssitzung mit Nick mehr.

***

Cassie fand ihn auf der Couch, als sie aus Birdies Zimmer kam. »Hallo. Ich habe sie gerade hingelegt. Danke, dass Sie vorbeikommen.«

»Ist mir ein Vergnügen. Ihre Großmutter hat mich reingelassen, dann hat sie sich hingelegt.« Er stand auf und trat einige Schritte auf sie zu. »Schön, dass ich einen Vorwand habe, Sie wiederzusehen.« Er wurde rot und schob die Hände in die Taschen. »Tut mir leid, das Letzte wollte ich gar nicht laut sagen.«

»Schon gut.« Cassie errötete selbst heftig. »Ich weiß, dass Sie es nicht so gemeint haben.«

»Oh, mir war jedes einzelne Wort ernst.« Er senkte den Blick und sah sie durch dichte Wimpern an. »Ich hätte es nur wohl besser nicht ausgesprochen.«

»Oh.« Cassie wusste nicht, was sie antworten sollte. »Ich, äh … Ich hole alles, wir treffen uns in der Küche.« Dankbar für die Galgenfrist ging sie in ihr Zimmer und ergriff den Karton. Nachdem sie ein paarmal durchgeatmet hatte, um ihr rasendes Herz zu beruhigen, machte sie sich auf in die Küche.

»Das sind viele Sonnenblumen.« Nick sah von dem Stapel mit Birdies neuesten Bildern hoch, dann kam er ihr entgegen und nahm ihr den Karton ab.

»Ja, Birdie ist in letzter Zeit richtig besessen davon.«

»Sonnenblumen sind die Staatsblume der Ukraine, wissen Sie.« Er stellte den Karton ab. »Hat sie sie schon immer gemocht?«

»Nein, das ist neu.« Sie setzte sich und empfand einen Schwall von Erregung, als er seinen Stuhl nah an sie heranschob, bevor er sich setzte. *Das ist ja albern. Ich bin schlimmer als ein liebeskranker Teenager.*

Ohne nachzudenken, legte Cassie eine Hand auf seinen Unterarm. »Ich bin Ihnen sehr dankbar für Ihre Hilfe.«

Nick bedeckte ihre Hand mit seiner. »Ich fühle mich geehrt, dass ich mitmachen darf. Sind Sie so weit?«

Für mehrere Sekunden ließ Cassie ihre Hand dort. Es fühlte sich so natürlich an, ihn zu berühren. In seiner Nähe zu sein. Er sah ihr in die Augen, und ihr stockte der Atem.

Das ging einfach viel zu schnell.

Sie zog ihre Hand weg und räusperte sich. »Fangen wir an.«

***

Eine Stunde später konnte Cassie nicht mehr atmen.

»Aufhören. Bitte, ich brauche eine Pause.«

Sie hatte den kupfrigen Geruch von Blut in der Nase und konnte Pawlos letzte rasselnde Atemzüge hören, während Katja ihn in den Armen hielt. Der Schrecken war greifbar. Und vertraut.

Nur dass sie Henry nicht hatte in den Armen halten können, während er starb.

Nick streckte die Hand aus, als wolle er sie am Arm berühren, zog sie aber zurück, die Stirn unsicher gerunzelt. »Tut mir leid, Cassie.«

Ein Schuldgefühl wegen ihrer Reaktion mischte sich in ihre Trauer. »Nein, *mir* tut es leid. Es ist schwieriger, das alles mit anzuhören, als ich gedacht hätte.«

»Hi, Mommy. Hi, Nick.« Birdie blinzelte, als sie in die Küche kam. Die zerzausten Haare standen ihr wirr vom Kopf ab. »Wer ist Katja?«

Cassie schluckte mühsam und setzte ein Lächeln auf. »Du hast ja nicht lange geschlafen. Woher kennst du den Namen, Schatz?«

Birdie kratzte sich am Ellbogen. »Ich glaube, Alina hat ihn mir gesagt.«

Nick zeigte auf den Namen, der in klaren kyrillischen Buchstaben auf der Innenseite des Buchdeckels stand. »›Katerina Wiktoriwna‹«, las er vor. »Katja ist eine Verniedlichung von Katerina. Es ist der Name Ihrer Großmutter, Cassie, also deiner Urgroßmutter, Birdie. Oder wenigstens ist es der Name, den sie in der Ukraine trug. Und Wiktoriwna ist ihr Vatersname und bedeutet ›Tochter von Wiktor‹. Sie müsste auch einen Familiennamen haben, aber den hat sie nicht dazugeschrieben.«

Gebannt starrte Cassie ihn an. »Das wusste ich alles gar nicht.«

Birdie zupfte an ihrem Ärmel. »Also, Katja ist Bobby?«

»Ja, ich denke schon«, murmelte Cassie. Ihre Gedanken überschlugen sich.

Nach einigen Augenblicken des Schweigens erhob sich Nick. »Birdie, was hältst du davon, wenn wir mit Harvey spazieren gehen und ein bisschen frische Luft schnappen?«

»Ja! Dürfen wir, Mommy?«

Cassie nickte, dankbar für die Ablenkung. »Also gut, aber nur den Block rauf und runter, falls Bobby gleich aufwacht.«

Nick ergriff die Hundeleine, und zu dritt brachen sie auf. Harvey trottete glücklich neben ihnen her.

»Sie sahen ein bisschen blass aus. Hatten Sie den Namen Katja wirklich noch nie gehört?«, fragte Nick, während Birdie ihnen im Hüpfschritt vorauseilte.

»Nein. Ich kenne Bobby als Katherine. Birdie sagte, Alina hätte von einer Katja geredet, aber ich weiß nicht, woher sie den Namen kennen sollte, wenn ich selbst ihn noch nie gehört habe.«

»Ihre Großmutter hat ihn ihr vermutlich genannt«, sagte Nick. »Vielleicht hat sie mehr mit Birdie über Alina gesprochen, als Sie denken.«

»So muss es sein. Sie verbringt viel Zeit mit dem Kind.« Obwohl Cassie zustimmte, quälte sie ein Zweifel im Hinterkopf.

»Wissen Sie, ich sage nicht, dass so etwas wirklich passiert, aber in der Alten Welt war es üblich, mit den Toten zu ›sprechen‹«, sagte Nick. »Ich erinnere mich, als meine Großtante starb, hat ihr meine Baba jeden Tag bis zur Beerdigung ein Glas Wasser hingestellt, damit sie etwas trinken konnte. Sie betrachtete ihre Schwester nicht als fort, sondern nur als woanders, wo sie aber noch erreicht werden konnte. Um den Tod gibt es viele ukrainische Bräuche, die uns seltsam vorkommen, für die Ukrainer aber zur Kultur gehören.«

»Bobby hat vorgeschlagen, dass ich mit Henry sprechen solle. Sie sagte, ich soll ihn bitten, mich zu besuchen.« Cassie rang sich ein Lachen über die Absurdität der Vorstellung ab. »Es klingt so bizarr, es laut auszusprechen.«

Nick verlangsamte seinen Schritt, und sie spürte, wie seine Augen sich auf sie richteten. »Nein, gar nicht. Hat es funktioniert?«

»Ich habe von ihm geträumt.« Sie ballte die Faust, erinnerte sich an das Gefühl, dass seine Hand die ihre umschloss. Daran, wie er losließ. *Sei glücklich. Lebe dein Leben.*

»Ich hoffe, es hat Ihnen geholfen. Das meine ich ehrlich. Ich kann mir nicht vorstellen, jemanden zu verlieren, den man so sehr liebt.«

Sie gingen an der Laube eines Nachbarn vorbei, und Birdie blieb stehen, um an den Blüten zu schnuppern. Nicks blaue Augen waren von Fältchen umgeben, als er lächelte, weil das Mädchen begeistert vom berauschenden Duft quietschte, und Wärme durchströmte Cassie.

»Ich glaube, es hat geholfen.« Sie bückte sich zu Birdie. »Sie duften toll, was? Das sind Akeleien.«

»Ja, aber sie sind nicht so schön wie Sonnenblumen«, erwiderte ihre Tochter.

Nick brach einen Zweig ab und wand ihn zu einem Kranz. Er pflückte einige Veilchen und Pusteblumen, die am Gehsteig wuchsen, und flocht sie hinein. Birdie kicherte, als er ihn ihr aufsetzte wie eine Krone.

»Wunderschön«, sagte Nick. »Jetzt hast du einen Winok wie ein richtiges ukrainisches Mädchen.«

»Schau, Mommy!« Birdie wirbelte herum und hielt den Blumenkranz auf ihrem Kopf. »Ich hab einen Winok!«

»Sehr schön, Schatz. Bobby hat mir solche Kränze geflochten, als ich in deinem Alter war.«

»Meine Baba hat sie für meine Schwester gemacht. Ihre waren aber viel hübscher als meine.« Nick bückte sich, um Harvey zu streicheln, dann sprach er plötzlich schnell, als hätte er Angst, ihm könnte der Mut ausgehen. »Cassie, was halten Sie davon, wenn wir morgen Abend zusammen essen gingen? Nur Sie und ich?

Ich weiß, wir kennen uns noch nicht lange und Sie sind noch in Trauer, aber …«

Das liebenswerte Angebot rührte Cassie, und sie schockierte sich und Nick, indem sie ihm ins Wort fiel. »Sehr gerne.«

Sein Gesicht zeigte Überraschung und Freude in rascher Folge. »Das ist prima!«

»Lassen Sie mich zuerst mit meiner Mom sprechen. Ich werde sie fragen, ob sie auf Birdie aufpassen kann«, sagte Cassie. »Ihnen ist klar, dass sie am Boden zerstört sein wird, wenn sie nicht mitkommen darf?«

Nick grinste. »Ich mache es bei ihr wieder gut.«

22

KATJA

Ukraine, November 1932

Katja schlüpfte in die Scheune und hoffte auf ein paar Minuten Einsamkeit, bevor sie wieder ins Haus ging, aber stattdessen prallte sie gegen Kolja.

Er fing sie mit einer Hand auf und hob mit der anderen eine Laterne. »Wo warst du? Ich habe mir schon Sorgen gemacht.«

Katja schluckte die Scham und die Wut hinunter, die in ihr miteinander rangen, und konzentrierte sich auf das Wesentliche. »Ich habe etwas zu essen für Halya.« Sie legte vier Kartoffeln neben Kolja auf einen Balken, und der Schatten eines Lächelns huschte über ihr geschundenes Gesicht.

Kurz starrte Kolja auf die Kartoffeln. Dann wanderte sein Blick Katjas Körper hinauf, und sie lief rot an. Ihre Beine waren blutbefleckt, der Rock war zerrissen und ihre Wange geschwollen.

Die Sorge in seiner Miene wandelte sich in Wut. »Was ist passiert?«

»Ich habe die Kartoffeln bei der Ernte auf dem Feld versteckt. Jetzt habe ich welche davon geholt. Es geht mir gut.« Katja spielte nur die Tapfere. Ihre Stimme bebte.

»Nein, es geht dir *nicht* gut!« Kolja rieb sich mit der Hand übers Gesicht. »Was, wenn sie dich genauso holen wie Alina?«

»Das werden sie nicht.« Katja kniff die Augen zu und versuchte, die Stimme des Aktivisten zu verdrängen. *Diesmal lass ich dich gehen, aber das wird dich etwas kosten. Und sollte ich dich noch mal erwischen, werde ich mir noch nicht einmal die Mühe machen, dich zu verhaften. Ich werde dir an Ort und Stelle eine Kugel in den Kopf jagen.*

Kolja hängte die Laterne an einen Haken und nahm Katjas Kinn. Dann drehte er ihr Gesicht ins Licht und strich mit solcher Zärtlichkeit über ihre geschwollene Wange, dass sie die Tränen nicht länger zurückhalten konnte.

»Du wirst ein blaues Auge bekommen«, sagte er.

Ein blaues Auge war die geringste von Katjas Sorgen. Nahrung war das Wichtigste. Halya musste versorgt werden.

»Sag mir wenigstens, wer das getan hat«, verlangte Kolja.

»Das ist egal.« Katja schob seine Hand weg. »Das lässt sich jetzt auch nicht mehr ändern. Wenn du versuchst, das zu rächen, werden sie dich auch umbringen, und ich will nicht noch jemanden auf dem Gewissen haben.«

Kolja ließ die Schultern hängen und schloss die Augen. »Niemand gibt dir die Schuld für Alinas Tod.«

»Und warum schaust du mir dann nicht in die Augen, wenn du das sagst?« Katja hörte ihre eigene Stimme kaum, so leise sprach sie. »Warum schaust du mich überhaupt nie an?«

Kolja öffnete die Augen und starrte sie demonstrativ an. »Meistens kann ich dich nicht anschauen, weil du mich an meine tote Frau erinnerst. Und jetzt kann ich dich nicht anschauen, weil ich in deinem geschundenen Gesicht und deinem zerrissenen Rock mein eigenes Versagen sehe. Ich kann dich nicht anschauen, weil ich sehe, dass wir auch dich heute Nacht fast verloren hätten und ich konnte nichts dagegen tun, rein gar nichts. Das macht mir Angst. Ich weiß nicht, was wir ohne dich tun sollten. Besonders Halya.«

Katja sah Sterne, und ihre Knie gaben nach. Kolja fing sie auf und drückte sie an seine Brust. Im Takt seines Herzens atmete sie tief aus und ein und ließ seine Wärme und Kraft in ihren Körper strömen, bis Kolja sich hinkniete und sie vorsichtig ins Heu legte. Doch als er sie wieder losließ, kehrten die Kälte und die Verzweiflung zurück, und es kostete Katja all ihre Kraft, nicht die Hand nach Kolja auszustrecken.

»Er hat dich übelst verprügelt. Du solltest dich hinlegen«, sagte Kolja mit seiner tiefen Stimme. Er trat einen Schritt zurück und wischte sich die Hände an der Hose ab, als wollte er jede noch so kleine Spur von ihr beseitigen.

»Ich will nicht, dass meine Mutter erfährt, was passiert ist.« Katja hasste es, wie schwach das klang, wie gebrochen sie sich fühlte.

»Na gut. Wir können ihr sagen, du hättest Holz schleppen müssen, wärst ausgerutscht, und ein Balken sei auf deiner Schulter gelandet.« Koljas Gesichtsausdruck verhärtete sich. Er drehte sich um und spie auf den Boden. »Aber schwör mir, dass du dich nie wieder in so eine Situation bringen wirst!«

Katja lachte schrill. »Glaubst du etwa, ich hätte meinen Körper absichtlich für ein paar Kartoffeln verkauft? Du hast wirklich Nerven, Kolja. Die Alternative wäre eine Kugel in den Kopf gewesen, und ich habe mich für mein Leben entschieden. Die Kartoffeln waren nur ein Bonus, den er mir gelassen hat. Was für ein Glück ich doch hatte!« Jetzt war sie es, die auf den Boden spuckte, und sie funkelte ihn an.

Kolja senkte den Kopf. »Tut mir leid. Ich hätte das nicht sagen sollen.«

»Nein, das hättest du nicht. Du hast keine Ahnung, was es heißt, eine Frau zu sein. Ihr Männer glaubt immer, ihr könnt euch von uns nehmen, was und wann ihr wollt. Wir haben nie etwas zu sagen.«

Katja stand auf und klopfte sich den Staub von den Kleidern. »Lass uns reingehen und essen.«

Sie sagte Kolja nicht, dass sie wieder die Felder abgesucht hatte.

Sie würde jeden Preis dafür zahlen, Halya am Leben zu erhalten, denn ihr Überleben war für Katja der einzige Sinn im Leben.

»Nicht alle Männer«, widersprach Kolja so leise, dass sie ihn kaum hören könnte.

»Ja, vielleicht nicht alle.« Sie straffte die Schultern. »Und jetzt lass uns ins Haus gehen. Das Baby muss essen.«

***

Als sie in dieser Nacht im Bett lag, blätterte Katja durch die tränenverschmierten Seiten ihres Tagebuchs. Sie hatte über den Verlust von Pawlo und Wiktor geschrieben, und sie würde auch darüber schreiben, was dieser widerliche Mann ihr angetan hatte. Sie hatte Pawlo versprochen, ihre Geschichte niederzuschreiben, auch das Unerträgliche.

Katja griff nach ihrem Stift und begann. Die Worte flossen mit einer monotonen Stimme aus ihr und dokumentierten den Horror dieser Nacht, als wäre das alles einer anderen zugestoßen. Sie empfand nichts, als sie den Vorfall niederschrieb, absolut gar nichts.

Vielleicht hat mein Herz ja endlich aufgegeben, dachte sie. *Immerhin kann es auch nicht unendlich viel ertragen, und ich glaube, ich habe diesen Punkt schon längst überschritten. Vielleicht ist es nur noch eine leere Hülle, die nichts mehr empfinden kann.*

Katja beendete den Eintrag und schaute zu dem schlafenden Baby. Halya seufzte und drehte sich im Schlaf zu ihr um. Ihre langen Wimpern lagen auf den Wangen, und ihre dunklen Locken umrahmten das schmale Gesicht. Eine wilde, verzweifelte Liebe erfüllte Katja, und sie streckte die Hand aus und zog die Kleine zu sich heran. Als Halyas warmer Leib sich an ihren schmiegte, wusste sie, dass sie sich selbst belog. Ihr Herz würde nie kapitulieren, solange dieses Kind sie brauchte.

»Sie wird das überleben, Alina«, sagte Katja in die kalte Nacht hinein. »Egal, was ich dafür tun muss. Das schwöre ich.«

Sie schloss die Augen und stellte sich die erwachsene Halya vor: wunderschön und mit dunklem Haar und funkelnden blauen Augen … genau wie Alina. Katja seufzte und steckte den Stift ins Tagebuch. Dann schlang sie die Arme um ihre Nichte und schlief ein.

***

»Ich habe gute Neuigkeiten«, verkündete Kolja, als er eines Abends aus dem Dorf kam.

Wie immer ging er direkt zu Halya und nahm sie in die Arme. Halya gluckste fröhlich, als er seine Nase in ihre Wange drückte und sie kitzelte. Eine überraschende Welle der Zuneigung keimte in Katja auf, als sie Koljas Liebe zu seiner Tochter sah.

Er legte sich Halya an die Schulter und fuhr fort: »Sie haben im Nachbarort einen Torgsin-Laden eröffnet. Da können wir unser Gold und unseren Schmuck gegen Essen eintauschen.«

»Und was ist gut daran?« Katja stellte eine Schüssel mit wässriger Kartoffelsuppe auf den Tisch und stemmte die Hände in die Hüften. Früh an diesem Morgen war sie wieder auf ein Kartoffelfeld geschlichen, und zum Glück war sie keinem wütenden Aktivisten mehr in die Arme gelaufen. »Wir haben weder Gold noch Schmuck. Sie haben uns schon alles abgenommen.«

»Das stimmt nicht. Ich habe noch immer den Ring meiner Großmutter.« Mama ging zum Bett und suchte in ihrem Kissen nach dem versteckten Ring. Schließlich hielt sie ihn hoch und bewunderte den glitzernden roten Stein und das dünne Goldband. »Wenn wir tot sind, nutzt der mir auch nichts mehr. Unsere Leben sind wichtiger als Schmuck.«

Katja runzelte die Stirn. »Wie können sie uns Essen für Dinge anbieten, die wir eigentlich gar nicht besitzen sollten? Was, wenn das eine Falle ist?«

Kolja schüttelte den Kopf. »Sie wollen sicherstellen, dass sie wirklich alle Wertsachen von uns bekommen. Dann müssen sie nicht mehr danach suchen. Wir bringen es ihnen.«

Mama legte den Ring auf den Tisch. »Ich dachte, ich hätte schon alles gesehen, aber ihre Hinterlist kennt offensichtlich keine Grenzen.«

»Ich habe vielleicht auch noch ein paar Dinge, die wir eintauschen können«, sagte Kolja.

Katja schaute ihn überrascht an. »Was hast du denn?«

»Im Haus meiner Eltern sind noch ein paar Dinge verborgen. Da lebt schon seit einiger Zeit niemand mehr. Deshalb ist der Hof in letzter Zeit auch nicht mehr durchsucht worden. Meine Mutter hat immer ein bisschen Schmuck versteckt. Als die Aktivisten mit ihren Razzien begonnen haben, hat sie Pawlo …« Seine Stimme verhallte, und er schaute zu Katja.

Katja versuchte, so teilnahmslos wie möglich zu wirken. Kolja sollte den Schmerz nicht sehen, den sie empfand, wann immer jemand den Namen erwähnte. Auch nach all dieser Zeit schmerzte Pawlos Tod noch immer so, als wäre er erst gestern gestorben. Kolja starrte sie an, als könnte er ihre Gedanken lesen, und Katja verdrängte ihre Gefühle wieder.

»Alles gut«, sagte sie. »Du kannst seinen Namen ruhig aussprechen. Keine Angst.«

Kolja senkte den Blick und fuhr fort: »Wir haben die Stücke aufgeteilt und sie an verschiedenen Stellen im Haus und auf dem Hof versteckt. Sie haben ein paar gefunden, aber nicht alle.«

»Warum sagst du das erst jetzt?«, fragte Mama ungläubig.

»Was hätte das denn gebracht? Wenn sie es nicht gefunden haben, war das Zeug da sicher. Bis jetzt konnte ich es sowieso nicht verkaufen, ohne Verdacht zu erregen.«

»Ja, natürlich«, sagte Mama. »Und jetzt? Was, wenn du es wiedersiehst? Könntest du dich einfach so davon trennen?«

Der Winter zeigte inzwischen sein kältestes Gesicht, und sie aßen kaum noch etwas. Ohne Hilfe würden sie nicht überleben.

Kolja rieb die rauen Knöchel über Halyas durchscheinende Wange. »Natürlich. Das Zeug bedeutet mir nichts. Ich werde es mit Freuden eintauschen.«

»Wir sollten das Essen, das wir bekommen, verpacken und bei deinen Eltern verstecken, Kolja«, sagte Katja, kaum dass ihr die Idee gekommen war. »Es ist, wie du gesagt hast. Sie suchen dort nicht mehr. Dafür ist der Hof zu lange verlassen. Da ist es definitiv sicherer als hier.«

Der Hof von Koljas Eltern war verfallen. Im Wald durften die Menschen kein Holz mehr schlagen, denn der Wald gehörte ebenfalls dem Staat. Auch wenn man nur ein paar Zweige sammelte, galt das schon als Diebstahl. Und da sie sonst nicht an Feuerholz kamen, hatten Kolja und Katja im Schutz der Nacht schon das ein oder andere Nebengebäude ausgeschlachtet und das Holz nach Hause gebracht. Der Hof, der früher voller wunderschöner Blumen gewesen war, war nun von Unkraut überwuchert. Er galt offiziell als verlassen.

»Das ist eine hervorragende Idee.« Kolja schenkte Katja ein seltenes Lächeln und reichte Halya ihrer Großmutter. »Wir müssen es aber so gut verstecken, dass Diebe es nicht finden. Morgen früh gehe ich direkt los.«

»Ich komme mit«, sagte Katja. »Ich weiß, was das beste Essen ist, und ich will diesen Laden sehen.«

»Ja«, stimmte ihre Mutter ihr zu. »Es ist sicherer, wenn ihr zusammen geht.« Sanft legte sie Katja die Hand aufs Gesicht. »Du musst vorsichtig sein, Tochter.« Mehr sagte sie nicht, doch Katja las die Botschaft in ihren Augen: *Sie haben mir bereits eines meiner Kinder genommen. Lass sie mir nicht noch eines nehmen.*

Stumm stapfte Katja an Koljas Seite durch den Schnee zu seinem alten Hof und stählte sich für die Aufgabe, die vor ihr lag. Sie war vor Kurzem hier gewesen, um Feuerholz aus der Scheune zu brechen, aber seit Kolja und Alina zu ihnen gezogen waren, hatte sie es nicht mehr über sich gebracht, auch das Haus zu betreten.

An der Tür zögerte Katja. Das schwere Holz schloss das winzige Haus ab und bildete eine physische Barriere zwischen ihr und den Erinnerungen, die sie im Inneren erwarteten. Als sie jetzt davorstand, drehte sich ihr der Magen um. Sie wich einen Schritt zurück.

»Ist schon gut, Katja«, sagte Kolja. »Du kannst hier warten. Es dauert nur eine Minute.«

Dankbar ging Katja hinüber zu der alten Scheune. Sie konnte es noch nicht einmal ertragen, einen Blick ins Haus zu werfen. Sie kniff die Augen zu und rief sich stattdessen eine ihrer Lieblingserinnerungen an Pawlo ins Gedächtnis.

»Pawlo, warte auf mich!« Sie lachte, als sie ihn über das Feld jagte.

»Komm schon! Du musst mithalten!«, rief er zurück. Seine langen Beine trugen ihn so weit voraus, dass Katja ihn schon bald nicht mehr sehen konnte, aber sie folgte ihm trotzdem. Sie würde ihm bis zum Ende der Welt folgen, wenn er sie darum bat.

Als sie ihn schließlich einholte, lag er unter einer alten Linde, die Hände hinter dem Kopf verschränkt.

»Komm. Leg dich zu mir, und lass uns die Wolken anschauen.«

Katja setzte sich neben ihn und schnappte nach Luft. »Na gut, aber ich kann nicht lange bleiben. Ich muss wieder zurück und meinem Vater helfen.«

Pawlo richtete sich auf den Ellbogen auf und grinste sie an. »Ist dir eigentlich klar, wie sehr du mich in deinem Leben brauchst? Ohne mich würdest du den ganzen Tag nur arbeiten, ohne auch nur einen Hauch von Spaß zu haben. Ich mache dich erst zu der Frau, in die ich mich verliebt habe.«

»Wenn es nach dir ginge, würden wir den ganzen Tag nur rumlaufen und gar nichts tun.« Sie lachte. Das war natürlich alles andere als die Wahrheit. Kaum jemand arbeitete so hart wie Pawlo.

»Und wenn wir so leben würden, wie du es willst«, erwiderte er und spielte an einer ihrer Locken, »dann würden wir uns in ein frühes Grab arbeiten und das Leben nie genießen. Gib es zu. Du brauchst mich.«

»Vielleicht«, räumte Katja ein. »Aber wenn dem wirklich so ist und ich dich so sehr brauche, dann sag mir eins, Pawlo: Was tue ich für dich?«

Das Lächeln verschwand aus seinem Gesicht. »Absolut alles. Du bist mein Leben. Ich kann es mir ohne dich nicht vorstellen.«

Katja schauderte und atmete tief durch.

Und jetzt lebe ich ohne dich. Die Worte trafen sie so hart und schnell, dass sie fast laut aufgeschrien hätte.

»Katja?« Kolja berührte sie am Arm. Sie erschrak und riss die Augen auf. Das Erste, was sie sah, war Koljas besorgtes Gesicht, und einen kurzen, überraschenden Moment lang hielt sie ihn für Pawlo. Dann blinzelte sie, und die Illusion löste sich auf.

»Alles in Ordnung mit dir? Tut mir leid. Ich weiß, wie schwer das für dich ist, aber als wir die Scheune ausgeschlachtet haben, da war doch alles gut.«

»Meine Augen brauchen nur ein wenig Ruhe.« Katja suchte in seinem Gesicht nach Zeichen von Schmerz. Sie hatte nie verstanden, wie Kolja und Alina in diesem Haus hatten leben können, nachdem sie hier so viel verloren hatten. Aber Koljas Augen waren genauso wie sonst auch. Vielleicht trug er den Schmerz ja ständig bei sich, und egal, wo er war, es konnte nicht mehr schlimmer werden, während Katja ihn tief in ihrer Seele verschloss und sich ihm nur stellte, wenn es gar nicht anders ging … wie jetzt.

»Wie machst du das?« Sie berührte Kolja am Arm. Sie musste einfach einen Menschen spüren, vor allem hier, und das mehr denn je.

Er starrte auf ihre Hand. »Wie mache ich was?«

»Wie kannst du so einfach hierherkommen, wo wir hier so viel verloren haben?«

»Ich tue es, weil wir es tun müssen. Für Halya. Für deine Mutter.« Er legte seine warme, schwere Hand auf Katjas und drückte sie. »Für dich.«

Ihre Hand brannte unter seiner Berührung. Sie schnappte nach Luft und riss sie zurück. »Hast du gefunden, was du gesucht hast?«

Kolja trat einen Schritt von ihr weg. Er war knallrot. »Ja.«

Er holte ein Paar goldener Ohrringe, ein Silberkreuz und einen Goldring aus der Tasche. Katja erkannte den Goldring. Koljas Mutter hatte ihn bei besonderen Gelegenheiten getragen. Er war über Generationen in der Familie vererbt worden, wie vermutlich auch die anderen Stücke. In ihrer Familie war das genauso. Früher wäre dieser Schmuck irgendwann an Halya weitergegeben worden. Jetzt würden sie der Familie helfen zu überleben.

»Dann lass uns gehen.« Katja kehrte dem traurigen kleinen Haus den Rücken zu. »Der Weg ist lang.«

»Ich habe dir nie gedankt.« Koljas Worte ließen sie stehen bleiben.

»Wofür?«

»Dafür, dass du dich um Halya kümmerst. Dass du sie stillst, obwohl du Wiktor verloren hast.« Seine Stimme drohte zu brechen. »Das kann nicht leicht für dich sein.«

Bei der Erwähnung des Namens zuckte Katja zusammen. Natürlich war es nicht leicht. Aber Kolja wusste nicht, dass Katja manchmal die Augen schloss und so tat, als sei Halya Wiktor. Oder dass sie sich manchmal vorstellte, dass die Kleine ihr eigenes Kind wäre, dass sie nie eins verloren hätte, genauso wenig wie ihre Schwester und ihren Mann. Wenn sie sich einreden konnte, dass Halya wirklich ihre Tochter war, konnte sie vergessen, wie sie wirklich zusammengekommen waren. Wie Trauer und Tod ein Band zwischen ihnen geschmiedet hatten, das man mit Worten nicht beschreiben konnte. Katja liebte Halya, und sie machte es ihr nicht zum Vorwurf, dass sie überlebt hatte und Wiktor nicht. Stattdessen klammerte sie sich an das Baby wie eine Ertrinkende an ein Floß. Halya gab ihrem Leben einen Sinn und motivierte sie, jeden Morgen aufzustehen. Sie gab ihr einen Grund, Essen aufzutreiben, sodass ihr Körper weiter Nahrung für sie produzierte. Tatsächlich war Halyas Überleben inzwischen der *einzige* Sinn in Katjas Leben.

Doch statt irgendetwas davon auszusprechen, erwiderte sie nur: »Ich liebe sie, als wäre sie mein eigenes Kind. Wäre es umgekehrt gewesen, hätte Alina dasselbe für mich getan.«

Kolja streckte die Hand aus und zog Katja neckisch am Haar, wie er es als Junge so oft getan hatte. »Ich bin froh, dass ich dich bei mir habe«, sagte er zögernd. »Nicht nur jetzt, meine ich. Jeden Tag. Wir kämpfen, um zu überleben. Wir kämpfen für Halya. Gemeinsam. Es hilft mir sehr zu wissen, dass ich nicht allein bin.«

Katja schaute ihn an. Das Raue in seiner Stimme erschreckte sie. Bevor sie jedoch etwas erwidern konnte, räusperte er sich, und die Gefühle, die er noch wenige Sekunden zuvor gezeigt hatte, verschwanden hinter der vertrauten harten Maske.

»Wir sollten jetzt gehen«, sagte er und marschierte die Straße hinunter, ohne sich noch einmal umzudrehen.

***

Die gefrorene Erde knirschte unter ihren Füßen, während sie durch die stille Landschaft stapften. Sie marschierten in Richtung der Hauptstraße, die durch ihr kleines Dorf führte und sich durch das Land wand, bis sie schließlich die nächste Stadt erreichte.

»Kohlrouladen«, platzte Kolja heraus.

»Was?« Katja hob die Augenbrauen und schaute ihn an. »Kohlrouladen?«

»Das ist etwas, was ich vermisse«, antwortete Kolja. »Die weichen Kohlblätter, die um das Fleisch und die Hirse gewickelt sind. Und die Soße ... Oh, wie ich die dicke Tomatensoße vermisse!«

Katja lief das Wasser im Mund zusammen. Fast konnte sie die Rouladen schmecken.

»Ich vermisse die Nalesniki.« Ihr knurrte der Magen, und sie drückte die Faust in den Bauch. »Süße Blintzen mit Kirschen. Meine Mutter macht die besten, die ich je gegessen habe.«

»Ja, das tut sie«, stimmte Kolja ihr zu. »Aber niemand kann es mit den Wareniki meiner Mutter aufnehmen.« Er lief rot an und hustete. »Ich meine, *konnte* es mit ihnen aufnehmen.«

Katja legte ihm die Hand auf die Schulter. »Die mit Kartoffelfüllung habe ich immer am liebsten gemocht.«

Kolja lächelte sie dankbar an. »Ich die mit Fleisch. Und mit in Butter geschwenkten Zwiebeln.«

»Viel Zwiebel und viel Butter«, sagte Katja. Sie grinste ihn an, und ein warmes Gefühl breitete sich in ihr aus. Sie vermisste die Freundschaft ihrer Schwester, und sie vermisste Pawlo. Dennoch fühlte es sich gut an, mit Kolja zu reden.

Er blieb stehen und gab ein ersticktes Geräusch von sich.

»Was ist los?« Katja schaute sich um und suchte instinktiv nach verborgenen Gefahren.

»S... Siehst du das nicht?«, krächzte Kolja.

Katja folgte seinem Blick, und sie schauderte, als sie die schreckliche Szene sah, die sich ihr bot: Gefrorene Leichen lagen und hockten entlang an der Straße zur Stadt. Offensichtlich hatten viele Leute versucht, sich auf den Weg zu machen, doch ihre toten Körper zeugten davon, dass ihnen die Kraft dafür gefehlt hatte. Also hatten sie sich einfach hingesetzt und waren nie wieder aufgestanden. Mindestens ein Dutzend Menschen, die den Kampf aufgegeben hatten, säumten nun die Straße.

Der Erste lag zusammengebrochen zwanzig Schritte von Kolja und Katja entfernt. Ihr Mund war wie ausgetrocknet, als sie sich dem groben Klumpen näherten, der sich deutlich von der kargen Landschaft abhob. Dennoch fühlte Katja sich irgendwie zu dem leblosen Körper hingezogen, als würde er sie rufen. Kolja zog den Stoff von dem weißen Gesicht, um zu sehen, wer das war, und Katja schnappte erschrocken nach Luft. »Iwan!«

Sie dachte an die letzten Worte, die sie an ihn gerichtet hatte, und an seinen Verrat, der ihre Schwester das Leben gekostet hatte. Eine seltsame Mischung aus Mitleid und Wut erfüllte sie, während sie auf sein kleines graues Gesicht starrte, das zu einer Fratze verzogen war. Er sah so jung aus. So verloren.

»War er ein Junger Pionier?«, fragte Kolja.

»Ja. Er hat gedacht, er sei einer von ihnen. Er hat gedacht, sie würden sich um ihn kümmern.«

Kolja lachte verächtlich, und sie gingen weiter. »Sie stehlen nur von uns. Von ›Kümmern‹ kann keine Rede sein. Das hat er nun davon, dass er sein Land verraten hat.«

»Er war nur ein Kind.« Katja war von sich selbst überrascht. Sie hätte nicht gedacht, dass sie ihn verteidigen würde.

»Na ja, Alina war auch *nur* meine Frau und *nur* deine Schwester, und jetzt ist sie auch tot. Etwas Ähnliches könnten wir wohl von jedem sagen.«

Sie biss sich auf die Zunge. Sie hatte Kolja nie erzählt, dass Iwan derjenige gewesen war, der Alina gemeldet und damit ihren Tod verursacht hatte, und es ihm jetzt zu sagen, wäre sinnlos gewesen.

Der Staat hatte den kleinen Iwan genauso getäuscht wie viele andere auch, egal ob Kind oder Erwachsener. Jung und dumm, wie er war, hatten sie ihn angelogen, und er war ihnen bis zum Schluss treu geblieben. Jetzt lag er einsam und tot neben der Straße. Katja fragte sich, ob seine Mutter das wusste, aber vermutlich lebte auch sie schon nicht mehr. Vielleicht hatte er sich deshalb auf den Weg in die Stadt gemacht. Vielleicht hatte er nicht mehr gewusst, wo er sonst hingehen sollte.

Sie blieben noch einmal stehen, als sie Lawros vereistes Gesicht sahen. Er würde nie mehr seinen berühmten Horilka brennen. Dann marschierten sie weiter, ohne noch einmal zu den gefrorenen Leichen am Straßenrand zu schauen. Sie wollten weder die Gesichter sehen noch wissen, wen sie sonst noch verloren hatten.

Als sie sich der Stadt näherten, kamen sie an dem Bahnhof vorbei, von dem so viele ihrer Freunde und Verwandte deportiert worden waren. Dahinter lagen die Kornspeicher, aus denen die Ernte in den Rest des Landes gebracht wurde. Normalerweise wären die Speicher zu dieser Jahreszeit leer gewesen. Jetzt waren sie bis zum Rand gefüllt. Bewaffnete patrouillierten vor ihnen, und jenseits davon sahen sie drei weitere Wachen vor einem großen Haufen verrottender Kartoffeln.

»Kolja!« Katja blieb stehen, und die Kinnlade klappte ihr herunter. »Das ist alles unser Essen.«

»Sie nutzen es noch nicht mal!«, bellte Kolja, und der Speichel flog ihm aus dem Mund. »Diese Speicher bersten fast, und das Korn verrottet, während wir hungern!«

Verzweiflung überkam Katja. Sie legte ihm die Hand auf den Arm – sowohl, um ihn zu beruhigen, als auch, um selbst Halt zu haben. »Schschsch. Du lenkst noch ihre Aufmerksamkeit auf uns.«

Koljas Kiefermuskeln zuckten. »Hier geht es nicht darum, dass wir mehr produzieren«, sagte er, als sie beide erkannten, wie unmöglich es wirklich war, dass sie überlebten. »Sie wollen uns alle tot sehen.«

***

Vor einem kleinen Gebäude neben dem Torgsin-Laden blieben sie stehen. Dort tauschten sie ihre Familienerbstücke gegen ein Stück Papier, auf dem stand, wie viel sie wert waren. Katja argumentierte, dass sie viel mehr wert seien, doch der Beamte wollte seine geizige Bewertung nicht ändern. Schließlich zog Kolja Katja hinaus, und sie stellten sich vor dem Geschäft in die Schlange.

Kolja beugte sich zu der Frau vor ihnen. »Wie lange warten Sie schon hier?«

»Gut eine Stunde«, antwortete die Frau. Ihr Gesicht war aufgequollen, die Augen zusammengekniffen, und eine Flüssigkeit sickerte aus einem Riss in ihrer Lippe. »Gestern war die Schlange noch viel länger.«

Die Schlange führte um das gesamte Gebäude herum, sodass das Ende fast wieder am Eingang war. Sie begrenzten die Menge der Leute im Laden, um mehr Kontrolle zu haben. Die Menschen bewegten sich vorwärts, und die Frau kehrte Kolja und Katja wieder den Rücken zu und schlurfte ein paar Schritte vorwärts. Katja schaute auf ihre Füße und sah, dass sie ihre Stiefel aufgeschnitten hatte, damit ihre geschwollenen Füße noch hineinpassten. Die Schwellung musste ihr große Schmerzen bereiten, denn sie bewegte sich nur mühsam. Schwellungen waren ein eigenartiges Zeichen des Hungers, aber viele Menschen litten darunter. Während Katja sich noch fragte, wie die Frau überhaupt in den Laden wollte, gaben deren Beine plötzlich nach, und sie fiel mit dem Gesicht nach unten auf den Boden. Katja hockte sich sofort hin und versuchte, sie umzudrehen, aber durch all die eingelagerte Flüssigkeit war sie zu schwer.

»Kolja, hilf mir mal!«

Er kniete sich neben sie und drehte die Frau auf den Rücken. Leblose Augen starrten in den Himmel. Sie war direkt vor ihnen gestorben, während sie auf ihr Essen gewartet hatte.

Die Schlange bewegte sich weiter. Kolja zog Katja hoch und stieg über die Leiche hinweg. »Komm. Wir müssen weitergehen.«

»Und sie hierlassen?« Katja hob die Stimme und stieß ihn von sich.

Kolja schüttelte angewidert den Kopf. »Schau dich doch um! Überall liegen Tote. Was macht da schon ein Mensch mehr oder weniger?«

Die Leute hinter ihnen strömten plötzlich vorwärts und umringten die tote Frau. Kolja packte Katja am Arm und riss sie weg.

»Was machst du da?«, fragte Katja entsetzt, als ein junger Mann begann, die Kleidung der Toten zu durchwühlen. »Hör auf damit! Das ist falsch!«

»Alles ist falsch, Katja«, schnappte Kolja und zog sie hinter sich her. »Unsere ganze Welt ist falsch.«

»Was soll sie denn noch damit anfangen?«, brüllte der junge Mann.

Da dämmerte es Katja. Die Leute suchten nach dem Rubelzertifikat der Frau. Ihr Entsetzen schwand, und Wut trat an seine Stelle. Warum hatten sie nicht zuerst daran gedacht, nach dem Zertifikat zu suchen? Der junge Mann hatte recht. Was sollte die tote Frau noch damit anfangen? Das Zertifikat konnte andere ernähren, Halya zum Beispiel. Katja musste schneller denken, wenn sie das Kind am Leben halten wollte. Ja, es war gut, Mitgefühl zu zeigen, aber den Toten nutzte das auch nicht mehr.

Es begann zu schneien, und Flocken legten sich auf Katjas Kopf und Schultern. Die Kälte durchdrang sie so vollständig, dass ihre Füße taub wurden. Sie stapfte auf der Stelle, um das Blut wieder in ihre Beine zu zwingen. Ein Kribbeln war der Lohn ihrer Mühe, also stapfte sie ein paar Sekunden lang kräftiger, doch dann war sie erschöpft. Sie schaute zu der toten Frau zurück und war froh, dass ihre Füße nicht so aussahen – noch nicht.

Als sie um die Ecke des Gebäudes bogen, fluchte Kolja und blieb unvermittelt stehen. Katja prallte gegen ihn.

»Was machst du da?« Der zunehmende Wind riss ihr die Worte förmlich aus dem Mund.

»Das willst du nicht sehen.« Kolja drehte sich um und versperrte ihr den Weg.

»Was will ich nicht sehen? Wann kann denn schlimmer sein als das, was wir schon gesehen haben?«

»Das. Das ist schlimmer«, antwortete er so leise, dass Katja ihn kaum hören konnte. »So viel schlimmer.«

»Ich bin kein Kind mehr!«, schnappte sie wütend. »Du musst die Welt nicht für mich zensieren.«

»Na schön.« Kolja nahm die Hände weg. »Du warst schon immer stur. Mach, was du willst.«

Er trat beiseite, sodass Katja einen Pferdewagen sehen konnte. Er war so schwer beladen, dass er auf der gefrorenen Erde schwankte. Die offene Ladefläche war voller Leichen. Männer, Frauen und Kinder stapelten sich dort. Man hatte sie einfach wie Holz in den Wagen geworfen. Dass sie einst Menschen gewesen waren, war vollkommen egal. Arme und Beine ragten in alle Richtungen aus dem Haufen, einige geschwollen, und noch immer sickerte Flüssigkeit aus ihnen heraus. Andere wiederum waren nur noch Haut und Knochen.

»Ich nehme an, sie müssen zumindest ein paar von den Leichen wegschaffen und irgendwo in eine Grube werfen, sonst könnten wir nicht mehr über die Straße laufen.« Koljas Stimme triefte vor Bitterkeit.

Katja ignorierte ihn und starrte auf den Wagen, als der durch eine Spurrille auf der Straße polterte und ein kleiner Leichnam sich aus dem Haufen löste. Er fiel herunter und landete fast geräuschlos im Schnee neben der Straße. Es war ein Mädchen, ein winziges Mädchen, nicht älter als zwei, drei Jahre. Nicht viel älter als Halya.

Blonde, vereiste Zöpfe lugten unter dem zerschlissenen blauen Schal hervor, der um ihr bleiches Gesicht gewickelt und unter dem Kinn festgebunden war. Die Augen des Kindes waren offen eingefroren, und jetzt lag es allein auf der kalten Erde, und langsam legte sich der Schnee auf sie. Der Wagen rollte weiter. Der unbedeutende Verlust kümmerte niemanden.

Katja schlug sich die Hand vor den Mund und biss sich so fest auf die Knöchel, dass sie bluteten. Kolja drückte sie an seine Brust und drehte sie von dem toten Mädchen weg.

»Schschsch«, flüsterte er ihr ins Ohr. »Ihr können wir nicht mehr helfen, Halya aber schon. Komm. Die Schlange bewegt sich wieder.«

Katjas Beine waren wie festgewachsen. Sie kam kaum voran. Aber Kolja zog sie hinter sich her, und schließlich erreichten sie die andere Seite des Gebäudes. Sie sah das Mädchen nicht wieder. Sie brachte es einfach nicht über sich, noch einmal zurückzuschauen – das musste sie auch nicht. Das Bild hatte sich fest in ihr Gedächtnis gebrannt, doch vor ihrem geistigen Auge war es kein fremdes Kind, sondern Halya.

Im Torgsin schrie Katjas Magen förmlich, als sie die Unmassen an Nahrungsmitteln sah. Sie musste sich die Faust in den Bauch drücken, um ihn zum Schweigen zu bringen. Mehl, Käse, Fleisch und Gemüse füllten die Regale. Katja schoss der Speichel in den Mund, als ihr der Geruch in die Nase drang, der Duft des Lebens.

Der gut bewachte Laden war bis zum Rand mit dem Essen gefüllt, von dem sie schon seit Monaten träumten. Hier gab es alles, was man zum Überleben brauchte, doch mit ihrem Zertifikat würden sie nur wenig kaufen können.

Wie konnte es inmitten all dieser Verwüstung so einen Laden geben? Wenn er einfach seine Tore öffnen und den Menschen Essen geben würde, könnte er sowohl die Stadt als auch Sonjaschnyky retten, ihr kleines Dorf. Aber so funktionierte das nicht. Die Nahrungsmittel blieben hinter Schloss und Riegel, unberührt und für die meisten unerreichbar, genau wie die Kornspeicher und Kartoffelhaufen, die sie gesehen hatten, als sie in die Stadt gekommen waren. Nun stand endgültig außer Frage, dass es eigentlich genug zu essen gab. Der Staat hatte lediglich beschlossen, dass die Dörfler des Essens nicht würdig waren.

Katja versuchte, den Einkauf logisch anzugehen, doch vor lauter Möglichkeiten drehte sich ihr der Kopf. Kolja ging neben ihr. Seine Augen funkelten, und er leckte sich die Lippen. Seine Hände zitterten, als Katja sich nahm, wofür sie sich entschieden hatte: Milchpulver für Halya, acht Kilo Weizenmehl, ein Kilo Zucker, vier Kilo Reis und zehn Dosen Sardinen.

Draußen stopften sie das Essen in die Säcke, die sie unter ihren Mänteln bei sich getragen hatten. Als alles verstaut war, holte Kolja eine der Sardinendosen heraus. »Die sollten wir essen. Wir brauchen all unsere Kraft, wenn wir wieder nach Hause kommen wollen.«

Katja nickte und starrte die Dose an. Ihre Lippen zuckten vor lauter Vorfreude auf den salzigen Fisch. Ihr Magen knurrte, und sie schmiegte sich eng an Kolja, damit niemand sie beim Essen sehen konnte.

Kolja stieß sein Messer in die Dose und öffnete den Deckel. Der schmackhafte Duft stieg ihnen in die Nase, und wieder lief Katja das Wasser im Mund zusammen. Mit zitternden Händen bot Kolja ihr zuerst die Dose an. Er schluckte, als er sah, wie sie die Finger hineinsteckte und sich einige der glitschigen Fische in den Mund stopfte.

Katja versuchte, langsam zu kauen und jeden salzigen Bissen zu genießen, aber ihr verzweifelter Körper übernahm das Kommando und sie schluckte alles auf einmal herunter. Dann schaute sie zu, wie Kolja es ihr nachtat. Abwechselnd aßen sie, bis die Dose leer war, dann wischten sie ihre Finger an den Kleidern ab. Nachdem sie auch noch den letzten Rest von ihren Fingern geleckt hatten, und Katja wieder klar denken konnte, trat sie einen Schritt zurück.

Ihr Blick traf Koljas, und sie bekam ein schlechtes Gewissen. Die animalistische Intimität des Akts, den sie gerade geteilt hatten, schockierte sie. In diesem Moment hatte nur das Essen gezählt. Alles andere war egal gewesen. Jetzt stieg ihr das Blut in die Wangen, als sie sich daran erinnerte, wie sie die Kontrolle verloren hatte. Sie versuchte, ihre Gedanken zu sammeln, um etwas zu sagen, doch als könne er ihr in den Kopf schauen, sagte Kolja: »Tut mir leid. Ich war nicht ich selbst. Wir sollten los.«

»Mir tut es auch leid«, murmelte Katja, und sie machten sich auf den Weg durch die Stadt und zu der Straße, die sie wieder in ihr Dorf führen würde. Es schneite nicht mehr, aber der Wind pfiff noch immer um sie herum. Im Stadtzentrum stolperte ein Mann aus einem Gebäude und lief ihnen direkt vor die Füße. Seine Kleider hingen an seinem ausgelaugten Leib, und er hatte die Kappe tief in sein bärtiges Gesicht gezogen, doch die eingefallenen Wangen und halb irren Augen eines Hungernden waren deutlich zu erkennen.

»Prokyp?« Katja schnappte erstaunt nach Luft.

Kolja knurrte, und sofort schoss seine Hand vor Katja, um ihr den Weg zu versperren, damit sie nicht auf den Mann zulief, der als Erster ihr Essen requiriert hatte. »Dein Glück hat dich wohl verlassen, Prokyp«, sagte Kolja. »Kümmert sich Väterchen Staat nicht länger um dich? Oder haben sie dir nur einfach endlich in den Arsch getreten wie uns auch?«

Prokyp verzog spöttisch das Gesicht. »Sie mussten sich nicht um mich kümmern, solange ich mir von euch Narren alles nehmen konnte, was ich wollte.«

»Na ja, wie es aussieht, bekommst du nicht mehr viel, egal woher.« Katja drückte Koljas Arm herunter und hob das Kinn.

Prokyp richtete seinen wahnsinnigen Blick auf sie. Dann schaute er in Richtung des Torgsin, aus dem sie gekommen waren. Ein krankes Grinsen erschien auf seinem Gesicht. »Nun, Katja, es ist schön, dich lebend zu sehen. Du warst immer so eine gute Seele. Ich weiß, eine gottesfürchtige Frau wie du würde einem Sterbenden keine Kruste Brot verweigern. Bitte. Ich flehe dich an. Ich habe nichts.«

»Wir haben auch nichts, weil Abschaum wie du uns alles genommen hat. Und jetzt willst du Hilfe von mir? Du nennst mich eine gottesfürchtige Frau und hoffst auf mein Mitleid?« Irgendetwas in Katja zerriss, und ihre Stimme wurde schrill. »Hast du das gehört, Kolja? Dieser Irre fleht mich an? Er *fleht*! Hat er gehört, wie meine Mutter ihn angefleht hat, uns das Korn zu lassen, um Alina zu ernähren, als sie krank war? Hat er gehört, wie ich ihn angefleht habe, uns die Kartoffeln zu lassen, damit wir Brei für das Baby machen können? Nein! Er hat uns alles genommen, was wir hatten, und er hat dabei noch gegrinst!«

»Das war meine Aufgabe«, erwiderte Prokyp. »Ich musste das tun, sonst hätten sie mich getötet.«

»Du hast jede Sekunde genossen, als du das meiner Familie angetan hast. Und nicht nur meiner Familie, vielen anderen auch. Da bin ich sicher.« Katja knirschte mit den Zähnen, als die Wut sie überkam. Ihre linke Hand pochte vor Schmerz, als hätte sie sie erst gestern gegen die Tür geknallt. »Du bist ein Monster!«

Kolja packte sie am Arm. »Er ist es nicht wert. Schau ihn dir doch an. Vermutlich ist er tot, bevor die Sonne untergeht.«

Das stimmte. Prokyp sah schon halb tot aus. Katjas Fäuste sehnten sich danach zuzuschlagen, aber sie ließ sich von Kolja um Prokyp herumführen, der sie mit unverhohlenem Hass anschaute. Als sie an ihm vorbeigingen, sammelte Katja allen Speichel, den sie noch hatte, und spie vor ihm aus.

Wütend knurrte Prokyp und drehte sich um, um ihnen zu folgen, doch seine Beine waren zu schwach. Dennoch machte Kolja kehrt und rammte ihm die Faust ins Gesicht. Katja wusste nicht, wie viel Kraft Kolja in den Schlag gelegt hatte, denn auch er war geschwächt, aber Prokyps ausgemergelter Körper konnte es nicht mit einem Mann aufnehmen, der nur halb so alt war wie er, auch nicht mit einem Hungernden.

Prokyp quiekte wie ein Schwein und brach zusammen. Kolja funkelte ihn an. Er atmete schwer und schnell. Schließlich schüttelte Katja ihn an der Schulter.

Kolja starrte sie benommen an, als hätte seine eigene Tat ihn überrascht.

»Wir müssen gehen«, sagte Katja.

Er nickte. Gemeinsam liefen sie, so schnell sie konnten, davon, ohne Aufmerksamkeit zu erregen, und sie sagten kein Wort mehr, bis die Stadt außer Sicht war.

23

Cassie

Illinois, Juni 2004

»Birdie ist im Bett.« Cassie ließ sich neben Bobby auf die Couch sinken. »Was machst du?«

»Ich sehe mir dieses *pysanka* an.« Sie rollte das Ei zwischen ihren arthritischen Fingern und reichte es Cassie. »Deine Mutter hat es gemacht.«

Cassie nahm das fein ziselierte Ei entgegen, das auf traditionelle Weise gefärbt war. Mithilfe von Wachs schuf man schichtweise kunstvolle Muster aus verschiedenen Farben. Pysanky waren ein unverzichtbarer Teil des ukrainischen Osterfests.

»Wir haben seit Jahren keine mehr gemacht«, sagte Cassie. »Als kleines Mädchen habe ich so gern dabei geholfen.«

»Wir könnten es Birdie beibringen«, sagte Bobby. Das Telefon klingelte, und sie streckte den Arm aus und hob ab. »Hallo?«

Cassies Neugier erwachte, als Bobby große Augen machte. »Ja, ja, natürlich spende ich. Warten Sie, ich hole meine Kreditkarte.« Sie versuchte, sich von der Couch hochzustemmen, aber Cassie legte ihr eine Hand auf den Arm.

»Wer ist da am Telefon? Wem möchtest du Geld geben?«

Bobby stieß sie zurück. »Ich muss meine Kreditkarte holen. Das ist die Staatspolizei. Sie braucht Geld.«

»Gib mir mal den Hörer.« Cassie streckte die Hand aus.

Bobby sah sie verstimmt an, aber sie gehorchte.

»Hallo, kann ich Ihnen helfen?«, fragte Cassie.

Sie hörte kurz zu. »Nein, danke. Bitte streichen Sie uns von Ihrer Liste.«

Als sie wieder auflegte, packte Bobby sie bei der Hand. »Wenn die anrufen, gibst du ihnen Geld! Wenn du das nicht machst, kommen sie nachts. Sie holen dich ab, und keiner sieht dich jemals wieder!«

Cassie sank die Kinnlade herunter. »Bobby, sie haben um Spenden für den Stipendienfonds der Staatspolizei gebeten. Du bist nicht gezwungen, ihnen Geld zu geben. Niemand kommt dich hier in der Nacht holen. Wir sind nicht in der Ukraine.«

»Das sollst du ja glauben! Sie kommen, wenn du nicht vorbereitet bist, aber ich war immer vorbereitet. Ich hatte immer ein Bündel gepackt.«

»Vorbereitet auf was?«, fragte Cassie, obwohl sie die Antwort aus ihrer Zeit mit Nick und dem Tagebuch kannte. Sibirien. Sascha. Die Deportationen. Bobby hatte wieder einen Flashback zu ihrer Zeit in der Ukraine.

Bobby rang die Hände, ohne auf die Frage einzugehen, und sah sich im Zimmer um wie ein Tier im Käfig.

Cassies Gedanken überschlugen sich: Wie könnte sie ihre Großmutter ablenken? Mit fröhlicher Stimme sagte sie: »Erzähl mir doch, was du eingepackt hast, um vorbereitet zu sein.«

Mit Augen, in denen das Entsetzen stand, fixierte Bobby sie. »Warme Kleider und Decken. Sie setzen dich in Viehwagen und schicken dich in die Gulags. Da ist es sehr kalt. Du brauchst nicht zu glauben, dass sie dir Decken geben.«

»Das war klug, Decken einzupacken. Komm, leg dich doch hin und ruh dich aus, und ich suche nach einer Tasche.« Cassie sprach in beruhigendem Ton, während sie das Licht dimmte.

»Essen habe ich auch eingepackt«, fuhr Bobby fort, aber ihre

Stimme war ruhiger geworden. »Wenn ich konnte. Wir hatten aber nicht immer Essen zum Einpacken.«

»Das muss sehr schwer gewesen sein.« Cassie beugte sich vor und strich ihr über die Haare. »Soll ich mich um alles kümmern? Mach die Augen zu und ruh dich aus, okay?«

»Nur einen Moment«, stimmte Bobby zu. »Ich bin müde. Aber vergiss nicht, unsere Sachen zu packen.«

»Ich bleibe bei dir sitzen, bis du eingeschlafen bist, dann packe ich.«

»Danke, Alina«, murmelte Bobby.

Cassie fuhr zusammen. *Alina. Ihre Schwester.* Was war Alina zugestoßen, und wieso verfolgte es ihre Großmutter noch immer?

Nach ein paar Minuten schlich Cassie den Korridor entlang, um nach Birdie zu sehen. Ihre Tochter schlief friedlich, einen Arm um den Kopf geschlungen, während die Beine aus dem Bett baumelten. Cassie drückte ihr sachte einen Kuss auf die Stirn und richtete sich auf, als sie Bobby sprechen hörte.

Auf Zehenspitzen, um ihre Großmutter nicht zu erschrecken, durchquerte sie wieder den Flur und blieb stehen, als sie sah, wie sie sich auf dem Sofa aufsetzte.

»Alina?«, fragte Bobby leise. »Bist du das?«

Rings um sie herrschte Stille.

»So vieles ist passiert, seit ich dich verloren habe.« Sie hielt inne und wartete offenbar auf eine Antwort. »Ich habe jetzt eine Urenkelin. Hättest du gedacht, dass ich lange genug lebe, um eine Urenkelin zu haben? Ich habe ihr Geschichten über die Zeit erzählt, als wir Mädchen waren.«

Sie schluchzte leise, und als sie weitersprach, war die ungemilderte Trauer in ihrer Stimme so greifbar, dass Cassie gequält das Gesicht verzog.

»Es tut mir leid, Alina. Mir tut alles so leid, was passiert ist. Ich wollte dir niemals schaden. Ich hoffe, das weißt du. Ich zünde die

Kerze an, damit du zu mir zurückfindest, aber ich weiß, dass ich dich sehr im Stich gelassen habe.«

Die Uhr schlug die Stunde. Bobby schloss die Augen, und Cassie spürte genau: Ihre Großmutter wünschte sich sehnlich, dass etwas passierte, dass jemand das Wort ergriff. Ihr Puls hämmerte, während sie die tragische Szene beobachtete. So verrückt es war, fast erwartete sie, dass Alina sich vor ihr manifestierte.

Aber es herrschte nur Schweigen.

Vorsichtig streckte Bobby die Hand nach dem Nichts aus. Tränen liefen ihr in gezackten Bahnen die runzligen Wangen hinunter. »Ich warte weiter auf dich, Alina.«

Sie schloss die Augen, und ihr Atem wurde gleichmäßiger. Cassie rückte näher und sah zu, wie ihre Schultern sich in gleichmäßigem Rhythmus hoben und senkten. Als sie sicher war, dass Bobby schlief, eilte sie in die Küche. Wenn sie das Tagebuch nicht lesen konnte, schenkte ihr vielleicht eine Recherche einen Einblick.

Sie steckte das Internetkabel in den Laptop und gab – ausnahmsweise dankbar für die Umtriebigkeit ihrer Mutter – die Log-in-Daten ein, die am Kühlschrank hingen, öffnete die Suchmaschine und gab »Ukraine 30er-Jahre« ein.

Die ersten Treffer schockierten sie.

Holodomor, Tod durch Verhungern, Terror-Aushungerung, Stalin, geschätzte Opferzahl vier bis zehn Millionen. Die schrecklichen Wörter schrien sie vom Bildschirm an. Bilder aufgedunsener Bäuche und ausgemergelter Leichen stießen sie ab, und doch konnte sie nicht wegsehen. Kinder mit riesigen Köpfen auf spindeldürren Körpern starrten sie aus gequälten Augen an.

Cassie wurde immer blasser, während sie ein Bild nach dem anderen anklickte. »Oh Gott«, flüsterte sie. »Wieso wusste ich nichts darüber? Wenn sie unter einer absichtlich hervorgerufenen Hungersnot gelitten hat, ist es kein Wunder, wenn sie Essen hortet.«

»Was heißt Hungersnot?«, meldete sich Birdies leise Stimme.

»Ich dachte, du wärst im Bett!« Cassie klappte hastig das Display zu, damit ihre Tochter die Bilder nicht sah. »In einer Hungersnot haben Menschen nicht genug zu essen. Sie leiden dann durch den Hunger Not.«

»Ach so.« Birdie nickte verständig auf eine Weise, die ihr geringes Alter Lügen strafte. »Alina und Katja waren die ganze Zeit richtig hungrig. Ich habe das alles schon gehört.«

Von wem?, fragte sich Cassie. Aber bevor sie noch mehr Antworten erhalten konnte, kam ihre Mutter zur Hintertür herein.

»Hallo!« Anna beugte sich vor und küsste Birdie auf die Wange. »Warum suchst du mir nicht ein paar Bücher heraus, die ich dir vorlesen soll? Warte in deinem Zimmer, ich bin gleich bei dir.«

Birdie ließ sich nie eine Geschichte entgehen und rannte zurück zu ihrem Zimmer. Kaum war sie außer Hörweite, öffnete Cassie wieder den Laptop und drehte ihn ihrer Mutter zu. »Sieh dir das an. Hast du je vom Holodomor gehört?«

»Nein, wieso?« Anna scrollte eine Weile durch die Seite und wurde blass. »Das ist ja furchtbar!«

»Ich weiß«, sagte Cassie. »Ich bin mir ziemlich sicher, dass Bobby das durchlebt hat.«

Anna schüttelte den Kopf. »Auf keinen Fall. Das müsste ich doch wissen. Meine Eltern hätten darüber gesprochen.«

»Vielleicht fiel es ihnen zu schwer.«

»Ich hatte eine gute Kindheit«, fuhr Anna fort, ohne auf Cassies Einwurf zu achten. »Ein schönes Haus, jeden Tag genug Essen auf dem Tisch, Eltern, die mich liebten. Wir waren glücklich.«

»Aber was war, bevor sie nach Amerika kamen? Darüber haben wir nie etwas gehört.«

»Ich weiß es nicht. Sie sprachen nie davon. Hier war das Leben normal. Mein Vater und meine Mutter waren so verliebt. Er brachte ihr jeden Freitagabend nach der Arbeit Blumen mit, und sie strahlte, wenn sie den Strauß sah.« Anna lachte. »Jedes Mal, als wäre es eine große Überraschung, auch wenn er es in keiner einzigen Woche vergaß. Im Sommer saßen sie aneinandergeschmiegt im Garten, während ich Glühwürmchen fing, und sie hielten Händchen, wenn ich im Winter Schlittschuhlaufen ging. Wir drei waren glücklich, und ihre Liebe bildete das Fundament für alles andere.« Ihr Lächeln verblasste. »Wir hatten es schwer, nachdem wir ihn verloren, aber mir half es zu wissen, dass ihm neunundsiebzig gute Jahre auf dieser Erde vergönnt waren. Zumindest habe ich das geglaubt.«

Cassie berührte ihre Mutter an der Schulter. »Es klingt, als hätte er ein wundervolles Leben gehabt, aber das bedeutet nicht, dass es keine schwierigen Zeiten gegeben hätte.«

Anna rieb sich den Nacken. »Ich vermute, es gab einige wenige Anzeichen. Mama ließ mich niemals Essen wegwerfen, ganz gleich was. Sie sagte immer: ›Brot ist Leben. Du isst es immer auf.‹ Und es kam vor, dass mein Vater niedergeschlagen war, wie an jenem Tag im Garten. Aber so was ist normal. Das da …« Anna nickte zum Bildschirm. »Davon ist nichts normal.«

»Wenn sie eine gezielte Aushungerung durchlebt hätten, würde das alles erklären, auch das Lebensmittelhorten in letzter Zeit«, sagte Cassie leise.

»Man will es trotzdem kaum glauben. Wie konnte sie so viel Leid erleben und trotzdem solch eine wunderbare Mutter sein?« Anna erhob sich. »Vielleicht sollten wir mit ihr reden.«

»Nein.« Cassie verschränkte die Arme. »Sie macht dicht. Das ist ja der Grund, weshalb sie will, dass Nick es mir vorliest. Wir müssen zuerst das Tagebuch durcharbeiten, damit wir wissen, was drinsteht, und dann können wir entscheiden, wie wir mit ihr umgehen.«

»Grammy, kommst du?« Birdie erschien wieder in der Küche, einen Stapel Bücher in den Armen.

»Tut mir leid, Schatz. Ich komme jetzt mit.« Anna ging ihr

nach und wandte sich noch einmal Cassie zu. »Gut, wir können warten, aber bitte mach voran. Wenn sie das wirklich durchgestanden hatte, dann möchte ich nicht daran denken, wie es ihr geht, wenn sie es noch einmal durchlebt.«

***

Am nächsten Morgen sah Cassie aus dem vorderen Fenster und entdeckte Nick, der in den Büschen suchte, bis er die Zeitung gefunden hatte. Er hatte damit weitergemacht, nachdem sie eingezogen war, auch wenn sie durchaus in der Lage war, die Zeitung selbst aus den Büschen zu holen, aber sie beschwerte sich nicht.

Sie öffnete die Tür in dem Moment, in dem er auf die Veranda trat. »Sie wissen doch, ich kann das machen.«

Nick fuhr zusammen und grinste befangen. »Sie haben mich erschreckt! Ich weiß, dass Sie das selbst können. Aber es gehört zu meiner Routine, vorbeizuschauen und sie an die Tür zu bringen. Der Zeitungsjunge wirft sie immer in die Büsche, und Ihre Großmutter hatte Mühe, sie herauszubekommen.«

Cassie schaute auf die Kaffeebecher, die sie auf den Tisch gestellt hatte, und bot ihm einen an. »Kaffee?«

»Gern. Danke.« Er nahm den Becher und folgte ihr zu der niedrigen Bank an der Hauswand. Seine Lippen verzogen sich zu einem Grinsen. »Haben Sie auf mich gewartet?«

Cassie verbiss sich ihr Lächeln und tat schüchtern. Sie zuckte mit den Schultern. »Vielleicht. Ich habe ein paar Fragen.«

Nick setzte den Becher an die Lippen und trank. »Guter Kaffee. Also gut. Ich bin bestechlich.«

»Wie alt war Ihre Großmutter, als sie nach Amerika kam?«

Nick schürzte die Lippen. »Keine Frage, mit der ich gerechnet hätte, aber ich spiele mit. Ich glaube, sie war etwa fünfundzwanzig. Sie kam nach dem Zweiten Weltkrieg.«

Cassie beugte sich vor. »Hat sie je etwas von einer Aushungerung erwähnt?«

»Sie meinen den Holodomor? Aber sicher. Ich dachte, Ihnen wäre klar, dass es in Bobbys Tagebuch genau darum geht.«

»Nein. Sie reden vom Holodomor, als wäre er Allgemeinwissen.« Cassie zupfte am Saum ihrer Shorts. Ihre Wangen brannten. »Ich muss zu meiner Schande gesehen, dass ich bis gestern noch nie davon gehört hatte.«

»Für Ukrainer ist er Allgemeinwissen. Wir haben auf der ukrainischen Schule davon erfahren, aber meine Großmutter hat ihn nicht durchgemacht. Ihre Familie lebte in der Westukraine, die zwischen den Weltkriegen von Polen besetzt war. Mit Stalin bekamen sie es erst im Zweiten Weltkrieg zu tun.«

»Was hat sie darüber erzählt?«

»Sie sagte, dass es furchtbar war. Einigen Leuten gelang die Flucht in ihr Dorf, und sie erzählten davon, dass in der Ost- und Zentralukraine ganze Dörfer ausradiert wurden. Menschen wurden auf Viehwaggons nach Sibirien geschafft, genau wie wir es im Tagebuch Ihrer Großmutter gelesen haben, oder verhungerten in ihren Heimatorten, nachdem Stalin sämtliche Lebensmittel exportiert hatte. Kinder wurden auf Bahnhöfen von ihren Eltern ausgesetzt in der Hoffnung, dass jemand sich ihrer erbarmte, sie mit nach Hause nahm und ihnen zu essen gab, aber das geschah nur selten. Menschen starben auf den Straßen, während sie für ein Stück Brot anstanden.« Er senkte die Stimme. »Das Schlimmste waren die Geschichten von Kannibalismus. Menschen berichteten davon, so verzweifelt gewesen zu sein, dass sie Leichen aßen und in Extremfällen sogar andere Menschen umbrachten, um sie zu essen.«

Cassie sackte die Kinnlade herunter. »Das ist unvorstellbar. Ich komme mir so dumm vor. Dabei bin ich ukrainischer Herkunft und sollte wissen, was meine Familie durchgemacht hat. Wieso habe ich noch nie davon gehört?«

»Nun, der Holodomor wurde praktisch totgeschwiegen, bis die Sowjetunion zerfiel, und es gibt noch immer Leute, die behaupten, er hätte nie stattgefunden«, sagte Nick. »Stalin hat die Kollektivierung gut verkauft, und die Presse und seine Verbündeten haben ihm die Geschichte entweder abgenommen oder sie ignoriert. Einige logen sogar. Walter Duranty von der *New York Times* bestritt rundheraus, dass es eine Aushungerung gab. Zum Teufel, mit seinen Reportagen zu diesem Thema hat er einen Pulitzerpreis gewonnen. Niemand wollte glauben, dass der ›Brotkorb Europas‹ ausgehungert wurde.«

Schmerz schwoll in Cassies Kehle an, als die Puzzlestücke sich zusammenfügten. Dass ihre Großmutter Lebensmittel versteckte. Die Angst. Die Trauer. »Das erklärt so viel von Bobbys Verhalten.«

»Sie könnte am Überlebendensyndrom leiden. Über traumatische Erlebnisse zu sprechen, ist nicht immer leicht. Vermutlich hat sie Ihnen deshalb ihr Tagebuch gegeben, anstatt es Ihnen selbst zu erzählen. Apropos, wann wollen wir weiterlesen? Vielleicht erfahren wir so, was genau sie durchgemacht hat.«

»Wie wäre es mit jetzt?« Cassie wandte sich ihm zu. »Bitte. Meine Mom wollte zwar heute Vormittag mit uns in den Park, aber ich muss vermutlich nicht mit und kann mit Ihnen hierbleiben.«

»Abgemacht. Lassen Sie mich nur gerade nach Hause gehen und mich nach der Arbeit frisch machen.« Nick lächelte sie an. »Zwei Dates an einem Tag. Passen Sie nur auf. Sie könnten bald genug von mir haben.«

»Ach du je, ich habe heute Abend völlig vergessen. Bitte entschuldigen Sie. Ich beanspruche Ihre ganze Zeit.« Cassie winkte ab. »Vergessen Sie, dass ich gefragt habe. Ich kann Sie ja nicht völlig vereinnahmen.«

Nick lachte leise. »Ich würde nichts lieber tun, auch wenn ich ein bisschen enttäuscht bin, dass Sie heute Abend vergessen haben.«

Cassie errötete und starrte in ihren Kaffee. »Ich habe es nicht vergessen. Ich bin nur ein bisschen konfus, und ich möchte gern mehr vom Tagebuch lesen.«

»Keine Sorge. Ich ziehe Sie nur auf.« Nick erhob sich und reichte ihr den leeren Kaffeebecher. »In einer halben Stunde bin ich wieder hier.«

Während Bobby, Birdie und Anna zum Park gingen, arbeiteten Cassie und Nick. Sie hatten ihren Rhythmus gefunden, und Cassie tippte so schnell, wie Nick übersetzte, und sie hielten nicht inne, bevor Alinas Tod geschildert wurde. Cassie merkte, wie er sie beobachtete, aber sie behielt die Augen auf dem Bildschirm und las immer wieder die letzten Worte: *Meine Schwester war tot.*

»Sie gibt sich die Schuld an Alinas Tod«, sagte Cassie schließlich.

Nick verzog das Gesicht. »Und dieses Schuldgefühl kommt noch zu dem Schmerz dazu, so viele andere verloren zu haben. Wirklich, ich bin erstaunt, dass sie überhaupt so stabil ist.«

Cassie schüttelte den Kopf. »Ich weiß nicht, was ich ihr sagen soll.«

»Ich würde gar nichts sagen. Wir haben noch eine Menge vor uns.«

»Wir sind wieder da!«, rief Anna, als sie ihre Enkelin durch die Hintertür hereinließ. »Birdie isst draußen ihr Eis auf.«

»Grammy hat es mir gekauft!« Die Kleine hielt eine Masse aus rosarotem Frozen Yogurt hoch, die schief an einer Eiswaffel hing, und schlürfte einen Mundvoll von der Oberseite weg.

Nick versuchte, sein Lachen zu unterdrücken, als Birdie näher kam und eine rosarote Tropfspur hinter sich zurückließ. Sie sah über seine Schulter über die Bilder auf dem Tisch und zeigte mit einem klebrigen Finger darauf.

»He, das sind Katja und Alina!« Birdie leckte noch einmal an ihrer Waffel. »Darf ich es mir ansehen?«

»Nick hält es vor dich«, sagte Cassie. »Fass mit deinen schmutzigen Händen bloß nichts an. Die Sachen sind alle sehr alt und empfindlich.«

Birdie nickte, und Nick hob das Foto mit den beiden Mädchen, das Bobby vor einigen Wochen fallen gelassen hatte.

»Ja, das sind sie«, sagte Birdie. »Ich hätte so gern auch eine Schwester.«

Eine Gänsehaut lief Cassie die Arme hoch, während Nick die Brauen zusammenzog.

»Birdie, woher weißt du denn, dass das Katja und Alina sind?«, fragte er.

Sie zuckte mit den Schultern. »Ich weiß es einfach.«

***

»Wenn Bobby ihr von Katja und Alina erzählt hat, ist das eine Sache, aber woher soll sie wissen, wie sie ausgesehen haben?«, fragte Cassie, während sie mit Anna den Mittagstisch abräumte.

»Bobby wird ihr sicher das Foto gezeigt haben«, meinte Anna. »Du hast selbst gesagt, du hättest gesehen, dass sie es mit sich herumgetragen hat.«

»Da könntest du recht haben.« Cassie räumte die Sandwichzutaten vom Küchentisch in den Kühlschrank.

»Was hat Nick gesagt?«, fragte Anna.

»Er hat mir ein paar recht interessante Glaubensvorstellungen berichtet, die seine Großmutter über den Tod und das Leben danach hatte, aber über seine eigene Meinung dazu hat er nicht gesprochen.«

»Bobby hat dazu auch ein paar seltsame Ansichten.« Anna wischte den Tisch ab, während sie sprach. »Und wenn sie Birdie davon erzählt, ist es nicht allzu weit hergeholt, dass die Kleine denkt, sie hätte mit Alina gesprochen.«

»Wenn man es so ausdrückt, ergibt es fast Sinn«, sagte Cassie. Aber tief in ihrem Innern war sie nicht überzeugt.

»Dann erzähl mir mal das Neueste vom Tagebuch.« Anna legte das Geschirrtuch auf die Spüle und wandte sich ihr erwartungsvoll zu. »Wie weit bist du gekommen?«

Cassie verzog das Gesicht. »Ich glaube, du solltest dich vorher hinsetzen, Mom.«

Als Cassie ihre Mom auf den neuesten Stand gebracht hatte, liefen Anna die Tränen über die Wangen.

»Meine arme Mutter. Wie hat sie das nur ertragen? Erst ihr Mann, dann ihr Kind und ihre Schwester? Ich bin so froh, dass du mich davon abgehalten hast, sie nach Alina zu fragen, als wir herausgefunden haben, dass sie eine Schwester hatte.«

»Kein Wunder, dass sie nicht darüber reden möchte«, sagte Cassie. »Ich habe es kaum überlebt, Henry zu verlieren. Wenn Birdie nicht gewesen wäre, weiß ich nicht, ob ich hätte weitermachen können. Und Bobby hat so viel mehr verloren.«

»Sie hatte Halya, für die sie kämpfen musste.«

»Aber was ist aus ihr geworden? Sie wäre deine Cousine. Man sollte doch meinen, dass du wenigstens von ihr wüsstest.« Cassie rieb sich die schmerzenden Schläfen und hoffte, sie könnte den Kopfschmerz abwenden, der sich zusammenbraute, seit sie von Alinas Tod erfahren hatte.

»Vielleicht ist sie auch gestorben«, sagte Anna. »Selbst wenn nicht, sie wäre fast zwanzig Jahre älter als ich. Sie wäre schon erwachsen gewesen, als meine Eltern 1950 endlich auswanderten. Sie könnte in Europa geblieben sein oder geheiratet haben und zu ihrem Mann gezogen sein. Sind in dem Karton irgendwelche Briefe von ihr?«

»Ich glaube nicht, aber natürlich könnten irgendwo in Bobbys Schrank noch mehr Briefe sein. Die Frau bewahrt einfach alles auf. Trotzdem frage ich mich, warum Bobby sie dir gegenüber nie erwähnt hat.«

»Das weiß ich nicht, und ich weiß auch nicht, ob ich es im Moment erfahren möchte.« Anna stand auf und nahm ihre Handtasche. »Ich muss mich beeilen, damit ich rechtzeitig wieder in der Bank bin.«

»Wie meinst du das, du möchtest es nicht wissen?« Cassie traute ihren Ohren nicht. »Willst du nicht mehr, dass ich dich über das Tagebuch auf dem Laufenden halte?«

Anna kämpfte mit dem Bügel ihrer Handtasche, während sie zur Tür ging. »Ich will es hören. Aber nicht jetzt. Und ich möchte auch das Happy End hören – wie sie sich in meinen Vater verliebte und nach alldem ein neues Leben aufbaute. Ich brauche das Gegengewicht an Schönem, wenn ich mir diese Entsetzlichkeiten anhören soll, deshalb glaube ich, ich warte lieber, bis du fertig bist, damit ich die ganze Geschichte hören kann.«

»Das Happy End, auf das du hoffst, gibt es vielleicht gar nicht.«

Anna hielt inne, die Hand schon am Türknauf. »Das weiß ich, Cass.«

24

Katja

Ukraine, Dezember 1932

»Katja«, krächzte Mama.

»Ich bin hier«, sagte Katja. Sie saß auf der Kante des Bettes, das ihre Mutter schon seit Tagen nicht mehr verlassen hatte. Sie wurde mit jedem Tag schwächer, langsam, aber stetig. Wochenlang hatte sie all ihr Essen Halya gegeben, ohne dass jemand es bemerkt hatte, denn für sie war das Leben ihrer Enkelin wichtiger als ihr eigenes.

Ihre Füße waren stark geschwollen. Sie hatten Risse und eiterten, und es war viel zu schmerzhaft, um auf ihnen zu gehen, genau wie bei der Frau, die Katja vor dem Torgsin gesehen hatte. Ihr ebenso stark geschwollener Leib hob und senkte sich unter den Decken, mit denen Katja sie vor der Kälte schützen wollte. Katja nahm an, dass er so geschwollen war, weil sie zu viel Wasser getrunken hatte, um wenigstens etwas im Bauch zu haben. Was sie nicht verstand, war, warum auch ihre Beine und Füße angeschwollen waren.

»Es gibt ein paar Dinge, um die ich dich bitten muss, Tochter«, sagte Mama.

»Alles, Mama«, erwiderte Katja. Ihr versagte die Stimme, als sie gegen die Angst vor dem nahenden Tod ihrer Mutter ankämpfte. Halya wimmerte in ihren Armen, und sie wiegte das Kind, um es zu beruhigen.

»Ich bitte dich für sie darum.« Mama streckte die Hand aus und strich über Halyas eingefallene Wange.

Katja nickte. Ihre Gedanken überschlugen sich, als sie versuchte zu erraten, was ihre Mutter wohl von ihr wollte, und was ihr Katja noch nicht gegeben hatte. »Du weißt, ich würde alles für sie tun.«

»Ich weiß, und deshalb kann ich diese Welt auch in dem sicheren Wissen verlassen, dass du das Richtige tun wirst: Kolja heiraten.«

»Kolja heiraten?« Katja sprang auf. »Warum sollte ich das tun? Er ist Alinas Mann. Er ist wie ein Bruder für mich!«

Die plötzliche Bewegung erschreckte Halya, und sie schrie wieder. Katja ging im Zimmer umher, um sie zu beruhigen.

»Tut mir leid, Mama. Das kann ich nicht.« Katja lief rot an und rang mit ihren Gefühlen. »Ich tue alles für dich, aber nicht das.«

Ihre Mutter schloss die Augen und presste die Lippen aufeinander. »Katja«, sagte sie schließlich. »Du musst! Du musst ihn heiraten! Schon bald wirst du hier allein mit ihm leben. Das ist nicht recht.«

»Machst du dir Sorgen, dass die Leute reden könnten? Falls ja, dann muss ich dir sagen, es interessiert niemanden mehr. Sie sind alle tot, deportiert oder viel zu sehr mit dem reinen Überleben beschäftigt, als dass sie sich den Kopf darüber zerbrechen würden, ob ich unverheiratet mit einem Mann zusammenlebe oder nicht.«

»Und was ist mit Halya? Du bist die einzige Mutter, die sie hat. Es ist nur recht, dass du auch mit ihrem Vater zusammenkommst. Tu es für sie! Dafür ist Familie da!« Mama schlug mit der Faust aufs Bett und verbrauchte damit mehr Energie, als sie hatte.

Katja setzte sich wieder neben sie und beugte sich zu ihr. »Hör auf, dir Sorgen zu machen, Mama. Wir werden schon zurechtkommen.«

Ihre Mutter starrte sie an. Die blauen Augen, die einst so lebhaft gewesen waren, lagen nun im Schatten. Sie waren so tief in den Höhlen versunken, dass Katja ihre Farbe kaum noch erkennen konnte. Ihr zerriss es das Herz zu sehen, wie diese früher so kraftvolle Frau derart dahinvegetierte. Mama atmete schnell und flach, und sie rieb sich die Brust.

»Bitte, Katja. Schwöre mir, dass du es tun wirst. Ohne zu wissen, dass das geregelt ist, kann ich nicht in Frieden ruhen.«

»Na schön, Mama. Ich tu's. Aber bitte entspann dich, sonst fühlst du dich nur schlechter.« Katja versuchte, die Panik in ihrer Stimme zu beherrschen. »Du musst dich beruhigen.«

Der säuerliche Geschmack dieser Worte blieb noch lange in ihrem Mund, nachdem sie sie ausgesprochen hatte. Doch sie konnte ihrer Mutter genauso wenig ihren letzten Wunsch verweigern, wie sie Halya im Stich lassen konnte.

Da sie sich nun Katjas Versprechen gesichert hatte, entspannte Mama sich tatsächlich. »Sie kommt zu mir, weißt du?«

»Wer?«, fragte Katja. Sie war froh, endlich das Thema wechseln zu können.

»Alina. Ich kann sie sehen.« Ihre Mutter lächelte friedvoll und schloss die Augen.

Katja zitterte, als sie ihr ein kaltes Tuch auf die brennende Stirn legte. Sie wollte noch nicht einmal darüber nachdenken, was ihre Schwester jetzt zu ihr gesagt hätte.

Nach ein paar Minuten schlief ihre Mutter ein, und ihr regelmäßiges Atmen versprach auch Katja ein wenig Ruhe.

Erleichtert sank sie in sich zusammen. Dann öffnete sie ihr Hemd und bot Halya die Brust an. Inzwischen produzierte sie kaum noch Milch, aber das Baby nahm sie. Es nahm alles, was es an Nahrung bekommen konnte. Halya war inzwischen fast ein Jahr alt, und sie wog so gut wie nichts, eine Feder in Katjas Armen. Ihr Gesicht war voller Falten und glich dem einer alten Frau, und ihr geschwollener Bauch hob sich deutlich von den dürren Gliedmaßen ab. Katja stiegen die Tränen in die Augen. Sie sah ihr eigenes Versagen in Halyas verkniffenem Gesichtchen, genau wie im schmerzhaften Todeskampf ihrer Mutter.

Die Tür flog auf, und Kolja stapfte herein und klopfte sich den Schnee vom Mantel. Sein Gesicht war schmal geworden, aber die Mädchen drehten sich noch immer nach ihm um. Er hatte das gleiche unzähmbare blonde Haar wie Pawlo, die gleichen hohen Wangenknochen und die gleiche große, wenn auch inzwischen magere Gestalt. Nur die Augen waren anders. Pawlos waren eine wunderschöne Mischung aus vielen Farben gewesen, die zusammen ein einmaliges Haselnussbraun ergeben hatten. Koljas wiederum spiegelten den dunkelblauen Himmel. Vielleicht hatten sie in der Vergangenheit auch gelacht wie Pawlos, doch wenn ja, dann konnte Katja sich zumindest nicht mehr daran erinnern. Jetzt waren sie trüb und leer, und sie spiegelten nur noch den Schmerz über all die Verluste, die er hatte erleiden müssen.

Könnte sie ihn lieben wie einen Ehemann? Vielleicht ja die Züge an ihm, die sie an Pawlo erinnerten. Es gab so viele Ähnlichkeiten zwischen den beiden Brüdern. Wenn sie sich darauf konzentrierte, bestand vielleicht die Möglichkeit, dass sie sich in ihn verliebte.

Und doch hasste sie die Vorstellung, welcher Verrat das an Alina und Pawlo sein würde, und das machte sie krank. Wie konnte es recht sein, wenn nur ihr Tod dazu führte, dass sie Kolja heiratete? Katja war so verwirrt, dass sie Kopfschmerzen bekam. Sie konnte nicht mehr klar denken.

»Ich muss nach der Ziege sehen«, sagte sie. Sie ertrug es nicht länger, im Haus zu bleiben. Kolja konnte wenigstens manchmal entfliehen. Den ganzen Winter über hatte er im Pferdestall der Kolchose gearbeitet, aber Katja war nicht mehr in die Kolchose gegangen, seit ihre Mutter krank geworden war. Jetzt, mitten im Winter, hatten sie ohnehin keine Arbeit für sie. Wozu wäre es also gut gewesen?

»Gut«, sagte Kolja. Er zog den Mantel aus und hängte ihn zum Trocknen neben den Ofen. Kurz hielt er inne, und sein Blick war nicht zu deuten, als seine Augen zu seinem Kind an Katjas Brust wanderten.

Verlegen zog Katja das Hemd zu und legte das schlafende Kind ins Bett. »Ich werde etwas Ziegenmilch zum Abendessen holen.«

Kolja nickte und schaute zu ihrer Mutter. »Wie geht es ihr?«

»Nicht gut«, antwortete Katja. Sie hatte noch immer nicht die geringste Ahnung, wie sie Kolja sagen sollte, was ihre Mutter von ihr verlangte.

»Ich wünschte, wir könnten etwas tun, um es ihr zu erleichtern«, sagte Kolja. »Es ist schwer für sie zu wissen, dass sie sich nicht länger um uns kümmern kann.«

Katja rieb sich die Hände und straffte die Schultern. Vielleicht war es das Beste, es einfach auszusprechen und dann zu gehen. Dann konnte er darüber nachdenken. »Sie hat uns um etwas gebeten.«

Kolja hob den Blick. Inzwischen saß er auf einem Stuhl am Ofen und wärmte sich die Hände.

»Sie will, dass wir heiraten. Für Halya«, platzte Katja heraus, und ihr Gesicht glühte vor Verlegenheit. »Ich finde es nicht richtig, aber ich musste es ihr versprechen. Ich konnte ihr das nicht verweigern.«

Katja senkte beschämt den Kopf und wartete auf Koljas Vorwürfe. Sie hoffte nur, er verstand, dass sie es ihrer sterbenden Mutter einfach hatte versprechen *müssen*. Es war nichts, was sie für sich selbst wollte.

Kolja schwieg so lange, dass Katja schließlich verstohlen zu ihm schaute.

»Warum nicht?« Als ihre Blicke sich trafen, zuckte er mit den Schultern. »Was schadet es, ihr zu sagen, dass wir es tun werden? Es gibt ohnehin keine Priester mehr, die uns verheiraten könnten.

Und wenn irgendwann doch noch mal einer kommt, werden wir sowieso tot sein, und das alles ist nur eine ferne Erinnerung. Dann wird auch sie verstehen, dass das nicht mehr nötig ist.«

Koljas kaltblütige Einschätzung der Situation tat weh. Katja wollte zwar nicht, dass er Freudensprünge machte, aber seine Reaktion erschwerte es ihr noch mehr, die Situation zu akzeptieren, als es eine direkte Weigerung getan hätte.

»Gut. Dann ist es abgemacht.« Katja zog den Mantel an und verließ das Haus, ohne Kolja noch mal in die gequälten Augen zu schauen.

Draußen brannte die frostige Luft auf ihrem heißen Gesicht. Sie würden ihrer Mutter sagen, dass sie heiraten würden. Das war eigentlich gar nicht so schlecht, denn es würde sie glücklich machen. Und es war, wie Kolja gesagt hatte: Sie mussten es ja nicht wirklich tun. Es gab ohnehin keine Priester mehr.

Als Katja am verlassenen Hof ihrer Tante eintraf, konnte sie sich an den Weg nicht mehr erinnern, und kaum hatte sie den Hof betreten, spürte sie einen Unterschied in der Luft. Irgendetwas war falsch. Irgendetwas fehlte.

Angst keimte in ihr auf, und sie rannte in die Scheune. Kein Meckern zur Begrüßung. Die Scheune, die sonst vom warmen Moschusduft der Ziege erfüllt war, fühlte sich kalt und schal an. Gänseblümchen war verschwunden.

Katja kämpfte gegen die Panik an, aber sie strömte durch sie hindurch, und ein verzweifeltes Schluchzen raubte ihr den Atem.

Keine Milch mehr. Keine Möglichkeit mehr, dass Gänseblümchen im nächsten Frühjahr ein neues Zicklein und damit Milch bekam. Keine Hoffnung mehr auf frisches Ziegenfleisch, sollten sie in noch größere Not geraten. Alles war umsonst gewesen. Irgendjemand hatte sie gestohlen.

***

Weihnachten verging ohne die übliche Feier. Noch nicht einmal der traditionelle Teller für verstorbene Familienmitglieder wurde auf den Tisch gestellt. Mama hätte das natürlich getan, wenn sie sich gut genug gefühlt hätte, doch Katja brachte es schlicht nicht über sich. Sie glaubte nicht mehr daran, dass die Seelen von Alina oder Pawlo sie besuchen würden. Tatsächlich war sie nicht einmal sicher, ob sie überhaupt noch an etwas glaubte, aber wenn jemand dieser Hölle hatte entkommen können, egal ob lebendig oder tot, dann würde sie denjenigen mit Sicherheit nicht hierher einladen.

Außerdem hatten sie ohnehin kein Festmahl, das der Rede wert gewesen wäre. Statt der traditionellen zwölf Gerichte hatte Kolja Feldmäuse mit Wasser aus ihren Nestern getrieben und ihnen das Korn geklaut. Katja mahlte die paar Körner zusammen mit Eichenrinde, mischte Wasser darunter und backte Pfannkuchen davon.

Die kalten Tage vergingen nur langsam, und ein paar Wochen nach Katjas Versprechen an ihre Mutter, Kolja zu heiraten, klopfte es leise an der Tür. Mama bewegte sich kaum. Ihr Leben hing an einem seidenen Faden.

Überrascht hob Katja den Blick. Dieser Tage kamen nicht viele Besucher, und die wenigen, die doch kamen, hämmerten laut ans Holz, rissen die Tür auf und brüllten sie an, sie sollten gefälligst ihre Quote erfüllen.

Kolja öffnete die Tür einen Spalt und fragte ins Dunkle hinein: »Wer ist da?«

»Wassyl Petrowitsch Fedij«, antwortete eine leise Stimme.

Kolja öffnete weit die Tür. »Komm rein«, sagte er und ließ seinen Blick durch die Nacht huschen, bevor er den Gast hineinzog.

»Wassyl!« Katja schlang die Arme um ihren Vetter zweiten Grades. Die Knochen ragten aus seiner zerschlissenen Kleidung heraus und stachen ihr ins Fleisch, als sie ihn umarmte. Als sie spürte, wie zerbrechlich er geworden war, zuckte sie unwillkürlich zusammen. »Was machst du denn hier? Ich habe gehört, sie hätten dich schon vor einiger Zeit deportiert.«

»Ja, ich war wohl einer der Glücklichen.« Wassyl versuchte sich an einem Lachen, doch stattdessen hustete er. Als er sich wieder gefangen hatte, fuhr er fort: »Mich haben sie nur deportiert, viele andere Kirchenmänner sind einfach vor ihren Altären erschossen worden.«

Nachdem man ihn kurz vor der Katastrophe zum Priester geweiht hatte, hatte Wassyl geplant, in die Kirche im Nachbardorf zu ziehen, aber noch bevor er hatte aufbrechen können, war er mitgenommen worden. Katjas und Alinas gemeinsame Hochzeit war eine seiner letzten Amtshandlungen als Priester gewesen. Seitdem hatten sie ihn nicht mehr gesehen.

»Ja, wie konnten wir das vergessen?«, erwiderte Katja. »Aber dich haben sie nicht bekommen, und jetzt bist du hier. Lebendig! Sag uns: Wie bist du hergekommen? Wohin haben sie dich geschickt, nachdem sie dich weggeholt haben? Hast du meinen Vater gesehen? Ich habe so viele Fragen an dich.«

Wassyl schloss müde die Augen. »Bitte, Cousine. Ich weiß, dass ihr kein Essen übrig habt, aber ich sehne mich nach einer Nacht Schlaf neben einem warmen Ofen. Kann meine Geschichte bis morgen warten? Vielleicht ist meine liebe Cousine dann ja auch wach.« Fragend schaute er zu Mama, die tief und fest schlief. »Ich habe keine Kraft mehr, um jetzt noch von meiner Drangsal zu berichten.«

»Natürlich.« Verlegen lief Katja rot an. »Wo sind meine Manieren? Schlaf erst einmal. Morgen können wir reden.«

Als Katja in dieser Nacht im Bett lag, hielt die Angst sie wach. Ein Priester an ihrer Tür so kurz, nachdem sie mit Mama über die Ehe diskutiert hatte? Was bis jetzt wie ein leeres Versprechen ausgesehen hatte, um ihre Mutter zufriedenzustellen, fühlte sich plötzlich real an, und das verursachte Katja Übelkeit.

Mama war bei Wassyls Ankunft nicht aufgewacht. In den letzten paar Tagen hatte sie so stark abgebaut, dass sie vielleicht gar nicht bei klarem Verstand sein würde, solange er bei ihnen war. Und wenn Mama die geplante Eheschließung Wassyl gegenüber nicht erwähnte, konnten auch sie es ignorieren.

Katja bekam ein schlechtes Gewissen. Wie konnte sie sich nur wünschen, dass ihre Mutter krank blieb, egal aus welchem Grund? Andererseits: Wie konnte sie Kolja heiraten? Die Situation war so verfahren, dass es sie überwältigte, aber schließlich schlief sie doch ein.

Am nächsten Morgen war Kolja noch vor Tagesanbruch aufgewacht und in den Wald gegangen, um nach ihren Fallen zu sehen. Er kehrte mit einem kleinen Hasen zurück. Katja kochte mit Roter Borstenhirse, die sie am Bach gesammelt hatte, einen Eintopf daraus. Da die Pflanzen schon fast verrottet waren, schmeckten sie ein wenig modrig, aber der Eintopf füllte ihnen die Mägen. Wie immer aßen sie stumm und schaufelten sich, so schnell es ging, das Essen in den Mund.

Am Ende der Mahlzeit nagte Wassyl den Knochen ab und schaute ihn ehrfürchtig an. »Das war die erste richtige Mahlzeit, die ich in … ach, ich erinnere mich nicht mehr. Ich danke euch.« Er war so gerührt, dass seine Stimme zu brechen drohte.

»Es ist uns ein Vergnügen, unser Essen mit dir zu teilen«, sagte Katja. »Ich wünschte nur, wir hätten mehr.«

Danach begann Wassyl zu erzählen. »Sie haben uns mitten in der Nacht geholt. Das war nur knapp eine Woche, nachdem ich euch verheiratet und deine Eltern beerdigt habe.« Er tätschelte Kolja den Arm. »Wir mussten zum Bahnhof laufen, und da hat man uns in Viehwaggons verladen.«

»Ich bin sicher, keiner von euch hatte einen Mantel oder Decken.« Katja schlang einen dicken Schal um sich und Halya. Sie zitterte.

Wassyl schloss die Augen und nickte. »Und das war erst der Anfang dessen, was wir erdulden mussten, liebe Cousine. Tagelang waren wir dicht gedrängt in diesen Waggons eingepfercht. Das war zwar verhältnismäßig warm, aber für einige reichte das nicht. So dauerte es nicht lange, und wir haben die Jüngsten und Ältesten an die Kälte verloren.«

»Haben sie euch etwas zu essen gegeben?« Kolja beugte sich vor und stützte die Arme auf die Beine.

»Sie haben jedem Waggon einen Laib Brot je zehn Insassen gegeben, dazu eine dünne Wassersuppe. Das war alles. Wie ihr euch vorstellen könnt, war es schwer, das gerecht aufzuteilen. Die Menschen wurden verrückt vor Hunger. Ein paar haben das Kommando übernommen und versucht sicherzustellen, dass jeder seinen gerechten Anteil bekam.«

»Wo haben sie dich hingebracht?«, fragte Katja.

»Nach Sibirien.« Wassyl ließ die Schultern hängen. Allein der Name schien furchtbare Erinnerungen in ihm zu wecken.

Tatos Gesicht erschien vor Katjas geistigem Auge. Und Saschas. Sibirien war vermutlich auch ihr Schicksal. Hatten sie es wie Wassyl überlebt? Die Erinnerungen trafen Katja jedoch nicht mehr so hart wie früher. Auch wenn jede Nachricht über einen Tod oder Verlust noch immer schmerzte – in den letzten zwei Jahren war so viel geschehen, dass der Schmerz dieser frühen Verluste verblasste. Es war, als wäre es in einem anderen Leben passiert.

»Der Zug setzte uns mitten in einer verschneiten Wüste ab. Es gab keinen Unterschlupf. Sie haben die Leichen aus den Waggons geholt und neben die Gleise geworfen. Wir durften sie noch nicht einmal bestatten oder ein Gebet für sie sprechen.«

Wassyl sprach so leise, dass Katja Mühe hatte, ihn zu verstehen. Genau wie Kolja beugte sie sich auf ihrem Stuhl vor.

»Die Überlebenden wurden gezwungen, stundenlang durch Wind und Schnee zu marschieren. Die Schwachen fielen zu Boden und starben, wo sie lagen. Kleine Kinder, die bis dahin überlebt hatten, brachen zusammen. Einige Mütter versuchten, sie mitzunehmen, damit ihre winzigen Leiber nicht einfach liegen gelassen wurden, aber auch sie stürzten schon bald unter dem zusätzlichen Gewicht in den tiefen Schnee. Dann mussten sie sich entscheiden. Sollten sie ihre Babys zum Sterben im Schnee zurücklassen oder bei ihnen bleiben?« Er hielt kurz inne und rang die Hände. »Die Wachen erschossen die, die ihre Kinder nicht aufgeben wollten, und marschierten weiter.«

Wassyl rieb sich grob die Wange, und Katja und Kolja hörten ihm stumm zu, während die Erinnerung ihn zittern ließ. »In meinem ganzen Leben habe ich solche Unmenschlichkeit nicht gesehen.«

Katja hörte ihm zu, doch seine Worte weckten keine Gefühle in ihr. Sie wollte mit ihm weinen, wollte wissen, dass sie noch immer Mitgefühl empfinden konnte, alles außer Verzweiflung, aber sie konnte nicht. Die Trauer hatte sie so weit heruntergezogen, dass es ihr nicht gelungen war, wieder ganz aus diesem Loch herauszukommen. Jetzt war Melancholie ihr steter Begleiter, und das ließ keinen Raum für andere Gefühle. Sie hüllte sie voll und ganz ein, innerlich wie äußerlich, und lag ihr bitter auf der Zunge wie der Geschmack der Löwenzahnblätter, die ihr inzwischen so vertraut waren.

»Am Rand des Waldes hielten wir an«, fuhr Wassyl fort. »Gebäude waren jedoch keine zu sehen. Sie sagten uns, wir müssten unsere Unterkünfte selbst bauen. Obwohl wir vollkommen erschöpft waren, begannen die Männer und Frauen, Äste zu sammeln, um daraus einfache Unterstände zu zimmern, bis wir etwas Stabileres bauen konnten. Wir arbeiteten die ganze Nacht hindurch und versuchten, dafür zu sorgen, dass jeder zumindest ein wenig Schutz hatte. Viel war das aber nicht.

Am nächsten Tag sagten sie uns, dass die Männer Bäume für den Staat fällen sollten, die Frauen und Kinder seien für den Bau permanenter Unterkünfte verantwortlich. So vergingen die Tage. Die einzigen Konstanten waren die Kälte und der Hunger. Jeden Tag starben Menschen, doch das änderte nichts.«

»Wie bist du wieder rausgekommen?«, fragte Katja.

»Eines Tages war ich mit zwei anderen Männern unterwegs und habe einen Baum gefällt. Ein Wachmann kam zu uns. Er wollte sehen, warum das so lange dauerte. Er schrie uns an, wir seien faul und nutzlos, und einer der Männer, mit denen ich zusammengearbeitet habe, ist durchgedreht. Am Tag zuvor war seine Frau gestorben und seine fünf Kinder auf der Zugfahrt und dem anschließenden Marsch. Ich nehme an, er hatte nichts mehr zu verlieren. Also hat er sich auf den Wachmann gestürzt und ihn mit seiner Axt erschlagen, bevor er schießen konnte. Das hat zwar niemand gesehen, aber irgendwann würden sie nach dem Wachmann suchen. Wir haben sein Gewehr, seine Kleider und sein Messer genommen und sind losmarschiert. Wir wussten nicht, wohin wir gingen, aber alles war besser als das Lager.«

Schweigend saßen sie beisammen, und Wassyls Worte hingen in der Luft. Es war ein Wunder, dass er überlebt und es wieder zurückgeschafft hatte.

Kolja strich sich mit der Hand übers Gesicht. »Haben die beiden Männer, mit denen du geflohen bist, auch überlebt?«

Wassyl zuckte mit den Schultern. »Der Mann, der den Wächter angegriffen hat, ist eine Weile mit uns marschiert, aber eines Morgens sind wir aufgewacht, und er war weg. Ich nehme an, er ist mitten in der Nacht gegangen. Der andere hat es mit mir bis Moskau geschafft. Eine Zeit lang haben wir dort zusammen gearbeitet, dann haben wir uns getrennt.«

Katja nahm Wassyls knochige Hand. »Du hast so viel erlitten! Warum bist du wieder zurückgekommen? Sie könnten dich noch einmal deportieren.«

»Weil ihr meine Leute seid. Ich bin hier, um euch zu warnen, dass sie nicht aufhören werden, bevor wir nicht alle tot sind. Kulaken, Bauern, alle.«

»Und nachdem du uns gewarnt hast, was dann?«, hakte Kolja nach.

Ein leichtes Lächeln erschien auf Wassyls Gesicht. »Wenn ich alles getan habe, was ich tun kann, werde ich versuchen, mich aus dem Land zu schleichen und nach Amerika zu gehen.«

»Nach Amerika?« Der Gedanke an den Kontinent auf der anderen Seite der Welt kam Katja so surreal vor, dass sie es sich kaum vorstellen konnte.

»Es ist das Land der unbegrenzten Möglichkeiten«, erklärte Wassyl. »Da gibt es Essen und Arbeit für alle.«

Amerika. Katja spielte mit der Idee in ihrem Kopf und erinnerte sich an die Worte ihres Vaters: *Schau in die Zukunft.*

Dann sprach Mama, die den ganzen Morgen über geschlafen hatte, zum ersten Mal, seit Wassyl gekommen war, und riss Katja aus ihren Gedanken. »Lieber Wassyl! Ich freue mich so sehr, dich zu sehen. Bist du hier, um Kolja und Katja zu verheiraten? Das ist alles, was ich mir wünsche, und sie haben mir versprochen, es bald zu tun.«

Katja erstarrte. Kolja kehrte allen den Rücken zu. Er ließ die Schultern hängen, während Katja zitternd aufstand, zu ihrer Mutter ging und ihr die Hand auf die heiße Stirn legte.

»Schschsch, Mama«, krächzte Katja. »Du brauchst nur etwas zu essen. Ich habe ein bisschen Fleisch für dich beiseitegelegt. Lass mich es holen.«

»Nein, Katja!« Sie setzte sich auf, und ein Hustenanfall ließ ihren ganzen Leib erbeben. Als der Husten schließlich aufhörte, richtete sie den Finger auf Katja. »Du hast es mir versprochen, Tochter. Du hast mir versprochen, Kolja zu heiraten und Halya eine echte Familie zu geben, bevor ich von euch gehe. Es ist Gottes Wille. Warum sonst ist Wassyl ausgerechnet jetzt gekommen?« Sie drehte sich zu ihm. »Bitte, verheirate sie. Das ist mein letzter Wunsch.« Ein weiterer Hustenanfall zwang sie wieder aufs Kissen.

»Natürlich, Cousine«, erwiderte er. Seine Augenbrauen formten sich zu Fragezeichen, als er zu Katja und Kolja schaute. »Wenn es das ist, was sie wollen.«

Katja ließ sich aufs Bett fallen und vergrub das Gesicht in den Händen. Sie wollte nicht heiraten, aber wie konnte sie ihrer Mutter den letzten Wunsch verwehren? Was wäre sie dann für eine Tochter?

Andererseits: Was wäre sie für eine Schwester, wenn sie ihren Schwager heiratete? Ihr schmerzte der Kopf. Halya schrie im Bett. Katja nahm das Baby, wiegte es sanft in den Armen und lief auf und ab. Dabei mied sie Koljas Blick, so gut es ging. *Lass ihn sprechen. Lass ihn Mama widersprechen, wenn er will, dann bin wenigstens nicht ich schuld.*

Schließlich sprach Kolja, doch das, was er sagte, überraschte Katja.

»Dann lass uns heute Abend heiraten, Katja. Wir beide haben ohnehin nichts mehr im Herzen.« Die Bitterkeit und Enttäuschung, die er ausstrahlte, hingen schwer in der Luft. »Wirklich. Was macht es für einen Unterschied? Es ist doch für Halya, nicht wahr? Alles, was wir tun, ist für Halya. Was bedeutet es da schon?«

Katja hatte einen Kloß im Hals. Es war sinnvoll, aber allein die Vorstellung, Alina und Pawlo zu verraten … Sie schloss die Augen und nickte.

Ein paar Minuten später standen sie nebeneinander vor Wassyl. Katja hätte nicht sagen können, was er sagte, oder ob Kolja die falschen Worte wählte, als er versprach, sie zu lieben und zu ehren. Sie hätte noch nicht einmal sagen können, ob sie diese Worte wiederholte. Sie nahm jedoch an, dass dem so war, denn schließlich band Wassyl den Ruschnyk um ihre Hände und erklärte sie für verheiratet.

Die ganze Zeit über konnte Katja nur an Alina denken und daran, dass Pawlo neben ihr stehen sollte, nicht Kolja. Sie wand sich innerlich, als sie sich daran erinnerte, wie Alina und Kolja genau hier geheiratet hatten, in ebendiesem Raum. Ihre Gesichter hatten vor Liebe förmlich gestrahlt.

Katja konnte sich noch nicht einmal ein Lächeln abringen. Ihr war übel, ihr Kopf vernebelt, und sie nahm alles nur noch verschwommen wahr. Vermutlich war das auch besser so.

25

Cassie

Illinois, Juni 2004

Cassie stand vor dem Spiegel und begutachtete zum ersten Mal seit Henrys Tod ihr Aussehen. Gewöhnlich gönnte sie sich kaum einen Blick. Wozu auch? Sie hatte niemanden, den sie beeindrucken wollte.

In langen Wellen fielen ihr die braunen Haare bis auf die Schultern. Sie mussten dringend geschnitten und frisiert werden. Ihr blasses Gesicht sah schmaler aus als auf den Fotos von vor dem Unfall, sodass ihre Wangenknochen deutlich hervortraten und ihre blauen Augen riesig erscheinen ließen. Kleider, die ihr einmal gepasst hatten, hingen nun lose an ihrem gertenschlanken Leib. Im vergangenen Jahr hatte sie Gewicht verloren.

Anna lehnte in der Tür zum Badezimmer. »Ich kenne eine wunderbare Friseurin. Ich kann dir einen Termin verschaffen, vielleicht sogar vor deinem Date heute Abend. Ich bleibe bei Birdie und Bobby.«

»Mom! Könnte ich vielleicht auch mal einen Augenblick ungestört sein?«

»Ach, komm schon, du hast nicht mal die Tür richtig zugemacht. Es ist, als würdest du um Hilfe rufen.« Anna schwenkte die Hände in Kopfhöhe, als wäre sie ein Dschinn. »Und puff, hier bin ich!«

Cassie beugte sich zum Spiegel und zog die Haut an einem Augenwinkel hoch. »Schön, ruf sie an, aber nur, weil meine Haare zu lang sind und mich stören. Nick holt mich um sieben ab, und ich muss lange vorher zurück sein.«

»Schon dabei!« Anna flitzte durch den Korridor zum Telefon.

Wenn es nach ihrer Mutter ginge, hätte sie gleich auch einem Termin für Maniküre und Pediküre. Cassie seufzte. Vielleicht sollte sie sich lieber darauf konzentrieren als auf das Tagebuch.

Cassie hatte angenommen, dass ihre Mom einknicken und nach weiteren Einzelheiten fragen würde, aber sie hielt eisern an ihrem Entschluss fest. Seitdem sprachen sie nur über unverfängliche Themen wie Cassies mangelnde Sorgfalt in Bezug auf ihr Äußeres und über ihr großes Date am heutigen Abend.

»Wie wäre es mit einer kosmetischen Gesichtsbehandlung?«, fragte Anna zwei Minuten später, die Hand auf der Sprechmuschel des Telefonhörers. »Susy hat in einer Stunde Zeit. Vielleicht auch eine Mani-Pedi?«

***

Nach zwei Stunden im Salon musste Cassie zugeben, dass sie aussah und sich fühlte wie eine neue Frau. Sie war poliert, geschrubbt, angemalt, getrimmt und geföhnt worden. Zu allem Überfluss legte ihr Anna wie von Zauberhand drei leichte Sommerkleider vor, die sie angeblich am Vortag im Ausverkauf gefunden hatte, die ihr aber »nicht passten«.

»Sie sind ideal für deine Figur, Cassie, und mir wäre es sehr lieb, wenn du sie mir abnehmen würdest und ich sie nicht zu den Läden zurückbringen und umtauschen müsste. Sei doch so gut und probier sie an, ja?«

Cassie seufzte und nahm die Kleider mit in ihr Zimmer. Das erste war ein bisschen klein, die beiden anderen passten gut. Sie behielt das letzte an, hellblau mit grünem Paisley-Muster, und kehrte zu ihrer Familie ins Wohnzimmer zurück.

»Oh!« Anna quietschte und klatschte in die Hände. »Ich erkenne dich kaum wieder. Du siehst toll aus.«

»Danke, glaube ich.« Cassie war sich nicht sicher, ob sie wegen der Andeutung beleidigt sein sollte, dass sie vorher schrecklich ausgesehen hatte. »Es war wirklich so schlimm, was?«

»Nicht schlimm«, verbesserte sich Anna rasch. »Du hast nur nicht dein volles Potenzial genutzt.«

Cassie streckte ihr die Zunge heraus, und Birdie kicherte, als es klingelte.

»Ich gehe schon!« Anna sprang auf. »Ab in die Küche, Cassie. Dein Auftritt erfolgt, nachdem ich ihn hereingelassen habe.«

»Das lassen wir schön bleiben, Mom.« Cassie nahm ihre Handtasche und ging zur Tür. »Wir sind nicht beim Schulball.«

Anna sah Cassie stirnrunzelnd an und wechselte zu einem sonnigen Lächeln, mit dem sie die Tür öffnete. »Nick! Ich freue mich ja so, Sie zu sehen. Kommen Sie rein, kommen Sie rein!«

Cassie erstickte ein Auflachen darüber, dass ihre Mutter so schnell umschaltete, und suchte Nicks Blick. Seine blauen Augen funkelten, als er sie anstrahlte.

»Cassie, Sie sehen wunderschön aus.«

»Danke.« Ihr Gesicht wurde warm wegen des Kompliments. »Sie aber auch.«

»Hi, Nick.« Birdie zog an Nicks Hand.

»Hallo, Birdie.« Er hockte sich hin und zupfte an ihrem Zopf. »Was hast du heute gemacht?«

»Ich habe geholfen, Blumen zu pflanzen, und meine Bücher gelesen und bin spazieren gegangen.« Sie zählte die Aktivitäten an den Fingern ab, während sie sie herunterrasselte. »Es war ein langer Tag.«

Nick lachte. »So klingt es. Na, nächstes Mal nehmen wir dich mit. Aber weil du heute Abend keine Zeit hast, hab ich dir etwas mitgebracht.«

Er griff in die Tasche, die er hielt, und zog ein zerfleddertes Buch von Dr. Seuss heraus. »Das war mein Lieblingsband, als ich ein Kind war. In deinem Regal habe ich es nicht gesehen, und ich dachte, du möchtest vielleicht meins lesen.«

Sie strahlte über das ganze Gesicht. »Das habe ich noch nicht! Aber es gefällt mir. Ich pass auch gut darauf auf!«

»Das weiß ich. Und ich verspreche, es dir vorzulesen, wenn ich das nächste Mal vorbeikomme, okay?«

Sie presste das Buch fest an sich. »Okay, Nick. Grammy, guck mal! Liest du mir es vor dem Schlafengehen vor?«

Ihre Stimme zu hören machte Cassie noch immer ganz trunken vor Glück. Sie berührte Nicks Hand und sah ihm in die Augen. »Danke.«

»Ist mir ein Vergnügen. Wollen wir?« Er hielt ihr den Arm hin.

***

»Sehr schön hier.« Cassie sah sich in dem kleinen Restaurant um. Kleine Tische mit weißen Decken in angenehmem Abstand voneinander füllten den gedämpft beleuchteten Raum. Frische Rosen auf jedem Tisch verströmten einen süßlichen Duft. Der Kellner führte sie zu einem Tisch an einem Panoramafenster, durch das man sehen konnte, wie die Sonne hinter dem Park versank.

Nick rückte ihr den Stuhl zurecht und setzte sich ihr gegenüber. Der Kellner legte ihnen die schweren Speisekarten vor und nahm ihre Getränkebestellungen auf. Alles lief genau so, wie es bei einem Date laufen sollte. Einem Date. Sie hatte ein Date.

Cassie begann zu hyperventilieren. Unter dem Tisch kniff sie sich fest zwischen Daumen und Zeigefinger und senkte den Blick.

Reiß dich zusammen. Das ist auch nichts anderes, als neben ihm zu sitzen, während er das Tagebuch übersetzt.

Nick beugte sich vor, ehrliches Interesse stand ihm ins Gesicht geschrieben. »Also, Cassie, wir kennen uns schon eine Weile, aber ich habe nie herausgefunden, was Sie beruflich machen.«

Sie begegnete seinem Blick, und Wärme durchströmte sie. Sie konnte es schaffen.

»Wir reden wohl nicht viel über uns, wenn wir uns mit dem Tagebuch befassen?« *Weil sich mein Hirn immer abschaltet, sobald du in der Nähe bist.* »Ich bin Autorin. Na ja, ich war es. Hauptsächlich Zeitschriftenartikel. Ich wollte schon immer einen Roman schreiben, aber nach dem, was vor fünfzehn Monaten passiert ist, habe ich es aufgegeben.«

»Eine Autorin. Ja, das passt zu Ihnen. Vielleicht kommt Ihnen noch eine Inspiration, und Sie können wieder einsteigen.«

»Das wäre schön, aber ich rechne nicht damit.« Cassie trank einen Schluck des Weins, den der Kellner gebracht hatte.

Sie unterbrachen ihr Gespräch, um ihre Bestellungen aufzugeben – Fettuccine Alfredo für Cassie, Lasagne für Nick.

»Was ist mit Ihnen? Wie kommen Sie zur Feuerwehr?«, fragte Cassie, nachdem sie dem Kellner ihre Speisekarten übergeben hatten.

»Ich wollte immer da sein, wo Action ist, und ich wollte immer Menschen helfen, wenn sie es am dringendsten nötig haben. Dieser Beruf bringt beides zusammen, und ich könnte mir nicht vorstellen, etwas anderes zu tun.« Nick lehnte sich vor. »Sehen Sie, ich weiß, dass wir beide unsere Vorgeschichte haben. Ich erwartete von Ihnen nicht, dass Sie mir von sich erzählen, bevor Sie sich dazu bereit fühlen, aber ich will, dass Sie eines wissen: Ich möchte sehr gern mehr über Ihr Leben hören, wann immer Sie wollen. Über Ihren Mann. Über das, was passiert ist.«

»Das macht Ihnen keine Angst? Ich schleppe viel Ballast mit

mir herum. ›Witwe mit Kind‹ steht nicht besonders weit oben auf der Liste der gewünschten Eigenschaften, wenn man datet.« Sie lachte, aber es klang ein wenig hohl.

»Nein, das macht mir keine Angst.« Er zögerte. »Und ich möchte von vornherein offen über meine Vergangenheit sprechen.«

»Ihre Vergangenheit?« Cassie hob die Brauen. Auch ihre Neugier nahm zu. Dennoch hielt sie sich zurück. »Sie schulden mir keinerlei Erklärung.«

»Ich möchte Ihnen gegenüber vollkommen offen sein. Meine Eltern starben bei einem Hausbrand, als ich noch ziemlich klein war, nicht viel älter als Birdie. Vermutlich ist das der Hauptgrund, aus dem ich zur Feuerwehr gegangen bin. Das andere, was ich vorhin erwähnte, ist wahr, aber sie zu verlieren hat in mir den Wunsch geweckt, anderen Menschen zu helfen, damit sie nicht den gleichen Verlust erdulden müssen. Nach ihrem Tod zog mich meine Großmutter auf. Sie war sehr mit der Alten Welt verbunden, frisch vom Boot sozusagen – sie schickte mich jeden Samstagmorgen in die ukrainische Schule, das habe ich schon erzählt. Sie war superstreng, aber ich habe sie unglaublich lieb gehabt.«

Er verstummte und musste sich räuspern. »Sie starb im vergangenen Jahr, und ich stand allein da. Ich hatte keine Familie, niemanden, für den ich verantwortlich war, niemanden, der mich zur Verantwortung zog, und sprang gewissermaßen ins tiefe Becken. Ich ging ständig aus. Feierte die Nächte durch. Traf mich mit vielen Frauen. Frauen, die ich niemals mit nach Hause gebracht hätte, um sie meiner Baba vorzustellen. Na ja, neulich abends haben Sie ein paar davon getroffen. Sie können sich bestimmt vorstellen, weshalb ich sie nicht mit nach Hause gebracht hätte.«

Cassie versuchte, sich bei der Erinnerung an die Frauen, die mit Nick geflirtet hatten, nicht wegzuducken.

»Die Sache war die: Mir war alles egal. Ich ging zur Arbeit, und dann tat ich, was immer ich gerade wollte. Ich sollte wohl dankbar sein, dass ich mich genügend zusammenriss, um meinen Job nicht zu verlieren.«

Ohne nachzudenken, griff Cassie nach seiner warmen, rauen Hand. Er umfasste ihre Finger.

»Nick, Sie müssen das nicht erzählen.«

»Ich tue es aber. Denn so verrückt es klingt: Alles hat sich geändert. Sie und Birdie kennenzulernen hat etwas in mir wachgerüttelt, das so lange geschlafen hat, dass ich schon glaubte, es wäre tot. Sie haben mich wieder etwas empfinden lassen. Sie haben in mir den Wunsch geweckt, mich von meiner besten Seite zu zeigen.« Er lächelte schüchtern. »Für ein erstes Date ist das vermutlich eine Menge, aber ich fühle mich in Ihrer Nähe so wohl und wollte, dass Sie nicht als Einzige Ballast mitbringen.«

Sei glücklich. Lebe dein Leben. Henrys Worte aus ihrem Traum hallten ihr durch den Kopf, und ihr Gesicht rötete sich, während sie Nick in die blauen Augen sah.

Der Kellner störte den Augenblick, indem er das Essen servierte. Sie stürzten sich auf die Teller, und Cassie merkte, wie sie sich öffnete.

»Auf der Highschool hatte ich kaum Verabredungen. Henry lernte ich auf dem College kennen. Liebe auf den ersten Blick. Es war, als wären wir allein im Raum, jedes Klischee, das Sie sich vorstellen können, war erfüllt. Wir heirateten direkt nach dem Abschluss, reisten ein bisschen und wurden sesshaft. Birdie kam, und ich dachte, ich hätte alles, was ich mir je wünschen könnte. Dann, eines Tages, brach alles auseinander.«

Sie trank einen weiteren Schluck Wein. Der Alkohol machte sie im Zusammenspiel mit der gemütlichen Einrichtung des italienischen Restaurants mutig. »Er fuhr mit ihr nach dem Abendessen noch ins Eiscafé. Sie hatte an dem Tag gelernt, Fahrrad zu fahren, und er wollte es feiern. Ich hatte einen Abgabetermin für einen Artikel, deshalb bin ich zu Hause geblieben.«

Cassie schloss die Augen und versuchte, den Schwall von Gefühlen zurückzuhalten, die auf sie einstürmten, sobald sie sich an diesen Tag erinnerte.

»Ein Sattelschlepper überfuhr eine rote Ampel. Henry starb bei dem Zusammenstoß, Birdie hat es knapp überlebt. Die Ärzte mussten sie in ein künstliches Koma versetzen. Ich bin ihr wochenlang nicht von der Seite gewichen.«

»Ist das der Grund, weshalb sie so lange nicht mehr gesprochen hat?«, fragte Nick.

Cassie schüttelte den Kopf. »Wir wissen es nicht. Sie haben alle möglichen Tests gemacht, aber es war kein bleibender Schaden festzustellen. Die Ursachen, hieß es, seien psychologischer Natur, und das leuchtete mir ein. Den einen Abend fährt sie zum Eisessen, eine Woche später wacht sie auf und erfährt, dass ihr Dad tot ist. Das wäre für jeden eine Menge zu verarbeiten, und ganz besonders für ein vierjähriges Kind. Die Trauerfeier für Henry fand erst statt, als ich wusste, dass sie über den Berg ist. Ich konnte nicht einmal um ihn trauern, bevor sie aufwachte. Ich musste jede Tragödie einzeln in Angriff nehmen, und daran zu denken, dass er tot war, während ich nicht wusste, ob ich mein Kind zurückbekomme, war zu viel für mich. Dafür fühle ich mich bis heute schuldig.« Ihr brach die Stimme. »Dass ich meine Gefühle für ihn in die Warteschleife gelegt habe, als spiele es keine Rolle, dass er tot ist.«

»Natürlich spielte es eine Rolle«, sagte Nick. »Aber für Sie ging es ums Überleben. Sie haben für Birdie getan, was nötig war. Niemand würde Ihnen das vorwerfen.«

»Danke.« Sie lächelte grimmig. »Wissen Sie, niemand würde Ihnen vorwerfen, wenn Sie ein bisschen ausflippen, nachdem Sie Ihre ganze Familie verloren haben. Ich habe Henry verloren, aber ich habe noch meine Mom, meine Tochter, meine Bobby, und ganz ehrlich, ich weiß nicht, was ich ohne sie tun sollte.«

Nachdem sie ihre Geschichte vor Nick offenbart hatte, entspannte sich Cassie. Die ernsten Themen traten in den Hintergrund, und sie tauschten unbekümmerte Geschichten über Birdies erste Jahre und Nicks verrückte Einsätze aus. Sie redeten, als würden sie sich schon eine Ewigkeit kennen. Nick brachte sie immer wieder zum Lachen, und die Zweifel, die Cassie den ganzen Tag lang geplagt hatten, verblassten.

***

Als sie vor Bobbys Haus hielten, eilte Nick um den Wagen, öffnete Cassie die Tür und führte sie zur Veranda.

Die Lampe tauchte sein Gesicht in Schatten, aber sein breites Lächeln leuchtete noch. »Ich weiß, wir hatten ein paar schwierige Themen, aber es war ein sehr schöner Abend mit dir, Cassie.«

Schmetterlinge flatterten in ihrem Bauch. »Das fand ich auch.«

Er beugte sich vor und küsste sie auf die Wange. »Ich würde dich gern wiedersehen, wenn das okay ist. Außerhalb der Tagebuchübersetzungen, meine ich.«

Sie nickte, aber sie konnte nicht sprechen. Ihr Gesicht prickelte, wo seine Lippen sie berührt hatten, und sie hob die Finger an die Stelle, als könnte sie das Gefühl einfangen und sich bewahren.

»Gute Nacht, Cassie.« Nick wich zurück. Seine Augen hielten ihren Blick weiter gefangen.

Sie fand ihre Stimme wieder, aber ihre Antwort war ein kehliges Flüstern. »Gute Nacht, Nick.«

Drinnen erwarteten sie sowohl ihre Mutter als auch Bobby auf der Couch.

»Also, wie war's?«, stürzte sich Anna auf sie, kaum dass die Tür ins Schloss gefallen war.

»Nett«, hauchte Cassie, die Hand noch an der Wange. Verwirrung vernebelte ihr die Gedanken. Sie hatte diesen Teil von sich als mit Henry gestorben abgeschrieben, und doch raste nun ihr Puls, während sich in ihrem Kopf immer wieder der Kuss wiederholte, den Nick ihr auf die Wange gedrückt hatte.

»Nur nett?« Bobby lachte still vergnügt in sich hinein. »Sieht mir nach mehr aus als nur *nett*.«

»Wir hatten einen schönen Abend. Ich habe vermutlich viel mehr gesagt, als angebracht war. Aber er auch. Ich habe seit Ewigkeiten mit niemandem mehr so geredet.«

»Ich habe es gewusst.« Anna klatschte in die Hände. »Er ist jemand Besonderes.«

»Mom, es war nur ein Date. Bewerten wir es nicht zu hoch.«

»Du siehst ja auch nicht den Ausdruck in deinem Gesicht. So glücklich habe ich dich seit, na ja, seit über einem Jahr nicht mehr gesehen. Ich hatte schon angefangen, mich zu sorgen, ob du je wieder zum Leben erwachst. Lass es mich genießen!«

Später am Abend, als im Haus alle schliefen, schrieb Cassie an ihrem Tagebuch über ihre Erinnerungen an Henry. Sie schilderte ihr erstes Date vor zehn Jahren, bei dem er sie mit seinem klapprigen alten Auto abgeholt und ins teuerste Restaurant ihres kleinen Collegestädtchens ausgeführt hatte. Das Essen musste ihn einen ganzen Gehaltsscheck aus dem Sportgeschäft gekostet haben, in dem er an den Wochenenden jobbte, aber obwohl sie immer wieder anbot, die Rechnung zu teilen, bestand er darauf, sie einzuladen. Als sie mit dem Schreiben fertig war, fuhr sie mit der Hand über die Seite und klappte das Buch zu. Eine kleine Träne rann ihr die Wange hinunter und zerplatzte auf dem Umschlag.

Sie nahm ein neues Notizbuch und begann, über ihren Abend mit Nick zu schreiben.

26

Katja

Ukraine, Januar 1933

Wochenlang war Katja zum Klang des schweren Atmens ihrer Mutter eingeschlafen. Keuchend, pfeifend und rasselnd begleitete sie dieses Geräusch, während sie immer mehr in dem Albtraum versank, zu dem ihr Leben geworden war.

Drei Tage nach ihrer Hochzeit mit Kolja wachte Katja blinzelnd auf. Ihre Gedanken waren verschwommen und wirr, und eine unerklärliche Vorahnung ließ sie zittern. Mühsam richtete sie sich auf und schaute sich um. Sie suchte nach dem Grund für ihre Angst. Das Licht der Morgensonne fiel durchs Fenster und auf das bleiche, reglose Gesicht ihrer Mutter.

Katja kroch zu ihr. Es war vollkommen still im Raum, und sie berührte ihre Wange. Sie war kalt. Katja hatte erwartet, dass sie traurig sein würde. Dass sie sich verloren vorkommen würde. Allein. Und sie fühlte all diese Dinge auch, aber irgendwie losgelöst, als hätte ihr Herz sich so sehr verhärtet, dass selbst solch extreme Gefühle es nicht mehr durchdringen konnten.

Womit Katja nicht gerechnet hatte, war die plötzliche Welle der Erleichterung, die sie verspürte.

Erleichterung darüber, dass ihre Mutter nicht länger leiden musste. Erleichterung, dass sie selbst sich nicht länger damit quälen musste, sie am Leben zu erhalten. Erleichterung, dass sie nicht länger mit der Angst einschlafen musste, ob ihre Mutter am nächsten Tag wieder aufwachen würde, denn endlich hatte sie das nicht mehr getan.

Jetzt war sie einfach nur noch ein weiterer Mensch, den Katja nicht hatte retten können.

Halya fing an zu weinen, und Katja atmete zitternd durch. »Ich komme, Schätzchen.« Sie wälzte sich aus dem Bett und griff nach dem Baby.

Katja schaute sich in dem leeren Haus um. Kolja war vermutlich bereits zur Arbeit auf die Kolchose gegangen. Katja hatte niemanden mehr, der ihr helfen konnte, niemanden, der ihr sagen konnte, was sie tun sollte.

Was hätte Mama getan?

Katja nickte entschlossen. Ihre Mutter hätte sich um alles Notwendige gekümmert, auch wenn sie die traditionellen Bestattungsriten nicht mehr befolgen konnten. Katja gab Halya das letzte Stück altes Brot zu knabbern und setzte sie aufs Bett. Das Baby kaute auf dem Kanten und schaute zu, wie Katja den ausgemergelten Körper ihrer Mutter wusch.

Katja zog ihr ihr schönstes besticktes Hemd über den Kopf. Es war ein Meisterwerk aus leuchtendbunten Fäden, die sich zu einem atemberaubenden Muster aus Ranken und Blumen vereinten, die sich über alle Kanten und die Ärmel zogen. Mama hatte tagelang daran gearbeitet, als Katja noch jünger gewesen war. Sie erinnerte sich noch gut an den Stolz auf dem Gesicht ihrer Mutter, als sie schließlich fertig gewesen war. Bevor der Staat ihr Dorf abgeriegelt und den Bauern verboten hatte, in die Städte zu fahren, hatte Kolja die meisten Arbeiten seiner und ihrer Mutter auf den Markt nach Bila Tserwka gebracht, um sie dort zu verkaufen, doch irgendwann hatte es schlicht niemanden mehr gegeben, dem er etwas hätte verkaufen können. Essen war wichtiger als hübsche Kleider.

Katja strich das Hemd glatt, richtete den Rock und trat zurück. Sie musste auch das Haar ihrer Mutter kämmen. Halya wimmerte, und Katja kümmerte sich erst einmal um sie. Indem sie die Kleine tröstete, tröstete sie auch sich selbst. Wieder einmal war es Halya, die Katjas Leben einen Sinn gab, und daran hielt sie sich fest.

Halya berührte das Gesicht ihrer Großmutter und dann Katjas Wange. Katja nahm die winzige Hand und küsste sie, dann strichen sie gemeinsam Mamas langes Haar glatt, so, wie sie es so viele Male für Katja getan hatte. Erst dann gestattete sich Katja zu weinen, und ihre Tränen fielen auf die grau-braunen Strähnen ihrer Mutter.

Als sie fertig war, stand sie abrupt auf. Mehr konnte sie jetzt nicht tun. Für den Rest brauchte sie Kolja, und jetzt musste sie erst einmal hinaus aus dem stillen Haus.

Der Schnee fiel leicht in der beißend kalten Luft, als Katja in den Wintertag hinaustrat, weg von dem Haus, in dem ihre tote Mutter lag. Halya kuschelte sich unter ihren Mantel und klammerte sich mit ihren winzigen Händchen an das Tuch, das sie sich um die Schulter gewickelt hatte. Es dauerte nicht lange, da schlief sie ein.

Katja ging Richtung Süden, bis sie Lenas und Ruslans Haus in der Ferne sah. Zwar wollte sie nicht über den Tod ihrer Mutter reden, aber sie nahm an, dass Lena es wissen wollte. Außerdem würde sie sich freuen, Halya zu sehen.

Rauch stieg aus dem Kamin, als Katja an die Tür klopfte. Das war ein gutes Zeichen. Jeder, der stark genug war, ein Feuer zu machen, kam im Augenblick ganz gut zurecht.

Ruslan kam sofort an die Tür.

»Katja! Komm rein! Lena! Katja ist hier!«, rief er über die Schulter und winkte sie herein. Kaum hatten sich Katjas Augen an den dunklen Raum gewöhnt, sah sie, dass mit Ruslan etwas nicht stimmte. Seine Augen waren wesentlich größer als normal, und sein Blick huschte wild hin und her.

»Oh, Katja, wie schön, dich zu sehen.« Lena umarmte sie warmherzig. Trübe Augen lagen tief in ihrem gelblichen Gesicht, doch sie waren noch immer voller Freundlichkeit. Katja entspannte sich, als ihre Cousine sich zu ihr beugte. »Ist das Alinas Kleine?« Sie lugte in Katjas Mantel, und Halya öffnete ihre großen, verschlafenen blauen Augen, als sie die kalte Luft auf ihrem Gesicht spürte.

»Ja.« Katja schaute wieder zu Ruslan, der ein wenig abseits stand und das Ganze beobachtete. »Das ist Halya. Sie ist jetzt ein Jahr alt.«

»Oh, wie wunderbar! Sie sieht genau aus wie ihre Mutter«, sagte Lena und streichelte Halya über den Kopf. »Ich wollte auch immer ein Kind, weißt du? Aber das sollte wohl nicht sein.«

»Du wärst sicherlich eine hervorragende Mutter geworden, aber es ist auch wundervoll, dass du so vielen anderen als Hebamme geholfen hast.« Katja atmete tief ein. Sie wollte endlich den schwierigen Teil des Besuchs hinter sich bringen. »Es gibt allerdings einen Grund für meinen Besuch. Ich habe schlechte Nachrichten.«

Lena schlug die Hand vor den Mund. »Sag nicht, dass es um deine Mutter geht! Sie ist so eine starke Frau. Ich dachte, sie würde uns alle überleben. Bitte, nimm Platz.«

Katja setzte sich an den kleinen Tisch. »Die Lungenentzündung wollte nicht besser werden, und durch den Hunger war sie zu schwach, um noch dagegen anzukämpfen. Sie ist in der Nacht gestorben.« Katja stolperte über den letzten Satz. Es laut auszusprechen, machte es wirklich.

»Oh, du Arme!« Lena wuselte um sie herum, als der Mutterinstinkt von ihr Besitz ergriff, den sie nie hatte ausleben können. »Das muss ein furchtbarer Morgen für dich gewesen sein. Können wir irgendwas für dich tun? Brauchst du Hilfe mit der Leiche?«

»Wir könnten auch auf die Kleine aufpassen, während du dich um deine Mutter kümmerst«, bot Ruslan an, und seine Augen funkelten.

Lena starrte Ruslan böse an. Katja wurde nervös – warum, wusste sie nicht –, und plötzlich wollte sie einfach nur weg von hier.

»Nein, ich habe schon alles geregelt, was ich regeln konnte, bevor Kolja heimkommt.« Katja stand auf und steckte Halya wieder in den Mantel. »Aber ich danke euch. Ich sollte jetzt besser gehen.«

»Jaja. Danke, dass du gekommen bist, um uns von deiner armen Mutter zu erzählen. Es tut uns so leid.« Lena schob Katja förmlich zur Tür. Das war überraschend.

Als Katja ging, stolperte sie über etwas, was aus einem Stapel Holz neben der Tür ragte. Als sie nach unten schaute, sah sie einen kleinen Schuh.

Katja lief ein Schauder über den Rücken.

Ein Kinderschuh.

Lena trat ihn weg.

»Lena …« Katjas Stimme zitterte. Langsam hob sie den Blick und schaute einen kurzen, verräterischen Augenblick lang in Lenas schuldbewusstes Gesicht. Dann schlug ihr Ruslan die Tür vor der Nase zu.

27

Cassie

Illinois, Juni 2004

Cassie sog die süße Sommerluft ein und seufzte zufrieden. Im Garten hinter dem Haus summten die Hummeln, die bei jeder von Bobbys wunderschönen Blumen innehielten und tranken. Fast in voller Blüte glänzte der Garten in so vielen Farben, dass es ihr beinahe in den Augen wehtat. Eine friedlichere Szene vermochte sie sich nicht vorzustellen.

»Deine Blumen sind wie immer ein Gedicht, Bobby.« Cassie nahm die Gartenwerkzeuge auf und wandte sich dem letzten freien Fleck in dem schmalen Beet am hinteren Zaun zu. Mit der Pflanzkelle fuhr sie durch die Erde und zog eine gerade Furche. »Aber ist es nicht ein bisschen spät, um noch Sonnenblumen zu pflanzen?«

»Für den Versuch, die Welt zu verschönern, ist es nie zu spät.« Auch wenn Bobby auf einem Gartenstuhl saß und gar nicht selbst in der Erde arbeitete, bestand kein Zweifel, wer das Kommando führte. »Die Reihe noch ein bisschen länger, Cassie.«

Birdie hüpfte auf einem Fuß hin und her und infizierte sie alle mit ihrer Begeisterung. »Sonnenblumen und Malven, Sonnenblumen und Malven! Ich liebe es, Blumen zu pflanzen, Bobby!«

Ihre Urgroßmutter lachte leise. »Ich weiß, Vögelchen. Ich auch. Jetzt öffne deine Hände.«

Birdie hielt still, während Bobby ein Samentütchen auf ihren sommersprossigen Handflächen ausschüttete.

»Soll ich sie in die Rillen tun, die Mommy gemacht hat?«

Als Bobby nickte, kniete sich Birdie auf den Boden und legte jeden Sonnenblumenkern sorgfältig an seine Stelle, immer im selben Abstand zu seinen Nachbarn.

»Das machst du sehr gut.« Bobby strahlte ihre Urenkelin an.

Mit dem bescheidenen Selbstvertrauen der Jugend nickte Birdie, und Cassie und Bobby lachten beide.

»Jetzt bedeckst du sie mit Erde und klopfst sie vorsichtig fest«, sagte Bobby.

Birdie arbeitete fleißig, bis der letzte Sonnenblumenkern an Ort und Stelle war, und sprang auf. »Ich will einen Schluck Wasser trinken. Pflanzt nichts ohne mich!«

»Jawohl, Ma'am.« Cassie grinste. »Komm sofort wieder, wenn du getrunken hast.«

Bobby spielte mit dem leeren Saattütchen auf ihrem Schoß. »Du hast recht. Die Saat geht dieses Jahr vielleicht nicht mehr auf, aber es ist einen Versuch wert. Einen Versuch ist es immer wert, nicht wahr? Mit Blumen und im Leben.«

Cassie lagen so viele Fragen auf der Zunge, aber sie verbiss sie sich und antwortete: »Ich vermute, das hast du auch getan, oder? Einen Neuanfang versucht?«

Bobby nickte langsam. »Und am Ende wirst du es ebenfalls tun.«

Verdammt, sie war gut darin, den Spieß umzudrehen! Cassie war jedoch nicht bereit, sich mit ihren eigenen Problemen zu befassen, und wechselte das Thema. »Was hat dich veranlasst, Sonnenblumen zu pflanzen? Ich dachte, sie machen dich traurig?«

»Ich habe entschieden, dass es Zeit ist, sie nicht mehr wegen schlimmer Erinnerungen abzulehnen und mich lieber wegen der guten Erinnerungen an ihnen zu erfreuen. Daran arbeite ich noch.« Bobby starrte in den Garten, als versuchte sie, aktiv umzusetzen, wovon sie gerade gesprochen hatte.

Birdie stolperte aus der Hintertür und rannte auf sie zu. Ihr Gesicht strahlte. »Ratet mal! Alina hat gesagt, dass sie glücklich ist, weil ihr die Sonnenblumen pflanzt!«

»Was?« Auf den Armlehnen ihres Gartenstuhls wurden Bobbys knorrige Knöchel weiß.

In Cassies Nacken stellten sich die Härchen auf, aber sie ignorierte das unangenehme Gefühl. »Birdie! Du sollst dir so was nicht ausdenken. Damit regst du Bobby nur auf!«

Birdies Fröhlichkeit fiel in sich zusammen. »Ich hab mir nichts ausgedacht.«

»Tut mir leid, ich habe es nicht so gemeint«, sagte Cassie. Aber was meinte sie dann? Sie glaubte doch wohl nicht wirklich, dass ihre Tochter im Haus mit ihrer toten Großtante sprach, oder?

»Meine Zeit ist beinahe gekommen. Deshalb kommt sie her.« Bobby richtete den Blick auf Cassie. »Ich muss wissen, dass du meine Sachen gelesen hast, bevor ich gehe. Ich muss mein Versprechen halten.«

Cassie klopfte sich die Erde von ihren zitternden Händen und stand auf. »Nick sollte jeden Moment hier sein. Wir haben uns für heute viel vorgenommen.«

»Gut.« Langsam erhob sich ihre Großmutter von ihrem Gartenstuhl. »Ich bringe Birdie für ihr Schläfchen ins Haus. Ich habe ihr versprochen, ihr eine Geschichte vorzulesen. Danach lege ich mich hin.«

Birdie war müde, nachdem sie den ganzen Tag Blumen gepflanzt hatte, und eilte in ihr Zimmer. Cassie wartete, bis auch Bobby hineingegangen war und den Korridor durchquert hatte, dann folgte sie den beiden. Ihre Großmutter behauptete zwar, ihr gehe es gut, aber Cassie machte sich Sorgen. Sie blieb außer Sicht, spähte kurz zur Tür hinein und hörte zu, wie sie Birdie stockend *Die drei kleinen Schweinchen* vorlas. Liebe stieg in Cassie auf. Die alte Frau sprach und las Ukrainisch, Polnisch und Russisch fließend, aber gelegentlich hatte sie Schwierigkeiten mit dem geschriebenen englischen Wort.

Als die Geschichte zu Ende war, zog sie Birdie die Bettdecke bis ans Kinn hoch und küsste sie auf die Stirn. Cassie lächelte bei dem Anblick. Ohne Zweifel hatte ihre Mutter recht gehabt, sie zu ermutigen, zu Bobby zu ziehen. Birdie würde die Zeit, die sie mit ihrer Urgroßmutter verbringen durfte, niemals vergessen.

»Kannst du mir noch eine Geschichte erzählen?«, bat Birdie. »Von dir und Alina?«

Cassie stockte der Atem, und sie beugte sich näher an die Tür.

»Was ist mit der über die Sandkuchen?«, fragte Birdie. »Die höre ich am liebsten.«

»Wir wollen etwas spielen«, erwiderte Bobby. »Diesmal erzählst du die Geschichte mir. Was hältst du davon?«

»Okay.« Birdie schürzte die Lippen und tippte sich mit dem Finger gegen das Kinn. »Mal sehen. Einmal hast du mit Alina Sandkuchen gemacht. Alina hat ihre mit Gras und Blumen verziert. Sie sahen so schön aus, dass du sie essen wolltest!« Birdie verzog das Gesicht. »Pfui Spinne! Alina hat gesagt, dass man Sand nicht essen kann, also wolltest du die Schweine damit füttern, aber die wollten sie auch nicht. Sie wälzten sich darin herum!«

Birdie bekam einen Lachanfall. »War das gut so? Habe ich es richtig erzählt?«

Bobby nickte langsam. »Perfekt. Jetzt ruhst du dich ein bisschen aus. Vielleicht besucht Alina dich bald wieder.« Sie steckte die Decke fest und stand auf. »Wenn sie kommt, erzählst du es mir, ja?«

Birdie nickte schläfrig und gähnte.

Cassies Kopfhaut prickelte vor Unbehagen, als sie rückwärts von Birdies Zimmer zurückwich.

***

Cassie versuchte, sich aufs Mitschreiben zu konzentrieren – ihre Reaktionen zu dämpfen, die Worte in ihre Ohren fließen und aus ihren Fingern rinnen zu lassen. Mit jedem Verlust, den Katja erlebte – Pawlo, Wiktor, Alina, ihre Mutter –, fiel es Cassie schwerer, ihre Gefühle zu beherrschen, aber als Nick die Hochzeit von Katja und Kolja beschrieb, vermochte sie die Fassade nicht länger aufrechtzuerhalten. Ein Schluchzen entschlüpfte ihr, und sie schob sich mit dem Stuhl vom Tisch weg.

Nick sah sie an. »Alles okay mit dir?«

»Ich kann nicht mehr.« Cassie brach die Stimme. »Siehst du es denn nicht kommen? Sie wird ihn verlieren. Sie hat alle verloren, und er wird auch sterben. Mein Großvater hieß nicht Kolja!«

Bobbys Geschichte zu hören hatte nicht nur alte Gefühle neu geweckt. Sie hatten Cassie aus der Fantasiewelt gerissen, in der sie gelebt hatte. Henrys Tod war der schwerste Einschnitt gewesen, den sie je hatte ertragen müssen, und sie war nicht so stark wie ihre Großmutter. Sie konnte es nicht noch einmal durchmachen, konnte nicht riskieren, sich zu öffnen, weil es sie umbringen würde, wenn sie noch einen Mann verlor, den sie liebte. Zu glauben, dass sie wie durch Zauberhand für eine neue Beziehung bereit würde, indem sie den Ehering abzog, war idiotisch gewesen.

Sie war gebrochen. Beschädigte Ware.

Cassie entwand sich Nicks Berührung und stand mit wackligen Beinen auf. »Ich glaube, du gehst jetzt besser.«

Verunsicherung trat in sein Gesicht. »Habe ich dich irgendwie verletzt?«

Du hast alles richtig gemacht. »Nein. Es liegt an mir. Ich kann das nicht.«

»Was kannst du nicht? Das Tagebuch lesen?« Er sprang auf, die Stirn vor Verwirrung gerunzelt, und sein Stuhl fiel um.

»Alles.« Cassie biss sich auf die Wange. »Das Dating. Das Tagebuch. Ich bin dafür noch nicht bereit, und ich bin nicht sicher, ob ich es je sein werde. Du verdienst etwas Besseres als eine gebrochene Witwe. Es tut mir leid, Nick. Ich sorge dafür, dass meine Mom den Rest mit dir niederschreibt, aber ich kann es mir nicht anhören, und ich kann nicht mit dir zusammen sein.« Sie eilte aus der Küche, bevor sie es sich anders überlegen konnte.

»Cassie, warte!«

Nicks Stimme folgte ihr, als sie in ihr Zimmer floh und ihm die Tür vor der Nase zuschlug.

***

Ein lauter Rumms aus einem anderen Zimmer riss Cassie aus ihrem unruhigen Schlaf. Sie sprang aus dem Bett und sah auf den Radiowecker. Sechs Uhr morgens. Viel zu früh für jemanden, der sich bis drei Uhr nur hin und her gewälzt hatte. Sie eilte in Birdies Zimmer. Die Kleine schlief friedlich, den einen Arm über dem Kopf, im anderen einen Stoffhund. Cassie schloss die Tür und klopfte bei Bobby an. Als sie keine Antwort erhielt, öffnete sie die Tür und fand ihre Großmutter auf dem Boden vor. Sie starrte an die Decke, und kurze, flache Atemzüge pfiffen ihr durch die Lippen.

»Bobby!« Cassie konnte nicht mehr denken. Sie fiel auf die Knie und berührte ihr kühles, klammes Gesicht. Ihre Großmutter griff nach Cassies Hand, die Augen angstvoll aufgerissen.

»Ich bin jetzt bei dir, okay? Ich hole Hilfe! Bleib bei mir!« Cassie riss das Telefon vom Nachttisch und wählte mit fliegenden

Fingern den Notruf. Nachdem sie alle Fragen beantwortet hatte, verständigte sie ihre Mutter.

»Ich bin unterwegs!«, rief Anna ins Telefon.

»Fahr am besten gleich zum Krankenhaus. Du bist schneller dort und kannst auf den Krankenwagen warten.« Cassie drückte Bobby rhythmisch die Hand, während sie redete. »In zwei Minuten sollen sie hier sein.«

»Ich hole dich ab. Ich will nicht, dass du dich hinters Lenkrad setzt, wenn du dermaßen aufgeregt bist.«

»Ich komme zurecht«, log Cassie. Sie zitterte am ganzen Leib und wusste noch immer nicht, wie sie Birdie vor diesem Anblick bewahren sollte. Sie hoffte, ihre Tochter würde jetzt nicht aufwachen und zu ihnen ins Zimmer kommen.

An der Tür klingelte es, und sie sprang auf.

»Sie sind da.« Cassie legte auf und rannte zur Haustür.

Zwei Rettungssanitäter eilten ins Haus. Cassie führte sie zu Bobbys Zimmer, und Nick, die Haare zerdrückt, als hätte er sich gerade aus dem Bett gerollt, kam zur Tür herein.

Sie zog ihn in einer heftigen Umarmung an sich. Ihr Bedürfnis nach Trost wog in diesem Moment schwerer als alles, was sie ihm am Abend gesagt hatte.

»Mein Funkgerät lag auf dem Nachttisch. Als ich die Adresse hörte, bin ich sofort hergekommen.« Er drückte die Wange an ihre Haare, während er sie umarmte.

»Danke.« Ihr versagte die Stimme.

»Cassie …« Er löste sich vor ihr und fasste sie bei den Schultern. »Wo ist Birdie?«

»Sie schläft noch.« Cassie musterte Nicks Gesicht. Seine ruhigen Augen erwiderten ihren Blick, und ihre Gedanken überschlugen sich nicht mehr ganz so schnell. Sie rang die Hände. »Ich will nicht, dass sie Bobby so sieht.«

»Willst du zu ihr ins Zimmer gehen und bei ihr bleiben? Ich

helfe Bobby in die Ambulanz, dann fahre ich euch beide zum Krankenhaus.«

Cassie ließ sich von seiner beruhigenden Stimme überfluten und nickte stumm.

Nick sah an ihr vorbei. »Alles klar. Sie kommen mit ihr raus. Geh zu Birdie, damit sie ihr Zimmer nicht verlässt.«

Cassie hatte Angst, den Halt durch Nicks Stabilität zu verlieren, und zögerte einen Moment, als er sie in den Korridor schob und zu den Sanitätern ging, um mit ihnen zu sprechen. Sie riss sich zusammen und ging auf Zehenspitzen in Birdies Zimmer. Irgendwie hatte die Kleine den ganzen Tumult verschlafen.

»Birdie.« Cassie berührte die schmale Schulter. »Birdie, du musst aufwachen. Nick ist hier, und er fährt uns zum Krankenhaus. Vielleicht geht er mit dir in den Park, während ich mit Bobby und ihrem Arzt spreche.«

Als Nicks Name fiel, riss Birdie die Augen auf. »Nick ist hier?« Sie sprang aus dem Bett und lief an ihren Spieltisch. »Ich nehme eine Tasche mit Wachsmalstiften und Büchern mit, okay, Mommy?«

»Das ist eine tolle Idee.« Cassie stellte sich neben die Tür. Als die Sanitäter Bobby auf einer Trage zur Haustür hinausschafften, legte sie sich eine Hand auf den Mund, um nicht aufzuschreien.

Nick schloss die Tür, drehte sich um und sah ihr in die Augen. »Nur noch ein paar Minuten, bis sie losfahren«, sagte er leise.

Cassie nickte, schloss die Tür und wandte sich ihrer Tochter zu. »Erzähl mir, was du einpackst, Birdie.« Dasselbe hatte Bobby gesagt, um sie zu beruhigen. Sie rang sich ein Lächeln für ihre Tochter ab, während vor dem Haus der Krankenwagen die Sirenen aufheulen ließ.

28

Katja

Ukraine, Februar 1933

Katja umschlang Halyas Leib und versuchte, das Baby unter dem Deckenstapel so warm wie möglich zu halten. Die Kälte, eine allgegenwärtige Macht, ließ sich mit dem kleinen Feuer nicht im Zaum halten, und Katja vermisste die Wärme ihrer Schwester und die Pawlos, der sich oft von hinten an sie geschmiegt hatte.

Katja redete mit Halya und zeigte ihr das Bild von sich und Alina, das auf der Hochzeit von Olha und Borislaw aufgenommen worden war. »Siehst du, Halya? Das ist deine Mutter. Sie war das hübscheste Mädchen im Dorf, und du siehst aus wie sie.«

Das Bild zitterte in Katjas Hand. *Schwestern für immer*. Wenn sie die Augen schloss, konnte sie die klare Stimme ihrer Schwester hören.

»Schwestern für immer«, flüsterte Katja.

Halya starrte das Foto mit ihren großen Augen an. Sie war jetzt fast vierzehn Monate alt, auch wenn sie nicht so aussah. Katja sang Lieder für sie, erzählte ihr Geschichten und tat alles, was sie konnte, um Halyas Welt ein wenig schöner zu machen, doch sie sorgte sich immer noch, dass das nicht reichen würde. Halya konnte weder krabbeln noch gehen, und sie plapperte nur ein paar sinnlose Wörter. Doch manchmal, wenn Halya lächelte, entdeckte Katja einen Hauch von Alina in ihrem Gesicht. Katja lebte für die Freude dieser kurzen Augenblicke, und sie wusste, dass Kolja genauso empfand. Seine Liebe zu Halya zeigte sich in der Art, wie er sie in den Schlaf wiegte und wie er sie kitzelte, um sie zum Lachen zu bringen. Das allein ließ ihn weiterleben. Der Staat hatte ihnen so viel genommen, aber ihre Liebe zu Halya hatte überlebt, selbst in finsterster Zeit.

Ein Klopfen durchbrach die Stille, und Lena platzte ins Haus. Tränen liefen ihr in Strömen über das rote Gesicht, und sie hielt ein winziges Baby in den Armen.

»Lena! Was ist los?« Katja stopfte die Decke um Halya und warf sich den Schal über die Schulter. Dann zog sie einen Stuhl neben den Ofen und bedeutete ihrer Cousine, sich zu setzen. Kolja warf ein wertvolles Stück Holz aus der demontierten Scheune in den Ofen und entfachte ein Feuer.

»Ich musste kommen. Ich konnte nicht heim.« Statt sich zu setzen, lief Lena aufgeregt durch den Raum.

»Wo hast du das Kind her?«, fragte Kolja. Mit seinem vom Schlaf zerzausten Haar erinnerte er Katja so sehr an Pawlo, dass sie eine Welle der Sehnsucht überkam. Sie musste den Blick abwenden, um wieder klar denken zu können.

»Ich habe ihn gefunden. Ich bin in die Stadt gegangen, um Essen einzutauschen, und da habe ich ihn in einem Haus schreien gehört, an dem ich vorbeigekommen bin. Die ganze Familie ist tot. Mutter, Vater, zwei weitere Kinder. Seine tote Mutter lag auf dem Bett und hielt ihn noch immer in den Armen. Hätte ich ihn nicht gefunden, wäre er auch gestorben.«

Katja schaute auf das Baby in Lenas Armen. Der winzigen Statur nach zu urteilen, schätzte sie, dass es höchstens ein paar Monate alt war. Seine großen Augen lagen in einem ausgemergelten Gesicht. In der Ukraine gab es keine rosigen, pausbäckigen Babys mehr.

»Und warum bist du gekommen?«, fragte Kolja.

Lena senkte den Blick. »Ich kann mich nicht um ein Baby kümmern, und ihr habt schon Halya. Ich dachte, es wäre leichter …« Sie schaute zu Katja, und ihre Stimme erstarb.

Katja schloss die Augen und sah wieder den winzigen schwarzen Schuh, der aus dem Holzstapel ragte. Sie schauderte und zog den Schal enger um die Schultern. »Wir nehmen es.«

»Was?« Kolja schaute zu Halya. »Katja, ich weiß nicht, ob wir für ein weiteres Kind sorgen können. Wir haben ja kaum genug für dieses hier.«

»Sie wird geliebt!«, schrie Lena. »Das ist das Wichtigste. Hier. Halt ihn.«

Lena drückte Katja das Baby in die Arme, und Katja spürte einen Schmerz im Unterleib. Dieser winzige Junge erinnerte sie so sehr an Wiktor. Sie berührte die weiche Wange, und das Kind starrte sie mit großen blauen Augen an.

Lena putzte sich die Nase und wich durch die Tür zurück, bevor Kolja protestieren oder weitere Fragen stellen konnte. »Danke, Katja. Du bist wahrlich die Tochter deiner Mutter. Ich muss jetzt gehen, bevor Ruslan bemerkt, dass ich schon viel zu lange weg bin.«

Das Baby gluckste, und Katja schnappte nach Luft. Sie hatte einen Kloß im Hals. Ihr Verstand warnte sie, dass das eine schlechte Idee war. Sie hatte bereits ein Baby verloren, und jetzt musste sie sich um Halya kümmern. Aber ein schon längst gestorbener Teil von ihr erwachte plötzlich wieder zum Leben, als sie auf das kleine Kind blickte. Wie konnte sie nicht versuchen, ein Baby zu retten, das fast genauso aussah wie ihres?

***

Drei Wochen lang fütterte sie beide Kinder. Sie selbst hatte schon längst keine Milch mehr, aber sie kochte einen wässrigen Brei aus Wurzeln, Eicheln und Baumrinde. Manchmal brachte Kolja auch etwas nach Hause, das er in einer seiner Fallen gefangen hatte, und Katja machte Fleischbrühe für die Babys. Aber es wurde immer schwerer, Wild zu finden. Die Tage gingen dahin, bis schließlich eine Woche vergangen war, in der sie weder Brühe noch Fleisch gehabt hatten.

Kolja trat mit leeren Händen durch die Tür. »Nichts.«

»Er will nicht essen.« Katja legte das Kind, das sie nach ihrem verlorenen kleinen Vetter Denys getauft hatte, aufs Bett und nahm Halya. Sie verschlang gierig den Brei, den Denys nicht hatte essen wollen. »Ich fürchte, sein kleiner Körper kann das nicht länger verarbeiten.«

Kolja erwiderte nichts darauf. Sosehr sie sich auch bemühten, der kleine Junge wurde immer schwächer. Katja zuckte unwillkürlich zusammen, als sie sah, wie er zu lächeln versuchte. Kurz bogen sich seine dünnen Lippen nach oben, doch es war mehr ein Grinsen, eine Fratze. Sein großer Kopf wackelte vor Anstrengung, aber sein Hals war nicht mehr stark genug, um ihn zu stützen. Erschöpft sank er zurück. Selbst zum Weinen fehlte ihm die Kraft.

»Vielleicht kannst du noch einmal in der Kolchose um etwas Ziegenmilch bitten«, schlug Katja vor.

»Das habe ich heute Morgen versucht.« Kolja setzte sich an den Tisch. »Sie haben mich ausgelacht.«

»Wir müssen nur diesen Tag überstehen. Morgen wird es besser«, murmelte Katja in Halyas Haar.

»Was? ›Morgen wird es besser‹? Ha!« Kolja schnaubte verächtlich. »Was sollte morgen denn geschehen? Man wirft uns ein Stück Brot für einen Tag Arbeit vor die Füße, und wir können von Glück sagen, wenn sie uns das nicht auch noch nehmen.« Er wischte sich mit der Hand über die Augen, und seine Stimme wurde zu einem Flüstern. »Sie werden uns genauso wenig unser Essen zurückgeben wie unsere Lieben.«

Katja wand sich innerlich, weil seine Worte wahr waren. »Wir müssen zumindest *versuchen*, die Hoffnung am Leben zu erhalten.«

»Meine Hoffnung ist tot«, erklärte Kolja mit lebloser Stimme. »Morgen wird es nicht besser. Vermutlich wird es eher schlimmer … Das heißt, wenn wir es bis dahin überhaupt schaffen.«

***

Katja legte die schlafende Halya ab und nahm Denys. Sie ertrug es nicht, dass er in diesem Zustand allein im Bett lag. Sein schneller, gurgelnder Atem hallte in ihren Ohren wider, und er schaute sie flehentlich an, als wartete er darauf, dass sie ihn rettete. Katja traten Tränen in die Augen, und sie blinzelte.

»Dir ist doch klar, dass das Baby schon halb verhungert und krank war, als Lena es uns gebracht hat, oder?« Kolja schaute auf das Kind. »Er hatte nie eine Chance.«

»Vielleicht.« Katja schaukelte sanft vor und zurück und versuchte, den Jungen zum Schlafen zu bringen. Wenn er schlief, würde er wenigstens den Schmerz nicht spüren, den er mit Sicherheit ertragen musste, und dann könnte sie so tun, als sei alles in Ordnung.

Kolja starrte sie an, und die Sorge war ihm deutlich anzusehen. »Das ist nicht gut für dich.«

»Um mich mache ich mir keine Sorgen!«, schnappte sie. »Sondern um Wiktor!«

»Du meinst Denys«, korrigierte Kolja sie sanft.

Sein Mitleid war greifbar, und Katja lief rot an. »Natürlich … Denys … Ich bin nur müde. Das ist alles.«

»Ja, und zwar, weil du dich für ein Kind überanstrengst, das nie auch nur die geringste Chance hatte. Du solltest dich voll und ganz auf Halya konzentrieren, nicht auf diesen Jungen. Wie kommst du überhaupt auf die Idee, dass du ihn zurück ins Leben holen kannst, wo wir kaum genug für uns selbst haben?«

Katja funkelte ihn an und wiegte das Baby weiter. »Und zu was würde es uns machen? Wenn wir ein Kind einfach verhungern ließen, ohne auch nur zu versuchen, es zu retten? Das werde ich nicht tun. So ein Mensch werde ich nie sein!«

Kolja schüttelte den Kopf, doch anstatt zu antworten, kehrte er ihr den Rücken zu. »Ich werde noch einmal nach Wild suchen. Ich kann hier nicht sitzen und zuschauen, wie du all deine Kraft vergeudest, obwohl klar ist, dass der Junge stirbt!« Er schnappte sich seinen Mantel und schlug die Tür hinter sich zu. Halya wachte wieder auf.

Wut keimte in Katja. Kolja mochte vielleicht nicht stark genug sein, um sich um dieses winzige leidende Kind zu kümmern, sie aber war es, und sie würde alles in Bewegung setzen, um Denys zu helfen.

Katja setzte sich neben Halya und streichelte dem Baby mit der freien Hand über die Wange. Sie schluckte die bitteren Worte herunter und zwang sich zu einem Lächeln. »Tato kommt gleich zurück. Er ist nur Essen holen. Wie wäre es, wenn ich euch noch eine Geschichte erzähle?« Katja schmiegte sich an die beiden ausgemergelten Babys. Wenn sie ihnen schon nichts zu essen geben konnte, sollten sie zumindest all die Liebe bekommen, zu der sie fähig war. Zumindest das konnte sie für sie tun, obwohl sie tief in ihrem Herzen wusste, dass das nicht reichte.

Halya gab ein leises Geräusch von sich, das Katja als Ja deutete. »Nun gut. Was hätten wir denn da?« Sie legte die Decken um sie und stellte sicher, dass beide Kinder warm blieben. »Ah, ich glaube, ich habe die perfekte Geschichte für euch. Dir wird sie besonders gefallen, Halya. Und dir vielleicht auch, Denys.« Katja spürte eine leichte Bewegung. Halya nickte. »Es waren einmal zwei kleine Mädchen, die gerne Sandkuchen gebacken haben.«

Katja sang ein Lied, das ihre Mutter ihr und Alina oft vorgesungen hatte, als sie noch Kinder gewesen waren. Es war das einzige Lied, das ihr einfiel, und so sang sie es immer und immer wieder. Schließlich wusste sie nicht mehr, wann sie angefangen hatte und wie lange sie schon sang. Sie sang, bis ihre Stimme nur noch ein Flüstern war. Den Babys schien es jedoch zu gefallen, und so konnte sie nicht aufhören.

Kolja kam ins Haus und trat sich den Schnee von den Stiefeln. Katja hörte das, reagierte aber nicht. Sie sang weiter für Halya. Für Denys. Für Wiktor.

»Katja, ich habe Fleisch! Vielleicht bekommen die Babys ja ein wenig Brühe herunter.«

Katja sang weiter.

»Katja?«

Sie hörte, wie er zu ihr kam, und fühlte, wie er zu ihr hinabschaute, aber sie sang weiter. Kolja streckte die Hand aus und zog die Decken zurück.

»Oh, Katja, es … es tut mir leid.« Ihm brach die Stimme.

Sie sang.

»Katja.« Kolja packte sie am Arm und schüttelte sie. »Katja!«

Sie hörte ihn direkt neben sich. Sie hörte, wie er wieder und wieder ihren Namen rief, doch er war so weit weg und unbedeutend. Wichtig war nur, für die Babys zu singen. Die Babys brauchten sie, und Katja würde sie nicht im Stich lassen.

Die Matratze sank ein, als Kolja sich neben sie setzte. Er versuchte, die Kinder wegzuziehen, aber Katja verstärkte ihren Griff um sie, eins kalt, eins warm, und sie sang immer lauter. Ihre Stimme war jetzt ein tiefes Krächzen, das sie nicht länger erkannte.

So kämpften sie. Er versuchte, ihr wegzunehmen, was sie versuchte zu retten, und schließlich ging er wieder weg. Katja wusste nicht, wie lange sie so dalag und für den toten Denys sang. Stunden. Tage. Alles war in ihrer Trauer bedeutungslos. Als ihr schließlich die Stimme versagte, ließ sie die Wahrheit über sich hinwegfluten. Denys war tot. Sie hatte ein zweites Kind sterben lassen.

»Du hast aufgehört«, sagte Kolja, und die Erleichterung war ihm deutlich anzuhören. »Katja?«

»Er ist tot.« Die Worte waren nur ein heiseres Lallen. Denys' Leib lag steif und kalt auf ihrer Brust, und sie strich mit der Hand über sein bleiches Gesicht.

»Ich weiß. Trink etwas.« Kolja hielt ihr einen Becher an die Lippen, und sie nippte daran. Das heiße Wasser beruhigte ihre wunde Kehle. Er stellte den Becher beiseite und nahm ihr das Baby ab. »Es tut mir leid, dass ich dich im Stich gelassen habe.«

Als er Denys auf das andere Bett legte, zog Katja ihre Beine herum. »Wo ist Halya? Lebt sie noch? Sag es mir!«

Sie versuchte aufzustehen, doch ihre Beine wollten ihr nicht gehorchen. Kolja fing sie auf, als sie fiel, und zog sie neben sich aufs Bett.

»Halya lebt. Wir haben nur den Jungen verloren. Hier. Trink das.« Er griff nach einem anderen Becher, nahm ihre freie Hand und führte sie an ihre Lippen. Katja riss überrascht die Augen auf. Fleischbrühe füllte ihren leeren Magen.

»Wo hast du das Fleisch her?«

Kolja zögerte nicht. »Da war eine Ratte im Kornspeicher.«

Katja lief das Wasser im Mund zusammen. »Könntest du vielleicht noch mehr finden?«

»Selbst Mäuse und Ratten sind dieser Tage selten, aber ich werd's versuchen. Tut mir leid, dass ich für den Jungen zu spät gekommen bin. Du hattest recht. Solche Menschen sind wir nicht.« Beschämt senkte er den Kopf.

Katja kippte die Brühe herunter, während er sie in den Armen hielt. Sein großer Körper wärmte sie, während sie sich ins Leben zurückkämpfte. Als sie alles ausgetrunken hatte, legte Kolja sie wieder ins Bett, zog die Decken hoch und nahm ihre Hand.

Mit seinen rauen Fingern beschrieb er Kreise auf ihrer versehrten Hand. Bevor sie schließlich einschlief, hörte sie ihn sagen: »Bitte, Katja. Schaff es durch diesen Tag. Morgen wird es besser.«

Sie begruben Denys in der Nähe des Hauses unter einer Weide. Das war nahe genug, dass nichts und niemand ihn würde ausgraben können. Die Hunde, die die Dörfler noch nicht gegessen hatten, waren verwildert, doch sie näherten sich keinem Menschen mehr, aus Angst, als Abendessen zu enden. Die meisten von ihnen lebten von den Leichen, die im ganzen Land verstreut waren.

Kolja, der das Baby eigentlich gar nicht hatte aufnehmen wollen, arbeitete stundenlang wie ein Irrer, um ein Loch in die gefrorene Erde zu graben, das tief genug war, dass die Totenruhe nicht gestört werden konnte. Es kostete ihn all seine Kraft, und schließlich musste Katja ihn zwingen, aufzuhören und sich auszuruhen, bevor er zusammenbrach.

»Du bist nicht stark genug, um so zu arbeiten«, sagte sie. »Warum verlangst du dir so viel ab, und das für ein Kind, das du eigentlich gar nicht haben wolltest?«

Kolja funkelte sie an. »Nur weil ich geglaubt habe, dass wir ihn nicht retten können, bin ich noch lange kein herzloser Bastard.«

»Das habe ich nicht gesagt!« Entsetzt riss Katja die Augen auf. »Ich bin einfach nur überrascht. Mehr nicht.«

Er grunzte und grub weiter. »Die Arbeit lenkt mich ab.«

»Die Arbeit wird dich umbringen.« Katja ging zu ihm und legte ihm die Hand auf den Arm.

Kolja hielt inne. Er atmete schwer und hielt den Blick gesenkt.

»Es war nicht deine Schuld.«

»Ich trauere nicht um das Kind.« Er schaute ihr in die Augen. »Es tut mir zwar leid, dass wir ihm nicht helfen konnten, aber deshalb bin ich nicht so außer mir.«

Als sie den rohen Schmerz in seinem Gesicht sah, zuckte Katja unwillkürlich zusammen, und bevor sie sichs versah, streckte sie die Hand aus und fing eine Träne auf, die ihm über die Wange rann.

Kolja packte ihre Hand und drückte sie so fest an seine Brust, dass sie sein Herz durch das Hemd spüren konnte.

»Als du nicht aus dem Bett kommen wolltest … wie Alina … da dachte ich …« Ihm versagte die Stimme. »Ich … Ich schaffe das nicht allein, Katja.«

Sie hielt einen Herzschlag lang die Luft an, und für einen flüchtigen Moment fragte sie sich, wie es wohl wäre, ihn so zu lieben wie Pawlo und das Leben nicht nur dem Namen nach als Frau mit ihm zu teilen. Ihn zu berühren und von ihm berührt zu werden und zu spüren, wie die Hitze des Verlangens in ihr aufstieg.

Dann setzte Kolja wieder seine stoisch-gleichgültige Maske auf, und er ließ ihre Hand los, als hätte er sich verbrannt.

»Ich muss das fertig machen«, sagte er und drehte sich wieder zum Grab.

Katja klappte der Mund auf. Sie trat einen Schritt zurück und legte die zitternde Hand auf ihr pochendes Herz.

29

Cassie

Illinois, Juni 2004

»Es ist möglich, dass sie sich erholt, aber die nächsten Tage sind entscheidend. Ich möchte Ihnen keine falschen Hoffnungen machen. Ein Herzanfall ist in ihrem Alter sehr oft tödlich.« Der Arzt, ein älterer, kahl werdender Mann, sprach in einer abgehackten, gehetzten Art. »Sie ist jedenfalls eine kräftige Frau, sonst hätte sie es nicht so weit gebracht.«

»Sie machen sich keine Vorstellung.« Cassie sah zu Bobby hinüber. Unter den grellen Krankenhauslampen hob sich jede Runzel und jede Verfärbung von ihrer blassen Haut ab. Überall piepten Maschinen, und über eine Kanüle wurde ihr Luft in die Nase geblasen. Sie war nicht aufgewacht, seit ihr am Nachmittag ein Stent gesetzt worden war.

»Glauben Sie, dass sie bald zu Bewusstsein kommt?«, fragte Anna.

»Wir hoffen es, aber wir können es unmöglich mit Sicherheit sagen.«

Cassie blickte auf ihre Hände und empfand Dankbarkeit, dass Birdie zu Hause war, wo Nick sie beschäftigte. Ihre Tochter hatte Bobby noch nicht gesehen, aber nach ihr gefragt.

»Wir werden Sie informieren, sobald wir mehr wissen.« Der Arzt sah sie mitfühlend an und verließ das Zimmer.

»Cassie, es war ein langer Tag«, sagte Anna. »Nimm mein Auto, und fahr zu Birdie. Ich kann hier bei Bobby bleiben. Wenn du morgen kommen möchtest, tauschen wir.«

Cassie rieb sich die Augen. Ihre Arme waren ganz steif. »Okay, das klingt gut. Aber morgen früh löse ich dich definitiv ab.« Sie beugte sich zu Bobby und küsste sie auf die Wange, dann ihre Mutter. »In ein paar Stunden rufe ich dich an.«

Wie auf Autopilot kehrte sie nach Hause zurück. Dort fand sie Nick mit einer Federboa um den Hals vor, auf den Wangen etwas verschmiert, was wie Rouge aussah, und die Hälfte seiner Fingernägel waren lackiert. Geduldig saß er am Esstisch, während Birdie sich um die übrigen Finger kümmerte. Trotz ihres letzten Gesprächs mit ihm ging Cassie das Herz über, als sie sah, dass dieser Mann sich einer kompletten Make-up-Session und Maniküre unterzog, nur damit ihre Tochter zufrieden war.

»Du siehst wunderschön aus!« Cassie verkniff sich ein schallendes Lachen.

»Meinst du? Birdie fand, Summer Rose sei eine gute Farbe für mich.« Er wedelte mit der freien Hand und zeigte ihr die Nägel.

»Perfekt. Betont deine Augen.« Cassie musste kichern. »Entschuldige, ich glaube, der Stress ist zu viel für mich.« Als sie sich endlich wieder im Griff hatte, wischte sie sich die Augen und seufzte. »Danke. Das habe ich gebraucht.«

Nick zog ein indigniertes Gesicht. »Nun, ich bin froh, dass du auf meine Kosten lachen konntest. Birdie, ich glaube, sie weiß nicht zu schätzen, wie viel Arbeit du dir mit mir gemacht hast.«

»Mommy, das ist nicht einfach«, erklärte Birdie ernst, als sie sich Nicks kleinen Finger vornahm. »Er zuckt total viel rum.«

Cassie lachte wieder. Über Birdies Kopf hinweg hauchte sie ihm einen Dank zu.

Nick zwinkerte. »Wie geht es ihr?«

»Unverändert.« Cassie rieb sich den Nacken und seufzte. »Birdie, geh dir doch schon mal Zähne putzen. Ich komme gleich und decke dich zu.«

Birdie hüpfte aus dem Zimmer, und Nick löste die Federboa von seinem Hals. »Cassie, können wir reden?«

Sie ließ ihre müden Knochen auf einen Küchenstuhl sinken. »Es gibt nichts zu bereden. Ich bin dir dankbar für deine Hilfe, aber was ich gestern Abend gesagt habe, war mein Ernst: Du bist ein toller Mann, und verdienst etwas Besseres als eine kaputte Frau. Ich kann dir das nicht antun.«

»Mach dir keine Sorgen um mich. Ich weiß genau, was ich mit dir bekomme, und ich möchte es haben. Alles. Dich, deine Trauer, Birdie, alles. Dein Verlust ist ein Teil dessen, was dich ausmacht.« Nick verdrehte die Boa mit seinen großen Händen. »Schau, ich weiß, es waren nur zwei Monate, aber sie waren die besten meines Lebens. Ich fühle mich so wohl in deiner Nähe, als würde ich dich schon ewig kennen. Es mag sich verrückt anhören, es schon zu sagen, aber …« Er zögerte, und der Aufruhr, mit dem er kämpfte, verdunkelte seine Augen zu einem dunklen Grau. »Ich glaube, ich verliebe mich in dich, Cassie.«

Der Boden unter ihr gab nach, und alle Wälle, die sie sorgsam errichtet hatte, erbebten unter der Gewalt seines Geständnisses. Sie zog die Beine an die Brust und schaukelte mit dem Stuhl nach hinten. »Oh, Nick, ich …«

Er hob die Hände. »Es tut mir leid. Ich hätte nicht jetzt damit kommen sollen. Fühl dich bloß nicht genötigt, etwas darauf zu sagen. Du sollst nur wissen, dass ich so lange warten werde, wie es nötig ist, bis du bereit bist, denn du bist es wert, auf dich zu warten. Für mich gibt es keine andere.«

Frische Tränen quollen Cassie aus den Augen, und sie stellte ihre Füße auf den Boden. »Sag so was nicht, Nick. Zu hören, wen Bobby alles verloren hat, hat mich völlig fertiggemacht. Verstehst du nicht? Es hat mich zu meinem Tiefpunkt zurückgeführt. Ich kann nicht riskieren, mich noch einmal solchem Schmerz auszusetzen. Ich kann nicht riskieren, dich zu lieben und dich zu verlieren!«

»Katja hat es gewagt«, sagte Nick leise. Er zog das Tagebuch aus dem Karton, der noch auf der Küchentheke stand, und legte es vor sie. »Wir kennen noch nicht die ganze Geschichte, aber du weißt, dass sie sich wieder verliebt hat. Sie hat sich geöffnet. Sie hat den Schmerz riskiert. Und dafür bekam sie eine wunderbare Ehe mit deinem Großvater und eine Familie, von der sie geliebt wird.«

Nick trat näher und nahm ihre Hände. »Sie hat vielleicht alles verloren, aber sie hat den Kampf nie aufgegeben. Lass mich dir helfen zu kämpfen, Cassie. Lass mich dich lieben.«

Cassie starrte ihn an, während eine Woge aus Gedanken und Gefühlen sie überrollte. Ihr Herz wollte es so sehr, aber ihr Verstand warnte sie vor einem schrecklichen Fehler. Er sah ihr in die Augen und hob ihre Hände an seine Lippen. »Bitte, Cassie. Bitte gib uns eine Chance.«

»Mommy!« Birdies Ruf unterbrach sie.

»Ich sehe besser nach ihr.« Sie entzog ihre Hände seinem warmen Griff und stand mit wackeligen Beinen auf.

»Natürlich.« Das unverhohlene Gefühl in seinem Gesicht schmerzte sie.

Cassie wich vor ihm zurück. Das Herz pochte ihr in den Ohren. Sie fuhr herum und floh in Birdies Zimmer. Sie versuchte vergeblich, ihre verwirrten Gefühle beiseitezuschieben, als sie sich auf die Bettkante setzte und Birdies verknotetes Haar glättete. »Was ist denn, Schatz?«

»Alina sagt, wir müssen bald gehen. Ich muss Bobby eine Botschaft von Alina bringen, bevor sie wieder schlafen geht.« Birdie zerrte an Cassies Arm. »Bitte, bring mich zu ihr!«

»Schatz, die Ärzte wissen nicht sicher, wann sie aufwacht. Wir können jetzt nicht hingehen.«

»Sie wird aufwachen. Alina hat es mir gesagt!« Birdies Stimme bekam einen panischen Unterton.

Cassie biss die Zähne zusammen. Sie konnte sich zu allem anderen heute Abend nicht auch noch damit befassen. »Birdie, du musst mit diesen Geschichten über Alina aufhören. Ich weiß, Bobby hat dir von ihr erzählt, aber sie ist nicht hier. Für Besuche ist es heute zu spät, aber ich verspreche dir, wir fahren morgen ganz früh zum Krankenhaus. Jetzt versuch, ein bisschen zu schlafen.«

»Aber Mommy, ich muss zu Bobby. Jetzt! Alina sagt, es ist wichtig!«

»Nein!« Der unvertraut scharfe Ton von Cassies Stimme brachte Birdie zum Schweigen. Cassie massierte sich die Schläfen und seufzte. »Es tut mir leid. Ich wollte dich nicht anschreien. Ich bin sehr müde und du sicher auch. Schlafen wir ein bisschen, und morgen reden wir, ja?«

Cassie steckte die Decke ihrer Tochter fest, aber Birdie drehte sich zur Wand. »Ich habe dich lieb, Birdie.«

»Ich dich auch.« Die gedämpfte Antwort ließ die gewohnte Begeisterung vermissen.

Cassie schloss die Tür und drückte den Kopf dagegen – das kühle Holz bot eine kleine Erleichterung von der Hitze ihrer vielen Misserfolge.

»Geht es ihr gut?«

Cassie fuhr zusammen und drehte sich um. Nick stand am Ende des Korridors.

»Sie ist übermüdet. Sie glaubt, Bobby sei wach, und möchte, dass ich sie auf der Stelle hinfahre. Sie sagt, sie soll Alina etwas von Bobby ausrichten.«

»Vielleicht ist es so«, sagte Nick.

Cassie rieb sich das Gesicht, während sie ins Wohnzimmer ging. »Ich weiß bei nichts mehr, was ich noch denken soll.«

»Ich hätte das nicht sagen sollen. Ich habe heute Abend wirklich einen Lauf.« Nick fuhr sich mit den Händen durch die Haare. »Es tut mir leid wegen vorhin. Du hast wirklich genug Sorgen. Ich wollte sie nicht noch vergrößern, indem ich dir meine Gefühle aufdränge.«

Cassie sackte auf der Couch zusammen. »Ich bin im Moment so verwirrt und erschöpft, dass ich kaum noch funktionieren kann. Ich kann dir keine Antwort geben.«

Er nickte. »Das verstehe ich. Ich wollte dich nicht unter Druck setzen. Ich gehe jetzt.«

»Warte.« Cassies Stimme zitterte, als die Last von allem, was geschehen war, sie niederdrückte. Sie wusste nicht, was sie zukünftig wollte. Sie wusste aber, dass sie sich besser fühlte, wenn er bei ihr war. Und im Moment brauchte sie alle Hilfe, die sie bekommen konnte. »Ich sollte dich nicht darum bitten, aber bleibst du bei mir? Noch ein bisschen? Ich werde aufbleiben, bis ich sicher bin, dass Birdie eingeschlafen ist.«

»Na klar.« Er setzte sich neben sie auf die Couch, und sie schmiegte sich an ihn. Schuldgefühle durchfuhren sie, als sie widerstreitende Empfindungen auf seinem Gesicht entdeckte, aber als er sie an sich zog, seufzte sie vor Erleichterung. Sein Herz maß an ihrem Ohr kräftig und beständig die Zeit und tröstete ihre verwundete Seele.

»Mit dir fühlt sich alles besser an«, murmelte sie.

»Das freut mich.« Seine raue Stimme ließ seine Brust vibrieren und kitzelte sie.

Cassie kämpfte darum, die Augen offen zu halten, aber die Last des Tages zerrte an ihren Lidern. Das Letzte, woran sie sich erinnerte, war, dass Nick eine Decke über sie breitete.

30

KATJA

Ukraine, März 1933

Denys war nicht mein Kind. Sein Tod sollte mich nicht so mitnehmen. Katja sagte es sich immer wieder, doch das half ihr auch nicht aufzustehen. Der Verlust von Denys hatte die alten Wunden von Wiktors Tod wieder aufgerissen, die sie im Kampf ums Überleben verdrängt hatte.

Das Einzige, was noch zählte, war, Halya nahe zu sein. Ohne sie hätte Katja schon längst aufgegeben und wäre gestorben. Die Kleine war alles, was ihr geblieben war, und Katja durfte bei ihr nicht so versagen wie bei allen anderen.

»Warum kommst du nicht mit, um ein bisschen Holz vom Haus meiner Eltern zu holen? Wir können die restlichen Möbel auseinandernehmen.« Koljas Stimme brach durch den Schleier der Traurigkeit. »Es würde dir vermutlich guttun, mal rauszukommen.«

Katja schaute ihn an. Sie sah die dunklen Ringe unter seinen Augen und die vor Erschöpfung schweren Schultern, und sie zwang sich zu einem Nicken. Erleichterung erschien auf seinem müden Gesicht, bevor er sich abwandte.

Katja dachte an den Moment zurück, den sie geteilt hatten, als Kolja Denys' Grab ausgehoben hatte, und ein seltsames Gefühl schnürte ihr die Brust zusammen. Unsicherheit zog ihre Gedanken in verschiedene Richtungen. Einen schrecklichen Augenblick lang konnte sie sich nicht an Pawlos Gesicht erinnern. Nur an Koljas. Ein leiser Schrei entkam ihren Lippen, bevor sie sie ihre Trauer herunterschluckte und fast daran erstickte. Sie konnte kaum atmen.

Hör auf damit, tadelte Katja sich. *Tu einfach, was getan werden muss.*

Sie kämpfte sich aus dem Bett und zog sich an. Dann band sie ein Tuch zu einer Schlinge um ihre Schulter und legte Halya in diese warme Tasche, wo Katja sie dicht an ihrem Körper hatte. Schließlich zog sie noch den Mantel darüber und stellte sicher, dass Halya noch atmen konnte, bevor sie hinausging. Warm und sicher legte das kleine Mädchen die winzige Hand auf Katjas Brust und seufzte.

Katja schmerzten beim Gehen die Beine. Sie waren dick und geschwollen, und Katja hatte das Gefühl, als würden bei jedem Schritt ein Dutzend Nadeln in sie hineingestochen. Seltsamerweise waren sie geschwollen, während der Rest von ihr immer dünner geworden war. Es lief jedoch keine Flüssigkeit heraus wie bei ihrer Mutter oder bei der Frau, die sie vor dem Torgsin getroffen hatten. Also hatte sie vermutlich Glück – oder was man heutzutage als Glück bezeichnete.

Der vom Mond beschienene Schnee erhellte die Welt. Die Sterne funkelten, und einen Moment lang überkam Katja in dieser wunderschönen Nacht ein Gefühl, das sie kaum noch kannte: Staunen. Unter diesem Himmel konnte sie den Horror vergessen, in dem sie lebten, zumindest fast. Fast konnte sie sich wieder vorstellen, wie ihr Leben gewesen war, bevor Stalin seine Männer geschickt hatte, um es zu zerstören.

Dann schaute sie die Straße hinunter und sah den verlassenen Hof, und es war wie ein Schlag in die Magengrube. Wie konnte sie auch nur einen Moment vergessen, was sie alles verloren hatte?

Sie hatte diesen Schmerz verdient. Sie hatte überlebt. Die anderen nicht. Ihre Seele verhärtete sich wieder.

Katja atmete tief durch, als sie das Haus betrat, und hieß die Trauer willkommen, die aus allen Ecken auf sie einstürmte. Das Haus war ein Trümmerhaufen. Katja und Kolja waren offenbar nicht die Einzigen, die nach Feuerholz suchten.

»Hier waren Fremde.« Kolja schüttelte den Kopf und deutete auf das Bett, auf dem Pawlo gestorben war. »Ich werde das Bett auseinandernehmen. Sammele du jedes lose Holzstück, das du finden kannst. Wir müssen so viel mitnehmen, wie wir können, bevor alles verschwunden ist.«

Katja wanderte ziellos umher. Ihre Augen sahen, erkannten aber nichts. Ihr Kopf war voll, doch alles verschwamm ineinander. War das auch eine Folge des Hungers? Wie viele Tage war es eigentlich her, dass sie zum letzten Mal etwas gegessen hatte?

Das Licht der Laterne, die sie mitgebracht hatten, spiegelte sich auf etwas und erregte Katjas Aufmerksamkeit. Ein Spiegel lag halb unter dem Kissen auf dem Bett. Katja griff sich das schwere Stück. Sie war erstaunt, dass ihn noch niemand gestohlen hatte. Katja schaute hinein, und eine Fremde erwiderte ihren Blick. Wenn sie an sich herabschaute, konnte sie natürlich sehen, dass überall die Knochen herausragten, aber ihr Gesicht hatte sie schon lange nicht mehr gesehen. Ihre bleiche Haut spannte über den Wangenknochen, und ihre Lippen waren trocken und aufgeplatzt. Sie hatte dunkelblaue Flecken unter den Augen, die in dem ausgemergelten Gesicht geradezu riesig wirkten. Katja schnappte nach Luft und ließ den Spiegel aufs Bett fallen.

»Stimmt etwas nicht?«, rief Kolja.

»Alles gut«, antwortete Katja rasch. »Nichts, was noch von Bedeutung wäre.«

Sie lächelte verbittert, und ihre Unterlippe riss bei der unnatürlichen Bewegung. Was zählte ihr Stolz jetzt noch? Er hätte schon vor Ewigkeiten verschwinden sollen. Vielleicht damals, als sie Würmer im Garten ausgegraben hatte, als sie nach alten Kartoffeln gesucht hatte oder als sie eine Suppe aus einem alten Stück Leder gekocht hatte.

Katja seufzte angewidert und drehte den Spiegel mit der reflektierenden Seite nach unten.

»Du bist noch immer schön, weißt du?«

Katja erschrak, als sie Koljas Stimme plötzlich so nah hörte. Dann lachte sie heiser. »Das ist wirklich lieb von dir, aber wir sehen wohl alle nicht mehr sonderlich gut aus.«

Kolja setzte sich neben sie aufs Bett. »Das stimmt, aber du besitzt eine innere Schönheit, die immer durchscheinen wird.«

Koljas sanfter Blick wärmte Katja das Herz, und sie öffnete den Mund, um etwas zu erwidern, doch noch bevor sie die richtigen Worte fand, stand er wieder auf und ging. Katja starrte ihm hinterher. Hatte sie das gerade wirklich gehört oder es sich nur eingebildet? Ihre Brust zog sich zusammen.

***

Ein paar Wochen nach Denys' Tod erschienen die ersten Vorboten des Frühlings, und so lange dauerte es auch, bis Katja es über sich brachte, etwas über den kleinen Jungen in ihr Tagebuch zu schreiben. Ihr Stift war inzwischen so klein, dass sie ihn zwischen zwei Finger klemmen musste, und sie setzte ihn nur leicht auf, um die Mine zu schonen.

Das Tagebuch, das Pawlo ihr geschenkt hatte, war mittlerweile fast voll, und es enthielt alles, was sie gesehen hatte, alles, was sie verloren hatte. Zu schreiben tröstete Katja auf eine Art, die sie nicht erklären konnte, und sie schrieb mit religiösem Eifer, als wären all die geliebten Menschen nicht wirklich tot, wenn sie ihre Geschichten zu Papier brachte.

Kolja trat hinter sie und verdunkelte das Licht, das durch das Fenster fiel.

»Wir sollten uns in der Kolchose melden.« Er schaute auf Katjas Tagebuch, drehte sich aber sofort weg, als wollte er nicht sehen, was Katja dort dokumentiert hatte. Als sie ihm nicht antwortete, fuhr er fort: »Vielleicht haben sie etwas zu essen für uns, damit wir vor der Frühlingsaussaat ein wenig zu Kräften kommen.«

»Ich glaube nicht, dass unsere Kraft sie kümmert«, sagte Katja. In einem früheren Leben, als alle, die sie liebte, noch am Leben gewesen waren, war der kurze Marsch dorthin wie im Flug vergangen. In ihrem gegenwärtigen Zustand bezweifelte Katja jedoch, dass sie es auch nur vom Hof schaffen würde.

»Ich denke trotzdem, dass wir es zumindest versuchen sollten. Wie müssen so oder so weg von hier. Sonst werden wir verrückt. Alle Häuser in unserer Nähe sind leer. Manchmal habe ich das Gefühl, wir sind die einzigen Menschen auf der Welt.«

»Na gut«, stimmte Katja ihm schließlich zu. Sie legte ihr Tagebuch weg, zog den Mantel an und band sich Halya um.

Sie konzentrierte sich so sehr darauf, einen Fuß vor den anderen zu setzen, als sie sich über die verschlammte Straße kämpften, dass sie fast schon vor Lenas und Ruslans Haus standen, bevor sie es bemerkte.

»Wir sollten nachsehen, wie es ihnen geht.« Kolja ging zum Hoftor, doch Katja brachte es nicht über sich weiterzugehen.

»Ich werde hier warten«, sagte sie. Kolja ging zur Tür und klopfte. Das Geräusch zerriss die Stille des Tages.

»Lena! Ruslan!«

Als niemand antwortete, drückte Kolja die Tür auf, doch anstatt hineinzugehen, wich er einen Schritt zurück. Kurz schaute er zu Katja und legte den Ellbogen über die Nase. Dann ging er hinein. Der Gestank des Todes waberte durch die Tür, und Katja wusste, dass die beiden nicht überlebt hatten. Ruslans böse Taten, geboren aus Verzweiflung, hatten sie nicht gerettet. Vielleicht hatten sie ihn erst recht zum Tod verurteilt.

Es dauerte nicht lange, bis Kolja wieder herauskam. Er schüttelte den Kopf. »Sie sind tot. Alle beide.«

Einen Augenblick lang stand er einfach nur da und wartete auf Katjas Reaktion, doch sie empfand nur Erleichterung, denn so würde sie sich Lena, Ruslan und ihrem schrecklichen Geheimnis nicht mehr stellen müssen.

»Wie schlimm war es?«, fragte sie schließlich.

Kolja betrachtete sie aufmerksam, als wollte er erst einmal feststellen, ob er ihr die Wahrheit zumuten konnte.

»Lena hat sich erhängt, und es sieht so aus, als sei Ruslan erstochen worden.« Kolja schaute noch einmal zum Haus. »Ich habe Gerüchte über Ruslan gehört. Hat er –?«

Katja hob die Hand. »Ich will nicht darüber reden. Es ist vorbei.«

Kolja knirschte mit den Zähnen und nickte dann. »Tut mir leid, Katja. Ich weiß, dass du Lena früher einmal sehr nahegestanden hast.«

»Ja, aber das war in einem anderen Leben.« Katja wusste, dass sie mehr Mitgefühl mit Lena hätte haben sollen, doch dem war nicht so. Angesichts von so vielen Verlusten war ihr Tod schlicht unbedeutend.

Kolja wollte wissen, ob irgendwo überhaupt noch jemand lebte, und so klopfte er an jede Tür, an der sie vorbeikamen. Hinter einigen hatten tatsächlich Menschen überlebt, genau wie sie, aber die meisten Häuser waren leer. Einige fielen bereits in sich zusammen. Das waren die, aus denen die Bewohner schon ganz zu Anfang der Kollektivierung vertrieben worden waren. Andere wiederum waren Mausoleen voller Leichen: Mütter und ihre Kinder, alte Menschen und junge Leute. So viele Tote.

In einem Haus hing eine Frau an den Deckenbalken. Ihre

vier Kinder lagen tot auf dem Bett. Sie trugen ihre beste Kleidung. Katja kannte die Familie. Der Mann war letztes Jahr deportiert worden, als ein Pferd, mit dem er auf der Kolchose gearbeitet hatte, plötzlich gelahmt hatte. Der Staat hatte ihn daraufhin wegen Sabotage angeklagt.

Die meisten Menschen, die sie fanden, waren einfach festgefroren, wo sie gestorben waren. Ihre einstigen Heime waren nun ihre Gräber. Einige waren schlicht vor Erschöpfung zusammengebrochen. Andere wiederum hatten gewusst, dass der Tod nicht mehr fern war, und hatten ihre besten Kleider angezogen, bevor sie gestorben waren. Kinder lagen tot in den Armen ihrer Mütter. Alte Ehepaare umarmten einander in ihren Betten. Ganze Familien waren vernichtet, besiegt von Stalins Hungersnot, genau, wie er es geplant hatte.

»Wie haben wir das überlebt?«, fragte Katja. »So viele sind gestorben. Warum wir?«

»Manchmal glaube ich, die Toten sind die Glücklichen«, sagte Kolja. Seine Stimme klang vollkommen emotionslos.

Katja nahm seine Hand. Ihn zu berühren war der Anker geworden, der sie in diesem hässlichen Leben hielt. Kolja erwiderte ihren Griff. An den nächsten Häusern machten sie nicht mehr Halt.

Als sie weitergingen, stieg die Sonne höher und wärmte sie. Katja atmete den Duft des Frühlings ein. Der Geruch von feuchter Erde, die wieder zum Leben erwacht, hatte sie einst mit Freude erfüllt. Es roch nach Hoffnung. Es roch nach Leben. Doch dieses Jahr roch es auch nach verfaultem Fleisch.

Die Leichen jener, die auf den Feldern, den Straßen und in ihren Häusern gestorben waren, waren den Winter über gefroren gewesen, bedeckt von einer dicken Schicht Eis und Schnee. Jetzt, im warmen Licht der Frühlingssonne, zerfielen die Toten langsam zu Staub. So viele gleichzeitig verfaulende Leichen erzeugten einen süßlichen, Übelkeit erregenden Gestank, der Katja in die Nase stieg und durch ihren Körper kroch, bis sie das Gefühl hatte, nie wieder etwas anderes riechen zu können.

Als sie sich dem Hauptquartier der Kolchose näherten, wurde der Gestank sogar noch schlimmer. Immer mehr Tote lagen neben der Straße und auf den Feldern.

»Schau.« Kolja starrte auf ein Feld. »Sie sind gestorben, während sie nach verfaulten Kartoffeln gegraben haben. Sie sind einfach umgefallen, und niemand hat sie weggeholt.«

Katja schauderte und zog den Mantel enger um Halya, um sie vor dem Gestank zu schützen.

Wie Katja vermutet hatte, wartete auch in der Kolchose keine Nahrung auf sie. Also machten sie wieder kehrt und trotteten zwischen den Leichen hindurch zurück. Ihr Ausflug hatte nichts gebracht außer der schrecklichen Erkenntnis, dass die meisten ihrer Nachbarn nicht überlebt hatten.

Stalin war sicher stolz auf sich. Die Aktivisten und seine OGPU hatten ganze Arbeit geleistet.

***

Am nächsten Tag platzte Kolja ins Haus, als wäre das ganze Dorf hinter ihm her.

»Ich … Ich habe Fleisch«, keuchte er und schlug die Tür hinter sich zu.

»Haben sie dir das in der Kolchose gegeben?«, fragte Katja. Ein Hauch von Hoffnung lag in ihrer Stimme. Seit der Ratte, die Kolja kurz nach Denys' Tod gefangen hatte, hatten sie kein Fleisch mehr gegessen. »In den Fallen war doch schon lange nichts mehr. Oder hast du einen Fisch gefangen?«

»Nein, ich habe Pferdefleisch.«

»Wie das?« Katja setzte sich auf, aber Halya auf dem Bett neben ihr rührte sich kaum. »Die Pferde werden doch streng bewacht.«

»Ja, das werden sie. Und wenn eins von ihnen stirbt, wird es in eine Grube geworfen und mit Karbolsäure übergossen, damit man es nicht mehr essen kann.« Er holte zwei in Tuch gewickelte Päckchen aus seinen Stiefeln und legte sie auf den Tisch. »Aber ich bin vorher daran gekommen.«

Er wickelte die Päckchen aus, und darin lagen lange Fleischstreifen. Sie waren so dünn geschnitten, dass Kolja sie sich um die Knöchel hatte wickeln können. Katja knurrte bei dem Anblick der Magen.

»Ich kann einfach nicht glauben, dass wir echtes Fleisch haben.« Katja stieg aus dem Bett und schleppte sich zum Herd. Ihre Beine schmerzten. Sie setzte die Pfanne auf und schaute aus dem Fenster. »Es ist schon dunkel, also sollte der Rauch nicht allzu viel Aufmerksamkeit erregen. Ich brate es sofort.«

Kolja war außer sich vor Freude, und trotz seiner Liebe zu Pferden zeigte er keinerlei Vorbehalte dagegen, Teile eines solchen Tiers zu essen. Ohne Korn oder Heu hungerten auch die Pferde, und Kolja konnte ihnen genauso wenig helfen wie den Menschen. Der Staat glaubte, der Traktor sei die Zukunft, und die Aktivisten zollten den Pferden nicht annähernd den Respekt, den sie verdienten.

Katja entfachte ein kleines Feuer im Ofen. Ihre Bewegungen waren schwerfällig und unbeholfen. Das letzte trockene Holz, das sie hatten, würde zwar nicht viel Rauch erzeugen – dennoch sollte das Feuer so kurz wie möglich brennen. Die Aktivisten machten Razzien in allen Häusern, wo Rauch aus dem Kamin stieg. Dieser Tage betrachteten sie jedes Lebenszeichen der Dörfler als Affront, und sie waren ausgesprochen gründlich mit ihren Gegenmaßnahmen.

»Wie hast du das geschafft?«, fragte Katja.

Kolja schaute zu, wie sie das Fleisch in die Pfanne warf. Er leckte sich die Lippen, wandte sich ab und antwortete: »Ich bin der Einzige, der noch im Stall arbeitet. Die Wachen sparen sich die Mühe, nach mir zu sehen. Als das Pferd gestorben ist, habe ich es nicht direkt gemeldet. Ich ließ es ein wenig liegen, damit das Blut gerinnen konnte. Als ich später zurückkam, habe ich mir ein Messer genommen und die Zunge herausgeschnitten. Das ging schnell. Wir haben jetzt einen Traktor in der Kolchose. Damit kann ich die Kadaver selbst zur Grube fahren. Niemand kommt nahe genug heran, um zu sehen, dass dem Tier die Zunge fehlt.«

Der Duft des gebratenen Fleisches erfüllte die Luft, und es kostete Katja und Kolja all ihre Selbstbeherrschung, um das Fleisch nicht aus Pfanne zu reißen und es halb roh zu verschlingen. Ein paar Minuten lang saßen sie schweigend da und genossen den Duft. Schließlich schaute Katja wieder zu Kolja. »Der Tod der armen Pferde ist vielleicht unsere Rettung. Sind noch viele da?«

Kolja schüttelte den Kopf, aber er lächelte. »Nein, aber nächstes Mal kann ich es noch mal versuchen.«

Der Gedanke daran wärmte Katja die Seele, und sie erwiderte das Lächeln, als sie zu dem Mann schaute, den sie nun ihren Ehemann nannte, obwohl sie ihn ihr Leben lang immer nur als Freund gekannt hatte. Vielleicht würde es ihnen ja doch gelingen, diese Veränderung in ihrer Beziehung zu meistern und die Scham und Verlegenheit wegen ihrer erzwungenen Heirat hinter sich zu lassen.

In ihrer Jugend hatten sie die Gegenwart des jeweils anderen genossen. Kolja hatte die Rolle des älteren Bruders eingenommen, den Katja nie gehabt hatte. Er hatte ihr vieles beigebracht und sie häufig geneckt, ganz so, wie man es mit einer kleinen Schwester macht. Nachdem er und Alina geheiratet hatten und auch nach ihrem Tod, hatten sie sich weiterhin nahegestanden und gemeinsam auf dasselbe Ziel hingearbeitet: zu überleben und Halya durch die Not zu bringen. Das verband sie.

Die Kameraderie war allerdings im selben Moment verschwunden, als sie sich das Eheversprechen gegeben hatten. Es warf ein Licht auf einen Teil ihrer Beziehung, den sie beide nicht erkunden wollten. Ihr einst so festes geschwisterliches Band war nun voller Zweifel und Schuldgefühle. Und diese plagten Katja ständig. Was würde Pawlo denken? Würde er verstehen, dass sie Kolja hatte heiraten müssen? Würde er sie dafür hassen? Und was war mit Alina? Wenn ihre Schwester sehen könnte, dass sie nun Koljas Frau war, würde sie ihr das je vergeben?

Vor ein paar Monaten hätte Katja noch geschworen, dass sie nie einen anderen Mann würde lieben können. Als sie jetzt aber sah, wie zärtlich Kolja Halya fütterte, war sie nicht mehr so sicher.

***

Das Tauwetter zu Beginn des Frühlings ließ sie glauben, der Winter sei vorbei. Doch dann kam ein später Wintersturm, und über dem Dorf fielen dreißig Zentimeter Schnee. Die Temperatur sank rasant, und die Vorboten des Frühlings lagen nun unter Eis und Schnee.

»Ich wage zu behaupten, die Aktivisten gehen bei diesem Wetter nicht vor die Tür. Es ist furchtbar kalt!« Katja lag an Halya gekuschelt im Bett und bibberte am ganzen Leib.

Halya schlief inzwischen so viel, dass Katja immer wieder nachsehen musste, ob sie noch atmete. Jedes Mal, wenn sie die Hand nach dem reglosen Kind ausstreckte, schlug ihr das Herz bis zum Hals, und sie bereitete sich darauf vor, dass Halya kalt und steif war. Genau wie Denys. Genau wie Wiktor. Doch jedes Mal reagierte das Kind auf die Berührung, und Katja spürte, wie der warme, träge Körper sich unter ihrer Hand bewegte, und Erleichterung breitete sich in ihr aus.

Dann weckte Katja sie und zwang ihr sanft ein paar Bissen

oder einen Löffel Brühe in den Mund. Mittlerweile hatte Katja herausgefunden, dass kleinere Portionen, verteilt auf den Tag, für das Kind leichter zu verdauen waren. Und während Halya aß, erzählte Katja ihr von der Zukunft.

»Wenn das vorbei ist, Halya, werden wir diesen Ort der Angst und des Todes verlassen. Wir werden ein neues Leben beginnen, an einem Ort, wo du jeden Tag so viel essen kannst, wie du willst. Ich verspreche dir, was ich schon deiner Mutter versprochen habe: Ich werde dir alles geben, was ich dir geben kann.« Wassyls Worte über Amerika gingen ihr durch den Kopf. »Vielleicht werden wir ja sogar das Meer überqueren.«

Das kleine Mädchen hörte zu, und ihre großen Augen hingen an Katjas Lippen, aber sie antwortete nicht. Halya brauchte ihre ganze Kraft zum Essen.

Im tiefen Schnee auf Nahrungssuche zu gehen erforderte mehr Kraft, als Kolja oder Katja hatten. Glücklicherweise hatten sie zwei Krähen und vierzig Weizenkörner, die Katja noch im Saum eines alten Rocks gefunden hatte. Ein paar Tage würden sie den Schneesturm also überstehen.

»Glaubst du, du kannst die Krähen essen?«, fragte Kolja.

»Natürlich kann ich das. Ich habe schon Schlimmeres gegessen.« Ihr drehte sich der Magen bei dem Gedanken, was die Vögel wohl gefressen hatten, aber allein die Aussicht auf Nahrung ließ ihr das Wasser im Mund zusammenlaufen. »Auch wenn es dem Kannibalismus irgendwie nahekommt, einen Vogel zu essen, der erst vor Kurzem an einer menschlichen Leiche herumgepickt hat.«

Ein Schatten legte sich auf Koljas Augen. »Daran darfst du nicht denken. Rede dir einfach ein, das sei Hühnchen.«

»Ich bin froh, dass du mit der Schleuder so gut zielen kannst«, sagte Katja.

»Es ist auch schwer, sie zu verfehlen, wenn sie zu Dutzenden auf den Leichen am Friedhof hocken. Hätte ich die Kraft gehabt, ich hätte die armen Leute begraben.« Angewidert starrte Kolja auf seine schwieligen, wunden Hände.

»Es ist einfach furchtbar, sie dort liegen zu sehen, aber man kann nichts machen. Der Boden ist steinhart gefroren.« Katja legte ihm die Hand auf die Schulter, um ihn zu trösten, aber er wich vor ihrer Berührung zurück und sprang auf.

»Ich werde einen Topf mit Schnee füllen. Für die Brühe.« Die Worte fielen ihm aus dem Mund, als er zur Tür stolperte.

»Gut.« Katja brannten die Augen, und sie ballte so fest die Fäuste, dass ihre Fingernägel sich in die Haut gruben. Sie hatte ihn nur trösten wollen. War sie wirklich so abstoßend für ihn, dass er noch nicht einmal ihre Berührung ertrug?

***

In dieser Nacht konnte Katja nicht aufhören zu zittern, und so wie Kolja im anderen Bett aussah, hatte er dasselbe Problem. Ihre Körper hatten kein Fett mehr, das sie vor der Kälte hätte schützen können, und auch das Brennholz ging ihnen aus. Das kleine Feuer im Ofen gab nur noch wenig Wärme ab.

Kolja schaute durch das Dämmerlicht zu Katja. Er warf seine Decken beiseite und stand auf. »Das ist lächerlich. Lass uns unsere Wärme teilen, Katja.« Er nannte häufig ihren Namen, wenn er mit ihr sprach, als wollte er sich so daran erinnern, dass sie nicht Alina war und es auch nie sein würde.

Mit den Decken in der Hand stapfte Kolja durch den Raum, und Katja zitterte nicht mehr nur vor Kälte. Erst vor ein paar Stunden hatte ihre Berührung ihn abgestoßen. Und jetzt wollte er zu ihr ins Bett? Katja war vollkommen verunsichert. »Was machst du da?«

Kolja stand vor ihr. Er trug nur seine verschlissene Unterwäsche, und zum ersten Mal sah Katja, wie viel Gewicht er wirklich verloren hatte. Überall stachen die Knochen heraus, und er erinnerte Katja an die Strichmännchen, die Tato immer in den Sand gezeichnet hatte, um sie zum Lachen zu bringen.

»Ich versuche zu überleben«, antwortete er. »Zieh deine Kleider aus, Katja. Dann teilen wir unsere Wärme. Mit Halya machst du es ja genauso, und vielleicht ist das die einzige Möglichkeit, wie wir die kalten Nächte überstehen können, wenn uns das Brennholz ausgeht.«

Katja rührte sich nicht. Sie wusste nicht, was sie tun sollte. Ja, Kolja war ihr Mann, aber sie hatten noch nie beieinandergelegen, hatten einander noch nie unbekleidet gesehen. Sie hatte auch geglaubt, er wolle das so. Jetzt war sie sich dessen nicht mehr so sicher. Vielleicht wollte er ja eine traditionelle Verbindung und alles, was damit einherging. Und was wollte sie? Plötzlich wusste Katja das auch nicht mehr genau.

Kolja stieg ins Bett und legte seine Decken über sie. »Komm schon«, sagte er in strengem Ton. »Willst du nach allem, was wir getan haben, um zu überleben, jetzt erfrieren?«

Tief in ihrem Inneren wusste Katja, dass Kolja recht hatte. So würde es wärmer sein. Vielleicht war es tatsächlich die einzige Möglichkeit für sie zu überleben, aber sie konnte auch nicht leugnen, dass es sich falsch anfühlte.

Sie atmete schnell und flach, als sie begann, sich unter den Decken auszuziehen. Schließlich schob sie die Kleider mit zitternden Händen hinaus.

Kolja wandte sich von ihr ab. Seine Brust pumpte. Als sie fertig war und zitternd in Unterwäsche dalag, beugte Kolja sich vor, steckte die Decken um sie herum fest und breitete dann noch die Kleider über ihnen aus. Katja verspannte sich. Ihre Haut kribbelte, als Kolja es sich bequem machte und seinen Körper genauso eng an ihren schmiegte, wie sie es bei Halya tat.

»Du zitterst ja immer noch«, sagte er dicht an ihrem Ohr. Sie konnte jetzt nicht mehr sagen, ob sie noch vor Kälte zitterte oder aufgrund des überwältigenden Gefühls, seinen Körper so dicht an ihrem zu spüren. Koljas warmer Atem tanzte um ihre Wange, und sein Geruch stieg ihr in die Nase. Die pure Macht seiner Berührung, der körperlichen Verbindung zu einem anderen Menschen, der genau verstand, was sie durchmachte, all das ließ sie unerwartet weinen. Katja dachte an den Verlust ihres Ehemanns, ihrer Schwester, ihrer Mutter und ihres Vaters. All die Menschen, die sie geliebt hatte und die sie jetzt gestützt hätten, all diese Menschen waren jetzt, an ihrem Tiefpunkt, weg. Die beiden Menschen, die in diesem Augenblick mit ihr im Bett lagen, waren die Einzigen, die ihr in dieser kalten, dunklen Welt geblieben waren.

Es dauerte nicht lange, bis Koljas Wärme in sie strömte, und schließlich entspannte Katja sich und schlief ein. Ein paar Stunden später wachte sie wieder auf, als sie Kolja schaudern spürte.

»Was ist los? Ist was mit Halya?« Katja legte die Hand auf Halyas Rücken und wartete darauf, dass ihre Brust sich hob und senkte. Nachdem sie so bestätigt hatte, dass sie noch lebte, drehte sie sich zu Kolja um. »Bist du krank?«

Er schüttelte den Kopf. »Nein«, krächzte er.

»Du siehst aber krank aus.« Mondlicht fiel durchs Fenster und tauchte den Raum in Schattierungen von Grau. Deutlich sah Katja Koljas Gesicht. Es war ausgemergelt, und er wirkte unglaublich erschöpft.

»Ich bin nur … Ich weiß nicht.«

Sie berührte sein tränenverschmiertes Gesicht. Ihr Herz schlug immer schneller, und beschämt wegen der Reaktion ihres Körpers lief sie rot an.

Kolja drückte ihre Hand an seine Wange. »Könntest du mich halten? Bitte?«

Katja seufzte leise, als sie ihn an sich heranzog. Ihn zu umarmen fiel ihr leicht, und es überraschte sie, wie natürlich und gut es sich anfühlte, sich an ihn zu schmiegen. Derart ineinander verschlungen und mit seinem Gesicht in ihrem Nacken streichelte Katja ihm sanft das Haar, bis die Tränen versiegten und er einschlief.

Ihr kam in den Sinn, was Pawlo zu ihr gesagt hatte, bevor er sich den Rebellen angeschlossen hatte: *Du musst dir keine Sorgen machen. Kolja hat mir versprochen, dass er sich um dich kümmern wird.*

Ich will aber nicht, dass Kolja sich um mich kümmert! Ich will dich!, hatte sie erwidert.

Und was wollte sie jetzt? Verwirrt und schuldbewusst blieb Katja wach. Ihr Kopf war voller verräterischer Gedanken an den Mann, den sie in den Armen hielt. Ihren Schwager. Ihren Ehemann.

31

CASSIE

Illinois, Juni 2004

»Mommy?«

Eine kleine Hand tätschelte Cassies Wange, und flatternd öffnete sie die Lider. Das Zimmer lag in Dunkelheit, und von ihrer unbequemen Haltung auf der Couch schmerzte ihr der Nacken. Sie streckte die Hand aus und schaltete die Lampe ein. Nick lag ausgestreckt auf dem Zweisitzer, die Beine hingen über die Armlehne.

Obwohl er sich auf die andere Seite des Zimmers zurückgezogen hatte, lief Cassie vor Verlegenheit rot an, als sie sich mit steifen Muskeln aufsetzte. »Wir müssen eingeschlafen sein. Ich muss Nick wecken und ihm sagen, dass er nach Hause gehen soll.«

»Er kann doch mitkommen«, sagte Birdie.

Cassie schwang die Beine auf den Boden und rieb sich das Gesicht. »Wovon redest du? Wohin soll er mitkommen?«

Birdie berührte Cassie erneut an der Wange. Ihre pummligen Finger waren weich und beharrlich. »Bobby ist wach. Können wir fahren? Bitte, Mommy.«

Eine andere Art von Müdigkeit legte sich über Cassie, und erschöpft vom Kampf gab sie nach. »Gut. Zieh dich an. Wir fahren sofort.«

Das Telefon klingelte, als Cassie den Deckel auf ihren Thermobecher mit Kaffee setzte. Nick war mit strahlenden Augen und ausgeruht von dem kleinen Sofa gesprungen – in seinem Beruf eine unverzichtbare Notwendigkeit, behauptete er –, aber Cassie brauchte Koffein, wenn sie sich dem Tag so früh stellen sollte.

»Bobby ist vor ein paar Minuten zu sich gekommen.« Annas Stimme klang atemlos. »Das Krankenhaus hat angerufen. Ich fahre jetzt dorthin.«

»Ist das dein Ernst? Sie ist wach?« Trotz Birdies Beharren hatte Cassie im Grunde nicht geglaubt, dass Bobbys Zustand sich geändert haben könnte.

»Natürlich ist das mein Ernst! Meinst du, darüber mache ich Witze? Sie hat noch nicht viel gesprochen, und ich bin nicht sicher, ob sie alles verstanden hat, was ich ihr gesagt habe, aber sie ist wach.«

Birdie zupfte an Cassies Ärmel. »Ich habe es dir gesagt, Mommy. Na los!«

Cassie starrte ihr kleines Mädchen an. »Alles klar, Mom. Wir sind unterwegs.«

***

Cassie hielt Birdie an der Hand und lugte ins Krankenzimmer. Ein Sauerstoffschlauch ringelte sich unter Bobbys Nase, und ein Tropf leitete Flüssigkeit in ihren Arm. Anna saß auf einem Stuhl an ihrem Bett. Flatternd öffneten sich Bobbys Augen.

»Was ist passiert?«

»Du hattest einen Herzinfarkt.« Anna beugte sich hinüber und strich die Decke glatt. »Du warst allein in deinem Schlafzimmer und bist umgefallen. Cassie hat den Aufprall gehört und dich gefunden. Zum Glück hat man dich rechtzeitig hierhergeschafft.«

»Mir gefällt es gar nicht, dass Cassie mich so gesehen hat.«

Cassie wollte hineinplatzen und Bobby sagen, dass sie albern sei. Sie würde das noch hundertmal durchstehen, wenn sie sie damit retten könnte, aber Anna hatte entschieden, dass es besser wäre, wenn sie zuerst allein ins Zimmer ging, und so biss sich Cassie auf die Zunge.

»Ich bin froh, dass sie dich gefunden hat! Gott sei Dank wohnt sie jetzt mit dir unter einem Dach. Wenn sie keinen Krankenwagen gerufen hätte, wärst du vielleicht nicht durchgekommen.«

Bobby zuckte mit den Schultern. »Vielleicht war es mir bestimmt zu gehen. Meine Zeit ist gekommen, weißt du.«

»Fangen wir nicht damit an. Alle sind hier, um dich zu sehen.« Anna winkte Cassie, Birdie und Nick herein.

Birdie zögerte, aber als ihr Blick auf Bobby fiel, hellte sich ihr Gesicht auf.

»Mein kleines Vögelchen!« Bobby breitete die Arme aus. »Komm, flieg zu mir.«

»Vorsichtig«, warnte Cassie, als Birdie auf das Bett stieg und sich in Bobbys Arme schmiegte.

»Ich habe dich vermisst, Bobby.« Birdies süße kleine Stimme faszinierte Cassie noch immer.

»Ich habe dich auch vermisst, Birdie. Aber jetzt sind wir wieder alle zusammen.«

Birdie setzte sich auf und sah ihrer Urgroßmutter in die Augen. »Ich habe dir etwas zu sagen. Aber nur dir.«

Bobby nickte und hielt dem Mädchen das Ohr hin.

Birdie hielt sich die sommersprossigen Finger vor den Mund und beugte sich näher. Sie versuchte, leise zu sprechen, aber ihre Stimme hallte durch das sterile Zimmer. »Alina sagt, dass sie nicht böse auf dich ist. Das war sie nie. Sie ist froh, dass du ein schönes Leben gehabt hast. Okay?«

Bobby wurde weiß im Gesicht, und ihr Herzmonitor schrillte.

Anna ging eine Schwester holen, und Cassie ergriff Birdie und wollte sie vom Bett wegziehen.

»Warte«, krächzte Bobby. Ihr Kopf sank zurück auf das Kissen. »Mir geht's gut. Birdie, sag es noch einmal. Bitte.«

Birdie legte Bobby die Hand auf die Wange. »Sie wollte es dir schon ganz lange sagen. Sie sagt, sie ist nicht böse, und sie hat dich lieb. Macht dich das froh? Alina hat es froh gemacht, mir das zu sagen.«

Cassie und Anna tauschten einen Blick. Das also war die »Botschaft«, die Birdie für Bobby hatte. Cassie wusste nach wie vor nicht, was sie von der ganzen Sache halten sollte, aber es ließ sich nicht abstreiten, dass die Worte ihrer kleinen Tochter, egal woher sie kamen, Wirkung auf Bobby zeigten. In Cassies Kehle bildete sich ein Kloß.

Der Herzmonitor beruhigte sich. Bobby kniff die Augen zu, und eine Träne rann ihre runzlige Wange hinunter, wechselte bei jeder Furche und Rille, auf die sie traf, die Richtung. Bobby zog ihre Urenkelin fest an sich. »Ja, kleines Vögelchen. Das macht mich sehr froh.«

Anna schürzte die Lippen und schüttelte den Kopf.

Ihre Mutter richtete ihren stählernen Blick auf sie. »Ich weiß, du glaubst nicht an solche Dinge, Anna, aber in der Alten Welt war unsere Beziehung zu den Toten ganz anders.«

»Mir kommt es nur …«, begann Anna, aber Cassie versetzte ihr heimlich einen Tritt.

»Du brauchst mir nicht zu glauben. Ich weiß, was ich weiß«, sagte Bobby. »Ich möchte mich bei euch beiden entschuldigen. Ich hatte die schmerzlichen Teile meiner Vergangenheit so gut vergraben, dass ich die guten Erinnerungen mit ihnen verschüttet habe. Ich hätte euch so viel erzählen können, aber mich meinem alten Leben zu öffnen hat zu sehr geschmerzt. Deshalb habe ich alles weggeschlossen, und euch ist alles entgangen.«

»Das stimmt doch gar nicht, Mama. Du hast ukrainische Rezepte weitergegeben. Wir haben Pysanky gemacht. Du hast mir das Sticken beigebracht.« Anna nahm ihre Hand. »Mama, du hast mir ein wunderbares Leben geschenkt.«

»Danke, dass du das sagst, aber ich hätte mehr tun können, und das kann ich nicht ändern. Das Bedauern darüber werde ich mit ins Grab nehmen.« Bobby wandte sich Cassie zu. »Hast du das Tagebuch fertig übersetzt?«

Cassie nahm den Ruschnyk, das Tagebuch und die Fotos aus ihrer Tasche und legte sie aufs Bett. »Fast, aber nicht ganz.« Sie spürte Nicks Blick, der auf ihrem Hinterkopf brannte, aber sie konnte ihn nicht ansehen.

Bobby strich mit der Hand über den Ruschnyk und berührte jedes Symbol. »Meine Mutter hat ihn für meine Hochzeit mit Pawlo gemacht, und der Priester hat unsere Hände damit aneinandergebunden. Der offene Kranz verkörpert das Leben, das uns offensteht. Die Lerchen versinnbildlichen Freude und Tatkraft. Die Sonnenblumen bedeuten Fruchtbarkeit und Wohlstand, und die Mohnblumen symbolisieren die Liebe.«

Sie sah Cassie an. »Vielleicht ist es schwer zu glauben, aber vor langer Zeit einmal liebte ich es zu schreiben, so wie du. Ich habe Pawlo versprochen, dass ich unsere Geschichte aufschreibe und der Welt mitteile, was geschehen ist. Was uns angetan wurde. Ich tat, was er verlangte. Ich habe es hier hineingeschrieben.« Sie wies auf das Tagebuch. »Aber der Welt mitteilen konnte ich es nie. Ich hatte zu große Angst. Cassie, ich möchte nicht nur, dass du meine Geschichte erfährst. Ich möchte, dass du sie für mich schreibst. Teile meine Geschichte, unsere Geschichte, mit jedem, damit das, was uns geschehen ist, nie wieder jemandem passiert.«

Cassie sah Nick schuldbewusst an. »Ach, Bobby, ich weiß nicht, ob ich der Geschichte gerecht werde. Ich glaube, es ist besser, Mom führt die Sache mit Nick zu Ende.«

»Ich?«, fragte Anna zugleich mit Bobby, die prustete. »Pah! Du bist die Schriftstellerin in unserer Familie. Du musst es tun. Bitte, tu es für mich. Es ist meine allerletzte Bitte an dich.«

Wer kann dazu schon Nein sagen? Cassie sah Nick in die Augen, und Wärme durchströmte sie. Ihre Gefühle für ihn waren so verworren und kompliziert. Sie wusste nicht, wie sie es aushalten sollte, so eng mit ihm zusammenzuarbeiten, ohne ihn oder sich zu verletzen, aber blieb ihr eine andere Wahl?

»Also gut, wenn Nick nichts dagegen hat, mir zu helfen, tue ich es für dich.«

»Ich tue alles, was du willst«, sagte Nick.

Bobby atmete auf und entspannte sich sichtlich. »Danke. Ich glaube nicht, dass ich gehen könnte, wenn ich wüsste, dass ich dieses Versprechen gebrochen habe.«

Sie sah auf das oberste Foto auf dem Stapel und nahm es in die Hand. »Ach, dieses Bild von uns habe ich immer geliebt.«

»Das ist Alina, und das bist du!« Birdie zeigte auf die Mädchen. »Alina sieht noch immer fast genauso aus, aber du hast dich sehr verändert.«

Bobby lachte leise und berührte sich an der runzligen Wange. »Ja, ich sehe wirklich ganz anders aus, was?«

32

Katja

Ukraine, Mai 1933

In diesem Frühjahr, als die Erde wieder zum Leben erwachte, erwachte auch die Kolchose, und rasch verbreitete sich die Nachricht, dass es wieder Arbeit und Essen gab. Katja nahm an, der Staat ginge davon aus, dass alle, die bis jetzt überlebt hatten, gebrochen genug waren, um zu tun, was man von ihnen verlangte, und damit hatte der Staat recht. Einst hatten alle die Kollektivierung verflucht. Jetzt zogen Kolja und Katja mit Halya an ihrer Hüfte zusammen mit den anderen Überlebenden voller Eifer zur Kolchose, um dort jeden Tag zu arbeiten. Als sie die Frühlingssaat ausbrachten, konnten sie kaum stehen, so geschwächt waren sie, doch jeden Tag erhielten sie eine Schüssel mit wässriger Suppe und ein Stück Brot. Und jeden Tag erschienen mehr Menschen mit ausgemergelten Gesichtern und leeren Augen, alle halb tot und vollkommen emotionslos. Sie sprachen kaum miteinander. Was hätten sie auch sagen sollen?

Trotzdem starben weiter Menschen. Einige auf den Feldern, kurz bevor das Essen ausgegeben wurde, und andere, während sie aßen, denn ihre Körper konnten die Nahrung schlicht nicht mehr verarbeiten, die sie so verzweifelt benötigten. Irgendwie überlebten Katja, Kolja und Halya auch das. Die Mahlzeiten, die sie bekamen, waren klein und wenig nahrhaft, aber es war mehr als das, was sie in den letzten Monaten gehabt hatten.

Dazu sammelte Katja Akazienblüten, grub Würmer aus der Frühlingserde, pflückte Löwenzahn, der in ihrem Hof wucherte, und allmählich erholten sich ihre Körper.

Und während ihre Kraft nach und nach zurückkehrte, ging das Leben wieder seinen gewohnten Gang. Sie standen in aller Frühe auf und wanderten gemeinsam auf die Felder. Dort arbeiteten sie mit den anderen verbliebenen Dörflern und Neuankömmlingen aus Russland, die man geschickt hatte, um die toten Ukrainer zu ersetzen. So lebten sie von Tag zu Tag, ohne etwas zu haben, worauf sie sich hätten freuen können. Dankbar und vorsichtig aßen sie, was die Kolchose ihnen gab, und nie verschwendeten sie auch nur einen Tropfen oder einen Bissen.

***

Als das Wetter wärmer wurde und der Sommer kam, legte Katja Halya in ein schmales Rollbettchen, damit das Kind morgens länger schlafen konnte, ohne geweckt zu werden, wenn Katja aufstand. Langsam, aber sicher gewann Halya an Kraft und wuchs. Als sie zum ersten Mal selbstständig durch ihr Bettchen krabbelte, feierte Katja das, als hätte sie gerade Laufen gelernt oder ihre ersten Worte gesprochen. Jeder Meilenstein, egal wie klein, war ein Triumph.

Katja wartete auch darauf, dass Kolja wieder in sein Bett zurückkehren würde, doch das tat er nicht. Jede Nacht zog er sich bis auf die Unterwäsche aus und kletterte zu ihr.

Die alte Katja hätte ihm was gesagt, schrieb Katja in ihr Tagebuch. *Sie hätte ihn gefragt, warum er noch immer bei ihr liegt. Aber jetzt fürchte ich mich davor, etwas zu sagen, was mir die einzige Freude nehmen könnte, die mir am Tag bleibt. Mehr und mehr will ich, dass er sich an mich schmiegt, damit ich seine Berührung genießen kann.*

Es erfüllte Katja mit Scham, diese verräterischen Worte zu Papier zu bringen. Ihre Gefühle für Kolja waren weder richtig, noch wurden sie erwidert, aber sie wusste nicht, was sie dagegen tun sollte.

Eines Nachts wachte sie auf ihm auf, Arme und Beine um ihn geschlungen und mit dem Kopf auf seiner Brust. Sein Körper vibrierte unter ihr wie die Flügel einer Hummel.

Katja setzte sich erschrocken auf und sah, dass er sie mit großen Augen anschaute. Sie atmete tief durch. »Es … Es tut mir leid. Ich rücke weg.«

Koljas Gesicht war nur wenige Zentimeter entfernt, seine Stimme heiser. »Nein. Tu das nicht.«

Katja erstarrte, und ihr Herz schlug wild. »Ich soll nicht weg?«

Kolja streckte die Hand aus und fuhr ihr durchs Haar. »Ich mag es, wenn du mir nahe bist.«

»Wirklich?« Ihre Stimme zitterte, als sie seine Fingerspitzen auf ihrer Haut spürte.

»Ja, wirklich. Es tut mir leid, Katja. Ich habe versucht, stark zu sein. Ich habe versucht, dagegen anzukämpfen, aber ich glaube nicht, dass ich das noch länger kann.«

Katja starrte ihm in die Augen, in denen sich ihre eigene Trauer spiegelte. Sie fühlte den Schmerz, der in Wellen von ihm ausstrahlte, doch da war noch ein anderes, fremdes Gefühl. Katja legte den Kopf auf die Seite, musterte ihn von Kopf bis Fuß und versuchte, ihr Herz zu beruhigen. Empfand er genauso wie sie?

Kolja nahm ihr Kinn und zog ihr Gesicht zu seinem Mund. Dann hielt er kurz inne, um zu sehen, ob sie sich wehren oder mitmachen würde, und als sie sich in seiner Umarmung entspannte, stöhnte er geschlagen auf. Ihre Lippen trafen sich, und Katja schmeckte die salzigen Tränen ihrer gemeinsamen Verluste und noch mehr. Etwas Vielversprechendes. Gefühle, die Katja schon lange für tot gehalten hatte, entfalteten sich wie eine Blume am ersten Frühlingstag. Das Flüstern eines neuen Lebens, einer neuen Liebe erfüllte ihre Seele, und das plötzliche Verlangen nach ihm machte sie benommen.

Kolja zog sich wieder zurück. »Bist du sicher, dass du das willst?«

Katja atmete langsam aus und berührte seine Lippen. Er küsste ihre Finger und schmiegte sein Gesicht in ihre Hand. Sie verstand nicht, warum oder wie das passieren konnte, aber sie kannte die Wahrheit mit jeder Faser ihres Körpers. Sie wollte ihn. Sie liebte ihn.

»Ja«, sagte sie. Dann drückte sie ihre Lippen auf seine.

Sie klammerten sich aneinander, zwei verlorene Seelen in einer zerstörten Welt, die beide Trost beim unwahrscheinlichsten aller Partner suchten.

Sie verbrachten weiter die Nächte miteinander, körperlich so eng verbunden, wie ihre geschwächten Leiber es zuließen, und ihre Herzen erwachten langsam wieder zum Leben. Im Licht des Tages aber sprach Kolja kaum mit Katja, und wenn doch, dann nie darüber, was in der Dunkelheit geschehen war. So unterdrückte sie ihre Verwirrung und machte einfach weiter, als hätte sich nichts verändert. Aber sie zählte die Stunden, bis zum Einbruch der Nacht, wenn sie in seinen Armen wieder zum Leben erwachen konnte.

***

»Bist du bereit für die Kolchose?«, rief Kolja von der Tür.

»Geh schon ohne mich vor. Ich muss noch etwas erledigen.« Katja schaute ihn an und wartete darauf, dass er noch was sagte, dass er sie bat, ihn zu begleiten. Sie wartete darauf, dass er sagte, er wolle Zeit mit ihr verbringen.

Aber er schwieg. Wie jeden Tag. Sie hatten noch immer nicht

über ihre körperliche Beziehung gesprochen. Tagsüber war es, als würde ihre nächtliche Liebe nicht existieren, und diese Charade forderte ihren Tribut. Katja wollte darüber reden. Sie wollte wissen, wie und was er empfand. Sie wollte ihm sagen, was sie fühlte. Aber ihr erschöpftes Herz hatte keine Kraft, um für ihre Wünsche zu kämpfen.

Katja wartete zwanzig Minuten, dann machten sie sich auf dem Weg zu dem Kartoffelfeld, dem sie zugeteilt war. Dort setzte sie Halya zu den anderen Kindern. Die Kleinen rannten und tobten nicht herum wie früher, doch dann und wann war ein kindliches Lachen zu hören, und das gab Katja Hoffnung. Es lenkte sie zwar nicht von Kolja ab, aber das schaffte die monotone Arbeit. Sie versuchte, sich auf die Bewegungen ihres Körpers zu konzentrieren und nicht auf die Gedanken, die sich in ihrem Kopf überschlugen.

Doch als das Feld fertig war und sie wieder nach Hause geschickt wurden, konnte sie ihre Sorgen nicht länger unterdrücken. Wie sollte sie je jemandem erklären, dass sie das Leben ihrer Schwester übernommen hatte? Dass sie Alinas Mann geheiratet hatte und Alinas Kind aufzog? Und jetzt hatte sie auch noch die Unverfrorenheit, sich zu verlieben. Sie versuchte, ein neues Leben auf den Trümmern der Vergangenheit zu errichten.

Wie sollte irgendjemand ihr das vergeben?

Kolja durchbrach den Nebel in Katjas Kopf, indem er ihren Arm schüttelte und sie besorgt anschaute. »Katja, hast du mich gehört? Ich gehe jetzt in den Pferdestall. Ich habe Halya versprochen, ihr die neuen Pferde zu zeigen. Wir kommen etwas später nach Hause.« Er beugte sich zu ihr. »Alles in Ordnung mit dir?«

Katja nickte schnell, vielleicht zu schnell. Seine Hand verbrannte sie. Sie wollte sich an ihn drücken, ihm ihre Liebe gestehen und ihm all ihre Geheimnisse anvertrauen. »Ich komme schon zurecht. Bis später.«

Aber sie brachte es nicht über sich, ins Haus zu gehen, wo Koljas Gegenwart in jedem Winkel zu spüren war. Da waren der Becher, aus dem er immer trank, der Stuhl, auf dem er immer saß, und das Bett, das sie teilten. Stattdessen kletterte sie auf den Heuboden, wo sie so viele Stunden mit Pawlo geträumt und geredet hatte, und holte das Tagebuch aus dem Versteck an der Wand.

Der Duft des in der Sonne getrockneten Heus und die Erinnerungen an Pawlo umgaben sie wie eine warme Umarmung. Katja atmete den Duft tief ein, und es schnürte ihr die Kehle zu. Fast konnte sie seine Stimme hören.

Katja, bleib immer hier bei mir. Wir müssen nicht darüber nachdenken, was da draußen geschieht. Hier sind wir sicher, und wir haben einander. Vielleicht gehen wir ja nie wieder runter.

Eines Tages hätte ich aber gerne ein Haus, hatte Katja ihn geneckt. *Auf einem Heuboden kann man keine Kinder erziehen.*

Sie stieß die Tür auf, und Sonnenlicht fiel in den Raum. Von hier oben konnte Katja Pawlos und Koljas alten Hof sehen.

Pawlos Stimme flüsterte ihr ins Ohr. *Dann sollst du das prächtigste Haus bekommen. Siehst du die Weide da drüben? Mein Vater will mir das Land als Hochzeitsgeschenk überlassen. Dort werden wir unser Heim bauen. Es wird ein starkes, festes Haus für unsere Babys. Unsere Kinder werden genauso durch die Felder toben, wie wir es getan haben. Siehst du das?*

Katja stiegen die Tränen in die Augen. Sie konnte rein gar nichts mehr erkennen. Dabei hatte sie es früher glasklar gesehen. Doch jetzt verschwamm Pawlos Gesicht mit Koljas, und das verwirrte sie.

Ich will Blumen ums Haus. Mohn- und Sonnenblumen.

Dann werden wir sie pflanzen.

Katja drückte die Lippen auf den Einband des Tagebuchs und ließ die Worte in ihre Seele sinken. Ihre Erinnerungen. Ihre Liebesgeschichte. Ihr Pawlo.

Als sie das Tagebuch wieder herunternahm, kam Kolja durch den Hof. Halya saß auf seinen Schultern. Katja beobachtete, wie er zum Haus ging. Seine Gliedmaßen waren lang, fast schlaksig, und er hatte eine raue Eleganz, bei deren Anblick ihr das Herz schmerzte. Katja hielt ihre Vergangenheit in den Händen, und dort unten lag ihre Zukunft. Wie sollte sie die Kluft zwischen beidem überwinden? Das Leben hatte sie auf einen Pfad geführt, den sie sich nie auch nur hatte vorstellen können, und jetzt steckte sie zwischen den Stühlen fest – zwischen dem Gestern und dem Morgen.

Sie schaute aufs Land hinaus. Die Erde schimmerte vor ihr, als sie den Tränen freien Lauf ließ, die sie bis jetzt zurückgehalten hatte. Das vergessene Sonnenblumenbeet, begraben unter dem Unkraut im Hof, lächelte zu ihr hinauf. *Der Sonnenblumenpalast.* Ihr geheimer Ort. Trotz allem kämpften sie darum, zu wachsen, zu leben und sich inmitten der Trümmer ihres Landes zu erheben, das dort draußen noch immer blühte … für sie.

Wie sie.

Tief in ihrem Inneren, unter den scharfen Kanten ihres schlechten Gewissens und ihrer Erinnerungen, wollte Katja, dass diese Ehe funktionierte. Kolja mochte sie nicht lieben, aber eines Tages würde er sie vielleicht doch in sein Herz lassen. In ihrem hatte er längst einen Platz. Ihre Verbindung repräsentierte alles, was sie verloren hatten, alles, was sie überstanden hatten. Warum hatte sie so hart gekämpft, wenn nicht, um ihr Leben zu leben und die Hoffnung wiederzufinden?

Ihre Lippen zitterten, als sie den Namen ihrer Schwester seufzte. »Alina. Verzeih mir, Schwester, aber ich liebe ihn. Ich weiß nur nicht, ob er mich je lieben wird.«

»Katja.«

Beim Klang von Koljas Stimme wirbelte sie herum. Er stand am anderen Ende des Heubodens.

»Halya ist im Bett. Sie hat nach dir gefragt.«

Katja wischte sich mit dem Handrücken über die Augen und legte das Tagebuch wieder in sein Versteck zurück. »Bitte entschuldige. Ich komme manchmal hierher, um nachzudenken. Ich werde sofort für sie singen.«

Kolja kam langsam auf sie zu. Sein Gesichtsausdruck war nicht zu deuten. »Mit wem hast du gerade geredet?«

Katja versteifte sich und lief rot an. »Mit niemandem.«

Kolja blieb wenige Zentimeter von ihr entfernt stehen. Er legte die Hand an ihre Wange und fragte mit durchdringender Stimme: »Wen liebst du?«

Katjas Mund wollte sich nicht bewegen, obwohl es eine einfache Frage war. Sie zog rasselnd die Luft ein und versuchte, den Blick von ihm zu lösen, doch er hob auch die andere Hand und umfasste ihr Gesicht.

»Bin ich es?«

»Warum?« Katja hauchte die Frage in den Raum zwischen ihnen – ein Wort, das so viele Fragen zugleich enthielt. Es befreite etwas in ihr, die Kälte, die sie über Monate hinweg hinuntergeschluckt hatte, und sie fand ihre Stimme wieder. »Was kümmert dich das? Nachts magst du mich vielleicht als deine Frau lieben, aber tagsüber schaust du mich kaum an.«

Kolja nahm die Hände wieder herunter und senkte den Blick. »Das tut mir leid. Ich weiß, dass ich dich weggestoßen habe, aber meine Gefühle haben mich verwirrt. Meine Gefühle für Alina und Pawlo. Kannst du mir verzeihen?«

»Es gibt nichts zu verzeihen. Ich kenne diese Verwirrung.« Katja fand ihre Kraft wieder, und diesmal nahm sie Koljas Kinn und zog es hoch, sodass sie ihm in die Augen schauen konnte. »Aber ich muss es jetzt wissen: Was empfindest du für mich, Kolja?«

Er starrte sie an, und seine strahlend blauen Augen funkelten wie der Sommerhimmel. »Ich bin hoffnungslos in dich verliebt, Katja. Ich kann meine Gefühle nicht länger leugnen. Und ich glaube nicht, dass Alina und Pawlo das von uns verlangen würden. Ich denke, nach allem, was wir überlebt haben, würden sie uns glücklich sehen wollen.«

Seine Hand glitt in ihren Nacken, und er küsste sie. Seine Lippen bestätigten, was er gerade gesagt hatte. Katja erwiderte seinen Kuss, und die Trümmer in ihrem Herzen setzten sich neu zusammen und bildeten einen wunderbaren Pfad in die Zukunft.

33

Cassie

Illinois, Juni 2004

Cassie stellte den Teller mit den Wareniki vor Nick auf den Tisch. Birdie lag schon im Bett, und Nick war nach der Arbeit vorbeigekommen, um mit Cassie das Tagebuch zu Ende zu übersetzen. Zum Glück hatte Bobby einen guten Vorrat an tiefgefrorenen Wareniki, die Cassie nur rasch aufzukochen brauchte und mit gebräunter Butter und Zwiebeln servieren konnte. Die halbmondförmigen Teigtaschen, mit Kartoffeln und Fleisch gefüllt, gehörten zu Cassies Lieblingsspeisen, aber sie hatte es nie geschafft, sie einheitlich zu formen. Auf keinen Fall hätte sie sich ohne Bobby oder Anna allein daran gewagt, aber sie wusste, dass Bobby nichts dagegen hätte, wenn sie Nick welche aus ihrem Vorrat servierte.

»Danke für das späte Abendessen.« Nick schaufelte drei Fleisch-Wareniki auf seinen Teller und löffelte saure Sahne darauf, die Cassie aus dem Kühlschrank geholt hatte. »Gibt es Neues aus dem Krankenhaus?«

»Seit wir gestern mit ihr gesprochen haben, ist sie nicht wieder aufgewacht.« Cassie stand auf, um den Herd abzuschalten, bevor der Teekessel pfiff. Sie goss sich heißes Wasser in die Tasse und nahm neben Nick Platz.

Er hielt inne, die Gabel halb im Mund. »Was sagt Birdie? Spricht sie noch von Alina?«

»Nein. Kein Wort mehr über sie, seit sie Bobby die ›Botschaft‹ übermittelt hat.« Mit den Fingern malte Cassie Gänsefüßchen in die Luft.

»Na, was immer geschehen ist, deiner Großmutter schien es ein wenig Frieden zu schenken. Am Ende ist das vermutlich alles, was zählt.«

»Du hast recht. Ich sollte loslassen.« Cassie zog den Karton über den Tisch und nahm das Tagebuch heraus. »Weißt du, es war schwer, darauf zu warten, dass du vorbeikommst, damit wir es lesen können.«

Ein schalkhaftes Funkeln leuchtete in Nicks Augen auf. »Was war schwer? Auf mich zu warten oder abzuwarten, dass du hörst, was drinsteht?«

»Wohl beides.« Die Antwort rutschte ihr heraus, bevor sie es verhindern konnte, und sie errötete. Sie sollte sich zurückhalten, aber es war schön, mit ihm unbeschwert herumzuplänkeln. Wie alles.

Sie richtete sich auf ihrem Stuhl auf, öffnete den Laptop und lenkte das Gespräch auf das eigentliche Thema. »Wir wissen jetzt also, wieso Bobby solche Schuldgefühle gegenüber Alina hat.«

Nick ging an die Spüle, stellte das Geschirr hinein und wusch sich die Hände. »Und wir wissen, dass deine Großmutter am Ende glücklich mit deinem Großvater gelebt hat.« Er sagte es beiläufig, aber sie spürte den Nachdruck hinter seinen Worten, und ihre Gedanken galoppierten.

Wie konnte Bobby nach solch tragischen Verlusten ihr Herz wieder öffnen? Werde ich dazu je imstande sein?

Sie räusperte sich. »Stimmt, aber er wurde immer noch nicht erwähnt, und jetzt hat sie Kolja geheiratet.«

Nick hielt inne. »Warte mal, wie hieß dein Großvater gleich?«

»Sein Name war Nicholas, stell dir vor.«

Er riss die Augen auf. »Oh Mann. Das ist natürlich noch einmal eine ganz andere Art von Schuldgefühl. Kein Wunder, dass sie so sehr darunter gelitten hat.«

»Was redest du?«

Nick lächelte sie schief an. »Er wurde durchaus erwähnt. Cassie, deine Großmutter hat nicht zwei Männer verloren. Im Ukrainischen heißt Nicholas nämlich Mykola, was oft zu Kolja abgekürzt wird.«

34

Katja

Ukraine, Juli 1934

Im ersten Jahr nach dem Hunger ging das Leben weiter. Die OGPU wurde aufgelöst und zum NKWD, dem Volkskommissariat für Innere Angelegenheiten. Zwar verfolgten sie noch immer gnadenlos Staatsfeinde, aber sie lockerten die Hungerschlinge, mit der sie die Dörfler gewürgt hatten, und ließen mehr Nahrung im Land. Alle bewegten sich langsam und vorsichtig. Alle hatten ständig Angst, einen Aktivisten zu beleidigen oder mit zu viel Essen erwischt zu werden. Dennoch fuhren sie auch für sich eine bescheidene Ernte ein. Die leeren Mägen der Menschen schrien förmlich nach Nahrung, doch sie genossen auch die mageren Rationen, denn es war noch immer deutlich mehr als das, was sie im Winter gehabt hatten. Ja, noch immer starben Menschen oder wurden mitten in der Nacht aus ihren Häusern geholt, aber nicht annähernd so viele wie zuvor.

Halya gedieh dank Katjas und Koljas Talent, Essen zu besorgen. Zusammen mit der Nahrung, die sie inzwischen über die Kolchose bekamen, reichte es aus, damit Halyas kleiner Körper endlich die Chance hatte zu wachsen. Sie verbrachte ihre Tage nicht länger schlafend im Bett, sondern erkundete an Katjas Seite Haus und Hof.

»Essen?« Halyas dünnes Stimmchen hallte süß in Katjas Ohren.

»Ja, Halya?« Katja bückte sich, um Halya besser hören zu können. »Du möchtest etwas essen?«

Halya nickte. Ihr Kopf war zwar noch immer viel zu groß für ihren kleinen Körper, aber er wackelte nicht mehr so wie letztes Jahr.

Katja gab etwas *kascha* in eine Schüssel und stellte sie auf den Tisch. »Dann komm, und setz dich zu mir. Ich helfe dir.«

Halya kletterte auf Katjas Schoß, und Katja half ihr, den Löffel in der kleinen Hand zu halten und den Buchweizenbrei darauf zu häufen. Mit zweieinhalb Jahren war Halya noch immer nicht so weit, wie sie in diesem Alter eigentlich hätte sein sollen, aber sie machte jeden Tag Fortschritte, und ihr strahlendes Lächeln gab Katja die Hoffnung, die sie brauchte, um weiterzumachen.

»Ist das Frühstück fertig?« Kolja kam aus dem Stall. Sie galten jetzt als gute Staatsbürger, deshalb durften sie auch wieder eine Kuh und Hühner halten. Das waren zwar alles nur Kleinigkeiten, aber sie machten einen großen Unterschied in ihrem Alltag.

Kolja kitzelte Halya unter dem Kinn, bis sie kicherte. Dann nahm er sich auch eine Schüssel und setzte sich Katja gegenüber.

Allmählich legte er wieder an Gewicht zu, und sein Gesicht war auch nicht mehr so ausgezehrt. Halyas Lachen ließ ihn lächeln, und eine Flut von Gefühlen stieg in Katja auf. Sie hatte sich nie in Kolja verlieben wollen. Doch wenn sie jetzt sah, wie er die lachende Halya hin und her schwang und auf ein Pferd setzte, damit sie »reiten« konnte, sah sie einen Mann, den sie wollte. Die Härte, die Kolja sich angeeignet hatte, um zu überleben, bekam immer mehr Risse. Trauer und Schmerz verschwanden aus seinem Gesicht, und als Folge davon erblühte auch etwas in Katja: Liebe.

Diese Liebe war anders als die, die sie für Halya empfand. Halyas Überleben war Katjas Lebensziel. Halyas Lächeln, das nun immer öfter zu sehen war, ließ sie weitermachen. Ihre Worte erfüllten Katja mit Freude. Sie glaubte, dass sie nichts je mit ihrer

Liebe für dieses Kind würde vergleichen können, denn all ihre Trauer und Schuldgefühle waren mit dieser Liebe verbunden. Das war Halya gegenüber zwar nicht fair, aber Katja konnte es genauso wenig ändern, wie sie diejenigen wieder zurückbringen konnte, die sie verloren hatte.

Auch war sie nicht wie die reine, erste Liebe, die sie mit Pawlo geteilt hatte. Ihre Liebe zu Kolja war aus ihrem gemeinsamen Überlebenskampf erwachsen. Was sie Seite an Seite ertragen hatten, was sie gesehen hatten, hatte unauslöschliche Spuren bei ihnen hinterlassen und eine Verbindung zwischen ihnen erschaffen, die sie nicht erklären konnte. Kolja war ihre Zuflucht in einer furchterregenden Welt geworden. Sie hatten sich zusammengetan, um Halya und sich selbst am Leben zu erhalten. Die Gefühle, die daraus entstanden waren, hatten sie nicht gewollt, aber sie konnten sie weder leugnen noch ignorieren.

Nach dem Frühstück gingen sie zusammen auf das Weizenfeld neben dem Haus. Dort übergab Katja Halya einem Mädchen, das sich am Feldrand um die Kinder kümmerte, und machte sich an die Arbeit.

Kolja ging vor ihr. Die Muskeln auf seinem Rücken spannten sich, und er arbeitete im Takt mit den anderen Männern auf dem Feld. Er bewegte sich langsam, methodisch und schwang die Sense durchs Korn. Die Halme fielen auf lockere Haufen, und zusammen mit den anderen Frauen folgte Katja den Männern und band das lose Stroh zu Bündeln. Wenn sie genug Bündel hatten, stapelten sie sie zu einem Haufen, damit sie trocknen konnten. So hatten sie schon geerntet, bevor die Kolchosenleitung all die neuen Maschinen eingeführt hatte. Da sie nicht genug Maschinen für alle Felder hatten, mussten sie weiterhin auch auf traditionelle Art arbeiten. Obwohl der Weizen nicht ausschließlich ihnen gehörte, fand Katja Trost in der vertrauten Arbeit, und die Zeit verging wie im Flug.

Katja seufzte. Nichts hatte sich so entwickelt, wie sie es erwartet hatte. Ihre Träume von Pawlo verblassten immer mehr. Manchmal malte sie noch aus, wie ihr gemeinsames Leben wohl gewesen wäre, doch diese Gedanken waren noch immer schwer zu ertragen, und sie verdrängte sie rasch wieder. Pawlo war tot, und die Erinnerungen an ihn waren wie eine süße Melodie in ihrem Herzen, aber sie schmerzten sie nicht mehr ständig. Katja lebte auf ihre eigene Art weiter, denn das musste sie, wenn sie überleben wollte – aber sie würde ihn niemals vergessen.

Kolja hielt kurz inne, wischte sich die Stirn mit dem Unterarm ab und drehte sich zu ihr um. »Wie fühlst du dich?« Er strich ihr über die Wange.

Katja legte die Hand auf seine und lächelte. »Wunderbar.«

Er beugte sich vor und küsste sie. Seine Lippen waren weiß und salzig von Schweiß. Dann trat er wieder zurück, und ein Grinsen erschien auf seinem Gesicht. »Dann fühle ich mich auch so, Katja. Dann fühle ich mich auch so.«

Sie grub die nackten Zehen in die warme Erde und schaute zur Sonne hinauf. Die Stimme ihres Vaters hallte in ihrem Kopf wider. *Schau in die Zukunft.* Das Leben würde weitergehen, egal ob mit oder ohne sie. Also hatte sie beschlossen zu kämpfen.

Sie hatte beschlossen zu leben.

35

Cassie

Illinois, Juni 2004

»Das war's. Das war der letzte Eintrag.« Nick schloss das Tagebuch und legte es vor Cassie auf den Tisch.

»Du hattest recht. Sie hat sich in Kolja verliebt, Alinas Mann und Pawlos Bruder. Meinen Großvater. Sie hat so viel verloren, aber sie hat ein neues Glück gefunden.«

Cassie presste die Handfläche auf den abgewetzten Einband des Tagebuchs. Das Thema Liebe nach Verlust sprach sie an, und obwohl sie noch immer nicht so weit war, dass sie ihren Problemen entgegentreten konnte, fragte sie sich, ob Bobby sie aus mehr als einem Grund gedrängt hatte, das Tagebuch zu lesen.

»Das ist ziemlich erstaunlich«, sagte Nick, »aber dieses Schuldgefühl muss sie schwer belastet haben.«

Cassie atmete tief durch. »Ich kann es mir kaum vorstellen. Es ist schlimm genug, nach dem Tod eines Ehemannes weiterzumachen, aber sich dann ausgerechnet in jemanden zu verlieben, der gleich in zweierlei Hinsicht der eigene Schwager ist?«

»Sie hat damals immerhin nicht beide Ehemänner verloren«, stellte Nick klar. »Sie hat ihr Happy End gefunden.«

»In der Liebe schon. Aber was ist aus Halya geworden? Warum haben wir nie von ihr gehört?« Cassie stand auf. Fragen über Fragen gingen ihr durch den Kopf. »Ich muss zu ihr.«

»Natürlich. Ich bleibe bei Birdie, wenn du willst«, bot Nick an.

»Bist du sicher, dass es dir nichts ausmacht? Ich nutze dich nur ungern schon wieder aus, aber ich weiß einfach nicht, ob unser Gespräch besonders kinderfreundlich sein wird.«

»Sei nicht albern. Dafür hat man Freunde.« Nick musterte seine Finger. »Vielleicht kann sie mir wieder die Nägel machen. Ich glaube, an einigen Stellen ist der Lack schon abgesplittert.«

Cassie lachte und schnappte sich ihre Handtasche. »Danke, Nick. Ich schulde dir was!«

»Ich lasse mich mit Wareniki bezahlen!«, rief er ihr hinterher, als sie das Haus verließ.

Eine Stunde später hatte Cassie ihre Mutter abgeholt und auf den aktuellen Stand gebracht. Im Krankenzimmer zog sie einen Stuhl ans Bett. Bobbys Augen waren geschlossen, und sie sah klein und zerbrechlich aus, als würde das Leben langsam aus ihr heraussickern.

Anna setzte sich ans Fußende des Bettes und nickte Cassie mit großen Augen zu. »Du fängst an. Ich muss das Ganze erst noch verarbeiten.«

Cassie nahm die runzlige Hand. »Bobby, wir sind mit dem Tagebuch durch.«

Ihre Großmutter öffnete flatternd die Lider und drückte Cassies Hand. »Endlich.«

Cassie lachte leise. »Keine leichte Lektüre.«

»Es war kein leichtes Leben.« Bobby sah Anna an und lächelte. »Du weißt auch Bescheid?«

Ihre Tochter nickte angespannt. »Was ist aus ihr geworden? Aus Halya?«

Bobby schloss wieder die Augen. »Ich habe sie verloren.«

»Bitte! Weich nicht wieder aus, Mama. Ich habe verdient, es zu wissen. Sie war meine Schwester!«

Bobby begegnete Annas wütendem Starren mit grimmiger Miene. »Du hast recht.«

»Lass dir Zeit.« Cassie sah ihre Mutter warnend an, und Anna senkte den Kopf. Vorzupreschen nutzte jetzt niemandem.

Mühsam setzte Bobby sich auf. »Nach der Aushungerung wurde nichts wieder normal. Die kollektivistische Landwirtschaft veränderte das Dorfleben für immer, und die Säuberungen der Bolschewiken gingen ewig weiter. Aus nichtigsten Gründen wurden Menschen in den Gulag deportiert. Die Welt vor unseren Mauern war furchterregend, aber in unserem Haus, unter uns dreien, konnte ich so tun, als ginge es uns nichts an.« Bobby drückte Cassie die Hand. »Halya hat gern Blumen gepflanzt, so wie du, Cassie. Sie ging zur Schule, verliebte sich in die Poesie und wuchs zu einem Ebenbild ihrer Mutter heran. Dein Großvater und ich vergötterten sie, und wir waren für jeden Moment dankbar, den wir gemeinsam verbringen konnten.«

Ein kleines wehmütiges Lächeln flog über ihr Gesicht, bevor sie weitersprach.

»Als der Krieg begann und die Deutschen einmarschierten, dachten wir zuerst, dass die Dinge endlich besser würden, aber sie waren genauso schlimm wie die Bolschewiken. Sie verwüsteten unsere Dörfer, ermordeten Menschen und entführten Ukrainer, damit sie in ihren Fabriken und auf ihren Höfen im Deutschen Reich arbeiteten. Viele Ukrainer.« Sie sank auf ihr Kissen zurück, und ihre Stimme wurde leise. »Sie nahmen auch Halya mit.«

Ihr stockte der Atem, und der Schmerz, der in ihr Gesicht eingegraben war, wirkte so frisch, als wäre alles gestern geschehen und nicht vor Jahrzehnten. »Sie war so schön und gut. Das Beste von Alina lebte in ihr weiter.«

Ein Kloß bildete sich in Cassies Kehle. »Sie ist nie zurückgekehrt?«

Bobby schüttelte den Kopf. »Die Fabrik, in der sie arbeiten musste, wurde von den Alliierten bombardiert.«

»Nach alldem starb sie bei einem Bombenangriff?«, fragte Anna.

»Das haben sie uns gesagt.« Bobby zupfte an der Kante ihrer Bettdecke. »Wir sind aus dem Dorf geflohen, als die Ostfront näherrückte. Wir wollten nicht wieder unter den Bolschewiken leben, und die Kämpfe waren schon so nahe, dass wir die Granateinschläge hörten. Also beluden wir unseren Wagen und zogen davon. Wir wollten Halya suchen und irgendwo neu anfangen.«

Sie atmete tief durch und suchte Cassies Blick. »Wir haben Polen durchquert und sind schließlich in die amerikanische Besatzungszone von Deutschland gekommen, als der Krieg zu Ende war. Danach verbrachten wir mehrere Jahre in den Lagern für Displaced Persons. Wir suchten nach Halya, nur für alle Fälle, aber es waren so viele Flüchtlinge da … Millionen Menschen ohne Zuhause, ohne Heimatland, ohne Familie. Es war eine Suche nach der Nadel im Heuhaufen. Als die Jahre vergingen, erkannten wir, dass wir akzeptieren mussten, was uns gesagt worden war – sie war bei einem Bombenangriff umgekommen. Sie war für uns verloren wie mein Vater, und wie bei meinem Vater erfuhren wir nie etwas Genaues.«

Bobby würgte ein ersticktes Schluchzen herunter. »Ich habe sie vor dem Holodomor bewahrt, aber vor dem Krieg konnte ich sie nicht retten.«

»Ach, Mama.« Tränen glänzten in Annas Augen, und sie beugte sich näher zu Bobby. »Warum hast du uns das nie erzählt?«

Bobby streichelte ihre Wange. »Dass ich mit dir schwanger war, fand ich an dem Tag heraus, als wir die Genehmigung erhielten, das Lager zu verlassen und nach Amerika auszuwandern. Ich hatte nie vergessen, was mein Cousin Wassyl darüber gesagt hatte, und ich wusste, dass wir unser neues Leben dort beginnen konnten.

Dein Vater und ich beschlossen etwas: Wenn wir wirklich die Vergangenheit hinter uns lassen und glücklich sein wollten, durften wir über die schlimmen Dinge in der Ukraine nicht sprechen. Wir würden diese Erinnerungen vergraben und nur in die Zukunft schauen. Unsere Zukunft warst du, Anna. Unser Wunderbaby.«

Anna holte zitternd Luft. »Was ist mit dem, was Stalin euch angetan hat? Die Leute hätten von der Aushungerung erfahren sollen.«

»Du musst das verstehen. Niemand sprach davon. Stalin bestritt, dass es den Holodomor gegeben hatte, und die Welt glaubte ihm, weil sie ihn brauchte, um die Nazis zu besiegen. Davon zu sprechen oder mein Tagebuch zu verbreiten hätte nur Aufmerksamkeit auf uns gelenkt. Für so etwas wurde man verhaftet und für Jahrzehnte ins Arbeitslager geschickt. Das konnte ich nicht riskieren.«

»Aber nachdem ihr fort wart? Da hättet ihr es doch erzählen können«, sagte Cassie.

»Der Arm der Sowjetunion reichte weit. Nach dem Krieg wurden täglich Menschen wie wir zurück in die UdSSR geschickt. Angeblich wurden sie ›repatriiert‹, bekamen gesagt, sie kämen nach Hause, aber in Wirklichkeit landeten sie in Gulags und Arbeitslagern, weil sie ›mit dem Feind kollaboriert‹ hätten. Selbst hier in Amerika hatten wir Angst, etwas zu sagen.«

Cassie dachte an den Anruf der Spendensammler, an das Geld, das Bobby ihnen hatte geben wollen, um sicherzustellen, dass sie nicht nachts abgeholt wurde. Schuldgefühl durchfuhr sie. Die Narben, die das Leben unter einem repressiven Regime hinterlassen hatten, waren tief, und das Ausmaß der Wunden ihrer Großmutter hatte sie nicht erkannt.

Bobby lächelte traurig. »Je länger ich nichts sagte, desto leichter wurde es, diesen Teil meines Lebens abzukapseln. Wir waren so glücklich. Wir hatten uns, unser schönes kleines Mädchen und eine Chance auf ein neues Leben. Wir schworen, aus jedem Tag das Beste zu machen und im Augenblick zu leben.«

»Aber wirklich abgekapselt war es nie, oder?«, fragte Cassie. »Es war immer da, in deinem Hinterkopf.«

»Ja.« Bobby nickte langsam. »Liebe kann man nie vergessen, Cassie, aber das weißt du. Jetzt, am Ende meines Lebens, kann ich an nichts anderes mehr denken.«

Cassie nahm sanft ihre knochige Hand, und das Bild, wie sie in einer Tür eingeklemmt wurde, zuckte ihr durch den Kopf. »Bobby, du bist in unfassbaren Situationen gewesen. Du hast alles getan, was du konntest.«

»Das werde ich nie wirklich wissen, oder?«, fragte ihre Großmutter. »Das Leben ist eine Abfolge von Entscheidungen, eine treibt dich zur nächsten. Wenn ich ganz zu Anfang anders entschieden hätte, wäre vielleicht alles besser gewesen.«

»Vielleicht auch schlimmer«, sagte Cassie.

Bobby hob eine knochige Schulter. »Vielleicht. Aber was getan ist, ist getan, und ich kann es nicht ändern. Ich kann nur eines sagen: Ich habe einen Fehler begangen, als ich dachte, ich könnte es alles begraben. In die Zukunft zu sehen bedeutet nicht, dass du die Vergangenheit vergessen musst. Du kannst beides haben, Cassie, und bist damit umso reicher.«

***

»Glaubst du, du wirst alles zusammenschreiben, wie Bobby es möchte?«, fragte Nick am Abend, als Cassie nach Hause kam. »Oder etwas daran ändern?«

»Ändern würde ich nichts. Die Geschichte ist wichtig.« Cassie setzte sich neben ihn. Ihr gingen bereits Ideen durch den Kopf, wie sie das Projekt umsetzen könnte.

»Das ist sie«, sagte Nick.

»Ich hoffe, ich werde ihr gerecht. Weißt du, bevor sie anfing, diese kurzen Briefe an Alina zu schreiben, wenn man die Zettel so nennen kann, habe ich Bobby nie etwas schreiben sehen. Vielleicht hat sie es aufgegeben, als sie ihr Versprechen an Pawlo nicht erfüllen konnte. Ich würde ihr gern helfen, das wieder in Ordnung zu bringen.« Während sie sprach, spielte Cassie an dem Finger, an dem immer ihr Ehering gewesen war. Seit sie ihn nicht mehr trug, betastete sie ständig die Stelle, an der er gesessen hatte.

»Ihre Bitte hilft dir zu überwinden, dass du nicht mehr schreibst. Das ist, als schlösse sich der Kreis der Heilung«, sagte Nick.

Wieso fühle ich mich dann noch immer gebrochen?

Sie räusperte sich, um die ungesagten Worte aus ihrer Kehle zu vertreiben, und rang sich ein Lächeln ab. »Nun, dein Glück, würde ich sagen. Jetzt brauchst du deine Freizeit nicht mehr damit zu verbringen, eine alte ukrainische Handschrift zu entziffern.«

Eigentlich wollte sie flapsig klingen, aber ein hohles Gefühl entstand in ihrem Magen, wenn sie daran dachte, ihn nicht mehr regelmäßig zu sehen.

»Du hast recht.« Nick starrte auf seine Hände. »Du bist sicher froh, dass du mich jetzt los bist.«

Cassie sackte auf ihrem Stuhl zusammen. Mit einer anderen Antwort hätte sie nicht rechnen dürfen. Sie hatte ihm gesagt, dass sie keine Beziehung wünsche, und er, ganz Gentleman, hatte sich zurückgezogen.

Sei glücklich. Lebe dein Leben. Henrys Worte pochten ihr durch den Kopf. Sie schloss die Augen und hörte Bobbys Stimme. *In die Zukunft zu sehen, bedeutet nicht, dass du die Vergangenheit vergessen musst. Du kannst beides haben.*

Aber was wollte sie?

Nick sah auf. Seine tiefblauen Augen suchten ihren Blick, und Wärme pulsierte durch ihre Adern.

Das. Wähle zu leben.

Das hohle Gefühl in ihrem Magen wandelte sich in Entschlossenheit. Sie starrte Nick so lange und so intensiv an, dass er sich am Mund berührte. »Was denn? Hab ich was im Gesicht?«

Die Erkenntnis durchfuhr Cassie und trieb sie auf die Beine. »Ich bin erst einunddreißig!«

Nick verschränkte die Hände hinter dem Kopf und grinste. »Ich hätte dich auf Ende zwanzig geschätzt.«

Sie errötete. »Darum geht es nicht. Trotzdem danke. Der springende Punkt ist, ich bin noch jung. Bobby hat so viel mehr verloren als ich, und trotzdem hat sie eine Möglichkeit gefunden, neu anzufangen. Vielleicht kann ich das auch. Ich glaube ... Ich glaube, Henry würde wollen, dass ich mein Leben lebe.«

Ein hoffnungsvoller Ausdruck erschien auf Nicks Gesicht, und seine Stimme wurde leiser. »Dann solltest du das tun.«

Bevor sie darüber nachdenken oder die Situation analysieren konnte, beugte sie sich vor und küsste ihn. Seine weichen Lippen bewegten sich anders an ihrem Mund, als es Henrys früher getan hatten, aber ihre Berührung sandte Wellen der Erregung durch sie, und ihr Herz erhob sich über den Schmerz des Verlustes, in dem sie so lange festgesessen hatte.

Seine Arme umschlangen sie, schlossen sie in seine Wärme und Kraft. »Bist du dir sicher, Cassie?«

Sie nickte und sprach gegen seine Lippen: »Ja.«

Als sie sich endlich trennten, lächelte sie. »Tut mir leid. Ich weiß nicht, was über mich gekommen ist.«

»Was immer es war, ich hoffe, es ist etwas Bleibendes«, sagte Nick und küsste sie noch einmal.

36

KATJA

Sonnenblumenpalast, Juli 2004

Die Beine, die unter ihr rannten, gehörten ihr nicht. Und wenn doch, so gehörten sie einer erheblich jüngeren Version von ihr. Viel zu flink für ihren alten Leib, hielten sie sie aufrecht, sicher und stark, jeder Schritt ein geschmeidiger Sprung in den nächsten. Sie blickte auf ihre Hände. Glatt und geschmeidig. Die geschwollenen Knöchel waren verschwunden. Keine Schmerzen, keine krummen Finger. Sie berührte sich im Gesicht. Straffe junge Haut federte unter ihren Fingern. Ringsum erstreckte sich Weizen als goldene, wogende Decke. Sie atmete ein, und der Geruch von fetter Erde und Weizenkörnern, die in der Sonne buken, erfüllte ihre Seele. Das war die Ukraine. Heimat.

In der Ferne wiegten sich Sonnenblumen. Ihre hohen Stängel bewegten sich über dem Weizen hin und her. Sie ging auf sie zu und hörte, wie ihr Name gerufen wurde. Die Stimmen machten sie schaudern. Alina. Pawlo. Kolja.

Sie warteten auf sie.

Wenn das ein Traum war, wollte sie niemals aufwachen.

Sie rannte zu den Sonnenblumen.

Epilog

Cassie

Illinois, Mai 2007

»Da, Mama! Ich habe Bobby gefunden!« Birdies Stimme übertönte den Vogelgesang auf dem Friedhof. Voller Aufregung rannte sie vor Cassie und Nick her zu dem Grab unter dem blühenden Holzapfelbaum.

»Darf ich die Blumen in die Vase tun?« Der Strauß aus kleinen Sonnenblumen wackelte in ihrer Hand, und ein Lächeln streckte sich zwischen ihren rosigen Wangen, während die welligen dunklen Haare im Wind tanzten.

Cassie zeigte ihr den erhobenen Daumen, fasste wieder Nicks Hand und sah zu, wie Birdie den Strauß teilte. Eine Hälfte stellte sie in die Vase an Bobbys Grabstein, die andere kam an den Stein daneben.

»Alina würde auch welche wollen«, erklärte sie Cassie und Nick, als sie näher kamen. »Erinnert ihr euch? Es sind ihre Lieblingsblumen.« Sie streckte die Hand aus und fuhr mit dem Finger die gravierten Buchstaben auf dem Gedenkstein nach, den sie neben dem Grabstein mit Bobbys und Didos Namen hatten aufstellen lassen.

ZUR ERINNERUNG AN ALINA BILYK, PAWLO BILYK UND ALLE ANDEREN, DIE IHR LEBEN IM HOLODOMOR VERLOREN HABEN

»Natürlich sollte auch Alina Blumen bekommen«, sagte Nick und hockte sich hin, um Birdie zu helfen.

Cassie hielt sich den gerundeten Bauch, als ihr Baby sie trat, und ihre Finger strichen über den Ring, den Nick ihr vor zwei Jahren bei einer stillen Gartenzeremonie überreicht hatte, bei der sie sich die Hände mit Bobbys Hochzeits-Ruschnyk zusammengebunden hatten. Dieser Mann und das Vorbild ihrer Großmutter hatten ihr eine zweite Chance auf Glück verschafft. Ein Gefühl der Liebe zu ihnen stieg in Cassie auf und trieb ihr Tränen in die Augen.

Sie berührte Nicks Schulter. »Kann ich hier einen Moment allein sein? Ich möchte es ihr sagen.«

Er küsste Cassie auf die Wange. »Natürlich. Komm, Birdie, wir gehen spazieren.«

Während sie Hand in Hand davonschlenderten, öffnete Cassie ihre Handtasche und nahm den Umschlag heraus, den ihr Lektor an sie weitergeleitet hatte. Sie hatte den Brief bereits ein Dutzend Mal gelesen, aber er kam ihr noch immer unwirklich vor.

»Hallo, Bobby, hallo, Dido.« Cassie schwenkte die Hand Richtung des Grabsteins ihrer Großeltern und des Gedenksteins für Alina und Pawlo. »Ich glaube, diese Nachricht ist in Wirklichkeit an euch alle gerichtet, und deshalb hoffe ich, ihr könnt mich hören. Gestern bekam ich etwas mit der Post, von dem ihr bestimmt wissen wollt. Etwas, von dem ich wünschte, es wäre gekommen, als ihr noch gelebt habt. Es verändert alles.« Sie entfaltete das dünne Blatt Papier.

Liebe Cassie,

bitte verzeihen Sie meine Aufdringlichkeit, aber ich habe kürzlich Ihr Buch über den Holodomor gelesen. Ihre Geschichte war mir sehr vertraut, aber als ich Ihre

Nachbemerkungen las, wusste ich, dass ich Ihnen schreiben muss. Sehen Sie, in einem anderen Leben kannte ich eine Katerina Wiktoriwna Bilyk, aber im Krieg wurden wir getrennt, und ich hielt sie für tot. Ich dachte, jeder aus meiner Familie sei tot. Aber wie es scheint, habe ich mich geirrt. Bitte rufen Sie mich unter der unten stehenden Nummer an, wenn Sie können.

Mit freundlichen Grüßen
Halyna Mykolajiwna Bilyk

Cassie nahm ein Taschentuch und tupfte sich die Augen. »Du hast nicht versagt, Bobby. Halya hat überlebt. Du hast sie am Leben erhalten, und deine Geschichte hat ihr geholfen, uns endlich zu finden. Ich habe sie sofort angerufen, und sie fliegt nächste Woche hierher, um uns alle kennenzulernen. Sie möchte auch hierherkommen, um euch zu besuchen. Euch alle.«

Eine Welle des Gefühls traf Cassie, so stark, dass sie sie beinahe umwarf. Sie hielt sich am Grabstein fest, stützte sich an dem kühlen Granit ab.

»Mommy! Guck mal!«, rief Birdie. Ein Windstoß fuhr über den Friedhof, und der Holzapfelbaum setzte einen Wirbel von Blütenblättern frei, der das kleine Mädchen umtanzte wie rosafarbener Schnee.

Mit ausgestreckten Armen wirbelte Birdie im Kreis und kicherte, während die Blütenblätter ringsum herabsanken. »Guck mal! Sie sind glücklich, Mommy! Bobby und Alina sind glücklich!«

Anmerkungen der Autorin

Ich hoffe, *Denk ich an Kiew* hat Ihnen gefallen. Mir ist diese Geschichte sehr wichtig.

Cassies Bobby ist in vielerlei Hinsicht meine Bobby. Meine ukrainische Urgroßmutter war eine starke Frau, die polnische, sowjetische und deutsche Besatzungen überlebte, niemals Lebensmittel verschwendete und ihre Blumenbeete liebte. Bis meine Mutter eingriff, glaubte sie ernsthaft, sie sollte bei jedem telefonischen Spendenanruf für gleich welchen Polizeifonds die Kreditkarte zücken, damit niemand sie in der Nacht abholen kam. Auf Geheiß ihrer sterbenden Schwester hat sie ihren verwitweten Schwager geheiratet und deren Kind großgezogen. Ob Liebe dahintergesteckt hat oder nicht, ist in der Zeit verloren gegangen – über solche Dinge hat sie niemals gesprochen.

Meine Reise in die Geschichte der Ukraine begann mit meinem Wunsch, die Geschichten zu verstehen, die sie mir erzählte, als ich noch ein Kind war: wie sie, mein Urgroßvater und ihre drei Kinder während des Zweiten Weltkriegs aus ihrem westukrainischen Dorf flohen. Aber je mehr ich über den Holodomor herausfand, desto klarer wurde mir, dass der Roman zu diesem Thema an erster Stelle stehen musste und die Geschichte meiner Urgroßmutter meinen zweiten Roman inspirieren würde. Mein Großonkel leistete unverzichtbare Hilfe, indem er mir mit endloser Geduld bei Fragen zur ukrainischen Sprache und Kultur zur

Seite stand. Zusammen mit den Erinnerungen meiner Mutter an meinen Großvater und meine Urgroßmutter und meinen eigenen konnte ich dank seiner Hilfe den ukrainischen Aspekt von Cassies Geschichte zum Leben zu erwecken. Ich bin ihnen ewig dankbar, und alle Fehler, die auftreten, habe ich selbst zu verantworten.

Meine Urgroßeltern mögen die Zeugenaussagen der Holodomor-Überlebenden bestätigt haben, aber die Aushungerung gehört nicht zur Geschichte meiner Familie – zum Glück hat sie dieses Grauen nicht erleiden müssen. Inspiriert von den Andeutungen meiner Urgroßmutter habe ich ausführlich in schriftlichen und mündlichen Interviews mit Überlebenden recherchiert, in wissenschaftlichen Zeitschriften, Büchern und Museen.

Künstlerische Freiheit gehört zu jedem belletristischen Werk – Pawlos Rebellion etwa ereignet sich im Roman 1931, und nicht 1930, als die meisten Rebellionen stattfanden, und *Slawa Ukrajini* ist eher eine Begrüßung als ein Trinkspruch. Die Gräueltaten waren jedoch schrecklich genug, sodass ich sie ausschmücken musste. Ich wünschte, ich könnte sagen, dass die historischen Details in diesem Roman übertrieben seien, aber die Wahrheit ist, dass der Holodomor – der Tod durch Hunger – unfassbar brutal war und dennoch nur ein Aspekt von Josef Stalins Feldzug gegen das ukrainische Volk.

Zwischen 1932 und 1933 starb jeder achte Ukrainer in der von Menschen verursachten Hungersnot – allein im Jahr 1932 konnte die UdSSR tonnenweise Äpfel und Tomatenmark exportieren, Gurken, Honig und Milch und fast zwei Millionen Tonnen Getreide. An Bahnhöfen und an den Straßenrändern lagerte Korn unter Bewachung. Es verfaulte bisweilen, während es auf den Abtransport wartete und die Ukrainer in Sichtweite davon verhungerten. Getreidequoten wurden unangemessen hochgehalten, obwohl das Frühjahrssaatgut bereits beschlagnahmt worden war und die Bauern der Ukraine nichts mehr hatten.

In der gesamten Sowjetunion führte die Nahrungsmittelknappheit, die aus dem Chaos der Kollektivierung und Entkulakisierung sowie Stalins Weigerung entstand, die Getreidequoten entsprechend zu senken, zu schätzungsweise 8,7 Millionen Toten in der Sowjetukraine, in Kasachstan und einigen Provinzen Russlands. Im August 1932 erließ Stalin ein landesweites Dekret, das als »Fünf-Ährchen-Gesetz« bekannt wurde und jedem zehn Jahre Gefängnis oder den Tod androhte, der beim Diebstahl von staatlichem Eigentum ertappt wurde – und, um es klar zu sagen: Staatliches Eigentum war alles, auch eine Handvoll Getreide, angefaulte Kartoffeln auf einem Stoppelfeld oder ein Fisch aus einem Bach. Bewaffnete Aktivisten patrouillierten auf dem Land und saßen in Wachtürmen, erschossen, schlugen und verhafteten Männer, Frauen und Kinder, die versuchten, dem Hungertod zu entgehen, indem sie die Feldfrüchte aßen, die sie selbst gesät hatten, oder Nahrung auf Grundstücken sammelten, auf denen sie ihr ganzes Leben verbracht hatten.

Stalins Maßnahmen betrafen die gesamte Region, aber er überzog die Ukraine mit weiteren harten Dekreten, um der ukrainischen Nation und der ukrainischen Kultur Herr zu werden, die er als Bedrohung für die sowjetische Ideologie ansah. Die Grenzen der Ukraine wurden geschlossen und bewacht. Ein neues internes Passsystem unterband Reisen zwischen Dörfern und Städten und verwandelte die Ukraine in ein riesiges Todeslager. Der Staat begann, Gemeinden, die ihre Getreidequoten nicht erfüllten, auf schwarze Listen zu setzen, was zu Strafen wie dem Verbot des Handels oder des Empfangs von Lebensmitteln oder Industrieprodukten führte – einschließlich Petroleum, Salz und Streichhölzern – und zu neuen, höheren Quoten. Um diese Quoten zu erfüllen, durchsuchten Aktivisten Häuser, rissen Öfen auseinander und Wände ein, stocherten mit Metallstangen im Heu, in den Gärten und der Bettwäsche, um noch das letzte bisschen versteckter Lebensmittel zu finden und den bereits hungernden Bauern wegzunehmen. Begleitet wurden diese Maßnahmen von kontinuierlichen Attacken gegen ukrainische Traditionen – Feiertage wie Weihnachten und Ostern, Hochzeiten und Sonntagsgottesdienste wurden verboten, Kirchen entweiht und ihre Glocken wegen des Metalls eingeschmolzen, Priester verhaftet und massenhaft deportiert.

Aufgrund des Mangels an Aufzeichnungen variierten die Zahlen der Todesopfer im Laufe der Jahre stark. Sie exakt zu berechnen wird unmöglich bleiben, doch schätzen Studien aus dem Jahr 2018, dass 3,9 Millionen Ukrainer im Holodomor gestorben sind.

Wie wirksam Stalins anti-ukrainische Politik war, zeigt sich darin, dass die Ukraine 12,9 Prozent ihrer Bevölkerung verlor. Allein im Raum Kiew starb mehr als eine Million Menschen. Während Katjas Dorf Sonyashnyky fiktiv ist, existiert der Okrug oder Bezirk Tetijiw, in dem ich es angesiedelt habe, wirklich. Er verzeichnet eine Sterberate von fünfzig Prozent. Auf dem Höhepunkt der Aushungerung starben jeden Tag etwa 28.000 Ukrainer, von denen dreißig Prozent Kinder waren. Verzweifelte Menschen aßen Baumrinde, Blätter, Gras, Unkraut, Körner, die aus Ungeziefernestern herausgespült wurden, Würmer, Kaulquappen, Vogeljunge, verrottende Viehkadaver, Krähen, Katzen, Hunde und Maisspreu.

Trotz dieser erschreckenden Zahlen – in denen die Hunderttausenden, die während der Entkulakisierung und der Dezimierung ukrainischer religiöser, kultureller und politischer Führer deportiert wurden, nicht berücksichtigt sind – wurde die Aushungerung bestritten. Walter Duranty, ein Journalist der *New York Times*, gewann den Pulitzer-Preis für seine Artikel, in denen er den zunehmenden Hunger herunterspielte und den Erfolg der Kollektivierung lobte. Als die Volkszählung von 1937 einen signifikanten Rückgang der Bevölkerung ergab, ließ Stalin zahlreiche für diesen Zensus verantwortliche Statistiker verhaften und exekutieren und ordnete eine neue Volkszählung an, deren gefälschte Zahlen einen Bevölkerungszuwachs zeigten. Die Kollektivierung wurde zum Erfolg erklärt, und da sie Stalins Unterstützung gegen die Bedrohung durch Hitler brauchten, ignorierten die Anführer der Welt den Holodomor. Ukrainer, die es wagten, sich zu äußern, wurden verhaftet, und die Wirklichkeit der Aushungerung wurden nur mündlich überliefert und in Tagebüchern aufgeschrieben, die man in Mauern versteckte oder im Hof vergrub.

An dieser Stelle kann ich den vollen Umfang des Holodomors nicht darlegen, aber ich möchte Sie ermutigen, sich weiter damit zu befassen, denn wie Sie wissen, wiederholt sich die Geschichte. Zwei Bücher, die ich wärmstens empfehlen kann, sind *Roter Hunger* von Anne Applebaum und *Execution by Hunger* von Miron Dolot. Eine Liste der Bücher und Ressourcen, die ich bei meinen Recherchen verwendet habe, einschließlich virtueller Museumsbesuche, Berichte von Überlebenden, Beiträgen aus jüngsten Forschungen zu den Statistiken der Terror-Aushungerung und Links zu Organisationen, die sich dafür einsetzen, die Erinnerung an die Holodomor-Opfer am Leben zu erhalten, findet sich auf meiner Website: erinlitteken.com.

Dank

Ich empfinde große Dankbarkeit gegenüber allen, die mir auf dieser Reise geholfen und mich zu ihr ermutigt haben: gegenüber meiner Agentin, Lindsay Guzzardo von Martin Literary Management, deren Anregungen und Begeisterung für dieses Buch dazu beigetragen haben, dass mein Traum wahr wurde; meiner amerikanischen Lektorin, Tara Loder, deren scharfe Einblicke und Leidenschaft diesen Roman so viel stärker gemacht haben; dem Team von Boldwood Books. Die Unterstützung, die Sie mir gewährt haben, war phänomenal. Jeni Chappell schenkte mir durch redaktionelle Ratschläge und freundliche Worte Hoffnung, als ich kurz davor stand aufzugeben. Die Testleserinnen Lisa Herron, C. H. Williams, Susannah Wiley und Jen Johnson ermutigten mich und machten mir wertvolle Vorschläge. Die ständige Kommunikation mit Andrea Green hielt mich während des gesamten Veröffentlichungsprozesses bei geistiger Gesundheit. Die Online-Schreibgemeinschaften – insbesondere die Gruppen #HFChitChat und #MomsWritersClub – haben mir über die Einsamkeit während meiner Arbeit hinweggeholfen. An die Wissenschaftler, die Historiker, die all die verborgenen Fakten über den Holodomor ans Licht bringen: Ihre Arbeit ist so wichtig.

Meinem Großonkel, der mir so viel über die Ukraine und unsere Geschichte beigebracht hat, bin ich mehr als dankbar für unsere Verbindung. Ich danke meinem Grandpa, dem Familiengeschichtenerzähler, den ich am Tag vor der Unterzeichnung des Buchvertrags verloren habe; meinem Vater, der meine Liebe zur Geschichte teilt; meiner Grandma, meiner Partnerin in der Ahnenforschung. Meine Mutter, die jeden Schritt dieses Prozesses mit mir ging, zweifelte kein einziges Mal daran, dass ich mein Ziel erreichen würde, und sagte es mir auch, wann immer ich es hören musste. Kurt ist mein sicherer Hafen im Sturm und mein standhaftester Fürsprecher. Calla und Owen sind meine Inspiration und meine Hoffnung. Ohne euch hätte ich das nicht geschafft. Ich liebe euch alle.

Und ich danke meiner Bobby, die mir meine ersten ukrainischen Wörter beibrachte und die besten Nalesniki machte (oder Blintze, wie sie sie manchmal nannte). Die Beziehung zu dir hat mich in vielerlei Hinsicht geprägt, und ich vermisse dich jeden Tag. Wenn ich in meinem Leben stark sein muss, nehme ich mir an dir ein Beispiel.

Lesejury